十朝

首部曲 隱龍

卷三 群龍無首

高容 GAO RONG 作品

殿上一杯天子泣
門前雙節國人嗟

遼
皇都
燕
渤海
幽州
前晉
太原
岐
後
汴州
鳳翔
長安
梁
揚州
前蜀
南平
成都
荊州
吳
錢塘
吳越
潭州
楚
福州
閩
大理
大長和
番禺
交趾
南漢
大羅
後梁勢力圖 公元907-922年

唐末勢力圖 公元902-903年

洛陽宮城、里坊北岸圖

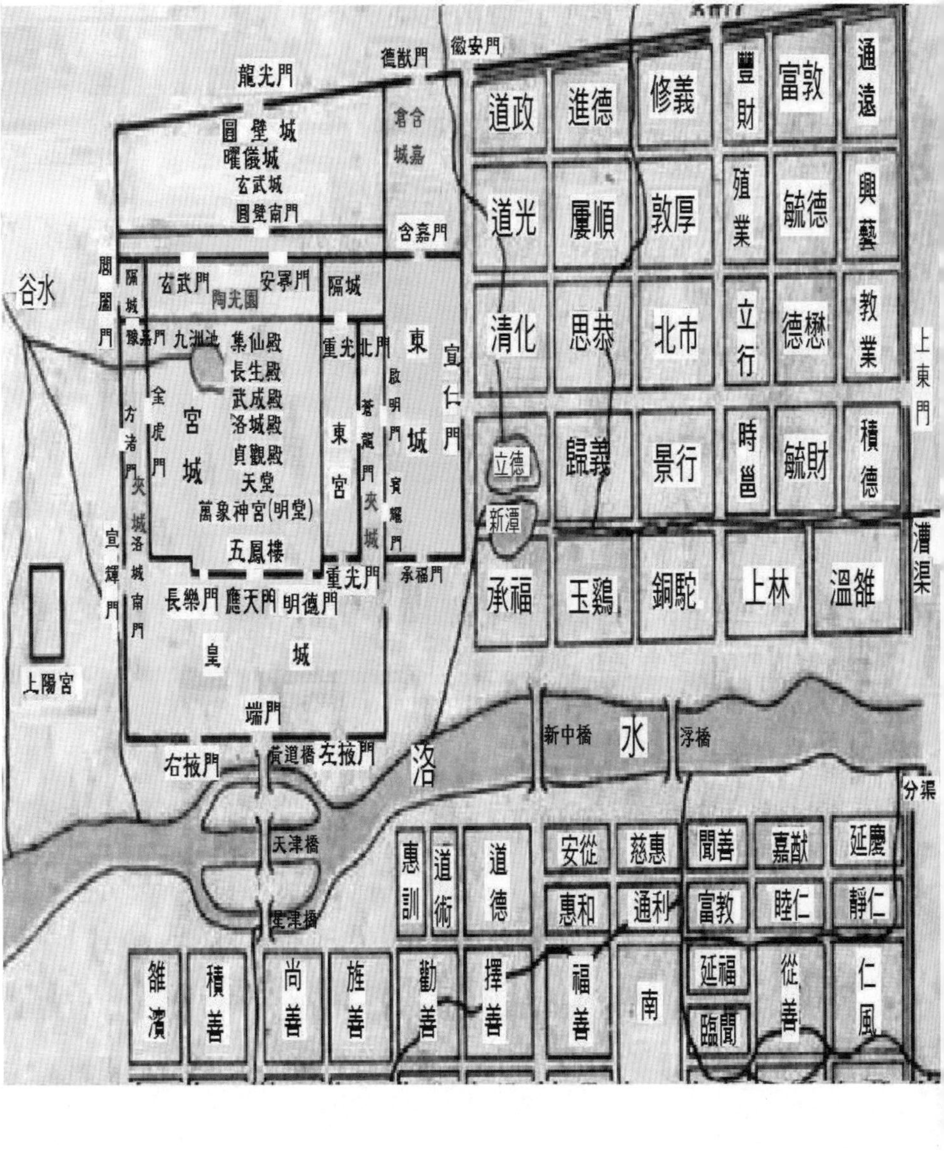

徽安門
德猷門
龍光門
圓璧城
曜儀城
玄武城
圓璧南門
倉含
城嘉
含嘉門
谷水
閶闔門
隔城
玄武門
陶光園
安寧門
隔城
九洲池
集仙殿
長生殿
武成殿
洛城殿
貞觀殿
天堂
萬象神宮(明堂)
五鳳樓
宮城
重光北門
東城
宣仁門
東宮
蒼龍門
賓耀門
方渚門
宣輝門
承福門
重光門
長樂門
應天門
明德門
皇城
上陽宮
端門
右掖門
左掖門
天津橋
星津橋
洛
水
新中橋
浮橋
分渠
道政
進德
修義
豐財
富敦
通遠
道光
履順
敦厚
殖業
毓德
興藝
清化
思恭
北市
立行
德懋
教業
上東門
立德
新潭
歸義
景行
時邕
毓財
積德
漕渠
承福
玉鷄
銅駝
上林
溫雒
惠訓
道術
道德
安從
慈惠
聞善
嘉猷
延慶
惠和
通利
富教
睦仁
靜仁
雒濱
積善
尚善
旌善
勸善
擇善
福善
南
延福
臨闤
從善
仁風

本書目錄以公元年為序號，章回名稱取自《杜甫詩選》

九〇三・七

遂使貔虎士·奮身勇所聞

五年，會契丹阿保機於雲中，約為兄弟。《新五代史．唐本紀第四》

沙陀與契丹訂下一場逐鹿之爭的賭局，雙方數萬隻眼睛都緊張地關注著場上變化，逑律平幾次試圖靠近白鹿，在周德威的威勢下，皆無功而返，但周德威也被攪得屢屢分心，無法抓住白鹿。

耶律阿保機知道自己該上場了，微笑道：「飛虎子，我瞧場上沒人抓得到鹿，不如咱倆下場玩玩吧！」

李存勖見耶律阿保機故意點名父親，冷聲道：「方才于越說雙方出戰兩百人，如今場上的契丹兵已滿兩百，于越想要再上場，恐怕不行了。」

耶律阿保機微笑道：「我要上場，天底下有誰攔得了？」說話間，已如大鷹般縱身出去，足尖連連點過馬首、軍兵的頭頂心，速度竟比馬兒還快。

逑律平見夫君過來，一掌將身邊的契丹兵轟出場外，耶律阿保機身影隨即落下，穩穩跨坐在那匹空騎上，剛好湊足兩百之數，他一邊喊道：「飛虎子再不下場，我可要搶得先機了！」一邊策馬奔出，卻不是追鹿，而是殺向周德威！

周德威遠遠聽到兩人的賭注，知道耶律阿保機有備而來，心想：「據說這人有一套『納影魔功』十分厲害，從沒人在他手底下活過三招，大王傷勢未癒，這一戰只能靠我守住，我得使出十成功力！」他雙目厲芒電射，上身傾前，弓起腰背，大喝一聲：「衝！」手中長刀瞬間迸發出強大殺氣，彷彿化為三千業火，映得他一身紅袍、胯下紅馬成了熊熊烈火，突破重重黑騎，對準耶律阿保機極速衝去，那強大的氣勢，幾乎能把整片草原都燎燒起來。

馮道看得心中震憾：「這才是紅袍將軍真正的實力！」他記得兵書中描述：「陌刀是自古以來

最強悍的戰刀、最精緻的刀工藝術，其以熟鐵為外皮、中間夾百煉鋼，刃口以最極致的淬火鍛鍊而成，不只能破甲摧石，更有『陌刀一出，人馬俱碎』的稱號，當年安西都護名將高仙芝，率領二萬安西陌刀隊，打敗大食國二十五萬大軍，殺得敵軍人馬俱碎、屍橫遍野；白江口大戰時，我朝以百多艘船艦大破倭寇一千多艘軍艦，殲滅了六萬倭寇大軍，憑的也是陌刀軍，但後來國家動亂，製刀的工藝便失傳了。」

馮道遙想當年朝廷興盛之時，唐軍陌刀隊東屠倭寇、西鬥阿拉伯，又平定安史之亂，是何等威風，心中不由得感慨：「陌刀十分寶貴，在當時已是千金難求，如今歷經一番亂世，國困民貧，就算工藝不失傳，也無力製造，已成了空前絕後的寶刃，今日我能夠目睹，實是幸運……」又想：「我大唐有多少寶物都在這一場亂世浩劫裡湮沒不見，再這麼下去，只怕連古聖賢的智慧典籍也要消失了，沒有聖賢道理教化人民，國家又如何安立？」這麼一想，心中不禁萬分沉痛。

草原另一端，一道黑影憑空劃過，快到旁人都看不清楚，彷彿將烈火直接割劃成兩半！雙方軍兵都屏住氣息，甚至忘了手中的爭鬥，只望向對決的兩人。

紅火、黑影筆直激射，急速拉近、拉近、再拉近，周德威驀地揚起長刀，豁起全身力量旋斬出去，看似簡單直接的一刀，卻透著「大道至簡」的況味，這一刀最厲害的不是招式，而是氣勢，是一夫當關、萬夫莫敵，九丈業火橫掃千軍的氣勢，一刀之後，對手就會人馬俱碎！

「七刀！」耶律阿保機翩然一側，精準地閃過雷霆一劈，同時口中吐出兩個字。

周德威一愕，隨即明白他的意思：「你只有七刀的機會！」他性情沉穩，並不容易受激，但對方這「七刀」二字實是污辱至極，他刀鋒一旋，展開絕招「縱橫阡陌」，「唰唰唰——」發狂似地砍劈、旋斬、刺牆，在兩人之間交織出一張阡陌縱橫般的火網，把耶律阿保機連人帶刀籠罩其中，刀光隨著速度、角度紛紛變化，化作燎原火舌四處竄燒、不停擴張。

世人都說清水無形，任意變化，周德威卻以手中長刀宣告：火才是真正無形！水的無形是柔順，火的無形是霸道、張狂，任何被火網圍住的人，只能化成灰燼。

稍有眼識的人都覺得周德威的刀法行到如此境界，已超乎凡人極限，任何高手都難以抵擋，就算勉強接過一、二招，也絕對擋不住源源不絕的猛烈攻勢。

草場上彷彿化成一片靜謐，沒有半點呼喊聲，對決的身影更隱沒在刺光裡，馮道自問有洞穿所有變化的眼力，也無法像指揮徐知誥應付成汭的長鞭般，去對付周德威的刀，他刀身橫長，刀氣又太過強大，以至於任何花巧輕功都逃不出刀氣範圍。此刻馮道感到自己彷彿穿越百年，回到白江口，看到盛唐大敗倭寇的榮光，對河東這一戰頓時信心大增，他不相信連影兒都不見的氣根真能對付這樣厲害的刀法。

李克用沒見識過「納影魔功」，也想趁這機會一探究竟，見周德威大刀揮舞得虎虎生風、密不透隙，任耶律阿保機武功再高，也不可能攻得進去，終於放下心來，暗暗盤算只要周德威糾纏住耶律阿保機，李嗣源打退述律平，便有機會擒到白鹿，這一場仗實是勝面多、輸面少，對李存勖笑道：「你周叔叔寶刀未老，更勝當年了！」又吩咐李嗣源：「邈吉烈，你去對付述律平……」話未說完，就聽見「碰！」一聲，周德威竟被耶律阿保機重擊一掌，摔下馬去！

河東軍心中震撼，一時群聲嘩然，馮道也驚得目瞪口呆，他萬萬想不到事情發展竟比「吹口哨喚白鹿」更不可思議：「妖法！肯定是妖法！周德威明明佔了上風，怎會到了第七刀時，竟像變戲法般，忽然就墜下馬去？」方才那一瞬間，他不禁懷疑自己的眼睛所見，究竟是不是真實？

陌刀頎長，在戰場上一刀橫掃，即可碎敵無數，卻不適合小巧的近身肉博，因此周德威的刀氣極強、範圍極大，絕不讓敵人進入三尺之內，耶律阿保機顯然針對這弱點特別研究過，他身法卻像鬼影般，毫釐不差地穿梭在刀光縫隙之間，一路挺進，沒有絲毫害怕停留，就在周德威揮出第七刀「橫掃千軍」，差三尺就掃中對方腰間，耶律阿保機忽然一聲冷笑：「第七刀了！」精湛的黑瞳射出凌厲殺光，嗤嗤嗤，指尖在刀光中穿插自如，最後點在刀身三寸斜緣處。

周德威想不到對方一指點下，竟然正中他刀勢最弱處，原本的刀法已揮不下去，匆促間不得不立刻變換招式，長刀反捲，改使一招「奇兵突出」，刺向對方下頷，豈料這正中耶律阿保機的心意，他上身一側，指尖穿過周德威手臂與刀柄的空隙處，點向對方頸間大穴。周德威驚覺對方攻到頸間，急迴刀相擋，但陌刀頎長，回刀已來不及，這一瞬間，要能自救，除了棄刀，便只有摔馬。

刀亡人亡，周德威無論如何絕不會棄刀，瞬間刀柄一翻，狠狠撞向耶律的指尖，企圖斷他指骨，「嗤！」耶律阿保機右指滑過刀緣，震出刺耳之聲，周德威這一招雖保住性命，卻也露了胸前空門，耶律阿保機左掌順勢打去，一篷血霧噴灑沖天，周德威胸口中掌，氣息一窒，連人帶刀拋飛出去，墜成了滾地葫蘆。

周德威長髮散亂、癱倒在地，口中湧出滾滾熱血，眼前殘酷的一幕，令河東軍心中一片寒涼，久久無法回神。

周德威勉強坐了起來，想運氣凝功，卻感到丹田阻滯，怎麼也提不上氣，心中不禁湧上一陣懼意：「這一掌雖然不重，卻正中要害！是方才對招時，我身上最弱的地方，他怎能在一瞬間看出我的弱點，難道他真練了鬼魔之功？」這種狀況就連當年對戰李克用、朱全忠，也不曾遇過，眼看耶律阿保機策馬奔近，他怕對方趁機下殺手，想挺刀護身，但百斤重的大陌刀怎麼也舉不起來，他臉色蒼白、驚恐地望向馬背上俯瞰自己的王者，彷彿看著穹天之上的鬼魔！

耶律阿保機卻是彎下身子，伸出長臂，對周德威展現扶持之意：「今日不過一場切磋，周將軍莫掛在心上，咱們握手言和吧！」

此時雖有幾名河東兵奔了過來，但懼於耶律阿保機的威勢，不敢靠近，周德威若再賴在地上，也太不像話了，只得伸出手去，搭住耶律阿保機的手臂，借對方的巧勁飛坐上馬。

耶律阿保機笑道：「今日能與紅袍將軍交手，真是痛快！我很敬重周將軍的義勇，將來河東納入契丹底下，我一定會重用提拔你！」

周德威在河東的地位已是一人之下、眾將之上了，耶律阿保機這麼說，不只有收納河東的自信，更包含河東臣服之後，要讓周德威取代李克用的意思。周德威自是明白其中暗示，卻不為所動，只沉著黑臉抱拳道：「多謝于越留手，這一份情，周某記住了！將來你要是落入河東軍手裡，我也會為你求情一次。」他知道自己無法作戰了，再留下來只會成為累贅，遂策馬回去。

耶律阿保機笑道：「飛虎子還不下場麼？」

從周德威對戰耶律阿保機到落敗而返，不到一刻間，李克用甚至還未交代好任務，情勢就出現劇烈變化，打亂了原本佈局，他心中焦急，一提韁繩幾乎就要衝了出去。

李嗣源連忙道：「義父，讓孩兒去對付耶律阿保機。」

李存勖也道：「讓孩兒上場，子代父戰，天經地義，不會失了面子！」

李克用搖搖頭道：「你們都不是對手。」

場上李嗣本仍與耶律曷魯纏鬥不休，周德威受創而回，河東軍群龍無首，被迷律平逼得手忙腳亂，那白鹿被契丹兵圍在其中，越圈越近，已逃不出去，河東軍雖焦急如焚，但技不如人，也只能在外圍奔來跑去，完全無計可施。

耶律阿保機也不恃強凌弱，只策馬立在場邊，氣定神閒地等候李克用下場。李存勖心想：「契丹狗的目的絕不只是擒獲白鹿、贏得河東，更想藉機逼迫父王上場，用可怕的魔功重創他，父王這一去，是必死無疑……」他勸不動李克用，便大聲道：「契丹兵時時來搶咱們牲口，今日還反覆無信，大哥，咱們一起上場，讓他們瞧瞧十三太保的厲害！」

李嗣源道：「不錯！咱們兄弟齊心協力，給父王送回禮物。」

耶律阿保機笑道：「難道沙陀猛虎只會躲在小輩後面，讓他們保護你？」

李克用何等驕傲，如何按捺得住？衝口道：「欺人太甚！要戰便戰！」

李存勖急道：「父王，您別中他的詭計！」

李克用道：「放心吧！他有奸計，我也有對策！我雖然內傷在身，無法持久，但只要趕在百招之內全力搶攻，還是大有勝算！」大掌一按李存勖的肩，叮囑道：「你記住，無論場上發生何事，都不要衝動，要將這一萬兄弟帶回去，保住咱們的根基，絕不能讓人家抄了底！」雖然沙陀一向重視承諾，但契丹背義在先，此戰又關係河東存亡，李克用已顧不得守約了，他決定拼死一戰，萬一輸了，也不投降契丹，要李存勖率軍突圍回去晉陽。

李存勖聽父親口氣似交代遺言，只能沉痛地答應：「父王放心，孩兒必會保住河東，不讓賊敵踏入一步。」當即命軍兵布開隊伍，以防變故。

李嗣源心想：「耶律阿保機的魔功實在可怕，義父堅持要自己對付他，是想留著我守護亞子，但我絕不能讓義父白白送死，為今之計，只有盡快抓住白鹿，讓戰局落幕，才可保住他的性命……」但全盛的周德威撐持不到一刻，受傷的李克用又能支持多久？他想來想去，實在想不出法子能在一刻間擒住白鹿。」

馮道心想：「倘若我助李克用打勝這一仗，不但能阻止契丹野心，還能教他放了承業公公。但剛才的情況實在太詭異，怎麼也看不出所以然，」又想：「我先拖住時間，近身觀察，才可能找出其中關鍵。」便悄悄策馬移近李嗣源身邊，低聲道：「六花陣。」

李嗣源正苦思該如何相救李克用，聽馮道提醒，登時心眼一亮，當日他們曾用六花陣圍殺朱全忠，幾乎成功，事後他覺得這陣法十分有用，便時常訓練橫沖都軍，他回頭望去，見這士兵長相是自己的親兵，聲音卻似馮道，十分古怪，但此刻無暇多問，微微點頭，道：「你跟上。」又轉向李克用，道：「義父，孩兒請命率三十六名勇士抓鹿。」

李克用知道他性情沉穩內斂，並不是空口說大話的人，於此劣勢，還敢說只需三十六名士兵就可抓鹿，必有妙法，心想這樣河東人數仍比契丹少了許多，倘若真抓得到鹿，可是重挫契丹士氣，一拍他的肩，道：「好！咱們父子兵一起上陣，讓他們瞧瞧我沙陀兒郎的厲害！」

「是！」李嗣源立刻召了三十六名橫沖都軍加入戰局。

草原上最強悍的兩大高手終於要正面對決，這一戰不只是個人生死之戰，更是民族存亡之戰！電光火石後，就會有一方臣服另一方！

等待受死、卑屈投降，從來不是沙陀族的選擇，即使明知必死，他們也要轟轟烈烈拼殺一場，留下最驕傲的身影！

面對如此可怕的強敵，李克用反而激發出強大的鬥志，他高舉長槍，主動出擊，剎那間，人、槍、馬化為一道如電黑芒，筆直激射向耶律阿保機，人未近，槍氣已狂湧而出，全然籠罩住耶律阿保機，一副不成功便成仁的氣概。

面對猛虎怒火，就算耶律阿保機魔功蓋世，也不敢輕忽，生死瞬間，他足尖一蹬，九尺昂藏之軀宛如砲彈般，倏地彈升入空，以毫釐之差沖出槍氣範圍，似在空中凝定半晌，笑道：「九十九槍！」身子驀地直速下墜，足尖重重踏向槍鋒，「噹！」一聲響，就像要把寒鴉槍尖踏入泥塵裡！

這一踏是千斤之重、毫釐之精，由此可見耶律阿保機武功確實駭人，但更可怕的是他的心志，誰敢以如此囂狂的方式對付名震天下的寒鴉槍？

李克用又豈容敵人放肆？長槍一收，避去那釘槍入土的狠招，再一放，槍尖已如群鴉飛綻，他抱著必死之心，每一刺都是凶狠無匹、以命拼命，絲毫不留餘地，每一槍氣都是怒海巨浪，一波接一波，讓對手無法喘息。

「嗤嗤嗤嗤！」兩人乍合倏分，眨眼之間，掌、槍交擊十多下，李克用明知內力不足，仍越戰越勇，槍勢翻飛，連連快攻，口中哈哈大笑：「痛快！真痛快！」

耶律阿保機連擋一十九槍，槍槍都是生死之分，險險擦身而過，逼得他一退再退：「難道我估算錯了，這頭飛虎傷勢已經痊癒？」不禁心生寒慄，懷疑自己能否支撐到找出對方破綻的一刻。

李克用一搶到上風，立刻趁勝追擊，手中槍芒爆烈，千萬點槍光使得密密如織，鎖住耶律阿保機飄動的身影，為了替李嗣源拖延時間，他絕招盡出，每一招都是拿自己的性命去拼搏。

槍風呼嘯、漫天烏影，耶律阿保機穿梭在千百道槍芒中，步步驚心，述律平遠遠瞧見丈夫陷入危局，不得不放棄幾乎到手的白鹿，趕馬過來，飛身撲向李克用，李克用冷笑一聲：「夫妻聯手嚒？」他分出左掌打向述律平，將她逼退，右手槍勢仍一往無前，毫無遲滯。

李嗣源見述律平轉去攻擊李克用，心中雖擔憂，但他不是衝動之人，強壓下滿心焦灼，趁機發動快攻，教橫沖都軍分為六小隊，各依旗色縱橫進退、來回馳騁，不一會兒，便突破契丹兵防線，搶佔中心。

述律平突襲李克用不中，又趕回來率領自己的隊伍，但李嗣源已經搶到先機，怎會輕易失守？他命三隊騎兵分從三面圍攏，挺著長矛將白鹿驅在中間，每當白鹿從空隙竄出，便有一小隊奔出追趕，兜個圈子，又將牠逼了回去，其餘三隊配合李嗣本，阻擋耶律曷魯和述律平的隊伍，契丹兵幾回衝撞，都闖不進去。

河東軍見李克用一人就逼得耶律夫婦無法招架，李嗣源甫一上場，就突破對方，登時士氣大振，群聲歡呼，只有馮道看出事情有些不對勁，原本李克用確實少勝幾許，但自從述律平這一搗亂，情勢就生出變化。

耶律阿保機看似被圍困在鬼魅凌厲的槍法中，既無從掌握，也無法突圍，誰都看出他已是生死一線，然而在這逼命時刻，他竟不是拼盡全力去對付槍光，反而閉上了雙眼，沉心靜氣，以「納影魔功」去感應李克用的殺氣，他眼前原本一片黑暗，漸漸地，浮現一幕幕圖象，是李克用氣脈的跳動圖，交織如錦、快如閃光，令他眼花繚亂，幾乎看不清真象，幸好述律平及時送來的氣根，可以快速指向每一幕圖象的弱隙，否則他必敗無疑！

陡然間，他大喝一聲，精光湛射，身影飄動如清風流水，穿梭在道道槍光間，雙掌翻飛如彩蝶逐花，點、拍、揮、戳，看似沒有半點章法，卻將所有危機盡數化去。

李克用身經百戰，什麼生死關頭都遇過，卻從來沒見過這樣的景況，他內力雖然不足，招式仍是登峰造極、出神入化，莫說一般高手無法抵禦，就連朱全忠也要挨自己好幾百槍，把鐵甲都戳爛了，才能分出勝負，可是耶律阿保機明明被槍光籠罩，每一步都能毫髮無傷地閃躲，每一招都剛好化解攻勢，無論寒鴉槍角度、速度如何變化，竟是槍槍刺出、槍槍落空！

李克用心中不禁駭然：「為何他總能搶先半分閃躲開去？……只要我弄不清楚納影魔功的罩門，就無法制伏他，難怪德威會落敗……」

耶律阿保機雖然只是全力防守，並沒有能力反擊，但他胸有成竹的模樣，彷彿一頭蟄伏待出的凶狼，正耐心等待一個撲殺獵物的契機！

馮道隨著橫沖都軍穿梭在人馬奔馳間，目光始終不離兩人對戰，見情況越來越詭異，急急思索：「耶律阿保機的身法雖不快，卻十分精準，一舉一動都是衝著李克用的弱隙使出來的！即使李克用耍了許多虛招誘殺他，也沒有成功……」又想：「李克用的槍尖快速如影，我必須把『明鑒』玄功提到極致，才能看得清楚，耶律阿保機僅憑一個小氣根，就能在剎那間分辨出虛實，完全掌握李克用的招式？那氣根無形無聲，究竟有什麼作用？」

無論他怎麼絞盡腦汁，都想不明白：「再這麼下去，李克用絕對支撐不到抓住白鹿……不行！我得勸他採取守勢，先保護自身才是！」他幾度想衝過去，但陣法正急速運轉，只要稍稍離開位置，立刻就引來左右隊友的喝罵、驅趕。

李克用雖是拼死不要命的戰將，卻不是純然的莽夫，他能在沙場中屹立不倒，絕對有著洞悉戰況、進退自如的本事，他久攻不下，深知自己氣力漸弱，便轉了念頭：「這契丹狗意在重創我，只要我不倒下，他絕對捨不得離開。」槍光一收，頓時改變戰術，把自己圍如鐵桶，不讓耶律阿保機有任何可趁之機，因為他知道只要有一點破口，對方的氣勁就會如濤濤洪流灌入，衝垮一切。

馮道見李克用不再執著強攻，暗暗鬆了一口氣：「只要這樣穩穩守住，應能再支持一段時間，我得盡快找出氣根的竅門。」

耶律阿保機一心想重創李克用，見他忽然改採守式，心中暗喜：「他力氣快耗盡了……」遂不客氣地開始發動快攻，但李克用把自己守得密不透風，他幾度搶進，都徒勞無功，即使用「納影魔功」去感應對方的氣脈圖，眼前也只是一幅縱橫交織、密密麻麻的圖象，無隙可尋、無綻可破，他心念一動，決定行一險招，整個人倏地彈上半空，轉去追殺李嗣源！

李克用想不到他捨得放棄殺死自己的大好機會，心中一急，拼著所有力氣猛刺出一槍，槍光匯聚如虹，射向空中的耶律阿保機，他這一全力攻殺，那滴水不漏的防守術自然就破開了！

剎那間，耶律阿保機一個旋轉，倒身回來，就這麼頭下腳上地投入李克用槍勢最盛處，雙手併攏，合力打去，「蓬！」硬撼對方力破山河的一槍，他這與敵同亡的氣魄，簡直驚煞了所有人，但這正是破解李克用無懈可擊的防守術唯一的方式。

李克用萬萬想不到他會用這宛如自殺的方式反殺回來，震驚之餘，更是將全身力氣灌入槍尖，未料耶律阿保機這掌拍槍尖又是一個虛招，他上身微微斜轉，並不與槍尖正面交鋒，兩臂一分，雙拳分往兩側，重重轟向李克用使槍的雙肩！

李克用吃了一驚，槍柄猛力一旋，孤注一擲的槍虹轉化成千萬點槍光，「噹噹噹！」眨眼之間，耶律阿保機指掌幻化，像雨打屋簷般連綿不斷地往下拍打，每一掌都似先知般精準地拍開槍尖，李克用長槍快速旋轉於頂空，形成一個屏障保護自己，硬是架開耶律阿保機的凌空下擊。

耶律阿保機倒身攻擊，加重了下壓的力道，一掌重過一掌，每一指勁都試圖穿破槍桿屏障。李克用這麼舉槍過頂，卻是劇耗內力，每一動都是牽扯傷勢，漸漸地，他開始氣力不繼，但河東的生死榮辱盡繫在自己身上，就算受了重創，就算拼上老命，也要牽制住強敵，好為李嗣源爭取時間。

耶律阿保機的下壓力道越來越重，李克用感到自己頭頂好似扛著一座泰山，稍有鬆懈，就會連人帶槍被壓個粉碎，即使快筋疲力盡，也只能咬牙苦撐，他想不到一招之失，情勢就此逆轉，竟要落得耗力而亡的下場，就算僥倖存活，也是傷上加傷，命不久矣，心中不禁生出壯志未酬、英雄將逝的惆悵。

李克用這一氣餒，耶律阿保機眼中所見的氣脈圖象終於弱了下去，一個又一個的破口接連出現，宛如氣泡破滅般！終於，最大的破口出現，正是槍柄與尖鋒交接處！猛然間，他抓住一個空隙，掌隨槍走，指尖化如電光，穿入最銳厲的鋒芒之中，一舉擊向柄尖交接處！

「噹！」李克用頓感槍柄如遭雷極，兩手虎口幾欲震裂，一股氣勁從雙臂直竄而下，令他五內翻騰，幾乎吐出血來，他使盡全力拚命抵擋，耶律阿保機的氣勁卻越來越狠、越來越厲，宛如洪流磅礴沖入，李克用猛力一轉槍桿，想掃開耶律阿保機，耶律阿保機卻順著槍桿旋轉的方向，更加一把勁大力轉去，李克用但覺全身像被狂猛的大漩渦狠狠絞扭一把，五臟六腑、身骨筋脈同時挫傷，再忍不住，喉頭一甜，「嘩！」噴出漫天鮮血，被震得連人帶槍拋飛落馬，滾出數丈遠。

河東軍都嚇傻了，個個張口結舌、呆若木雞，馮道也震驚無已，雖然李克用功力尚未恢復，但耶律阿保機能在九十九槍之內攻破他，也太可怕了！直到契丹兵爆出如雷歡呼，河東軍才回過神來，有人暗暗佩服耶律阿保機有如天神，也有人暗罵他趁人之危。

李克用傷上加傷，吐了幾口大血，想憑著寒鴉槍支撐站起，卻怎麼也站不起來，在馬蹄奔騰之中，情況實在危險。李嗣源擔心耶律阿保機會趁機下殺手，再顧不得抓鹿，立刻策馬衝過去護住李克用，又呼喝幾名河東軍：「你們快保護大王回去！」

場邊的李存勖幾乎要衝上戰場，但想起父親諄諄囑咐，只得強忍心中激動，又見李嗣源已派人護送李克用，才稍稍放心，連忙趕馬上前接應。

李克用重創，使得軍心大喪，李嗣源又突然退走，陣形一時混亂，河東軍的情況糟得不能再糟了，述律平自是毫不客氣地率軍搶進，包圍白鹿。

馮道心想：「我絕不能讓河東臣服契丹！」一咬牙策馬衝進軍陣中心，來回奔馳，使盡力氣大聲呼喝：「一隊，向東！三隊，右轉！」漸漸穩住橫沖都軍繼續組成六花陣，抵擋契丹兵的進攻。

述律平未料一個瘦弱小兵竟能指揮軍陣，大意之下，被攻得兵慌馬亂，她氣得發動一陣猛攻，雙方僵持一陣，李嗣源終於馳了回來，將令旗交給馮道：「你率陣，我去抓鹿！」馮道答應：「是！」李嗣源一馬當先衝了出去，卻見一道龐然身影倏閃而至，攔住去路，一股龐大掌氣如山轟來，正是耶律阿保機！

李嗣源身子一個急速翻落，盪出馬側，避開對方掌氣，瞬間又翻回馬背，猛提韁繩，一個迂迴彎繞，疾衝過耶律阿保機的防線，述律平見狀，立刻放下契丹兵，策馬趕回，形成夫妻前後包夾李嗣源的形勢！

馮道眼明心快：「嗣源大哥走不脫，只好我去抓鹿了！」見契丹兵群龍無首，正是突破防線的好時機，便帶一隊士兵從側邊突衝出去。他一邊指揮軍隊去捕捉白鹿，一邊回想雙方對戰情形：「一開始耶律阿保機雖落入下風，並沒有性命之憂，反倒是嗣源大哥利用六花陣，幾乎快抓住白鹿，契丹兵也被衝得亂七八糟，可述律平全然不顧，竟奔回去耶律阿保機身邊，看似要出拳相助，又只出了一掌，便回頭抓鹿，這事情太古怪了！肯定與那氣根有關……」

他極力回想當日在薩滿祭壇看到的情景，仍不明所以，心中忽覺不安：「述律平說她練了三道氣根，如果周德威、李克用各中一根，那麼第三根……」不由得一驚：「糟了！」火速策馬回頭，只見耶律阿保機與李嗣源已大肆交手，述律平固守在後方，似乎想偷施暗算，忽然間，她玉指微微一彈，馮道見那動作像是以指尖氣勁射向李嗣源背心，心想：「嗣源大哥是唯一的希望，我絕不能讓他受傷！」再顧不得危險，豁地飛撲而出，以身子擋下氣勁，整個人在地上滾了兩個滾地葫蘆，才站起來。

倏然間，他感到一絲極細微的真氣在體內亂竄，當即運力相抗，但那真氣實在太過細小，小到沒有感覺、無從抵禦，甚至對身體構不成傷害，只像他真氣的一部份，倘若不是他感應太靈敏，又事先知道有氣根這種東西，特別留意，根本不會發覺：「這就是氣根嚒？怎地如此古怪？難怪李克用、周德威都著了道。」。

耶律阿保機正專注對戰李嗣源，又對述律平的「氣根大法」極有信心，並不知出了錯，正等著感應氣根引發的契機，一舉擊退河東僅餘的高手！

述律平見馮道滾地動作可笑，一點也不像高手，以為他是不慎摔馬，她完全想不到這小兵已識破氣根大法，冷冷一笑，便策馬回去率領契丹兵，那輕蔑的神情彷彿在說：「我要回去抓鹿了，你來得及跟上嚒？」

馮道感到自己身體並無大礙，連忙施展「節義」步伐穿過幾個士兵，縱身飛起，要跳上馬背，述律平見他步伐奇妙，心想：「這小子有些古怪，我不能讓他領軍。」猛地飛撲出去，五爪抓向馮道頂心。馮道知道她指爪厲害，嚇得著地一滾，同時右手揮起掛在腰側的大彎刀，對準述律平腰間狠狠掃去，述律平足尖一點刀緣，退飛回去，馮道趁機跳上馬背，一扯韁繩，衝入河東軍中，重新指揮兵陣。

詭異的情景卻發生了，方才馮道彎刀大掃時，耶律阿保機突然發掌打向李嗣源的右肘處，李嗣源卻早一步勒馬左轉，搶先竄了出去，耶律阿保機這一掌完全落了空！

馮道頓覺奇怪：「嗣源大哥明明已經勒馬向左轉了，耶律阿保機為何要打他右肘？雖然兩人相差不過瞬間，但連我這一腳貓的小馮子都看出來了，以耶律阿保機神仙般的身手，怎可能失誤？」納悶之餘，似乎抓到一些模模糊糊的頭緒：「難道是氣勁射到我身上，弄得他糊塗了？」

耶律阿保機也感到驚愕，但想是李嗣源變招太快，自己還沒弄清他身手高低，才會出差錯：「大太保貌似忠厚，其實功底紮實，已有飛虎子七成火候，帶兵也很有一套，我可小覷他了！」

李嗣源心知自己不是對手，並不與耶律阿保機纏鬥，既搶得先機，自是策馬狂奔，耶律阿保機見一招之失，李嗣源已直撲白鹿所在，實在無暇細想，只能拼命趕馬追上。

「我明白了！」馮道靈光一閃：「『氣根大法』和『納影魔功』是一套雙修雙應的武功，逑律平將氣根射入對手身子裡，這小小的氣根就像指引針，會順著氣脈竄行，反映出對方體內運氣狀況，耶律阿保機再憑著『納影魔功』感應，就能知道對手出招時，哪個部位最虛弱！」

一旦想通了氣根和納影的呼應關係，他心中忽生調皮，立刻鼓起一團氣在體內滾來滾去，雙手亂揮、雙足亂踢，模樣十分滑稽。逑律平暗罵：「瘋子！」正要策馬離去，重新領兵，馮道心想：「這妖婆嚇得我好慘，我也來嚇她一嚇！」便手舞足蹈、身子扭曲，口中發出呼呼喘息，模仿跛腿漢子的聲音叫道：「老妖婆你設陰陣害慘我小命，納命來！納命來！」就像被鬼魂附體中邪一般。

逑律平臉色倏地一白，怒道：「你是誰？」長鞭夾頭夾腦地打去，馮道彎身平貼馬背，閃過鞭擊，口中呼呼喊道：「我是晉水河畔的跛腳漢子，來索妳的命了！」

逑律平被戳中心底祕密，氣得咬牙切齒、馬鞭狂掃，誓要殺了這小兵，馮道見勢不妙，一個溜身，躲到馬肚下，口中又換了老商販的聲音，呼呼喊道：「老妖婆，我也來索妳的命了！」

另一方面，李嗣源為保住河東軍，在亂馬阻截、槍刃加身之中，不顧一切地策馬狂奔，他騎術精湛，左傾右斜如奔直線、奔跨跳躍如履平地，耶律阿保機起步已慢，雖催馬急追，兩人始終相差半丈距離，眼看白鹿就在前方不遠處，耶律阿保機極可能一步飲恨，心中正自扼腕，忽然間，他感應到氣根的主人體內真氣混亂，雖不知李嗣源為何如此，但想機不可失，決定孤注一擲，他鼓起全身力量飛撲而出，對準李嗣源左腰、後背、右肩三處，「啪啪啪！」如連環砲般快發三掌，相信只要有一處中掌，李嗣源必然倒地，河東軍就收握囊中了，豈料前兩掌竟都落了空！

高手對戰，只一下出錯便足以致命，這天賜良機，李嗣源豈能不把握？瞬間一個回馬槍，「嗤——」狠狠刺向耶律阿保機！

此時耶律阿保機正全力打出第三掌，乍見槍尖忽然刺到，已來不及收勢，這一掌若是使足，便是將自己的左半身送去餵槍尖，驚駭之餘，他硬生生頓住撲勢，但李嗣源已有李克用七成功力，又是全力衝刺，這一槍當真非同小可，即使耶律阿保機拼命退掠，槍尖仍刺入他胸口五分！

耶律阿保機怎麼也想不到會發生這等失誤，他摀住胸膛傷口，全力勒馬後退，才擺脫了長槍，鮮血有如水柱噴了出來！

李嗣源雖覺耶律阿保機出招有如自殺，十分詭異，匆忙間也無暇細思，連忙大聲招呼：「西、北、南三軍圍緊！」三方橫沖都軍得令，迅速縮小範圍，越逼越近，白鹿眼看無處可逃，一股腦地往東方跑，李嗣源早就伏守在東方，一見白鹿中計，奔向自己，立刻縱身飛起，手中套繩往下一落，穩穩當當地套上了鹿角，時刻、方位都扣得分毫不差。

耶律曷魯見耶律阿保機受了重傷，顧不得纏住李嗣本，急忙率軍回頭保護。述律平聽見耶律阿保機的怒吼聲，回頭望去，更是萬分震驚：「怎麼出錯了？」稍一回想，恍然明白那氣根竟是打入眼前小兵的身子，一時臉色鐵青，目光如要噴出火來，策馬衝向馮道，喝道：「你究竟是誰？」

馮道見事情成功，心中得意：「天底下也只有我小馮公子能識破『氣根大法』和『納影魔功』之間的連結！」正忘形地哈哈大笑，忽見迭律平凶神惡煞地追殺過來，嚇得夾馬狂奔，灰溜溜地逃走。

耶律阿保機這一槍雖未中心口，傷得著實不輕，見李嗣源已套中白鹿，一揮手道：「撤了吧！」耶律曷魯和迭律平再不甘心，也只能帶兵退出戰局。

白鹿受了驚嚇，奔跑更快，李嗣源被拖著飛在空中，雙手緊抓繩索不放，凌空翻一個觔斗，終於騎上鹿背，白鹿氣得左甩右扭、前立後踢，跳躍得有如瘋魔，但李嗣源騎術精湛、身手矯捷，始終沒被甩脫，白鹿一個用力過猛，橫摔在地，李嗣源順勢撲上，雙臂牢牢環抱住鹿頸，運力收緊，那白鹿無法呼吸，漸漸暈了過去。

李嗣源興奮地抱著白鹿奔回，恭恭敬敬跪在李克用馬前，雙手高舉獻上白鹿，河東軍一掃陰霾，歡呼聲幾乎要震破雲霄。

耶律阿保機見李嗣源以區區三十六人取得勝利，心中暗暗吃驚：「此人帶兵嚴謹、不驕不躁，是個勁敵，要是讓他壯大了沙陀，我契丹可就不安穩了……」

李克用強撐傷體在場邊觀戰，心中想道：「這回真是失算！如今我傷上加傷，只怕活不久長，耶律阿保機還不知有什麼詭計，我千萬得撐住……」

自從遭朱全忠重創，他便決定尋找強援，甚至不惜重金討好契丹，想不到卻換來對方的狼子野心，耶律阿保機一口氣帶來七萬大軍，肯定是知道他受了創傷，想來試探吞噬的機會。如今他傷上加傷，彷彿五臟六腑都在滲血，他知道自己不行了，此刻不過是以內力強行擋住破碎的縫隙，一旦鬆懈下來，體內就會鮮血齊噴。

這短短半天的變化，比他一輩子遇過的任何戰陣還凶險，這一刻若是撐不住威勢，河東軍就垮了，只能任人宰割，他絕不能讓雙方軍兵發現自己受傷沉重，幸好在李存勖的內力貫注和靈藥幫助下，已暫時穩住傷勢。他見河東軍終於獲勝，心中歡暢，哈哈大笑：「幹得好！耶律小弟，你方才說鹿死誰手？這下可是鹿入虎口了！」他年長耶律阿保機十多歲，方才為求聯盟，彆了一肚子窩囊氣，此時終於揚眉吐氣，自是要倚老賣老地稱對方一聲「小弟」了。

耶律阿保機微笑道：「這松花白鹿原本就是贈禮，無論誰擒獲了，都要送給河東的大英雄，我原以為得鹿的會是飛虎子或三太保，想不到竟落到一個養子手中，看來，我該與大太保結拜了！」

李嗣源見對方意存挑撥，跪伏在地，雙臂高舉白鹿，對李克用恭敬道：「孩兒無論得到什麼，都要獻給父王，還請父王笑納。」

李克用看也不看跪伏在地的李嗣源一眼，目光只盯著耶律阿保機，臉上依舊掛著豪氣的笑容，朗聲道：「耶律小弟啊，我方才說了，我十三太保都是小猛虎，大太保負責打獵，三太保就負責防守，其他太保也各有各的本事，同心合力便是天下無敵，外面的鼠狼之輩，想都別想入侵一步！」

耶律阿保機瞄了李存勖和李嗣源一眼，又道：「但我瞧大太保特別厲害，他行事穩當、有勇有謀，十三太保沒一個比得上，要是我的孩兒將來也像大太保一樣，我就後繼有人了！」

李嗣源道：「十三太保的本事全是義父所教，大家都一樣。」

耶律阿保機笑道：「我瞧不然，再過兩年，你就要趕上你義父了，漢書上不是有一句話：

『青，取之于藍而青于藍』？」

李嗣源不懂漢書，又非巧言善辯之人，一時不知如何應對，只道：「我連義父的一點皮毛也比不上。」

李存勖狠狠瞪著耶律阿保機，冷笑道：「青也好、藍也好，大于越抓鹿輸給我大哥，自然更比不上我父王了！你大概只能跟我較量一下箭術，放心吧，看在今日結盟的份上，本小王可讓你三箭！」

耶律阿保機笑問：「三太保說今日結盟，請問我該與哪位英雄結盟？我方才說活擒白鹿者，才有資格與我結為兄弟，倒不知這肥鹿算誰的？」

李嗣源跪伏在地上，大聲道：「孩兒就連性命都是父王的，更何況是一頭白鹿？」

雙方軍兵數萬隻眼睛都盯著他頂上那隻白鹿，等看李克用如何應對，偏偏李克用高坐在馬背上，遲遲不接過獻禮，再笨拙的人也看出他故意壓著李嗣源的氣燄，李存勖忍不住出聲示意：「父王，大哥要送您白鹿……」

李克用知道自己傷勢沉重，就算撐回到晉陽，勉強保住殘破的身軀，也只是苟活而已，再也不可能回復往日雄風。他擔心自己萬一去世，年輕的李存勖肯定壓不住老將、擋不住朱全忠，唯有十三太保團結，才能保住河東。他十分喜愛李嗣源，對這個義子半點疑心也沒有，他故意鎮壓李嗣源，是做給雙方軍兵看的，是為了表明自己受傷不重，仍是河東之主，而王位也只會有李存勖一個繼承人，免得外人時時來挑撥。

李嗣源敦厚沉穩、安守本分，李存勖少年任俠、膽氣過人，他壓一壓李嗣源的氣燄，只要事後稍加安撫，李嗣源不會放在心上，反倒會逼出李存勖維護大哥的義氣，他在等著兒子為李嗣源出頭，一旦李嗣源感念在心，日後也會死心塌地的輔佐李存勖了。

聽到李存勖出聲，李克用鬆了口氣，笑道：「一頭白鹿而已，何必小題大作？」他下馬親自扶起李嗣源，一把抓起白鹿高高舉起，故意向契丹展示炫耀，又當眾遞給李嗣源，大聲道：「依咱們沙陀習俗，獵物是屬於射中的英雄，今日你是最大的英雄，這白鹿就歸你啦！」

李嗣源道：「謝義父賞賜，但這是契丹送給義父的鹿，孩兒不能要，請義父賞賜別的。」

李克用哈哈大笑：「好！今日人人有獎，回晉陽再論功行賞！」河東軍隨即爆出陣陣歡呼。

耶律阿保機笑道：「朱全忠是英雄，飛虎子是英雄，本王自認也是英雄，你十三太保之中，大太保也是一等一的英雄，北方遍地是英雄，將來可熱鬧了！」

李克用豪氣道：「怕什麼？咱們沙陀能立足，憑得就是英雄多，英雄越多越好！」

耶律阿保機微笑道：「美人最怕白頭、英雄最怕遲暮，老虎再猛也會老，小虎若是長大了，就會趕走年老無用的虎王，這就是養虎為患。飛虎子，你千萬防著牠們反咬一口了！」

李克用微笑道：「我以誠義對待子弟兵，與他們福禍同享、生死患難，有什麼好怕的？你時時提防自己人，未免小家子氣！」

李存勖策馬上前，大臂攬住李嗣源肩頭，歡笑道：「父王說得不錯！咱們父子、兄弟的情義，豈是一頭畜牲挑撥得了？」回頭嘲笑似地望了耶律阿保機一眼。李嗣源也笑道：「這個自然，咱們齊心輔佐父王，河東必能興盛。」兩兄弟手臂用力一握，展現了深厚的情誼。

述律平聽出李存勖意含諷刺，那「畜牲」二字表面是說白鹿，其實是罵耶律阿保機，心中不悅，見馮道遠遠帶著三十六名橫沖都軍回來，冷哼道：「我以為河東英雄是十三太保，想不到卻是依靠一名小兵來解救！」

馮道策馬奔近，聽見這話，笑道：「夫人高抬我了，晚生只是一名小宦官，哪有十三太保勇武？平時最常替承業公公洗腳搓背，偶爾遇見蠻賊來耀武揚威，才出點薄力罷了！咱們方才對了幾掌，希望夫人沒沾染到什麼騷味，否則可是大大失敬了！」

述律平身分尊貴，幾時被人這樣戲弄？氣得幾乎出手，瞥見耶律阿保機臉上無喜無怒，只淡淡瞄了自己一眼，意思是：「究竟出了什麼問題？」

述律平精光湛射，怒瞪馮道，貼近耶律阿保機耳邊低語：「那小子替李嗣源擋下了氣根，不知是碰巧還是故意。」

耶律阿保機緩緩點了點頭，與述律平交換一個眼神，心中打定主意，要悄悄擄劫馮道。

李嗣源策馬上前，接手指揮三十六名橫沖軍回到部隊裡，經過馮道身邊時低聲喚道：「三弟！」馮道見他認出自己，趕緊低聲道：「我有事求嗣源大哥救命。」

李嗣源微微一愕，隨即點點頭，馮道一邊策馬回隊伍，一邊低聲道：「我聽說晉王因為朝廷的除宦令，要殺承業公公。」

李嗣源深吸一口氣，道：「我明白了，這事難辦得很，我盡力。」兩人隨即錯馬分開，各自回到位置。

李克用大聲道：「來人！準備酒筵！」

河東軍就地擺開豐盛筵席，獻上馬乳酒、牛羊、馬肉等佳餚，雙方飲酒半酣，李克用與耶律阿保機對天立誓，又互換軍袍戰馬，終於在雲中結成兄弟之盟。❶

（註❶：李克用與耶律阿保機於天復五年即公元九〇五年結盟，小說為情節之故，提前於九〇三年。）

九〇三・八　丈夫四方誌・安可辭固窮

李克用使者還晉陽，言崔胤之横，克用曰：「胤為人臣，外倚賊勢，內脅其君，既執朝政，又握兵權。權重則怨多，勢侔則釁生，破家亡國，在眼中矣。」。《資治通鑑・卷二六四》

崔魏公之誅宦官也，武皇偽戮罪人首級以奉詔，匿承業於斛律寺，昭宗遇弒，乃復請為監軍。《舊五代史・張承業傳》

結盟已成，李克用送走耶律阿保機，便率軍返回晉陽，是夜就在穹廬氈帳裡召開盛宴，眾兵狂歡醉飲，七嘴八舌地訴說契丹如何挑釁，他們又是如何修理對方，雖然有些屬實，但胡吹誇大的卻更多，但大家都不在乎，只說得意興高昂、歡樂融融。

飲宴之後，李克用已休息一陣，便出來論功行賞，除了眾軍皆有加給，參戰的軍兵尤有厚賞，河東軍一片歡聲雷動。李克用最後點名李嗣源出列，笑道：「邈佶烈，今日你立下大功，金銀財寶、美女屋舍任意挑選，父王都答允！」

李嗣源上前跪地垂首，道：「孩兒自幼受義父恩待，原本不該再要求什麼，但心中掛念一件事，還請義父恩准！」

李克用喜愛李嗣源，就是知道他性情樸實，行事極有分寸，見他如此鄭重，心中想道：「他是要提什麼大難事，這麼拘謹？」

李嗣源見義父沉吟不答，又道：「孩兒的要求有些過分，還望父王恩准。」

李克用心想：「今日全憑了他，才得以保住河東全境，再難的事我也得答應。」沉聲道：「你想要什麼？說吧！」

李嗣源恭敬道：「請父王放了都監！」李克用臉色一沉，道：「這事別提了！」

李存勖聞言挺身而出，跪在李嗣源身旁道：「大哥說得不錯，還請父王放了都監。」

其他將領見李存勖表態，鼓起勇氣紛紛出列，跪在前方，道：「請父王放了都監！」「請大王放了都監！」

李克用整張臉瞬間脹得黑紅，拍桌怒道：「你們這是做什麼？」

眾將領心中忐忑，盡低了頭，不敢吭一聲，一時間場中氣氛僵凝、安靜無聲。

「于越！耶律于越！您等等！」帳外忽傳來一聲呼喊，竟是馮道的聲音。

李嗣源心中一凜：「他在做什麼？」抬頭見李克用臉色微變，暗叫糟糕：「三弟行事常出人意表，莫要惹出亂子來！」正想該如何解決，李克用已大發雷霆：「是誰在外頭嚷嚷？把人抓進來！」

李嗣本搶先奔出帳外，一把拎起馮道的衣領，如同抓小雞般把他抓進來，丟在地上，李嗣源連忙道：「父王，這是我帳下小兵，今日能勝過契丹，多虧他率領軍陣，還請父王手下留情。」

李克用回想起今日逐鹿之戰，這小兵的確助陣不少，心中怒氣登時熄了幾分，點頭道：「不錯！我記得你出了點力，可是來討賞？」

馮道跪在地上，恭敬道：「是大王率領大家破解了契丹的詭計，晚生……小兵有幸跟著大王，也沾了一點威風，怎敢居功討賞？」

李克用聽他談吐文雅，心中生疑，虎目大瞪，精光如利刃般掃了馮道兩眼，問李嗣源：「他真是你帳下小兵？」

李嗣源見義父似瞧出破綻，不敢再欺瞞，一時答不上話，李克用冷冷一笑，忽然拍桌大喝：

「臭小子！你還有膽踏入我河東？」

馮道被這突如其來的雷聲，驚嚇得打跌在地，李克用見他模樣狼狽，十分有趣，哈哈大笑：「小子，今日你在草場上表現不錯啊！」

馮道拍拍胸口，暗呼好險，隨即抹掉臉上易容的黃泥、鬍鬚，咧嘴一笑，起身拱手道：「晚生拜見晉王，今日有機會為您效力，實是榮幸至極。」

李克用此時心情好極，也不責怪他無禮，笑問：「你方才鬼叫什麼？」

馮道答道：「我瞧耶律阿保機走遠了，想喚他回來。」

李克用笑斥道：「小子盡說渾話！耶律阿保機已經回草原了，如何聽得到呼喚？更何況，本王用了大批牛羊財寶才請動他，你隨口一喚，就想喚他回來？」

馮道認真道：「耶律阿保機前來中原，除了與晉王聯盟之外，還有一件重要事，就是尋訪人才！他想尋找輔佐劉邦、創建大漢的蕭何那樣的人才。」

李克用「哦」了一聲，道：「那又如何？」

馮道說道：「晉王有如此人才，卻不知珍惜，反而要殺之，那還不如送給耶律阿保機！」

李克用恍然明白他說的是張承業，冷哼道：「小子想用耶律阿保機威脅本王麼？」

馮道微笑道：「晚生豈敢威脅晉王？只是為大家尋找解決的辦法罷了！晉王只要把承業公公送去契丹，不但耶律阿保機會感謝您，公公也能保住性命、飛黃騰達，您更去了心頭憂患，還能加深與契丹的情誼，豈不是一舉數得？」

李克用笑斥道：「小子恁地多話，老愛胡說八道！你既遠道前來，我便讓你見見故人。」又喚道：「來人！請都監過來！」

過一會兒，張承業被請入帳中，馮道見他既沒有被五花大綁，也沒有刑求侍候，只是憔悴清瘦了些，心中稍安，行禮道：「小馮子見過公公。」

張承業不禁紅了眼眶，感動道：「小子，你來了！你方才說的話，咱家都聽到了。」搖搖頭道：「咱家寧可死，也不會去契丹，國無二君，我早就立誓一生效忠皇上，怎能去侍候契丹狗賊！」他越說越悲鬱，忍不住跺腳罵道：「你這小崽子，盡出餿主意！這話別再讓我聽到第二遍了，否則我擰斷你脖子！」

馮道嘻嘻一笑：「您得保住性命，才有力氣擰我脖子呢！」

李克用與張承業交情甚好，見到他眼中泛淚，心中一軟，嘆道：「本王不能違背聖旨！」

張承業黯然道：「大王不必自責，事情輕重，咱家十分明白，更何況聖上要取老奴性命，臣也不可以苟活，只盼大王不要忘了你我之間的盟誓，仍要盡力輔佐聖上。」

馮道見張承業一意殉主，心想：「公公事事精明，偏偏一遇上皇帝的事，腦袋便似打了結，我得想個法子幫他開解開解！」轉對李克用說道：「朱全忠最害怕的對手是晉王，他為了切斷皇帝與晉王之間的聯繫，一直想除掉承業公公，但要潛入河東殺人，比登天還難，他因此利用聖旨借刀殺人，除去各地監軍，公公若是死了，豈不是趁了逆賊心意？」

李克用恨聲道：「狗賊用意惡毒，我自然明白！但我若違抗聖旨，就是亂臣賊子，朱全忠馬上就會發兵來攻，這事是兩難！」他心中煩躁，忍不住連聲迭罵：「崔四人詭計多端，又懷恨宦官，這肯定是他想出來的毒計！他身為朝廷棟樑，不知好好輔佐皇帝，卻外倚賊勢、內脅君王，既想掌朝政，又想握兵權，一旦權勢太大，必遭人怨，惹出許多爭端，將來大唐國破家亡，都是此人造的孽！」

馮道搖搖頭道：「崔胤雖痛恨宦官，也在朝廷興風作浪，但他勢力出不了宮廷，如何遍及藩鎮？他沒有這等手段！」

李克用濃眉一揚，沉吟道：「你是說出這主意的另有其人？」

馮道肅容道：「自從玄宗器重宦官高力士開始，我歷代帝王的律令，總是透過心腹宦官來頒布、實行，到後來，大宦官便宛如皇帝的分身，一言一行不只代表著聖意，更代表我大唐的君法禮制，宦官們更是尊崇君威、穩定君權的主心骨。如今天下雖亂，民心仍向著皇帝，期待大唐榮光可以再現。朱全忠想建立新朝，就必須破碎人民心中的仰望，因此他誅盡宦官，並不僅僅是為崔胤剷除異己，另立自己的人馬而已，他是要徹底摧毀唐廷禮制，向世人展現新朝的氣象——一個沒有舊宦官把持的新氣象，這背後是經過高人指點的！」

張承業身為大宦官之一，當然明白自身代表的意義，經馮道這麼一提醒，不由得「啊」了一聲，驚顫道：「你的意思是……朱全忠想要稱帝了？」這雖然是再明白不過的事，可他總是欺騙自己這一日永遠也不會到來，馮道這番話就像一道雷電直接破開那脆弱的防護，內心的恐懼、憤怒瞬間翻湧出來，他玉白的臉脹得血紅，清瘦的身子更微微顫抖，握拳痛罵道：「惡賊！惡賊！這可怎麼辦？咱家絕不能隨意就死！」

馮道又對李克用道：「晉王若能保住公公，表面上是違旨抗命，實際上是展現自己高舉唐廷的決心，不只皇帝龍心大喜，更能贏得天下人的敬重，如此還有機會結合朝廷和各方勢力，共同對付朱全忠。一旦監軍死盡，便只能任朱全忠擺佈了！」

張承業不可思議地望著他：「小子！不簡單啊！從咱們初遇到現在，不過短短數年，你竟似脫胎換骨，把這事看得如此透澈，真不枉聖上一番栽培，咱家後繼有人了！」

馮道微笑道：「晚生不敢辜負聖上和公公的教導。」

李克用雖然強撐場面，但想到形勢如此惡劣，也不由得一嘆：「各方勢力早就投靠朱全忠，否則我又何必結盟契丹？」

馮道說道：「除了承業公公之外，還有幽州監軍張居翰、清海監軍程匡柔、西川監軍魚全湮以及退休居住在西川的嚴遵美，都有一定的影響力，只要晉王修書幾封，分送劉仁恭、楊行密、王建，說明其中關鍵，他們必會以尊奉天子朝廷之名，保護這幾位監軍的性命。」

李克用沉吟道：「本王先派人去探探其他藩鎮情況，看他們如何應對除宦令。」

馮道說道：「晉王放心，晚生先前已與盧龍參軍談好，劉仁恭絕不會殺張居翰。」

李克用道：「好吧！就依你了！」

李嗣本搶話道：「但朝廷要我們上交監軍首級，該怎麼辦？若違旨不交，哪有臉面說尊奉皇帝？」

馮道說道：「這個不必擔心，在下淺學一點易容術，只要以死囚改裝代替，要瞞過朝廷應該不難，待風聲過後，再請這幾位德高望重的監軍出來，一起高舉朝廷，擁護聖上，也能壓一壓朱全忠的氣燄。」

李克用原本就不想殺張承業，欣然答應：「好！小子，這回看你的本事了！」

馮道拱手道：「晚生不敢有誤。」

過一會兒，李嗣本帶一副剛處死的囚犯屍身進來，又備上馮道指名要的易容器具，道：「小子，全交給你了。」

李存勖一直冷盯著馮道，插口道：「倘若瞞不過朝廷，又為河東惹來禍事，便拿你的項上人頭充數！」

馮道微笑道：「倘若事情成功，三太保又怎麼謝我？」談話間已拿起黃泥在死囚頭上捏捏抹抹，塑造出張承業的頭骨形狀，接著把事先備好的薄皮頭套，套上死囚頭顱，再用筆墨、粉彩在面皮上塗塗畫畫，過了好一會兒，便大功告成。

眾人看得嘖嘖驚嘆，張承業驚呼道：「看這頭顱好像看著自己，怪噁心的！」

李存勖對張承業拱手道：「這段時間要委屈都監躲藏起來，勿四處走動，待風聲緩些再出來。」

李克用笑道：「本王也需要養傷，咱兩個老傢伙一起到斛律寺裡享清福，也算有個伴！亞子，河東便交給你了。」

李存勖道：「父王放心養傷，孩兒有義兄們扶持，晉陽必是固若金湯。」

李克用一揮手，讓人把囚犯屍身帶下去，轉對馮道說道：「今日這事你辦得很好，但前年晉陽一戰——」口氣一沉道：「我損兵折將，幾乎破亡……」

馮道心中一跳：「說得好好的，怎麼來翻舊帳了？」

李克用笑道：「其實那一戰早晚都會發生，幸好最終城是守住了，過去的事便過去了，本王能容得下劉仁恭那反覆小人，還容不下你嚒？我飛虎子的胸襟豈只那麼一丁點？你老實說，想不想留下來？」

馮道投靠劉億的希望破滅，難免有些失落，見李克用主動化解昔怨，不由得心中感動，深深一揖，道：「多謝晉王寬宥晚生罪過。晉王在亂世洪流之中，獨扛大唐旗幟，與奸雄梟逆周旋，晚生對您的忠貞志節實是由衷感佩，能得晉王青眼，一展抱負，更是三生有幸，晚生才疏學淺，行事難免有誤，今後望晉王有以教之。」說罷又深深一揖。

張承業見他話裡行間扣住「大唐旗幟」、「忠貞志節」，心中暗暗點頭：「這小子不忘本分，真不枉聖上一番栽培。」

李克用原本就沒打算稱帝，扶持正統也是目前的策略，聽馮道這麼說，喜得良才，拍桌一笑：「好！要留在我軍中，可得有真本事，本王考考你，一年不見，你說說，我沙陀軍有沒有長進？能不能對抗朱全忠？」

馮道見李克用心情甚好，實在不想壞他興致，又不能說謊，只好硬著頭皮道：「不能！」

李克用臉色一沉，喝問：「為何不能？我今日不只打贏了契丹，還讓他們承諾派出七萬精兵相助，河東猛虎正是如虎添翼，為何還不能勝？」

馮道低聲道：「晉王金口相問，晚生不敢撒謊，只有直言以答。」

李克用怒道：「你有膽子便再說一次！」

馮道說道：「正因為結盟契丹，才更不能勝過朱全忠，虎狼豈能同行？要打敗朱全忠，不需耶律阿保機，只需慫恿王鎔、王處直倒戈……」

李克用一把火冲了上來，呸道：「還以為你有什麼高見！若能說動他們，我也不需冒險找上耶律阿保機！」

馮道勸道：「晉王既然知道與契丹合作是冒了大險，為何還要與惡狼為伍？」

李克用恨怒道：「契丹狼不可信，中原狼難道就可信？王鎔、王處直、劉仁恭全背叛我去投靠朱全忠！這等背信棄義之人，本王不屑與他們為伍！」他越說越怒，碰地一聲拍案道：「總有一日，我飛虎子要將這批白眼狼全都撕個粉碎！」

馮道心中一跳：「糟了！劉仁恭任意妄為，惹火李克用，盧龍百姓可要倒大霉了！」想到鄉親要受戰火塗炭，不禁心生憂慮：「劉仁恭父子殘暴不仁，滅亡是早晚的事，但沙陀軍若是攻滅河北，依李克用對劉仁恭的怨恨，和沙陀軍的惡劣習性，一定會燒殺擄掠，不行！就算惹怒晉王，也要勸他一勸。」鼓起勇氣又道：「晉王若想壯大河東，首要之務便是整頓軍紀，嚴禁他們白晝剽攘、酒博喧競，淩侮官吏、豪奪士民，其次是任用賢才，懲治貪官惡吏，寬刑減賦，令經濟大治，成為軍隊的後盾，這樣才有希望對抗朱全忠。」他連珠砲似說了一大串，說完之後，四下一片靜默，沙陀眾將只睜大眼瞪著他，心中都想：「這小子瘋了！肯定是瘋了！說不定熊心豹子膽吃太多，才弄得瘋了！」

馮道忽覺數十道精光從四面八方射來，環目望去，見眾將狠狠相瞪，個個呲牙咧嘴，好似猛虎要將自己生吞活剝，不由得一驚：「糟了！他們不會想吃了我吧？」

亂世吃人實屬平常之事，尤其黃巢之亂時，滿城百姓往往就是現成的軍糧，馮道想到滿身皮肉被啃個精光的慘況，方才的血氣之勇頓時消失得無影無蹤，只緊緊咬住牙關，不敢吭出半聲，心中暗暗驚呼：「小馮子沒幾兩肉，不好吃！真的不好吃，你們不必這般看我……」

「咯咯……」四周一時靜得可怕，卻傳出陣陣微弱的牙關打顫聲，李克用側耳一聽，不由得爆出哈哈大笑：「小子你有膽！竟敢奪取老虎口中的肥肉！這種事連我飛虎子也做不得，你竟敢提出來？」又嘿嘿笑道：「將領不餵飽，哪有力氣打仗？你讀的是什麼酸腐聖賢書？別再讀啦！讀得你腦袋都不靈光了！」眾將也爆出陣陣嘲笑。

馮道被譏得臉上一陣潮紅，忍不住一時意氣，又道：「晉王……」

「碰！」李克用怒斥道：「要不是看在你建了點功勞的份上，本王早就一掌劈了你！滾！」見馮道仍呆杵著，大掌一揮，不耐道：「終究是沒見過世面的鄉下小子！還不快滾！」

馮道只得拱手告辭：「晚生拜別晉王、公公和各位英雄了！」

張承業雖覺兩人匆匆一別，不知何時可再見，甚是可惜，但想：「小子看似文文弱弱、嘻笑隨和，骨子裡還是有一股文人拗脾氣，他留在這群虎豹堆裡，早晚會送了命，還是走得好！」與馮道目光相對，微微點了點頭，意思是：「你還是到外面去，為聖上多樹立一些勢力，河東便交予我了。」

馮道心想：「公公終究是明白我的。」便轉身走了出去。

李克用見馮道沒有卑躬屈膝地求事，反而瀟灑離去，更加惱火，「碰！」又是一掌轟向身前桌案，但桌面只出現一道裂痕，並沒有碎裂，足見他傷勢實在不輕。眾將領互望一眼，心中都暗罵馮道：「小子不知天高地厚，不只得罪了我們，還惹得義父如此生氣，今後他敢再踏入河東，一定饒不了他！」

只有李嗣源看出李克用十分懊惱，朗聲道：「父王，我去送送他。」一邊起身追出帳外，一邊高聲喚道：「馮兄弟，請留步！」

馮道停了腳步，回過身來，無奈一笑：「大哥！」

李嗣源快步走近他，誠懇道：「三弟，你幾次為我河東解決了大難題，義父雖然趕你走，可他心裡是想你留下來的，只不過老人家拉不下面子挽留你罷了，你怎地真的走了？」

馮道見他神情懇切，自己卻三番兩次拒絕他的好意，歉然道：「大哥，我不能留下來。」

李嗣源嘆了口氣：「我明白你一身儒士傲骨，瞧不起我們燒殺擄掠，但父王不能整頓軍紀，實有苦衷！」頓了頓，又道：「如今各方藩鎮都出重賞招募勇士，訓練成剽悍牙兵，無論保疆衛土、征戰殺伐，倚靠的全是他們，因此父王只能答應他們打勝仗後，可以放肆一番，這至少是明著賞賜，倘若不這麼做，逼得他們暗中搜刮財寶、聚兵自立，就生出禍亂了。」

馮道憤然道：「軍兵無紀，惡大於流匪，這才是天下禍亂的根源！」

李嗣源道：「兄弟，你是個文人，這其中險惡你真的不能體會！牙兵往往是父子相承、姻族相連，結合成一個堅不可破的驕兵集團。只要一個不高興，他們便聚眾鬧事，輕則操控主帥，重則另投藩主。篡逆弒主更是常有的事，有時一夜之間，節度使的人頭就被割下來了。父王親軍過萬，多是邊境民族，性情更是桀驁，動不動就違反紀律，亞子也曾提過要按律懲處，但眼下局勢緊張，父王擔心萬一逼得太緊，他們轉投朱全忠，晉陽就不保了，這才姑息忍讓，等除去朱全忠這大敵，便會大力整頓。」❶

馮道說道：「汴梁軍紀嚴厲，也不見人背叛，反倒眾將爭相投效，這是為什麼？因為軍兵跟著將軍打仗，最基本的是打勝仗、保性命，然後才是賞賜。軍紀混亂，十戰九輸，再多的財寶也沒命享受，難道這真是河東士兵盼望的？」頓了頓，道：「因為他們相信跟著朱全忠有希望，他們要爭的是長久的前程，而不是一時的痛快！」

李嗣源臉上閃過一絲尷尬，馮道忽覺過意不去，婉言道：「大哥，對不住，我言辭過分了！這事既然一時無解，暫且不說了，但有兩件事，還需特別留意。」

李嗣源道：「什麼事？你說，我必謹記在心。」

馮道說道：「第一件事是關於汴梁，我聽說朱全忠提拔了一位鐵槍將軍王彥章，專門用來剋制烏影寒鴉槍。」

李嗣源英眉一蹙，道：「竟有此事？好！我會特別留意。」

馮道又道：「第二件事是切莫相信耶律阿保機！」

李嗣源也是信義之人，因此不怎麼相信契丹會背盟，道：「今日雙方大費周章，好不容易才定下盟約，怎麼不能相信？」

馮道解釋道：「大哥長於草原，應瞭解狼之習性：狼行走無聲、最喜回顧，一防襲敵、二尋獵物。狼群不只凶險，狼王更有爭帝野心，一旦看見肥鹿在前，絕不會輕易放過！猛虎雖強，一旦遇到狼群，也要避退三分。」

李嗣源心思一轉，已然明白，蹙眉道：「你說得不錯！耶律阿保機此趟前來，機關算盡，他原本想吞併河東，雖功虧一簣，卻已經讓義父傷上加傷，又帶走我們大批財寶，使我們府庫空乏，萬一他反悔不肯出兵，這結果只怕河東承受不起。」

馮道問道：「大哥，你實話告訴我，晉王的傷勢有多重？」

李嗣源目光一黯，道：「你瞧出來了？」

馮道說道：「連我都瞧出來了，你說耶律阿保機看不看得出來？朱全忠會不會得到消息？」

李嗣源心中一沉，道：「你是說我河東沒希望了，所以你才不願留下來？如果是這樣，大哥也不好挽留你了。」

馮道搖搖頭，正色道：「不！正因為我還抱著希望，才大膽勸說晉王要整頓軍紀，可他不聽勸，我也沒有法子！更何況，三太保並未諒解我，我留下來，成不了什麼事。」

李嗣源道：「你要約束將領，這事一時不易辦成，只要你留下來，咱們聯手進行，一定可以慢慢改變。亞子那邊，大哥會為你說項，他不是心胸狹窄之人。」

馮道連忙阻止道：「大哥切莫為小弟出言，要是壞了你們兄弟之情，我可罪過了！」

李嗣源聽他分析情況，又見他執意拒絕，不禁為河東的未來更感擔憂，道：「耶律阿保機魔功太過厲害，我這一次只是僥倖得勝，萬一他率兵來攻，真沒人抵擋得了，大哥誠意相邀，你也不願留下麼？」

馮道說道：「耶律阿保機的魔功也不是全然無解，據我觀察，他夫妻對戰大敵時，常常形影不離，看似伉儷情深，真正的原因卻是『納影魔功』與『氣根大法』是一組相輔相成的武功，對戰前，只要不讓述律平接近，盡量分開他們夫妻即可。」他稍加解釋後，又勸慰道：「大哥不必太悲觀，三太保很聰明，你們兄弟互相扶持，再加上周將軍、承業公公的輔佐，河東雖遇難關，總能渡過。反倒是皇帝處境越來越艱難，我必須趕回京城瞧瞧情況。」

李嗣源點頭道：「我明白了！外頭兵荒馬亂的，將來只怕更亂了，你自己當心。」

「大哥也保重，後會有期了！」馮道告別李嗣源之後，便策馬出城，想與褚寒依相會，豈料才走到郊外小徑，就見到前方有兩人並騎攔路，正是耶律阿保機和述律平。

馮道頭皮一陣發麻：「我破壞了耶律阿保機吞併河東的計劃，又識破述律平的邪陣和氣根大法，他們怎可能放過我？」轉念又想：「我大鬧五星陰人陣時，是一頭散髮、滿面血污；逐鹿之戰時，又戴著小兵面具，他們未必認得出來，小馮子，鎮定些，莫自己嚇自己！」

他緩緩驅馬前進，轉念一想，又覺不對：「倘若他們並未識出我，為何不在旅店等我，卻當路攔道？」雖然逃命機會不大，但早逃一分是一分，手中一扯韁繩，正想調頭離去，耶律阿保機已大喊：「馮兄弟，想不到你我在此巧遇了！」一個快馬奔近，眨眼間已來到馮道面前。

這等策馬之術，馮道無論如何也比不上，眼看是福不是禍，是禍躲不過，也只能硬著頭皮迎上：「劉將軍，咱們可真是有緣！」

耶律阿保機微笑道：「我很欣賞你，我怕你不來赴約，便在這兒等你。」

馮道強顏笑道：「君子言而有信，我既答應了你，又怎會失約？」

耶律阿保機目光深深地盯著馮道，彷彿要探進他心裡，一字一句道：「因為我是契丹的大于越——耶律阿保機！」

馮道只被瞧得毛骨悚然，心中暗叫不妙：「他這麼直言說出，是試探我來著，想看看我是不是逐鹿之戰那個指揮陣法的小兵了！」這念頭只一閃而過，連忙佯裝出震撼到天上、吃驚到地底的表情，身子一顫，險些從馬背上滾跌下去，耶律阿保機卻是眼明手快，迅速伸出長鞭扶了他一把。馮道將雙眼張到最大，瞪著他的臉支支吾吾道：「你、你、你說你是……原來你是……那個耶律阿保機？」

耶律阿保機微笑地點了點頭，以鞭梢把他扶正在馬背上，道：「你可願去契丹當蕭何那樣的大官？」

馮道嘆了口氣，道：「可惜了！我是大唐子民，不能去契丹當官。」

耶律阿保機語氣一沉，道：「晉水河畔，我們相談甚歡，只因為身分不同，你便反悔了？倘若你不喜我是契丹人，又為何相助李克用，難道他不是外族嚒？」

馮道見他把話直接挑明，暗呼：「他早知道率陣的小兵是我，我還作戲作得那麼認真，小馮子這回你可丟臉丟大了！」摸了摸腦袋，尷尬一笑：「那個……嘿嘿……那個……我是去找張都監的，我有事相求晉王，只好幫忙出點小力。」

耶律阿保機微笑道：「出點小力就壞了我併吞河東的計劃，馮兄弟，你很行！」

馮道聽他語氣諷刺，只好陪著傻笑，心中暗暗擔憂：「他認出我是率陣的小兵，不知老妖婆有沒認出我是破壞氣根和邪陣之人？」忍不住瞄了後方的述律平一眼，她臉上無喜無怒，實在看不出什麼意圖，馮道便繼續裝傻：「那白鹿原本就要送出去，又是被李嗣源套走的，關在下什麼事呢？我怎麼破壞于越的計劃了？您真說得我糊塗啦！」

耶律阿保機臉色一沉，道：「沙陀人軍紀極壞，你寧可幫助他們，卻不願助我？」

馮道見他眼底蘊著沉沉殺光，暗呼糟糕，又見述律平美眸閃爍，唇角流露一抹邪惡笑意，心中唉呼：「這老妖婆巴不得我死去，他二人聯手，連李克用都認栽，一腳貓的小馮子又怎能逃得過？」既然難逃一死，索性挺起脊骨，放膽大聲道：「晉王乃是大唐皇帝親自冊封、御筆賜名的武將，直到今日，他仍一心尊奉唐帝，可你契丹野心勃勃，只想侵我國土、掠我百姓，教我如何助你？」

耶律阿保機精光更加深沉，冷冷道：「你若不順從，我舉手便可殺了你？」

馮道哼道：「初遇之時，在下敬你是英雄豪傑，才想委付前程，豈知竟看走了眼！」

耶律阿保機道：「你什麼意思？難道我丟失白鹿，便不算英雄？」

馮道搖頭道：「逐鹿不中，回去努力練套繩便是，怎能把怒氣發在一個不相干的小子身上？你身手絕頂，卻用來欺侮弱小，又豈是英雄豪傑所為？」

耶律阿保機被他說得又好氣又好笑，心中殺意不知不覺減了幾分，微笑道：「你可低看本于越了！我殺你，不是因為你不順從我，而是我不能留著你給敵人使用。」

馮道苦笑道：「那您也太高看我了！在下只是一個求仕不順、處處碰壁的鄉下小子，你真的不必太在意，倘若我真有十足本事，為何朱全忠不用我、李克用不收我？」

耶律阿保機微笑道：「因為他們不懂你的好處！」

馮道說道：「既然他們都不懂我，您就更不必擔心我被敵人使用了。」

耶律阿保機緩緩說道：「我已經一統契丹內部，正準備擴張，我見梁兵席捲大北方，便有意一爭雄長，我想建立不朽功業，重用漢人漢典，開創像大漢那樣的太平盛世！我不是暴君，也自信比朱全忠、李克用更能治國，你來投我，必能一展抱負！」

馮道搖頭道：「孔夫子說：『君子固窮，小人窮斯濫矣』，我馮道雖沒什麼才能，也算讀過聖賢書，自當安貧樂道，不失節操。」他拿出懷中寶盒遞了出去，又道：「無功不受祿，晚生既不能為于越效力，就不該收受厚禮，倒是于越送白鹿給晉王一事，我有點小見解。」

耶律阿保機雖不在意一盒金寶，但知道馮道絕不肯留下私用，也不再堅持，以鞭梢捲回寶盒，道：「你有什麼見解，說吧。」

馮道說道：「于越雖酷愛漢書，卻讀不通透，只知《史記・淮陰侯列傳》說：『秦失其鹿，天下共逐之』，卻不知《史記・孝武本紀》也有白鹿一說。」

耶律阿保機微笑道：「我如何不知？《史記・孝武本紀》說：『天子苑有白鹿，以其皮為幣，以發瑞應，造白金焉。』意思是白鹿尊貴，天子苑若是豢養白鹿，上天便會降下祥瑞。」

馮道說道：「這句話表面上指白鹿乃是天子之物，但其中『瑞應』二字卻是指帝王必須修德，使國泰民安、河清海晏，蒼天才會以祥瑞回應，若是野心勃勃地想興兵爭戰，只怕蒼天回應的便是災禍了！」

耶律阿保機臉色一沉，馮道卻是微微一笑，拱手道：「希望下回重逢時，能和于越共品一樽酒、賞幾盆花，閒聊小事，莫再兵戎相見了！」橫豎是一死，他一咬牙，大膽地轉身離去。

述律平見馮道就要奔遠了，道：「他恐怕識破了氣根大法，讓我殺了他！」

耶律阿保機胸懷廣闊，初時生氣，不過片刻已轉怒為喜，目送那遠去的背影，微笑道：「這小子就是我要找的蕭何，我不准妳動他。」

述律平道：「倘若這小子真有本事，留著他，我們便難取中原。」

耶律阿保機道：「終有一日，我一定會得到他的！走吧！」

夫妻倆併肩緩緩策騎而行，耶律阿保機目眺北方，遙指浩瀚草漠，道：「我幼年時，家族被殺害，幸好有釋魯伯父收留，又讓我擔任撻馬狘沙里（扈衛官），我憑著這支撻馬狘精銳四方征戰，勝了小黃室韋、越兀、烏古、六奚、比沙笷等鄰近小部落，正一步步建立功勳時，想不到伯父竟被滑哥殺害……」❷

耶律釋魯也是個弓馬上的大英雄，卻因為兒子滑哥不肖，勾引父妾花姑，兩人怕姦情敗露，竟然逆倫弒父，耶律阿保機暗中查出伯父死因，為保住耶律家顏面，只殺死花姑，饒了滑哥一命。

述律平知道他十分感念伯父的栽培之恩，道：「依我說，滑哥凶逆狡猾，早該處死，你就算饒了他，他也不會感恩，日後肯定還會惹禍，斬草除根方是上策。」

耶律阿保機微然搖頭，道：「再怎麼說，他也是伯父的孩兒，我若殺了他，雖是為伯父報仇，總是遺憾。若是有人拿這個作文章，說我為了奪權，便狠下殺手剷除異己，連恩人的兒子也不放過，我要如何辨駁？難道說出實情，讓耶律家蒙羞，伯父死後還受人嘲笑？」長長一嘆，又道：「我繼承了伯父的于越地位，擊潰部落豪強蒲古只，成了阿主沙里，也算不辜負他的遺願了！」

述律平握了他的手，微笑道：「這兩年契丹在你的率領下，南襲河東、懷遠、薊北、九郡，北攻女真，耶律先祖在天有靈，都會以你為榮！」一指中原山川，豪氣道：「接下來，這花花江山都任我們予取予求！」

耶律阿保機一掃心中陰霾，笑道：「還是妳最明白我的心，等草原統一之後，便是大軍南進了！」頓了頓又道：「我瞧馮兄弟很有本事，他說先建立一座中心城發展鹽鐵產業，我覺得很有道理，將來草原各部的產業都由我迭剌部供應，時日一久，我便能緊緊掌握各部的命脈，也不怕他們造反了。」

述律平聽他要採用馮道的計策，不以為然道：「那小子有什麼了不起？你心中最喜歡蕭何，我便多讀漢書輔佐你，我的本事一點也不比他們差，我也可以是你的蕭何！」

耶律阿保機握了她的手，微笑道：「如果我是高祖劉邦，妳就是權相蕭何！以後我當了皇帝，便賜妳家族蕭姓。」

述律平不服氣道：「既然有我這女蕭何，你還一心想找漢人蕭何、男蕭何！」

「賢人異士，多多益善！」耶律阿保機雙目放光，朗聲道：「我不只想找漢人蕭何，我還想學漢人規矩。」

述律平愕然道：「什麼漢人規矩？」

耶律阿保機道：「那日我聽馮兄弟說蕭何有傳國之功，提醒我一件事，我耶律阿保機打下的江山，為何不能世世代代傳予我的子孫？」他揚臂指向蒼蒼雲空，彷彿對天立誓道：「我要做天皇帝！」

草原領袖乃是由各部族一次次推舉出來，通常是以武力軍功為勝負，並非如中原禮制般是由皇家世襲，耶律阿保機這想法是要把帝位永遠留給耶律子孫，如此推翻草原規矩，勢必會引起各部族不滿，更會引發燎原戰火，這是一條不成功，便萬劫不復的殺伐之路！

述律平原本就知道耶律阿保機不是池中物，但聽到這番雄心壯志，仍是萬分驚喜，全身不由得火熱了起來，面對艱險前路，一點也不害怕，歡快道：「好！你有什麼心願，我都與你並肩作戰，我一定會助你當上天皇帝，但我不要當女蕭何！」

耶律阿保機「哦」了一聲，笑道：「妳不想當蕭何，那妳要什麼賞賜？」

述律平道：「漢高祖進洛陽而取天下，我聽說唐朝也有一位奇女子，也是定都洛陽而得天下。」

耶律阿保機道：「妳是說武則天？」

述律平昂首道：「武氏輔佐夫君平內亂、防外患，兩人並稱雙聖、共同臨朝。有朝一日，表哥成為天皇帝，我要當地皇后，我要坐在你身邊為你輔政，就好像大唐的雙聖一般！」

耶律阿保機一點也不以為忤，相反地，他就欣賞述律平巾幗不讓鬚眉的豪氣、殺伐決斷的毅力，在血腥波濤的爭王路上，這樣的女子才是他不可或缺的好伴侶，見她如此自信，不由得哈哈大笑：「好！將來我一定封妳為地皇后！」兩人一扯轠繩，並肩縱騎而去。

（註❶：五代時期，「易五姓十三君，而亡國被弒者八。」都有牙兵參與起事。）

（註❷：撻馬原是眾人隨從之意，撻馬狘是契丹扈衛隊名，沙里原本是郎君之意，此處是指扈衛官名。阿主原意是對父祖的尊稱，于越原是「大之極矣」的意思，此處乃是契丹官名，無品階，總管軍國大事。）

九〇四・一

猛將紛填委・廟謨蓄長策

崔胤假朱全忠兵力以誅宦官，全忠既破李茂貞，併吞關中，威震天下，遂有篡奪之志。胤懼，與全忠外雖親厚，私心漸異，乃謂全忠曰：「長安密邇茂貞，不可不為守禦之備。六軍十二衛，但有空名，請召募以實之，使公無西顧之憂。」全忠知其意，曲從之，陰使麾下壯士應募以察其變。胤不之知，與鄭元規等繕治兵仗，日夜不息。及朱友倫死，全忠益疑胤，且欲遷天子都洛，恐胤立異。

宿衛都指揮使朱友倫與客擊球於左軍，墜馬而卒。全忠悲怒，疑崔胤故為之，凡與同戲者十餘人盡殺之，遣其兄子友諒代典宿衛。《資治通鑑．卷二六四》

馮道與褚寒依會合後，一路往南而行，途中說起河東情況，褚寒依驚詫道：「當初我便覺得劉億有些古怪，想不到他竟是耶律阿保機！」

馮道苦笑道：「好老婆明察秋毫，小馮子有眼不識泰山！」

褚寒依拱手笑道：「恭喜恭喜！咱們小馮公子本事高強，不只觸怒朱全忠、李茂貞，還趕走耶律阿保機、氣壞李克用，看來，整個北方豪強都被你得罪光了！」

馮道嘆道：「我原本盼望投靠一位明主，給皇上添個助力，也給妹妹一個安穩日子，唉！看來連這點指望也沒有了！」

褚寒依聞言，心中一陣感動，又見他神色有些沮喪，昂首大聲道：「你這麼本事，將來一定有許多人賞識你，我才不擔心呢！北方無處立足，咱們就去南方！」

馮道尷尬道：「這可不行！我在玄幻島搶奪神仙草時，也得罪了楊行密。」

褚寒依「啊」了一聲：「我可小瞧你了，想不到小馮公子一人挑了天下英雄呢！」

馮道慘然道：「妹妹別笑話我了！再這麼下去，我只能回家種田了！」

褚寒依微笑道：「這幾日你忙著解救承業公公，我可得到一個好消息！」

馮道好奇道：「什麼好消息？」

褚寒依道：「甯國節度使田頵、潤州團練使安仁義二人居功不滿，暗殺了大將康儒，又聯合錢鏐手下的徐綰、許再思準備一起造反，四大軍團暗中向朱全忠投誠，教汴梁大軍至宿州接應。」

馮道順勢推辭道：「看來淮南要大戰了，咱們又怎能逃往南方？」

褚寒依微微一笑，道：「幸好你事先教我傳訊給大王，勸他與海龍王聯姻，朱全忠見南方雙雄忽然結親，十分意外，便不敢躁進。」

馮道笑道：「十國第一人和海龍王聯手，還有誰敢進攻？就連朱全忠這混世魔王也只能摸摸鼻子回去了。」

褚寒依道：「大王派王茂章去潤州對付安仁義，又派大將李神福去對付田頵，這些反賊沒有朱全忠這大魔頭支持，自是兵敗如山倒。」

馮道點頭道：「楊行密十分本事，一旦有了提防，自能將反賊一網打盡。」

褚寒依微笑道：「大王敉平叛亂後，抓了徐綰，將他裝入檻車送給錢鏐處死。」

馮道歡喜道：「太好了！如今兩藩和平相處，南方百姓可享一段太平日子了！」

「但最好的事都不是這些，而是——」褚寒依握了他的手，柔聲道：「這回多虧了你，才能免除一場大禍，大王和義父都很欣賞你，你隨我去淮南，一定能施展抱負。」

馮道心中卻是躊躇：「楊行密偽善，煙雨樓主詭祕，最可怕的是徐知誥，拿我當敵人不死不休！海龍王曾警告我，能離這小子能有多遠，便離多遠！小馮子，你這隻小羊一入虎穴，豈不被他們吞吃得連骨頭都不剩？」

褚寒依見他猶疑，便輕輕倚入他懷裡，楚楚可憐道：「難道你不想和我一起嚒？我從小沒爺沒娘、無依無靠，你待在我身邊，人家心裡才踏實些。那日我聽你說要投靠劉億，很是擔心，我怕我們身在不同陣營，將來會起了衝突。」

馮道聽她溫柔軟語，一時熱血上湧，幾乎要衝口答應，連忙打了自己一記耳光，心中暗罵：「小馮子，你真沒出息！」褚寒依一愣，柔聲道：「怎麼啦？」

馮道定了定心神，昂首道：「從前我見商王、紂王因美色誤國，便告誡自己，將來若入朝為仕，絕不能受美色迷惑，做出壞事來。我苦讀多年聖賢書，雖不及孔孟聖賢，至少能當個『馮下惠』，就算有美女坐懷，也不心亂。」

褚寒依噗哧一笑，馮道見她笑意迷人，一雙美眸柔情似水，好容易撐起的意志力全面潰決，長長一嘆：「可我一見了妳，心裡總是亂哄哄的，頭腦也昏沉沉的，這才知道不是紂王太壞，而是妲己太美，我連柳下惠都差得太遠了！」

褚寒依心中又好氣又好笑：「這呆頭書生，什麼都要搬出孔孟夫子、聖賢道理，囉哩囉嗦的！我來幫你下決心！」遂使出煙雨樓的誘惑招數，雙臂軟軟勾住他頸項，蜜唇貼近他耳畔，以甜膩嬌羞的聲音囁嚅道：「等去了南方，義父主持婚典後，你我夫妻……便是同心一體……」

「夫妻同心一體……」美人在抱、溫香軟玉，這魅惑的話語令馮道生出無限遐想，全身都沖湧起火熱的勇氣：「楊行密、煙雨樓主有什麼可怕？你堂堂隱龍，難道還怕一個小小徐小子？不入虎穴，焉得小母虎？孟夫子也說：『雖千萬人，吾往矣』！」他一時氣血沖腦、神魂顛倒，但覺孟夫子也教自己往前衝，幾乎就要脫口答應，忽然一陣寒風吹來，前方樹林傳來古怪的叮叮咚咚聲，敲得馮道頓時清醒過來，他抬頭望去，見一根根大浮木沿著河水東流，互相撞擊，發出成串聲響，心中好奇，道：「咦？那是甚麼？」便拉了褚寒依起身，道：「咱們瞧瞧去！」褚寒依功虧一簣，暗暗懊惱，卻也只能隨他而去。

兩人到了岸邊觀看，見每根浮木圓徑數尺、長三丈，排列得整整齊齊地順水而下，馮道但覺有些不對勁，沉吟道：「這些浮木有些古怪！」褚寒依道：「或許有人在上游砍伐森林。」馮道瞧了半晌，又道：「誰會在夜裡漂流圓木？更何況這些並不是新砍的樹木，而是陳年舊木，個個雕刻精緻，不是一般的東西，很像……」

兩人互望一眼，同聲驚呼：「皇宮的樑柱！」

馮道心中思索：「這條河的上游是長安，下游是洛陽……」驚呼道：「糟了！京城要出大事了，皇帝有危險，咱們快快回去！」拉了褚寒依就要奔出，褚寒依卻是施了內力，一把拽住他，道：「不准去！」

馮道愕然道：「怎麼啦？」褚寒依臉色微微蒼白，一抿朱唇，堅定道：「我說不准去。」

馮道急道：「妹妹妳相信我，皇帝真有危險！妳想想，誰敢擅自拆除皇宮樑柱？這一定是朱全忠準備遷都了，但皇帝尚未答應，朱全忠怕打草驚蛇，才在夜裡悄悄行事。一旦皇帝抵抗不住，被逼往洛陽，就會失去京城勢力，接著朱全忠會逼帝禪位、誅殺皇族，時間不多了，咱們得盡快趕赴京城！」

褚寒依緊緊抓住他，不肯放手：「憑你一人之力，怎能救出皇帝？」

馮道好言道：「身為臣民，本該忠君報國，更何況聖上對我有提攜之恩，我怎能見死不救？於情於義，都說不過去，我若是不盡力一試，這輩子都要良心不安。」

褚寒依激動道：「救了聖上，你能把他安置何處？你忘了鳳翔的慘況嚒？」

鳳翔是馮道心中的痛，如何會忘？他深吸一口氣，肅容道：「我不會把災禍帶到任何地方！我只想保住聖上性命，救人之後，我會恭請他放手，好好躲藏起來，安度餘生。朱全忠一旦沒有皇帝在手，做什麼事都名不正、言不順，至於其他人怎麼爭鬥，只能各憑本事了。」褚寒依道：「倘若聖上不答應呢？」

馮道說道：「無論答不答應，這都是我為他做的最後一件事！」

「我隨你去。」褚寒依毅然道：「無論是生是死，我都不想再離開你。」

馮道心中一暖，溫言道：「老公本事高強，死不了的，但妳不能跟著我，妳得去搬救兵，將這消息盡快告訴李茂貞，讓他聯合王建；還有承業公公，讓他勸李克用出兵，當然還有楊行密和趙匡凝，總之援兵越多越好，待救出皇帝，安頓好了，我們便一起去淮南。」褚寒依見他終於答應前去淮南，十分歡喜，緊緊擁了他，道：「你肯去淮南，大王一定會派人前來接應，你自己小心。」馮道在她額間一吻，兩人才依依不捨地分別。

馮道掛念皇帝安危，一路快馬急奔，好容易到了長安，卻見軍兵巡防嚴謹，滿城瀰漫山雨欲來的氣氛，不由得更加憂心：「果然要發生大事了！我得盡快找到皇帝。」便設法打扮成禁軍模樣，潛入皇宮。但大明宮何其廣大，有「千宮之宮」之稱，大殿小室多不勝數，馮道不知皇帝被安排在哪一座殿室裡，若胡亂闖蕩，只怕沒找到人，就洩露了身分，他思來想去，決定先往內衙正殿的「紫宸殿」而去。

紫宸殿乃是天子便殿，是皇帝與親近大臣尋常議事的地方，東側有浴堂殿、溫室殿，西側有延英殿、含象殿，北方即是後宮妃嬪居住處，皇帝一議完事，便可回寢殿休息。

馮道猜想這是最可能的地方，但紫宸殿外巡防十分嚴謹，進出都需核對身分，嚴格搜身，若不是守衛此地的禁軍，就算馮道身穿禁軍服色，也不能隨意靠近，他心想：「上回我易容換出皇帝，這一次他們可是做足了準備，完全不讓陌生人靠近，即使順利潛入殿裡，只怕皇帝身邊也有人監視著……」他正思索該如何突破時，忽見一位熟人從紫宸殿出來，面色微愁，在僕衛保護下匆匆離去，正是當朝大宰相崔胤！

馮道暗想：「崔胤與朱全忠勾結甚緊，一定知道許多祕密，我不如從他身上著手。」便設法跟蹤崔胤，只見崔胤走近「中書堂」，低聲詢問一名僕衛：「貴客約好了麼？」

僕衛答道：「啟稟司徒，貴客四更一刻到。」崔胤點點頭，便進入堂內靜心等候。

馮道暗想：「他一個當朝權相，究竟約了誰，需要偷偷摸摸的？」便設法悄悄登上屋頂，借屋旁的大樹陰影遮蔽身形，又小心翼翼移開一片屋瓦，從空隙往下偷覷。

崔胤一人待在中書堂裡，負手踱來踱去，似乎十分忐忑。一過四更，僕衛便進來報告：「司徒，客人來了。」

崔胤欣喜道：「好！好！你備好上等茶水招待客人，然後領人防守在外圍半丈，別讓任何人靠近。」待僕衛離去後，崔胤臉上卻蒙了一層陰影，雙手搓來搓去，似乎比貴客未到還更加不安。

馮道心中奇怪：「這賊相連皇帝都不怕，究竟要見什麼人這麼緊張？」靈光一閃：「難道是朱全忠？如果是他就糟了，以他的功力肯定會發覺我躲在這裡……」正猶豫是否該離開，轉念又想：「不對！若是朱全忠，兩人根本不必偷偷摸摸半夜相會。這老賊肯定有祕密，我非揪出來不可！」

過不久，僕人備好茶水，領貴客進來，便恭敬地退出去。馮道見來人穿戴長袍斗蓬，顯然刻意隱蔽身分，不願讓人知道他是誰。待崔胤關上房門後，那人才卸下外袍，露出一身文士裝扮，溫雅的氣質中，隱有一絲憤世嫉俗的尖銳刻薄，兩道柳眉時時揚起，卻是揚眉吐氣的得意。

馮道不識來人，卻感到一陣不舒服：「這文士是個得志小人，滿肚子壞水，兩人暗中相會，必有一場好戲可瞧，就不知是奸相壞些，還是得志小人更壞些！」心中頓時生了坐山看虎鬥的樂趣。

崔胤小心翼翼地為對方斟茶，陪笑道：「興緒兄肯光駕，敝室蓬蓽生輝啊！」

那人喝了口茶，嘴角牽了牽，似笑非笑：「司徒位高權重，就連皇帝也要言聽計從，我不過是梁王底下的三把手，哪比得上您尊貴？我今日受邀，也只敢趁夜前來，又哪來的蓬蓽生輝？」

「朱全忠的三把手……」馮道心中揣思，微微一愕：「是『落第士子』李振！他來這裡做什麼？他悄悄而來，莫非是瞞著朱全忠？」

崔胤苦笑道：「別人不知也罷，興緒兄又何必挖苦我？最近李茂貞又故態復萌，蠢蠢欲動，皇上日夜難安，崔某更是如坐針氈啊！長安需建立萬全的守禦，才能穩固國家根本，但自從上回滅了神策軍後，禁軍就空虛了……」

李振道：「梁王不是派朱友倫率二萬宿衛軍坐鎮了？」

崔胤愁苦道：「但其他六軍十二衛仍是有名無實，如此怎能保障京師安全？」

李振緩緩喝了口茶，神情傲慢道：「司徒說得有理，我回去稟明梁王，讓他加派人手過來。」

崔胤見他佯裝迷糊，只得加把勁道：「關東未寧、淮南仍囂，我聽說汴梁軍在鄂州、青州兩地先後受挫，還折損了朱友寧和幾位將領……」輕輕一嘆：「梁王掃蕩叛賊已是多路並進，哪裡還有心思顧及京城安全？朝中幾位大臣一起上書，說應該召募壯士重建禁軍，聖上已經示意崔某好好處理此事，我也是怕梁王太過勞累，才答應聖命。」拿出預先準備的書信，遞了過去，道：「這是我給梁王的親筆書信，還請興緒兄轉交。」

李振雙眉一沉，不置可否，崔胤又道：「興緒兄是司空李抱真的曾孫，祖上盡是累世名臣，你我兩家俱是唐室的中流砥柱，也受朝廷俸祿，在輔佐梁王之餘，是不是也該為皇室盡一分心力？」

李振打開書信，緩緩觀閱，見滿篇盡是請求梁王答應他重建禁軍之言，措辭恭敬卑微，心中冷哼：「原來老傢伙想建立自己的勢力，這可是難得的機會！」

崔胤見他目光閃爍，喜怒難測，從懷中拿出一方錦盒，微笑道：「我聽說興緒兄最愛珍珠，特地讓人從東海帶回來，你瞧瞧每顆都一般圓大，色澤光鮮。」

李振心想自己苦讀多年、滿腹才華，卻因官場盡是士族子弟互相勾結，而屢試不中，在投了朱全忠這逆賊後，從前高高在上的皇帝、世家大族都得低聲下氣地賄賂自己，心中頗有報復的快感：「想當年你們把我阻擋在朝門之外，棄如豬狗，如今反向我搖尾乞憐了！」他臉上肌肉牽了一牽，似鄙夷似歡喜，卻不吭一聲。

馮道心道：「這人壓抑慣了，連笑也不敢笑，別人給他好處，他總要算計算計。」又想：「崔胤一旦建立新禁軍，聖上便能重新掌握朝廷勢力，張惠費了好大的勁才除去神策軍，斷去聖上在京城的依靠，怎可能答應這件事？崔胤這珍珠是白送了！」

崔胤又道：「倘若興緒兄能辦成這事，還有後酬。」

李振聽到還有後酬，目光登時一亮，這才認真思索，沉吟道：「從前田令孜、楊複恭只是微不足道的閹人，一旦掌握了禁軍，都能控制朝廷，倘若崔相以世家大族、保駕功臣、當朝宰相這三種尊貴的身分掌控禁軍，便是左手握政權、右手挾兵權，我大唐立朝以來，可從來沒有一位臣相有此殊榮……」說罷朝崔胤若有深意地一笑。

崔胤笑逐顏開：「知我者，興緒兄也！」

「十日之內，我必給崔相消息，將來——」李振寬袖拂過，無聲無息地收下餽贈，笑道：「崔相可別忘了李振相助之力！」

崔胤這才笑開了：「這是自然。」李振喝了口茶，微笑著告辭離去。

馮道心想：「原來汴梁軍情吃緊，朱全忠才準備放棄長安、遷都洛陽，崔胤卻想掌握京師軍力，還勾結上他的心腹軍師，這兩隻惡狗終於互咬了！」

崔胤望著李振離去的背影，目光閃爍，手指用力得幾乎要捏破掌心的陶杯，冷哼道：「一個破落戶的小人，擺什麼架子？若不是仗了朱全忠的勢，老夫連跟你說話都嫌口髒！」

清河崔氏乃是六朝世族、十大名門之一，他堂堂一個權相，因時勢所逼，不得不籠絡一個窮破出身的小人，心中自是恨極。

馮道見狀，又想：「這三人各懷鬼胎，形勢瞬息萬變，真不知鹿死誰手了！」

汴梁宮城中，朱全忠召集敬翔、李振、朱友文三人前來議事，指著牆上地圖沉聲問道：「夫人夜觀天象，得知長安氣數已盡，洛陽帝氣興旺，所以定下三步稱帝計劃，誅殺宦官、遷都洛陽、九錫禪位，如今我們已完成了第一步，其餘事辦得如何了？」

敬翔聽出朱全忠心煩意躁，恭敬道：「啟稟大王，遷都乃是動搖國本的大事，不可操之過急，車馬安頓、百官設置、黎民遷移，事事都需按部就班，過程若太匆促，必使朝綱大亂。」

朱全忠不耐道：「將皇宮、宗廟、帝陵、台閣全部拆除，運往洛陽，若不能拆，便即焚毀。」

敬翔道：「拆宮殿容易，但人心難安，滿朝文武還有不少人暗中支持皇帝，這事若做得不周全，反而會妨礙新朝建立。」

朱全忠聽出京城反對聲浪極大，怒道：「本王想做的事，連皇帝都得點頭，有什麼棘手？教百官公卿促裝起行，誰不肯走，就是與賊兵同謀，敢反對的人，全殺了便是！」

敬翔吃了一驚，趕緊道：「朝廷雖然式微，終是正統，非是一般藩鎮可比，不可隨意打殺，臣以為這事還得小心運作才是……」

朱全忠怒道：「這麼弄下去，幾時才能稱帝？本王要盡快登基，為惠娘沖喜，等不了那些繁文縟節！」

敬翔道：「夫人為樹立大王名聲，煞費苦心，大王萬萬不可衝動。」

朱全忠不耐道：「這事我不知道麼？我找你們來，便是要你們想想怎樣才能盡快遷都？」

敬翔又勸：「如今李茂貞與王建、楊行密與錢鏐這兩組人馬，剛剛釋化前嫌，結成兒女親家，倘若讓他們聯成陣線，再加上李克用，剛好形成一圈環形戰線，將咱們包圍在中間。此時咱們若再大殺臣子，逼迫聖上離京，恐怕會引起聯軍圍攻，請大王三思。」

李振插口道：「臣倒有不同的想法。」朱全忠雙目一亮，道：「說來聽聽。」

李振道：「聖上一日不離京，便有舊勢力支持，只有在孤立無援的情況下，他才會甘心捨位，只要我們盡快回到自己的地盤，大軍集中，就不怕聯軍勢力，汴梁位置遠在東方，剛好突破了聯軍包圍線，所以盡快遷都洛陽，當拆則拆、當殺則殺，才是唯一的生路，我們若是一直待在長安，才真是落入甕中捉鱉的絕境！」

朱全忠點頭道：「不錯！我正是這意思。」

李振冷森森一笑：「至於子振擔心京城反對勢力一事，只要殺雞儆猴，便能輕易化解。」敬翔蹙眉道：「你的意思是……」李振微笑道：「如今皇帝最大的依靠便是崔胤，只要殺了他，就可逼迫聖駕起行！」

敬翔連忙阻止：「萬萬不可！崔胤乃是文臣之首，清河崔氏的勢力更是深耕數百年，一旦動了他，後果難測……」

李振插口道：「正因為崔胤是文官之首，一旦殺了他，眾臣便群龍無首，沒人敢再跟大王作對，將來大王登基，也不必怕被世家大族挾持！」

朱全忠轉憂為喜，大讚道：「好！說得好極！」指著敬翔笑道：「你啊，治國十分本事，卻太死板，比不上李振的詭點子多！」

敬翔心中隱隱覺得不妥，卻不知該如何勸說，尤其朱全忠心中已存了定見，自己多說無益，只是徒然惹主子不悅，恭敬道：「大王心意已決，臣一定安頓好後方，讓大王在征戰四方、創立大業時，都無後顧之憂。」

朱全忠哈哈大笑：「好！安邦治國、軍餉補給全交給你，李振是我的郭嘉，你便是荀彧了！有你二人輔助，何愁大事不成？」又叮囑朱友文：「你要好好跟著敬翔叔叔學習，他可是我大梁的擎天大柱。」敬翔連稱不敢，朱友文則連聲稱是。

朱全忠轉問李振：「你再說說，要如何殺崔胤，才不會惹出動亂？」

「謀反！」李振說得鏗鏘有力：「謀反是權臣最好的罪名，以他從前欺君跋扈的作為，三歲小兒都會相信他謀反，說他清白，反倒沒人相信了。」

朱全忠英眉一蹙：「有本王坐鎮，他能謀什麼反？」李振欲言又止、神色吞吐，朱全忠心知事有玄機，便讓敬翔、朱友文先退出去，才道：「你又有什麼鬼主意，說吧！」

李振笑咪咪道：「大王真是明見萬理、洞燭入微，臣肚裡有幾隻小蟲，一點都瞞不過您。」

朱全忠笑罵道：「敬翔就沒你這麼多廢話！別再胡扯，快快說來！」

李振恭敬道：「是！是！臣的意思是——讓崔胤建立新神策軍！」

朱全忠道：「那不是讓崔胤壯大勢力了？我四方戰火撲不熄，還在自家後院放火？不成！」

李振低聲道：「崔胤那老賊就算擁兵千萬，也翻不出您的手掌心，一個文臣怎鬥得過身經百戰的大王？」朱全忠笑道：「那是！」李振又道：「一旦手中有了兵權，便會想玩火，到時候咱們再丟個火種，讓他引火自焚！」

朱全忠有些明白李振的意思，激起了好鬥之心，讚許道：「這計策看似不錯！你仔細說說。」

李振說出全盤計劃，又道：「這計劃最關鍵的地方是——」壓低聲音道：「得犧牲一個人去慫恿崔胤上鉤！」

朱全忠想了想，道：「讓劉知俊去吧。」

劉知俊原本是感化節度使時溥手下的小校，因智勇雙全，受到時溥猜忌，索性率二千兵馬轉投汴梁，朱全忠把左右義勝兩軍都配屬給他，任命為左開道指揮使，每次開戰都衝當先鋒，屢立戰功，因此有個威風的綽號叫「劉開道」，在剿滅平盧節度使王師範的戰役之後，便被提拔為同州匡國節度使。

李振道：「劉知俊是降將，又遠在同州，怎可能勾結崔胤？火種太小，引不起滔天大火的！」

朱全忠臉色一沉：「劉知俊還不夠分量？難道……」

李振道：「只有京城將領，才與崔胤牽扯得上關係；只有大王至親，才能讓聖上感受您的滔天怒氣，否則聖上只會殺兩個軍領填罪，動不了崔胤！」

朱全忠恍然明白最好的人選是坐鎮京城的親侄朱友倫，面色一沉，道：「當年二哥戰死，留下兩個兒子跟隨我，我也答應要好好提拔他們，友寧剛戰死在平盧……」

李振道：「為了千秋大業，就看大王捨不捨得了？」

朱全忠深吸一口氣，狠下決心：「事成之後，我讓友倫封王襲爵，也算不辜負二哥交託了！」

過了幾日，朱全忠去信讚揚崔胤設立新神策軍一事，實是為國盡心，考慮周全。崔胤大喜，連忙稟報皇帝，李曄立即下敕書，在京師及三輔到處張貼露布，懸格招募新軍，馮道想不到李振真能辦成這事，不禁對他刮目相看。

馮道簡單改了裝扮，混進招募的新兵裡，被分發到第三隊營，他見同營之人都是瘦骨嶙峋的莊稼漢，心中暗嘆：「如今朝廷十分虛弱，時時有叛軍攻城，一旦當了禁軍，就是提著腦袋過日子，但老百姓還是爭相報名，搶殺頭飯吃，可見這日子有多難挨！」念頭剛轉完，忽然進來七名虎背熊腰的壯漢，領頭之人長髮散肩、高鼻深眼，全身筋肉虬結，一看便是武功高強、陰鷙狠辣的人物，他一指營房角落，沉聲喝道：「這一大片全是我七兄弟的！你們過去那邊擠一擠，以後這營房就是我馮廷諤說了算！」他聲音嗡嗡沉沉、目光如刀凜冽，其他莊稼漢見他們凶神惡煞，並不敢反抗，很快將營房一大半讓出，自己擠聚在小角落裡。

那七名壯漢態度雖然囂張，卻十分沉默，只各自歇息，其他人也不敢吭聲，如此悄然無波，倒像是暴風雨前的寧靜，馮道不禁感到忐忑：「新兵多會聚在一起發牢騷，心慌意亂的，這幫人怎地如此安靜，就連起居作息都井井有條？」

翌日清晨，號角聲聲催促，眾新兵趕緊起床，前往宮城南面的校練廣場集合，馮道環視周圍，發現其他隊伍都是壯漢，只有自己所在的第三隊伍特別瘦弱，忍不住暗暗嘀咕：「京城的伙食還是比鄉下好，他們壯得跟大牯牛似的，我們站在裡頭，簡直就像竹竿長在松樹林裡。」

過了一會兒，前方擂起大鼓，所有人立刻安靜下來，昂首挺胸地站著，馮道遠遠望去，見最前方來了個大熟人，竟是京兆尹鄭元規，原來崔胤極看重這次機會，特地請出這位老將軍擔任六軍十二衛副使，負責召募訓練新軍，另外又派了皇城使王建勳、飛龍使陳班作為助手。

才過數月，馮道見鄭元規竟蒼老了許多，站在台前訓話已十分吃力，心中甚是擔憂：「鄭京兆垂垂老矣，崔胤還要他練兵，豈不是要了他的老命？」又想：「鄭京兆明知是死路，為了聖上，還是願意扛起重責大任，就算燃盡最後生命，也要完成任務，真是赤膽忠心！但崔胤、朱全忠各有盤算，鄭京兆捲入這漩渦裡，步步危險，我是不是該提醒他？」上次提出警告，鄭元規仍視死如歸、勸退不得，如今情況尚不明朗，他也無法說什麼，只好走一步算一步了。

鄭元規訓完了話，皇城使王建勳便來教導大家各種近身博擊，臨近傍晚，新兵即回營歇息，隔日又訓練刀槍，第三日，飛龍使陳班帶來大批駿馬，幫助新兵訓練弓馬騎射，到了第四日，眾人便開始訓練陣法。這樣一連過了數日，馮道心中生疑：「這批新兵個個是練家子，非但刀槍嫻熟，就連戰陣經驗也豐富得很……」他觀察許久，發現第三隊大多數新兵都跟不上進度，只有馮廷諤那七名壯漢和一名瘦子能夠應付這麼嚴密的訓練，他便趁午膳空暇時間，刻意坐到那名瘦子身邊，笑問：「老兄哪裡人？」

那人笑一笑，道：「徽州婺源人，胡三。」

馮道見他身板瘦小，實在不是當兵的料，但眼神清明機靈，眉目間似有一股剛毅之氣，心想：「這人是個讀書人，恐怕也是日子挨不下去了，才來報考。」心中生了親近，微笑道：「在下馮隱，盧龍人。」胡三笑一笑，沒有答話。

馮道逕自嘀咕：「這幾日訓練很緊，小弟已累得手腳無力，你瞧瞧他們個個高頭大馬、武功高強，不像咱們是瘦竹竿，再這麼操練下去，我可跟不上了。」

胡三道：「投軍可不是過家家，是玩命的事，若跟不上，趕緊退了。」

馮道嘆道：「寧為百夫長，勝作一書生！我不想餓死，見朝廷賞一口飯，只好博命一試，日後還請胡大哥多多關照。」想了想又道：「我瞧這幫瘦子裡，您最英雄，半點也不累。」

胡三聽馮道話中有試探之意，不做回答，轉開話題道：「這些玩意兒，他們八百年前就摸透了。」指了指那幫粗壯的新兵，低聲道：「這裡幾乎都是戰敗流亡的士兵，大多是鄆州朱瑄、兗州朱瑾手下，也有一些黃巢舊部……」

馮道心中一凜：「鄆州朱瑄、兗州朱瑾，還有黃巢，全是被朱全忠剿滅的！」面上卻裝得迷惑不解，胡三見他一臉茫然，拍拍他的肩，道：「馮小兄，我瞧你楞頭楞腦的，人也算老實，便實話跟你說了。」馮道連忙道：「胡大哥有什麼指教，小弟洗耳恭聽。」

胡三更壓低了聲音：「朝廷這次招兵，其實是崔司徒要對付梁王，那些被梁王剿滅的殘眾四處流竄，大夥兒肚裡都彆著一股怨氣無處發，一聽到消息，便趕緊互相走告，拉幫結派地來投靠朝廷了！」又鄭重叮囑：「這事你千萬別露了口風。」

馮道點點頭，不再探問，但覺整件事情透著古怪：「連這小兵都知道崔胤招募兵馬，是為了對付朱全忠，以張惠之精明，怎可能料想不到，為何她不阻止？」

眾兵用完午膳之後，崔胤前來巡查，鄭元規連忙召集眾人開始訓練，馮道悄悄運起「聞達」玄功，遠遠地偷聽兩人對話。

崔胤問道：「新兵如何了？」

鄭元規笑呵呵地誇讚：「天佑我朝！這幫新兵素質極佳，老夫帶兵多年，從來也沒見過！真是天佑聖上，我大唐必能中興再起！」

崔胤低聲道：「鄭公，你也知道梁王留下二萬梁軍充做宿衛軍，鎮守京城，還派了心腹子侄朱友倫擔任都指揮使，那小子囂張驕慢，誰都不放在眼裡，整日帶著宿衛軍在京城裡作威作福，聖上和嬪妃們都提心吊膽，不得安穩，生怕他們會鬧出亂子，咱們做臣子的，需盡快為聖上分憂才是。」

鄭元規道：「司徒說得是，只要加緊訓練，相信再過三個月，他們就能成為一支精銳部隊。」

崔胤卻是等不及，蹙眉道：「還需三個月？咱們得盡快把宿衛軍全趕出京城，重新掌握禁軍權力，將來才有底氣與梁軍周旋，否則一旦梁王回來，肯定會逼聖上遷都洛陽，你沒瞧見京城外圍的殿宇一座座毀了，老夫看得心驚膽跳啊！」

鄭元規既驚且怒，斥道：「他們怎能如此大膽！」

崔胤道：「朱友倫假借各種名義行事，有些殿宇老舊破損，宣稱不堪使用，便直接在白天動手拆除！沒破損的，他找不到藉口，便在夜裡偷偷拆，他想把我大唐朝的財寶根基全搬去洛陽！這一淘空，人財兩失，聖上還能重振嚒？」拍了拍鄭元規的肩，道：「鄭老，這批新兵是咱們的最後一搏，全仰仗你了！」

鄭元規嘆道：「老夫不敢辜負聖上、司徒的期待，但這事真是急不得！這幫新兵進步如此神速，已是上天垂憐，賜下奇蹟了！」

崔胤道：「我明白了！看來得另外想法子才是！」他負手踱來踱去，苦思半晌，又道：「我讓李振去跟梁王咬耳朵，把朱友倫退出去。」鄭元規猶疑道：「李振可靠嚒？」

崔胤冷笑道：「放心吧！這人連科舉都考不中，能有多大本事？當初見梁軍勢大，便投靠過去，憑著幾分小奸巧，得到梁王青睞，以為能騰上青天，可熬了許多年，還是不如敬翔的地位！這人心胸最狹窄，自是起了嫉妒之心，他早已喪失士大夫的忠貞骨氣，今日能背叛朝廷，明日就能背叛朱全忠，這等投機小人最好收買！」

鄭元規毅然道：「好！司徒去說服李振，我加緊訓練新兵，咱們雙頭進行。」

崔胤道：「事不宜遲，今夜我便約上他！」即快步離去。

馮道心想：「原來崔胤勾結李振、訓練新兵，全是為了阻止朱全忠遷都，既然如此，我也得設法相助。」

到了深夜，馮道見同營的士兵都睡了，便悄悄起身，想去探聽崔胤和李振的祕密，正當他到達中書堂附近時，卻發現有一黑衣人早一步躲在堂外的濃密樹叢裡，悄悄貼著窗緣偷聽堂內動靜。

馮道見那人背影熟悉，觀察半晌，愕然想道：「是胡三！」瞬間湧上一串疑問：「他究竟是什麼身分？為何要打探崔胤的動靜？他潛入禁軍之中，又有什麼目的？」既然知道胡三也在，他更小心翼翼飛登上屋頂，尋一個可同時俯瞰崔胤、胡三的位置，再重施故技地移開瓦片，以小小縫隙偷窺堂內情景。

過了一會兒，李振依照先前慣例，穿了一身斗篷而來，直到護衛都退出去，關上房門，他才卸下外袍，卻不等崔胤招呼，逕自大剌剌地坐下，喝了口茶，道：「司徒執掌軍、政大權的美夢已成，今日找我來，又有什麼事？」

崔胤立刻換上一副親近的笑臉，道：「興緒兄又來挖苦我！」李振皮笑肉不笑：「怎麼？司徒還不滿意？」崔胤連忙道：「不！不！崔某只是聽說楊行密和錢鏐、王建和李茂貞已經冰釋前嫌，各自結成兒女親家，他們這麼做，想必就是要聯手對付梁王。」

李振冷冷一笑：「司徒的消息可真靈通！」

崔胤不理他的嘲諷，續道：「崔某雖不懂兵法，也知道分兵則弱，既然南方戰事吃緊，還讓梁王分兵照顧京城，實在說不過去！」為李振斟了茶水，富有深意地一笑：「幸好在興緒兄的幫助下，新禁軍已經建成，朱指揮可以盡快帶著二萬宿衛軍離開京城，轉去幫助梁王了！」

李振「哦」了一聲：「你認為梁王會答應撤出宮城嚒？」

崔胤道：「我知道興緒兄說服梁王讓我重建禁軍，已十分不容易，但……」

「不要太貪心了！」李振不耐道：「朱友倫又不插手新軍任何事務，他手底下的宿衛軍也未納入你的六軍十二衛，你們雙方井水不犯河水，司徒為何還要惹事！」

崔胤暗吸一口氣，強忍住心中怒火，陪笑道：「我當興緒兄是自己人，就不拐彎抹角了！你也知道宮城北面的『玄武門』內側原本是神策軍營，也就是禁軍營地，但朱友倫自從率軍進駐皇城後，就一直牢牢霸佔著那裡，不肯離開，即使我的禁軍建好了，也只能暫時駐紮在南城營房，這實在不合規矩。」

李振冷笑道：「亂世之所以稱一個『亂』字，便是早就沒有了規矩！天都可以變了，規矩難道不能變？」

崔胤碰了個冷釘子，只好又道：「那玄武門一向是皇城要地，誰能控制住，就掌握宮變一半的勝算，自然得由禁軍把守，聖上心裡很忐忑，說玄武門如有個萬一，禁軍遠在南城，怎來得及救援？」他忍痛拿出一個長形木盒，推到李振面前打開，裡頭是一幅卷軸，微笑道：「興緒兄是風雅之人，金銀俗物也入不了你的眼，這是我清河崔氏珍藏之物——晉人王珣的《伯遠帖》，還請興緒兄在梁王面前替崔某美言兩句。」

李振瞇線似的眼縫裡終於湛出亮光，嘖嘖嘆道：「王珣《伯遠帖》、王羲之《快雪時晴帖》、王獻之《中秋帖》乃是當世三大名帖，據說另外兩帖都已失傳，只有這幅是真跡，司徒可真捨得！」

馮道暗呼：「這名帖白白送給一個小人，真是可惜了！」

崔胤微微一笑：「我清河崔氏乃是六朝世族，並非一般附庸風雅的紈絝子弟，許多珍藏都是獨一無二的古物，來日可以和興緒兄多多交流。」

李振神色半點不變，目光卻是微微一湛，崔胤觀察入微，知道他動了心，又道：「聖上說只要你能將朱友倫的宿衛軍趕出京城，就讓你封王封爵，與梁王平起平坐……」

李振目光閃爍，在崔胤臉上掃了幾回，似在長考什麼，崔胤也耐著性子等候，並不催促，許久李振才開口緩緩道：「這事其實很簡單，朱友倫既然礙了聖上和司徒的路，司徒何不趁梁王忙於戰事，乾脆一不做二不休……」提掌刀做了個斬草除根的手勢！

「這……」崔胤原本只想趕出朱友倫，萬萬想不到李振會這麼大膽，竟提議殺掉朱全忠的心腹大將，不由得吃了一驚，馮道也甚驚訝：「難道這傢伙真想背叛朱全忠，倒向崔胤了？」

崔胤長眉微微一蹙，指節輕輕敲著桌面，沉吟道：「再怎麼說，他可是朱存的親兒子！」朱存是朱全忠的二哥，當初他為助朱全忠打天下，戰死沙場，臨終前將兩個兒子朱友寧和朱友倫託付給朱全忠照顧，朱全忠念著兄長遺言，特別栽培他們，兩兄弟也確實爭氣，後來都成了朱全忠的心腹猛將。

崔胤喝了口茶，憂心道：「前陣子朱友寧才被淮南大將王茂章斬首了，如今朱存只餘朱友倫一個兒子，梁王又十分器重他，我若殺了他，豈不是當面捋梁王的虎鬚？」

「不是捋虎鬚，是拔虎牙！」李振冷聲道：「梁王遠在千里之外，還能遙控朝廷，無非是派了幾名親信掌握宿衛兵權。你除個蝦兵蟹將，對梁王有什麼痛癢？正因為朱友倫是梁王的心腹猛將，又掌握朝廷軍權，你除去他才夠力道，將來在京城爭奪戰中，梁王少一員猛將，你便多了幾分勝算。」

崔胤點點頭，沉吟道：「興緒兄的話確有道理，但……後患實在不小啊！」想了想，又覺得萬分不妥，連連搖頭：「王師範十萬大軍都擋不了梁王怒火，我這幫新兵又怎麼成？不成！不成！」

馮道聽他語氣已把新禁軍當成自己的親衛，心中甚是不忿：「這老賊表面上打著皇帝旗幟，實際上是用朝廷軍餉培植自己的勢力，枉費鄭京兆年事已高，還拼了老命出來練兵！」

李振卻是早就明白崔胤的心思，邪惡一笑：「司徒急糊塗了？又沒讓你動手，只要讓朱友倫發生點意外……」

崔胤恍然大悟，撫掌笑道：「我確實急糊塗了！興緒兄好計策啊！等梁王得到消息，再指派將領前來，我的禁軍早就先一步掌握京城了，到那時，雙方可有得周旋了。」

李振冷笑道：「再透個消息給你，軍師身體越來越虛弱了，梁王表面鎮定，其實內心亂得很，他一方面要安撫王師範的十萬大軍，另方面又要防範李茂貞、王建聯手反撲，正陷在內外交迫的苦況裡，哪有心思處理宮廷這點小事？最重要的是梁王根本瞧不上你，他不相信你有膽子、有本事使壞，他不知道有我幫著呢！」

崔胤被李振譏諷了一頓，心中暗恨，正想反諷幾句，李振卻笑道：「這事我就幫司徒鋪個前路！事後我也會在梁王面前為司徒多說好話，一定把這怒火抹熄，大不了找幾個小兵揹鍋就是。」

崔胤當場咽下窩囊氣，堆上一臉笑意，道：「我原本還擔心興緒兄不是真心合作，看來是我多慮了！來！咱們喝一杯！」

李振笑道：「司徒位子太高，敵人就多了，敵人一多，疑心也就多些，我明白的。」兩人互敬酒水之後，李振便起身披戴斗篷，告辭離去。

馮道不禁懷疑：「我教妹妹送去神仙草，張惠服用後應可痊癒，怎會越來越虛弱？李振的話究竟是真是假？」又想：「倘若張惠真虛弱到無法理事，就難怪朱全忠會聽從李振慫恿，答應讓崔胤建立新軍了。這樣一來，情勢更詭譎了……」他對李振不熟悉，因此無法掌握對方的行事作風。

胡三見李振離去，便悄悄退出，躡步在後，想瞧瞧李振究竟玩什麼把戲。馮道見狀，也快步跟上。李振走了一段路，忽然轉入巷弄之中，快速脫下斗篷，丟棄在角落的竹簍裡，再大搖大擺地走出去，卻不知後方已有兩人盯上他。

馮道暗笑：「李振金蟬脫殼，胡三螳螂捕蟬，小馮子黃雀在後！」

三人相隨一陣，只見李振進入一座酒樓，與一班軍兵飲酒狂歡，馮道認出主客是朱友倫，心想：「李振慫恿崔胤殺了朱友倫，卻與朱友倫尋歡作樂，他葫蘆裡究竟賣什麼膏藥？」

席間李振頻頻向朱友倫敬酒，言談盡是阿諛奉承，朱友倫喝得醉醺醺，道：「我雖比不上叔父和世子，卻比朱友文、朱友珪那兩個雜種強多了！軍師你說是不是？」

李振聽他酒後吐真言，說尊敬朱全忠、世子朱友裕，卻瞧不起二公子朱友珪、養子朱友文，眼中精光一閃而逝，臉上仍笑意盎然地敬酒道：「梁王肯定最器重你了，否則也不會把京畿重鎮交在你手裡，卻不交給他的親兒？如今可是連皇帝、崔賊都怕你三分。」

朱友倫聽得飄飄然，哈哈大笑，李振卻道：「只不過——」

朱友倫聽他吞吐不語，斥道：「有什麼事就大聲說出來，本將軍做你靠山，別吞吞吐吐的，像個娘們！京城裡有什麼我擺不平的？」

「我不是為自己擔憂，而是……」李振瞄了朱友倫一眼，才小心翼翼道：「崔胤的新兵已經建好了，想把北城的玄武營房要回去，他說那地方本來就是神策軍的地盤，咱們梁軍是外來的，最多只能暫駐在南城營房，我一聽這怎麼得了，立刻就趕來跟將軍報訊。」

朱友倫雖喝得茫然，卻不是傻子，一聽崔胤想奪回玄武營房，下一步很可能就是趕他出京城，立刻怒氣大發，「碰！」一聲，拍桌吼道：「什麼外來的？這京城有哪一塊不是我的地盤？皇帝都不敢吭氣，他崔胤是什麼東西！竟想奪去我手中的肥肉！」

李振道：「崔胤詭計多端，保不定會惹出什麼事來，萬一真弄丟了北城營房，梁王肯定會大大生氣，梁王一生起氣來，天都會塌了！」

朱友倫拍拍胸脯，大聲道：「放心吧！一群新兵能幹出什麼大事？我梁軍要是連個營房都佔不住，我朱友倫的腦袋隨你拿去！」他大大喝了口酒，又道：「別說啦！別說啦！趁叔父不在，咱們先好好享樂，別說那些煩人事！過幾日又到叔父巡視京城的時間，可就沒好日子了！」

「是！是！」李振不再多口，盡情陪酒，看似神態放蕩、眸光迷茫，眼底卻偶爾會湛出一絲陰狠冷光。

馮道實在迷糊：「李振究竟在設計朱友倫還是崔胤？」再看下去，大半的人都醉倒，胡三知道探不出什麼消息，便退身出去，馮道必須趕在他之前回營，才不會被發現，自然搶先退了出去！

接下來的日子，鄭元規真是加緊訓練，每每熬到深夜，才允許新兵休息，胡三卻夜夜外出，馮道總是睡不足二個時辰，就得起身追蹤，他發現胡三武藝雖平凡，輕功卻是絕頂：「這傢伙是有備而來，他究竟要做什麼？幕後主使又是哪一幫人馬？」

起初兩人跟蹤李振，但李振與朱友倫夜夜笙歌，談來談去都是尋歡作樂的渾話，胡三便潛到宮城各處偷聽消息，卻不曾與任何人接觸，馮道摸不清他意欲何為，也不見崔胤動手，心裡漸漸著急。

這日黃昏，鄭元規提早結束訓練，命王建勳和陳班帶著新兵收拾行囊，從南面營房移至北面玄武門營地，馮道暗暗奇怪：「當日朱友倫誓死不讓，今日怎麼答應交換營房了？」

眾新兵在兩位將領的指揮下，動作迅速地移入玄武門軍營，又整理營房內部，忙了好一陣，馮道和同房士兵剛躺下準備就寢，帳外忽傳來一陣喧鬧聲，接著集合的號角聲響起，眾兵直跳了起來，面面相覷，心中暗呼：「怎麼了？發生何事了？」「為何大半夜的，還召集人？」卻沒人發出一點聲音，只快速整好裝備，到營外的廣場集合，發出召集令的是皇城使王建勳和飛龍使陳班，並不見鄭元規的身影。

馮道心中隱隱有不祥的預感，不禁瞥了胡三一眼，只見黑漆漆的夜色中，他一張尖腮小臉似受驚的小鼠般，睜著炯炯大眼骨碌碌地轉動，十分留意四周動靜。

前方傳來一陣混亂的馬蹄聲，大片黑壓壓的軍馬緩緩逼近，馬背上的軍兵搖搖晃晃，似乎還酒醉未醒，領頭的朱友倫一邊拿著酒袋大口灌酒，一邊指著前方禁軍，怒斥道：「本指揮要回營，怎麼有狗雜碎擋著路？」神態極其囂狂。

王建勳和陳班氣得咬牙切齒，卻不敢發作，只互望一眼，王建勳拱手道：「朱指揮，玄武門營地原本就是禁軍所屬，之前舊神策軍被清除殆盡，新禁軍尚未建立，為了京城安全，才由您的宿衛軍暫駐著，如今我們禁軍訓練有成，該是正式移回北面營地的時候了，前兩日，鄭公已稟報過聖上和司徒，也和你商量過了，今夜就是營地換防的日子，你怎麼忘了？」說著拿出一紙敕書。

朱友倫下午帶兵出操，營地空虛，新禁軍便趁機竊據，朱友倫操練完士兵後，讓士兵先回營，自己領著一班將領去尋歡作樂，宿衛軍眼看軍營被佔，立刻派人去煙花酒樓通知朱友倫，朱友倫卻喝得酩酊大醉，與花魁玩得興起，宿衛軍不敢打擾，只好排列在軍營外等候。

朱友倫又醉又睡，直到清晨，才回返軍營，見出了大事，雖清醒了幾分，但他實在喝得太醉了，再加上在宮城囂張已久，根本不把這批新兵當一回事，只氣得大吼：「你們這班雜碎，快快給我讓開了，誰不讓開，我斬下誰的腦袋！」

「本將軍有聖旨在手……」王建勳並非莽夫，手中緊握敕書想好言勸說，後方第三隊的隊正卻衝口道：「我們是皇帝欽點的御軍，不是什麼雜碎！有本事就較量一場，看是誰厲害些！」因為舊神策軍全被誅滅了，只好從新兵中挑選優秀者擔任隊正，第三隊正即是那七名壯漢的大哥馮廷諤。

王建勳暗呼糟糕：「這新兵不知天高地厚，竟得罪梁王的人！」

朱友倫斜眼一睨：「想較量是嚒？」王建勳連忙道：「不……」朱友倫馬鞭狠狠一甩，喝道：「好！本指揮就好好教訓你們一場！」

王建勳心中雖怒，但知道不能惹出事端，仍好言道：「朱指揮，咱們的責任都是守衛宮廷，若鬧得聖上、梁王不高興，可就不好……」

馮廷諤卻自做主張大聲喊道：「比蹴鞠！」

朱友倫只想搶回營地，倒也不敢真的大開殺戒，他自信蹴技一流，聽這喊聲正合心意，大聲道：「好！比蹴鞠！」

王建勳鬆了口氣，道：「既然朱指揮有興致，咱們也不好掃興，就比一場蹴鞠，誰輸了，誰讓出營地！」頓了頓道：「倒不知朱指揮想怎麼比？踢風流眼還是比花技？」

蹴鞠玩法甚多，從個人較量到宮廷宴會數百人參加，都可比賽，踢風流眼就是在鞠場中央豎立兩根高三丈的毬杆，上掛直徑一尺的目標毬門，這毬門就稱為「風流眼」，雙方輪流顛毬、傳毬，最後由隊長踢向風流眼，看哪一隊踢中較多，就算勝了。

至於玩花技，則是雙方各派出同樣人數，利用頭、肩、臀、胸、腹、膝各部位耍弄蹴鞠，爭鬥競賽，耍得厲害者為勝。朱友倫再怎麼胡鬧，也不想營房被竊據之事傳到朱全忠耳裡，手一揮，大聲道：「玩花技！來人，備鞠毬！」

王建勳又問：「幾人下場？白打、小官場？」「白打」是兩人下場比試，「小官場」則是三人一同比試。

朱友倫尚未答話，馮廷諤又喊道：「兩、三人下場有什麼意思？要就落花流水或全場！」七人同場蹴鞠稱「落花流水」，「全場」則是十人。

朱友倫心想：「他們怕了我，想群鬥。」一口喝光酒袋，大力拋去，喝道：「本將軍就踢得你們落花流水！」

王建勳見挑釁蹴鞠比賽之人是第三隊正，心念一轉，便喝道：「第三隊出列。」

馮廷諤昂首挺胸地召呼五十名隊兵出列，王建勳從平日訓練觀察中，知道那七名壯漢身手俐落，有蹴鞠技藝，便挑選他們參賽，馮道、胡三和其他人，都在一旁當觀眾。

馮道生長於偏鄉，不曾目睹蹴鞠比賽，只在書中讀過這門遊戲，既好奇又興奮：「西漢儒士劉向在《別錄》中曾說：『蹋鞠，兵勢也。』今日我正好從雙方蹴鞠技藝，瞧瞧兩軍兵勢高低！」

不一會兒，雙方各派七人上場，使出渾身解數搶奪鞠毬，又利用身子各部位玩出「飛弄」、「滾弄」等各種花樣，有時鞠毬在宿衛軍身上不斷高飛落下，形成無數幻影，有時在禁軍身上起伏滾動，宛如一條飛龍。

朱友倫原本瞧不起這幫新兵，想不到對方技藝精湛，竟佔不了上風，事關營房大事，他登時清醒了幾分，見鞠毬在一名禁軍肩上滾動，他決定使出一招獨門絕技，驀地飛縱而起，掠向那人肩頂，雙足踝一夾，便搶到鞠毬，七名禁軍見鞠毬被搶走，瞬間蜂湧而上，朱友倫一個後空翻，穩穩立在馬背，又將鞠毬拋在頭頂，旋轉得像陀螺，同時足尖微微勾扯韁繩，令馬兒小跑步起來，他居高臨下，站在搖搖晃晃的馬背上，鞠毬時而在雙肩輪流拋耍，時而從左臂滾到右臂，使出各種高難度表演，宿衛軍爆出一聲聲歡呼，禁軍也看得目瞪口呆。

朱友倫存心顯擺，在馬背上又跳又躍又翻斛斗，使出畢生功力，那鞠毬似被他用無形的絲索牽引著，怎麼都不會落地，忽然間，他一個頭下腳上、從馬背上倒栽葱落下，宿衛軍見他又玩新花樣，更用力鼓掌歡呼：「指揮使！指揮使！」

「碰！」一聲，朱友倫整個人趴伏在地，鞠毬呼嚕嚕地滾出去。宿衛軍見狀，都瞪大了眼，不知該不該繼續歡呼，禁軍七人原本想衝上去搶奪鞠毬，見朱友倫一動也不動，不禁停了腳步，不敢再往前。

「真發生了！」馮道心中震驚：「李振和崔胤果然連手設計一個殺局，殺了朱全忠的愛將，接下來事情會如何發展？」他快速思索，但覺情況一片混亂，唯一知道的是在事情未爆發前，應盡快躲起來，免得捲入漩渦。他原本就站在毬隊後方，趁著眾人都專注前方，趕緊往後退移，想悄悄躲入樹叢裡，後方卻突然伸出兩隻長臂猛力攫住他，一手按住他口鼻，一手使勁把他拖入樹叢裡！

馮道微微一驚，但很快知道那人是胡三，搖搖手示意自己不會出聲，又舉掌作勢在頸間一劃，吐了舌頭一歪，做個吊死鬼的動作，意思是：「朱友倫出事了，第三隊都會被牽連處死！」

胡三夜夜查探，也知道崔胤和李振同謀，要害死朱友倫，因此一見朱友倫墜馬，立刻躲了起來，以免惹禍上身，卻想不到馮道會闖了進來，為免驚動旁人，便搶先出手制住馮道，見他十分知機，遂放開他，兩人緊緊相挨縮在樹叢裡，瞪大眼睛觀望外方動靜。

宿衛軍副使連忙率幾個士兵過去，要扶起朱友倫，卻見朱友倫頭頂撞上泥地，頸骨斷折，已經氣絕身亡。宿衛兵不禁嚇得全身顫抖、手足無措，還是副使腦子靈活，連忙指著禁軍大叫：「你……是你們殺了朱指揮！」

無論是禁軍或宿衛軍都驚嚇萬分，王建勳和陳班更是臉色蒼白如紙，渾身哆嗦，王建勳顫聲道：「你胡說什麼？我們連一根手指也沒沾到他，明明是他自己喝醉了酒，原本就顛顛倒倒，又專注著蹴鞠，才不小心從馬背上摔下來，這裡幾萬隻眼睛都看到的！」

宿衛軍副使知道他所言不假，但朱友倫是梁王的愛將親侄兒，就這麼窩囊地摔死了，怎都說不過去，只氣沖沖道：「是你們搶奪營地才引發這事，我一定會如實稟報梁王，讓他討回公道！」又對手下喝道：「把他們圍起來，一個也別想跑！」

馮道和胡三躲在草叢裡一動也不敢動，兩人雙眉緊鎖、面色凝重，實在不相信李振真會為了一點賄賂，就背叛朱全忠。

禁軍和宿衛軍沉默地對峙著，誰都不相信一個縱橫沙場的朱友倫，就這麼輕易死了，更可感到一場宮城驚變即將到來！

九〇四・二　宗廟尚為灰．君臣俱下淚

戊申，朱全忠密令宿衛都指揮使朱友諒以兵圍崔胤第，殺胤及鄭元規、陳班並胤所親厚者數人……上御延喜樓，朱全忠遣牙將寇彥卿奉表，稱邠、岐兵逼畿甸，請上遷都洛陽……驅徙士民，號哭滿路，罵曰：「賊臣崔胤召朱溫來傾覆社稷，使我曹流離至此！」老幼繈屬，月餘不絕。壬戌，車駕發長安，全忠以其將張廷范為御營使，毀長安宮室百司及民間廬舍，取其材，浮渭河而下，長安自此遂丘墟矣……車駕至華州，民夾道呼萬歲，上泣謂曰：「勿呼萬歲，朕不復為汝主矣！」館於興德宮，謂侍臣曰：「鄙語云：『紇干山頭凍殺雀，何不飛去生處樂。』朕今漂泊，不知竟落何所！」因泣下沾襟，左右莫能仰視……以東都宮室未成，駐留於陝。丙子，全忠自河中來朝，上延全忠入寢室見何后，后泣曰：「自今大家夫婦委身全忠矣！」《資治通鑑‧卷二六四》

整座長安城瀰漫著山雨欲來的肅殺氣氛，唯獨風暴中心最寧靜。

新年元宵剛過，百司開印，李曄見新禁軍終於建立，心中歡喜，便召了崔胤、鄭元規和幾位親近的臣子一起至紫宸殿享用酒宴。席間李曄讚嘆：「這支禁軍建得又快又好，司徒和鄭京兆功不可沒，大唐的中興希望就寄託在此了！」眾臣爭相舉酒恭喜皇帝、稱讚兩大功臣。

鄭元規留在朝廷，原本只想憑著一點老聲望，多出言保護幾位忠臣，想不到臨終前，還能為皇上訓練新兵，將滿腔丹心、一身老骨熬出最後精華，心中感慨激動，但覺此生真是不枉了，一時紅了眼眶，舉酒敬謝聖恩。

崔胤聽到迭聲讚美，滿臉笑咪咪地回酒，腦中卻轉著別樣心思：「再過二個時辰，就是朱友倫的死期，朝廷軍政大權將全數落入我手裡了……」想到自己四次謫相，如今終於要登上大唐王朝的權力頂峰，他心中豪氣萬丈，手上痛快暢飲，一杯接一杯水酒下肚，滿身熱血沸騰，更覺得自己已飄飄升天了。

如此君臣交心、同歡享樂、縱談國事，直至起更時分，眾臣才告退，崔胤為表示感念君恩，特意留下，親自扶持醉醺醺的李曄到紫宸殿正後方的寢殿「蓬萊殿」外面，小心翼翼地將皇帝交給服侍的小宦官，這才告辭離去。

崔胤出了宮門之後，再忍不住縱聲大笑，志得意滿地乘車回府，一路上馬車顛顛晃晃，他心情也如飛騰雲端，往遠大的前程盡情奔去。

卻說玄武門前，宿衛軍和新禁軍對峙僵持，一觸即發。

「躂躂躂！」方才去報訊的宿衛副將不到片刻，便帶一名梁軍大將回來，兩人急馳而至，面色凝重，顯然副將已把情況一五一十地報告這位大將軍。

馮道不認識這位梁將是誰，但覺蹊蹺：「這人來得好快！難道他早知道朱友倫要死了？」這麼一想，一股莫名的恐懼沖湧上心頭，隱隱感到會有大事發生，一時間卻還不完全清晰，忍不住望了胡三一眼，見他也緊攥雙拳，神色緊張，馮道又想：「這胡三又有什麼圖謀？」

王建勳和陳班互望一眼，臉色灰敗如土，心中都想：「朱友諒怎麼來了？」他們都知道朱友諒是朱全忠的大哥朱友昱的長子，前兩年才封了宣武節度使，是八家將之一。

王建勳強顏歡笑，拱手道：「什麼風吹那麼遠，竟把將軍從宣武一下子吹入京城了？」

朱友諒瞥了一眼伏趴在地的朱友倫屍身，道：「本將軍奉梁王之命進宮，與聖上商議宮城佈防之事，卻聽說這裡發生大事。」

挑起事情的馮廷諤越眾而出，搶先拱手道：「將軍，卑職有事稟報。」

朱友諒喝道：「什麼事？說！」

「啟稟將軍，」馮廷諤揚臂指向王建勳和陳班，道：「兩位教頭指使我們在蹴鞠時，下狠手殺害朱指揮，我們只是小兵，只能聽令，還望將軍念在我七人身不由己，揭發罪首的份上，能夠網開一面。」

王建勳急道：「你胡說什麼？明明是你提議蹴鞠比賽的！」

馮廷諤卻不理他，又向朱友諒拱手道：「兩位教練說只要殺了朱指揮，宿衛軍群龍無首，我們就可以直闖紫宸殿了！」

朱友諒微一轉思，怒瞪王建勳和陳班，怒喝道：「我明白了！你們先謀害我宿衛軍首，企圖瓦解宮城戒備，接著便要直入內廷，弒殺皇帝！」

「慢……慢著！」王建勳和陳班頓時嚇得六神無主，顫聲道：「什麼弒殺皇帝？這裡幾千隻眼睛都看見的，是朱指揮自己從馬上摔下來的……」

朱友諒又斥：「逆賊還想狡辯！朱指揮武藝何等高強，即使在千軍萬馬中也是來去自如，怎會輕易從馬背上摔下來？」

王建勳、陳班也覺得奇怪，惶恐道：「想是他喝醉了……」

朱友諒道：「從田令孜、楊復恭開始，神策軍就惡名昭彰，時常欺辱皇帝。聖心仁慈，答應讓你們重建新軍，想不到你們賊心不死，才剛剛成軍，又想挾帝自重！」他高高舉起敕書，大聲道：「本將已接替朱友倫擔任護駕都指揮使，宿衛軍聽令，將皇城使、飛龍使押下，等候審判！第三隊兵意圖謀反，除了隊正告發謀反，可將功補過之外，其餘人就地正法！」

王建勳、陳班驚得呆了：「朱友諒才進宮，哪來接掌兵權的敕書？」還未及反應，一片刀光閃動、血水噴灑，除了隊正之外，第三隊士兵全數倒地，同時間，數名宿衛軍以迅雷不及掩耳的速度持刀架住王建勳、陳班。

王建勳、陳班雖想頑抗，無奈勢孤力單，不一會兒已是刀鋒架頸，掙扎不得，只能激動大喊：「我們要找司徒和鄭京兆！要向聖上陳明冤情……」喊冤聲迴蕩在深沉寒謐的夜空中，既淒厲又可怖。

馮道一股熱氣直衝腦門，幾乎要奔了出去，胡三搶先一步使勁扼住他，阻止他衝動，馮道眼睜睜看著王建勳兩人被拉扯著漸漸遠去，心口絞得如要滴出血來，全身寒涼得好似結了冰：「馮道，你枉讀聖賢書！見忠臣蒙難，竟不挺身相救，只龜縮在這裡……」他若要掙脫胡三，也不是完全做不到，只是他心中十分清楚，就算衝動出去，以眼下情勢，非但救不了任何人，還會連累胡三陪葬。胡三卻十分鎮靜，雙目炯炯盯著外面，眨也不眨一下，就像木雕泥塑般。

朱友諒對其他神策軍道：「你們待在原處不要亂動，等候清查，若是清白，自可無罪釋放，誰敢亂來，便以謀逆罪論處。」說罷便留下二千宿衛軍，負責將這幫禁軍看管起來。

這幫禁軍雖有一萬之眾，但因為群龍無首又是新兵，聽到還有機會平反，哪敢妄動？只安靜等候發落。

朱友諒對其他宿衛軍道：「眾軍聽令，你們聽從副將分派，全面戒備宮城！所有人不許離開，擅離者格殺毋論！」

宿衛軍齊聲大喝：「得令！」便藉著夜色掩護，悄無聲息地包圍住紫宸殿四周，並分散到宮城各處，控制住各城門、要道。短短半個時辰，一道道黑暗勢力從四面八方悄悄竄入，緊緊攫住大唐皇宮，王侯將相已不知不覺淪為網中獵物了！

馮道見朱友諒指揮若定、宿衛軍動作迅速，暗想：「他們是有備而來，早就知道會發生何事！」他越想越不安：「所有人不許離開……所有人……所有人……」心中一驚：「這其中包括皇帝！」

他再按捺不住，急想去尋找皇帝，便悄悄退出草叢，卻見胡三幾乎跟自己同時起步，兩人默不作聲，沒有半句交談，動作竟然一致，盡往西方紫宸殿方向而去。

馮道見胡三緊跟自己，一步也不落後，又不吭一聲，不由得心裡發毛：「我要去見皇帝，可不能讓他跟著！」便問道：「我要逃命，你跟著我做什麼？」

胡三冷笑道：「逃命怎麼往內殿跑？」

馮道心想這人來歷古怪，不可與之同行，但無論怎麼左彎右拐，胡三都如影隨形，馮道好奇道：「胡兄弟輕功好得很，有什麼威風名稱？」

胡三聽他讚揚自己的絕技，得意道：「飛天猿！」

馮道奇道：「猴子都能飛上天？」

胡三笑道：「飛上天是誇張了，但要在高崖聳壁間飛縱來去，倒也不難！」

馮道見他神情得意，心中不服，遂使出「節義」步伐較量，胡三抓不準他的去路，偶有落後，但馮道奔在前頭，需小心避開宿衛軍搜查，只要稍有停滯，胡三便即跟上，馮道怎麼也甩脫不掉，只好任由他跟著。

眼看越靠近紫宸殿，宿衛軍的佈防就越嚴謹，馮道心想：「如今禁軍被安了謀反罪名，我不能再穿這身衣裳，否則寸步難行，得換邊站才是。」顧不得胡三在旁，找了個隱密處，瞬間出手制住一名落單的宿衛軍，同時間，沉默的刀光一閃，胡三竟俐落了結那名宿衛軍！

馮道愕然道：「我只是要奪他衣服，你何必殺了他？」胡三哼道：「婦人之仁！」又自行竄出，手起刀落，殺了另一名聞聲而來的宿衛軍，並迅速換穿對方的衣服。

馮道雖為兩名枉死者感慨，也知道形勢至此，實在不能心軟，一邊迅速換穿宿衛軍的衣服，一邊想道：「這胡三比我果斷，是個狠角色，我得小心提防。」見對方眉眼透著一股剛毅正氣，又不似奸詐小人，一時探不出底細。

兩人才合力藏好屍首，便有幾名宿衛軍趕來，領頭的宿衛騎校喝問：「什麼事？」

馮道趕緊道：「沒什麼，不過是蚊蠅揮之不去罷了。」

胡三知道他罵自己是蚊蠅，冷冷瞄了他一眼，馮道卻還他一個得意笑眼。

那宿衛騎校吩咐道：「你們聽著，這次死的人不一般，可是梁王的親侄愛將，聽說梁王大發雷霆，已經率七萬大軍火速趕來，如今暫駐河中府，只要有什麼風吹草動，隨時可攻入關中，踏平長安城，你們千萬小心，別出亂子，否則腦袋不保！」便帶眾兵離開。

「七萬！」馮道倒抽一口涼氣：「朱全忠遠在汴梁，一忽兒就到了河中？就算他輕功高明，真能縮地成寸，難道七萬梁軍都能飛天了？這分明是預謀！」他越想越感到渾身寒顫，迫不及待要去找皇帝，但這段日子連夜探查，幾次靠近紫宸殿，都沒能進入，此時情勢緊張，紫宸殿守衛更緊張，四周林林幢幢、兵衛處處，宿衛軍不只光明正大地巡邏，更多的是掩藏在黑暗角落裡。

馮道思來想去，怎麼都靠近不了，對胡三道：「不管你想做什麼，如今連隻蚊蠅都飛不進，大家各自逃吧！」

胡三聽他又拐彎罵自己是蚊蠅，反而笑了：「後會有期！」一個飛身便離開了。

馮道心中奇怪：「他方才黏得甚緊，此時卻走得乾脆？」但無暇理會這人，又想：「既然見不到皇帝，如今只能去找崔胤！」

崔胤乘車緩緩抵達了相府，他醉意未消，在僕衛的攙扶下搖搖晃晃地下車，一想到已除去朱友倫這個眼中釘，心情便十分歡暢，口裡忍不住哼著小曲兒，忽然間，一名宿衛軍快速靠近，相府門口的幾名護衛立刻上前，警戒地圍護住崔胤，喝道：「幹什麼？站住！」

宿衛軍拱手道：「在下奉梁王之命，有密訊稟報司徒！」

崔胤正沉醉美夢之中，忽聽見朱全忠名號，霎時清醒過來：「梁王怎派人來了？難道他……知道朱友倫的死訊！」又想：「不會！不會！朱全忠遠在汴梁，沒這麼快收到消息。」他心中稍定，沉聲問道：「梁王讓你傳什麼事？」

宿衛軍拿出一封信柬，道：「是密訊。」

崔胤見他一身宿衛軍裝扮，應該不假，道：「過來吧。」護衛讓開一道，但仍護在崔胤左右兩邊，宿衛軍上前一步，道：「朱友倫死了！」

崔胤嚇得打了一個顫慄，驚呼道：「你說梁……誰……誰死了？」其實他想說的是「梁王怎會知道朱友倫死了，又怎會這麼快派你過來」，但話到口邊，總算警覺過來，硬是轉成了驚愕朱友倫的死。

宿衛軍抬起頭一字一句沉聲道：「朱友倫死了！不只全京城的人都知道，梁王也知道了！」

崔胤瞪大雙眼，驚恐地望著面前這個宿衛軍，顫聲道：「你……你說什麼？」忽然想道：「不對！宿衛軍怎敢直呼朱友倫姓名？」斂了心神，指著對方厲喝道：「你根本不是宿衛軍！你究竟是誰？」

那宿衛軍正是馮道裝扮，他見崔胤嚇得魂都飛了，本該覺得好笑，此時卻完全笑不出來，只精光炯炯直視崔胤浮腫的雙眼，快速道：「卑職是新召的禁軍，若不是假扮宿衛軍，根本無法站在這裡，卑職冒著生命危險趕來這兒，請司徒公救命！」

崔胤見他神色緊肅，顯然真是冒生命危險來的，沉聲喝問：「究竟發生什麼事了？」

馮道將兩軍為爭營房而蹴鞠打賭，朱友倫墜馬摔死，朱友諒接替護駕都指揮使職位，還以謀反罪名處死禁軍第三隊之事快速說了。崔胤只覺得一陣天旋地轉，彷彿在一瞬間從雲端跌入谷底，不禁踉蹌了腳步，身旁的護衛連忙扶住他。崔胤不斷搖頭，戟指呼斥道：「不可能！你胡說！朱友諒遠在宣武，根本不在京城，怎能一刻間就接管了宿衛軍？」

馮道急道：「司徒公醒醒吧！不只朱友諒，還有梁王的七萬大軍都已集結在河中府了！」

崔胤雖不想在下屬面前失態，但心中的惶恐怎麼也掩不住，他身子不停哆嗦，幾乎站不住腳，倚著護衛顫聲道：「朱友倫才死，梁王這麼快就得到消息？」隨即揮手破口大罵：「宮裡為何沒半點動靜？這幫人全死了嚒？連一個活人也沒有！」

馮道說道：「宿衛軍已悄悄控制住京城，沒人闖得過來，也沒人敢來通報。」

崔胤在護衛的攙扶下，努力鎮定心神，試圖釐清脈絡，暗想自己重建禁軍，雖然骨子裡真是對抗梁軍，但表面上仍是恭恭敬敬地請示過朱全忠，他明明欣然答應了，怎能把朱友倫的死說成謀反？「我親手在鞠毬的縫隙裡塗了毒，絕不會有任何人洩密，應該也沒什麼破綻才是。」又想：「這批禁軍人數不過一萬，只負責防衛京城，絲毫無損朱全忠在關東的利益，難道……他想進入朝廷了！這才拿朱友倫的死當藉口？可他親口說過他並不想當曹操！」

馮道見他臉色陰晴不定，催促道：「請司徒公盡快定奪！」

崔胤定了定心神，道：「梁王早就控制住京城了，又何必犧牲一名親侄大將？這當中必有什麼誤會，或許有人給他進了讒言，不行！我得去跟梁王解釋解釋。」

「沒有誤會！」馮道斷然道：「這是梁王設下的圈套！一旦等皇帝被圈套住，事情再也挽不回了。」

崔胤回想與李振密談的情形，心底隱隱發寒，越想越明白，卻越不願意承認，厲聲道：「你能說出這番話來，根本不是什麼新兵！你究竟是誰？」

馮道雙手高拱，朝著天子方向，道：「卑職乃大唐良民，這次參軍原本是一心報效朝廷、保護聖上，想不到遇見逆賊誣陷，為求自保，只好鋌而走險找上您。梁王誣陷禁軍謀反，司徒公身為軍首，如何脫得了干係？」

崔胤聽到最後一句，已然明白真是李振給自己下了套，不由得重重跺了一腳，暗恨自己怎會著了一個破落戶的道？正因為自己瞧不起李振，才會大意受騙，此刻他如驚弓之鳥，真是誰也不相信，但覺眼前小兵也太古怪，怒道：「你莫想挑撥我和梁王的關係，我實話告訴你，梁王就算殺了皇帝，也不會殺我，他需要我穩住朝中大臣！」

馮道說道：「梁王安邦治國有敬翔、出謀劃策有李振，背後還有個高深莫測的軍師，就算梁王想重用你，李振那小人容得了你嚒？為今之計只有保住皇帝，才能為咱們洗刷冤屈，還請司徒公盡快決斷了。」

崔胤也是明白人，雙眼一閉，痛下決心與朱全忠翻臉，沉聲問道：「你有什麼良策？」

馮道說道：「召集禁軍保護皇上逃出宮城，等皇上安穩了，再頒布詔書說梁王逼帝出走，便能洗刷咱們的清白。」

崔胤怒道：「如今全天下都控制在朱全忠手裡，就算救了皇帝，又能送去哪裡？」

馮道說道：「只能求助李克用了。」

崔胤想到李克用與張承業交好，自己卻大殺宦官，連連搖頭道：「不行！不行！晉王恨死我了！」

馮道見崔胤不肯發兵，又勸：「皇上若能逃得此劫，必會記你大功，調解你和晉王的恩怨，咱們先救出皇帝再說，你若不肯去河東，送去淮南也行，時間緊迫，司徒公再猶豫，就來不及了！」

崔胤一來不相信朱全忠真要對付自己，總覺得事情仍有轉寰，二來也沒膽量與之正面對抗，但想皇帝是自己的保命符，確實得保住他再說，向隨從使個眼色，道：「你們去探探情況。」兩名隨從立刻施展輕功而去。

崔胤又問馮道：「宮廷禁衛森嚴，要送聖上出去，需有萬全的計劃。」

馮道搖頭道：「在下沒有萬全計劃，只能盡力而為，今夜聖上歇宿哪一座寢殿？」

崔胤蹙眉道：「蓬萊殿！在紫宸殿正後方。」

「那便有機會了！」馮道拿出隨身攜帶的宮城圖，指著北方的玄武門，道：「梁王的七萬大軍從河中趕過來，佈置圍城，至少還需一天時間，此刻朱友諒只率了五千先鋒軍進城，再加上原本的宿衛軍，總兵力不過二萬五，您手裡有一萬禁軍，雙方實力並沒有太懸殊，只要您趕去玄武門召集他們，直奔蓬萊殿搶出聖上，再返回玄武門，從北方全力突圍而出，還是有希望的！」

崔胤搖頭道：「玄武門至後宮雖沒有禁軍把守，但距離遙遠，需繞過太液池，反倒是紫宸殿前的紫宸門，有梁王義子朱友恭率重軍把守，咱們一有什麼風吹草動，他馬上就包圍過來，如此一來，禁軍將落入前有朱友恭包圍、後有朱友諒追逼的苦境，太冒險了！」

馮道氣憤他平時作威作福，如今聖上落入死關，竟這般懦弱，道：「一旦朱全忠來了，皇帝、司徒公、新禁軍全是死路一條，無論如何，咱們得拼一拼！」

崔胤道：「就算搶到人，又要從哪裡送出去？」

馮道問道：「南北方已被朱友恭、朱友諒夾住，那東西兩方呢？有沒有一個將領是忠於皇帝？」

崔胤道：「東側是街使蔣玄暉，西側是龍武衙官史太，這兩人一直是皇上親衛。」

兩名護衛打探消息回來，崔胤問道：「情況如何了？」

其中一人臉色蒼白，道：「紫宸門四周有不少汴梁軍埋伏，比平時多了三倍，卑職不敢過分接近。」

另一人道：「朱友諒親自率領二千汴梁軍留守玄武門，還與禁軍對峙著。」

馮道連忙道：「禁軍有一萬之多，因為是新兵，又無人指揮，才不敢亂動，只要司徒公前去指揮，是以多擊寡，立刻就能突破困境。」

崔胤卻想：「情況如此糟糕，我不如……」瞄了馮道一眼，心中忽然轉了念頭，道：「我只是掛名軍首，這幫新禁軍真正聽從的是鄭元規，萬一雙方真起了衝突，也只有他坐鎮指揮，咱們才有勝算！京兆尹府位於城西『光德坊』東南隅，你快馬趕去，通知他領兵勤王。我先去玄武門探探朱友諒的口氣，拖延一點時間，我與他們熟悉，說不定真能勸動梁王休兵。」摘下腰間一葉玉珮，遞給馮道：「鄭京兆見了這塊玉珮，便知道是我的信物。」又吩咐隨從備了馬匹給馮道。

「好！我們分頭行動！」馮道拿了玉珮、騎上駿馬，火速奔往城西光德坊，遠遠見到東南角落裡矗立一座大房殿，連忙趕了過去，見門口禁衛森嚴，便拿出崔胤的玉珮請衛兵通報。

衛兵不識玉珮，揮了揮手趕走馮道：「今夜皇帝宴酒，京兆喝醉了，睡得正沉，閒雜人不得打擾。」

馮道只得說出實情：「皇宮發生兵變，我奉旨趕來請鄭京兆勤王！」

那衛兵嚇了一大跳，連忙入內通報，鄭元規幾乎是驚跳而起，連衣服鞋子都是一邊奔跑一邊穿上，到了門口，急問：「誰來報訊？」

馮道見到這位白髮蒼蒼、滿臉老皺的將軍，心中又是感佩不捨：「今日這一場恐怕是豁命相搏了，我來這兒拖老將軍入禍水，真做對了麼？」這念頭只能一閃而過，他振起精神拿出玉珮，道：「司徒公讓我拿玉珮當憑證，請您領禁軍勤王。」

馮道易了容，夜色又黑，鄭元規認不出他是在客棧相談甚歡的小子，見他身穿宿衛軍裝，更是懷疑，拿玉珮仔細看了兩眼，疑惑道：「這玉珮並不是稀奇之物……」顯然不識這是崔胤的憑證，又道：「如果梁軍真大舉入宮，怎會如此安靜，沒有半點通報？」

馮道出身窮鄉，對玉石沒什麼研究，更想不到崔胤在生死關頭，竟會給個廉價玉石，急道：「朱友諒他們是有備而來，借朱友倫之死帶兵入宮了！只要您去玄武門瞧瞧，就能明白！司徒公也等在那裡了！」

鄭元規見他說得著急，也不敢托大，道：「好！我就先去玄武門瞧瞧！」

兩人為免驚動埋伏四周的宿衛軍，並不進入皇宮，而是從外邊繞過皇城，直抵最北邊的玄武門，豈料到玄武門一看，竟是空蕩蕩一片，莫說半個人影也沒有，連第三隊的屍首也不見！

馮道倒抽一口涼氣：「這究竟怎麼回事？」忐忑地望了鄭元規一眼，鄭元規卻以更大的懷疑望著他。

馮道望了望地面，雖然沒有屍首兵器，但草地凌亂，顯然雙方經過一場糾纏，心想：「難道崔胤真說服朱友諒退兵了，否則怎會都不見了，宮中還這麼靜悄悄的？」他見鄭元規滿臉滄桑憂急，又想：「崔胤不知耍什麼滑頭，若是害鄭公遭遇橫禍，我於心何忍？」便拱手道：「或許司徒公已經說服朱友諒退兵了，還請京兆回去歇息吧。」

鄭元規懷疑道：「小子，你究竟耍什麼把戲？」

馮道正想說出自己的身分，草叢中卻走出一道瘦小人影，道：「不是他耍把戲，是崔胤！他把禁軍從玄武門帶出城了！」正是去而復返的胡三。

「什麼？」馮道和鄭元規驚愕得同聲呼出。

胡三又道：「朱友諒只有二千人馬，攔不住，就任他走了。」

馮道急問：「朱友諒呢？」胡三道：「恐怕去找皇帝了！」

馮道恍然明白崔胤知道形勢不可挽回，索性帶走禁軍自保，鄭元規不敢相信自己拼了老命訓練的禁軍就這麼被崔胤帶走了，一瞬間似被抽走了全身元氣般，整個人一陣暈眩，幾乎癱軟，馮道連忙扶了他，鄭元規怒道：「他竟然不顧聖上安危，竟然……竟然……」一時氣急攻心，再說不出話來，只掩面垂淚，喃喃道：「老臣該死！老臣該死……」

馮道狠敲自己一記頭心，罵道：「這奸賊騙我離開，我竟蠢得上他的當，我真該死！」他急著搬救兵，卻忽略了崔胤的奸詐，心中懊悔不已，見地面蹄印凌亂，忙道：「京兆莫急！禁軍已經走了，這宮裡還是靜悄悄的，朱友諒並沒有大舉進攻，可見他心中尚有顧慮，想等朱全忠過來指揮。

崔胤帶著大批人馬，不會跑太遠，咱們快快追上，這幫禁軍是您訓練的，他們肯定會聽您的話！」

鄭元規一時急昏了頭，聽馮道提醒，立刻抹淚起身，道：「對！咱們快追上！」

兩人飛身上馬，依蹄印方向追去，馮道忽地想起，回頭喊道：「胡三，你輕功好，去蓬萊殿探探！」胡三啐道：「倒會使喚人！」便飛身前去。

李曄喝完酒宴，在小宦的攙扶下，搖搖晃晃地進入蓬萊殿，他心情正好，見眾宮女垂頭喪氣，何皇后和昭儀李漸榮愁眉相對，頗覺奇怪，這兩個后妃陪在他身邊，一路歷經無數風浪險惡，都是鎮靜之人，今夜怎麼惶惶不安？便走過去，執了何皇后的手，溫言道：「皇后身子不適，應該多加休息，怎麼起身了？」

何皇后低聲道：「梁王遣朱友諒進宮，交了一封奏摺。」她語氣溫柔，卻掩不住內心的顫慄，雙手更是微微顫抖。

「什麼奏摺？」李曄聽到「梁王」二字，瞬間清醒過來，接過奏摺打開一看，頓覺有如被驚雷擊中，整個人天旋地轉，頹然坐倒：「他……他……」吐出這字，全身便似再也沒有半分力氣，癱軟在龍床上，手中奏摺也隨之掉落。

「聖上！」何皇后和李漸榮齊聲驚呼，連忙教宮女合力將李曄扶躺在床上，命心腹宮女阿秋快去請御醫，又將其餘宮女都遣出帳外。

何皇后和李漸榮待在帳內照顧李曄，后妃愁眉相對、哀默無言，何皇后忍不住拾起奏摺，見其中寫道：「司徒兼侍中、判六軍諸衛事、充鹽鐵轉運使、判度支崔胤，身兼劇職，專權亂國，離間君臣，請陛下立即誅之，兼其黨羽，佈告天下。」隨後附列了包括京兆尹鄭元規、皇城使王建勳、飛龍使陳班、閤門使王建襲、客省使王建乂、前左僕射張浚等一串名單。

李漸榮見何皇后臉色蒼白、渾身顫抖，連忙扶她坐下，道：「姐姐保重，那梁王究竟說了什麼？」

何皇后眼圈兒一紅，淒惶道：「梁王彈劾崔司徒謀反，還連帶要處死一批忠臣！」

李漸榮聞言，也不禁渾身發顫，許久說不出一句話，兩個苦命女子緊緊交握著手，彷彿這樣在寒風冷雨之中，才能感受一點稀微溫暖。

「碰碰碰！」殿門外傳來一陣重擊聲，朱友諒粗魯無禮地喊叫：「陛下！護駕都指揮使朱友諒求見。」

李曄被吵得清醒過來，他原本沒什麼大礙，只是軟弱得不想起身，彷彿只要掩面閉眼、沉醉長眠，就不必面對任何風暴、殘忍與不堪，偏偏現實的打擊總是來得又快又重，催逼得窮途人無處可逃。

李漸榮見李曄仍昏睡，何皇后身子虛弱，只得整了整衣衫，在宮女阿虔的陪侍下，出了殿門，見前方陳列密密麻麻的一大片宿衛軍，不由得倒抽一口涼氣，她擰了擰指尖，強自鎮定，走近朱友諒，道：「朱指揮，聖上昨夜宴酒，還宿醉未醒，請先回去吧，倘若聖上醒來，見了奏章，自會批示。」

朱友諒抬頭望了望烏雲密佈的天空，冷冷一笑：「要變天了，聖上真睡得著？」

李漸榮面色一沉，道：「朱指揮是什麼意思？」

朱友諒冷笑道：「沒什麼意思！我見曙光已露，天色變明亮了，聖上是不是該起身了？」

李漸榮沉聲道：「聖上起不起身，似乎還輪不到你多口。」

朱友諒以威脅的口語說道：「梁王得到密報，崔司徒打算先殺了聖上，接著昭告天下聖上病逝，然後扶持太子當傀儡皇帝，再逼他讓位。」雙手拿出一錦盒，道：「這是我們方才搜查相府得到的證據，是德王與崔司徒勾結的禪讓書，上面有兩人的密印，呈請聖上過目。」

太子李裕疏朗清秀、孝順明理，很得李曄喜愛，即使當年劉季述囚禁李曄時，另立李裕為傀儡皇帝，李曄後來復位，都不曾減少對他的疼愛，仍以他為皇太子。如今李裕已十五、六歲，朱全忠見他越來越聰明，深覺是個威脅，不只一次以李裕曾經參與劉季述叛亂為由，逼李曄處死這個太子，李曄堅持不肯，為了這事暗暗痛恨朱全忠，君臣裂隙也因此越來越大。

李漸榮聽見崔胤和太子勾結謀反，心中一沉，示意宮女阿虔去取過錦盒，顫聲道：「我會把東西轉交聖上，將軍請回去休息吧。」

朱友諒絲毫沒有退去的意思，拱手道：「梁王擔心陛下安危，特派臣加強重兵守衛，臣寸步也不會離開，昭儀請便吧。」

李漸榮見他態度囂張，雖悲憤無奈，也只能回身入殿，將殿門緊緊關上。

「情況如何了？」李曄已起身，拉著李漸榮的手追問。

李漸榮搖搖頭，慘然道：「外面佈了密密麻麻的宿衛軍，不只御醫、大臣都被擋在外頭，咱們也走不脫了。」說著將崔胤叛亂的證據呈上。

李曄氣得全身發抖，把錦盒狠狠擲去，罵道：「這是一石二鳥之計！不但要除去崔胤，還要殺太子！虎毒不食子，他竟屢屢逼朕殺害親兒，他還是不是人？滿朝將臣難道沒一人得到消息，沒半個勇士敢來救駕？」

李漸榮低嘆道：「朱友諒說崔胤謀反，他是奉梁王之命護駕，又有誰會來救駕？」眾人的心漸漸沉了下去，何皇后絕望道：「我們又被困住了嚒？」想到當初被韓建囚禁華州、被劉季述囚在少陽院裡，連食物都從狗洞拿取，後來又被軟禁在鳳翔城，眼睜睜看著王侯嬪妃一個個活活餓死，那種無止無盡的煎熬，真是生不如死，偏偏她是一國女主，不能輕易顯弱，如今回到長安，以為稍可安穩，誰知又逢兵變，死亡恐懼再次如巨浪襲來，她忍不住紅了眼眶，輕輕拭淚。

李漸榮輕拍她的背安慰道：「姐姐莫要哭壞身子了。」

何皇后泣道：「我不是顧惜自己，是擔心肚裡的皇嗣！我苦苦瞞住孕事，一心想為聖上留下血脈，想不到事情發生得這麼快！我只怕孩子……來不及出生……」說到後來，忍不住潸然落淚：「朱全忠心狠手辣，不只是裕兒，就連其他皇子也不會留活口的，可我肚裡這個，是他們不知道的……」

李漸榮握了她的手，毅然道：「倘若真有萬一，妹妹拼了性命也會保住姐姐、保住皇家血脈！」兩名女子不幸當了亂世后妃，早已沒有爭寵的心計，只有患難相扶的情誼、生死同命的無奈。

李曄聽到所有孩兒都難逃毒手，不禁全身寒顫，心中痛極，但想：「崔胤雖然囂張，多少還能擋著朱全忠，萬一我真下旨殺他，這屏風便沒有了……」

外面的風平浪靜，使他誤判情勢，不知道朱友諒其實已率五千先鋒軍進入宮城，更不知道朱全忠大軍也已抵達河中府，隨時可馳入關中。官員們早就聞風躲避，沒人敢進來報訊。

李曄負手踱來踱去，苦思脫身之策，忽然想起，道：「對了！朕還有新禁軍！鄭元規忠心耿耿，一定會來救駕的！」他上前握了何皇后和李漸榮的手，道：「只要我們耐心等候，鄭元規一定會來的！」

何皇后聽了李曄的鼓舞，強打起精神：「是妾不好，不該如此喪氣。」

李曄伸臂擁住兩位后妃，哽咽道：「是朕不好，不能護住祖宗留下的江山社稷，也不能保護妳們……」

「碰！」殿門被猛力撞開，打斷了緊緊相擁的三人，朱友諒威風凜凜地走進來，宮女們像小貓見到老虎般，瑟瑟地縮在一旁，李曄挺身走出，喝問：「什麼事？」

朱友諒微微行禮：「臣抓到一個逆賊，給皇上送來了。」

「送逆賊過來？」李曄見朱友諒獨自一人，身後並沒跟著什麼囚犯，心中升起不祥的預感，仍鼓起勇氣板了臉斥道：「抓到逆賊便好好審理，送到後宮做什麼？你還懂不懂規矩？」

朱友諒將掛在腰間的布囊提到前方，道：「請陛下驗收，看這人是不是逆賊？」他冷嘲似地望了李曄一眼，那眼神彷彿在說：「你有膽子看麼？」

李曄暗吸一口氣，心想：「難道他要動手了？」卻憑著一股帝王之氣，不肯後退，反而昂首挺胸，精光怒視。

朱友諒卻是手一滑，布囊落到地上，綁縛的結繩散開，裡面的人頭咕嚕咕嚕滾出來，宮女、妃嬪無不嚇得驚叫，紛紛閃避，李曄也嚇得面色青寒，退了一步，驚呼：「這……這……是皇城使王建勳！難道禁軍被滅了……」

朱友諒冷笑道：「陛下，禁軍造反，臣還在等您的批勅，好回報給梁王。」

李曄額上冷汗直流，心口怦怦直跳：「我倒底要不要……要不要犧牲崔胤？」望了朱友諒一眼，又想：「朱全忠還不敢在京城公然弒君，才會百般威脅，一旦崔胤垮了，朱全忠肯定會逼我遷都洛陽，到那時，只會比在鳳翔更悽慘……不行！這次我一定要保住崔胤！」一咬牙，堅持道：「司徒是否真的謀反，朕還需查過，你先退下吧，順便清走人頭！」

朱友諒冷笑道：「等到中午，梁王便到了，他會親自來向聖上請安。」便轉身大步而去，連行禮都免了。

宮女阿秋膽子較大，趕緊奔去關上殿門，又以布囊包裹起人頭，堆在角落裡，免得刺眼。李曄見兩位妃子面無血色，安慰道：「鄭元規還活著！他一定還活著！只要他帶援軍前來，咱們就有機會逃到河東，晉王會保護我們的……」這話說得十分虛弱，連他自己都不怎麼相信。

李漸榮顫聲道：「可是……聖上前些時候大殺宦官，承業公公已經……晉王還會保護我們嚒？」

李曄聞言，身子不由得一顫，心中一片寒涼：「我受不了逼迫，下了除宦令，竟因此絕了河東退路……」

「碰！」一聲，殿門忽地被打開，朱友諒這次連入殿都免了，直接丟一顆人頭進來，又關上殿門。宮女阿秋驚叫道：「是……是飛龍使陳班……」眾女子只嚇得心膽俱喪，緊緊相擁，李曄臉色也越來越蒼白，不停地喃喃自語：「鄭元規還活著，他一定會來的……」

之後每隔半個時辰，朱友諒總會丟一顆人頭進來，皆是奏章上的名單，依序是閣門使王建襲、客省使王建乂……

李曄眼看名單快輪到鄭元規，再支撐不住，頹然坐倒，雙手掩面，淚水簌簌落下，眾人心中淒然，也跟著默默垂淚，整座宮殿只餘絕望與悲沉。

馮道和鄭元規根據蹄印一路追逐，直追至「開化坊」的崔胤相府，只見大批禁軍將四周包圍得水洩不通，鄭元規急得就要衝上去，馮道一把抓住鄭元規低呼道：「且慢！」鄭元規心急如焚，道：「還等什麼？」馮道低聲道：「不對勁，先瞧瞧！」

崔胤從府內急匆匆地趕著家族老小出來：「快！快！別磨蹭了！快坐上馬車！」又指了一隊禁軍道：「你們先保護這幾輛車離開。」

那軍兵卻一動也不動，崔胤急得跳腳，高舉令牌不停揮舞催促：「快點！快點！你們慢吞吞的，要拖到幾時？」見眾兵仍是不動，發瘋似地急吼：「誰不走，以軍法處置！」

禁軍都頭忽然指了一隊軍兵，道：「你們進去搜搜，看還有沒有漏網之魚？」那隊士兵領了令，立刻衝入相府。

崔胤驚怒道：「等一下，你們做什麼？」

禁軍都頭大喝：「本將奉旨捉拿逆反，眾軍聽令，將相府包圍起來，一個也不許走脫！」

崔胤見原本畢恭畢敬的人突然兇狠起來，還包圍起相府，嚴禁人員出入，氣得戟指怒罵：「本相乃是六軍十二衛統帥，你這小小都頭竟敢違抗軍令？」

禁軍都頭冷冷道：「崔司徒和鄭京兆共同謀反，罪證確鑿，等一下梁王便會帶證據連同聖旨過來。」

崔胤全身如墜冰窖，環目望向四周，這才發覺那些身手矯健、訓練有素的新兵，根本不是什麼流亡士兵、天祐皇朝的奇蹟，而是汴梁軍臥底，是自己的催命符！

崔胤的季父崔安潛老淚縱橫，指著他跺腳罵道：「緇郎，造孽啊！我早說過了，咱們清河崔氏自六朝以來便是名門望族，傳衍不息，出了你這個逆賊，將來滅我清河崔氏者，必是你這崔緇兒！

你們都不聽，我崔氏祖輩幾代以來，刻苦持守門戶，到了今日，終被你一手毀了！」

崔胤聽到季父責罵，回想自己曾經掌握乾坤、弄權朝堂，滿朝文武盡俯首帖耳，是何等風光，直到這一刻，他才看清所有的風光都是虛影，自己不過是朱全忠指尖捏的一顆小棋，生死隨人處置。想到自己愚蠢得一步步走向死路，不只輸了性命，還輸光家族百年根基，他不禁狂笑起來，一邊嚎啕大哭，一邊煽打自己耳光，痛罵道：「我打你個賣國賊崔胤！引狼入室，賣國賊崔胤，罪該萬死！賣國賊崔胤，死得好！」神態已近顛狂。

馮道將事情前後串聯，恍然明白一切都是個局，是李振給崔胤下的局——

朱全忠感到西部戰線吃緊，因此想遷都洛陽，又擔心崔胤立異，便教李振引誘崔胤重建禁軍，再讓梁軍假裝是反梁的流軍，充入新禁軍之中，如此便可大舉進入，連同原本的宿衛軍一起控制住皇城。有一些不知情的老百姓前去應徵禁軍，就被編到第三隊，因此第三隊特別瘦弱，也成了雙方爭鬥的犧牲品，至於馮廷諤帶領的七名蹴鞠壯漢，則是李振埋在第三隊裡的挑釁種子，要藉朱友倫墜馬之事，一口氣剷除崔胤及其黨羽！

馮道看得心中震撼、全身發寒：「糟了！這一來，鄭京兆也會被拖入這個陰謀裡……」回首望去，見鄭元規老臉蒼白，宛如死灰，全身更如濕透了一般，不停地喃喃自語：「老夫早就不惜生死，可謀反是……誅九族啊！蒼天啊！」話一說完，他雙眼一黑，從馬背上直摔下去！

馮道雖然飛快接住了鄭元規，沒讓他墜地，但他已是奄奄一息，如朽木枯槁，馮道知道他年紀老邁，又在一夜之間經歷大悲大傷，已經殫精竭力，回天乏術，不禁悲從中來，緊緊抱著他，附在他耳畔低聲道：「鄭公，我是馮道！你有什麼遺言，我可以為你辦到？」見鄭元規兩眼蒼蒼，只空瞪著沉沉夜空，似乎聽不見自己說話，馮道忍不住紅了眼眶，又問：「晚生力弱，救不了你全族，但可冒險救出一、二人，你想救誰？」

相府門口傳來驚天動地的哭嚎聲，鄭元規感同身受，彷彿也聽到自己家族老小的哀嚎聲，此起彼落地迴蕩在耳畔，令他心如泣血、痛苦難當，是自己堅執不退，才會連累滿門老小，倘若事情重來一回，還會如此選擇嚒？

「救……救……」鄭元規知道這是最後機會，他緊緊抓住馮道手臂想說出個人名，但滿家族數百口，一道道熟悉身影閃過他腦海，哪一個不是至親骨肉？又如何能救誰捨誰？他心頭陣陣絞痛，全身似要分裂，也無法呼吸，只能不停用力喘氣，終於忍痛呼出：「救……皇帝！」便垂首斷了氣。

「鄭京兆……」馮道心中悲痛吶喊，卻不能呼出半點聲音，只能默默為這位忠貞義士闔上雙眼，他眼睜睜看著鄭元規落入陷阱，卻無能為力，實是痛澈心扉：「難道世間真沒了天理，忠心臣子只能落得如此下場？」

他心潮激盪洶湧，毅然揹起鄭元規的屍身：「無論老天管不管事，我也要盡力而為！」抹了淚水，振作起精神，趕馬奔向京兆尹府，一方面是送鄭元規回到親人身邊，另方面是想通知鄭家盡快離去，好容易奔到了府邸門口，昔日威嚴顯赫的房殿已是一片漆黑，彷彿被幽暗魔魘吞沒般，成了一座死府！

馮道見府中空蕩蕩，鄭家老小早就被扣押帶走，胸口如再受重錘，但此刻實在不是傷心時候，他只能強忍悲痛，將鄭元規安置在京兆尹祠堂裡，合十拜了三拜，道：「晚生定會盡全力救出皇帝，請鄭公安息。」又趕馬回皇宮。

「飄搖且在三峰下，秋風往往堪沾灑，腸斷憶仙宮，朦朧煙霧中。思夢時時睡，不語常如醉，早晚是歸期，穹蒼知不知……」❶

時近正午，和煦的陽光微微透了進來，李曄站在蓬萊殿的二樓高臺上，憑欄俯瞰下方情景，獵獵風中，整片御苑花樹迎風起伏，宛如一波波五彩浪濤，簇擁著碧綠粼粼的太液池，池上荷葉漣漣、池畔粉彩爍爍，綻放一片初春暖色，卻怎麼也暖不了大明宮的淒寒。

李曄心灰意冷地望著這片燦爛，但覺世間再美，都已化成了灰燼：「再過不久，天下江山再不屬於李氏了，我還是做了不肖子孫，丟了祖先基業，下方圍兵密密麻麻，就算我真的插上飛翼，也難逃出生天了……」這一刻他多麼希望能化身青鳥飛空而去，好解脫這一身苦難，迷茫之間，遠方似乎真有一道小小青影飛掠在樹梢上，向自己快速而來，他不禁苦笑：「真有青鳥來接朕麼？我是瘋了麼？」

那影子越來越近，李曄忽然看清是一細瘦人影，心中頓時燃起希望：「那人定是來救我的，我要堅持下去，不能任逆賊擺佈……」呼喝道：「來人！快守緊殿門，別再讓人闖進來。」宮女們聽見命令，七手八腳地搬動大桌想堵住殿門。

「梁王覲見！」殿外一聲呼喝狠狠打碎那微小的希望，一陣陣重如泰山的腳步聲，震得殿內人心惶惶。李曄不知樹梢上的人是誰，只盼他能再快一點，偏偏下方軍兵巡查甚緊，樹梢上的人怕被發現，有時得躲入密叢裡，速度便慢了。

「十丈……八丈……七丈……再快一點！快一點！」李曄心中無聲地吶喊，雙拳都握得發白了，忽然「碰！」一聲，朱全忠打開殿門，呼喝：「陛下！」

李曄心知再不離開欄杆，朱全忠恐怕會闖了上來，反而會洩露那人的形跡，他忍不住又望了遠方一眼，心中扼腕：「只差了五丈距離！」忽然他看清對方竟一身宿衛軍裝，心中一涼：「不是來救我的，是梁兵……」他絕望地離開高臺，失魂落魄地走下樓去。

樹梢人影正是穿了宿衛軍服的馮道，他見崔氏、鄭氏都被押走，心中存了最後希望：「鄭公是功臣名將、京兆大官，朱全忠要殺他，需有皇帝的敕書才名正言順，張惠十分愛惜朱全忠的名聲，只要我能救走皇帝，或阻止敕書發布，或許能解救鄭氏族人。」

他藉宿衛軍裝之便，靠近蓬萊殿附近，眼看無法再深入殿內，便冒險攀到了樹梢上，想從空中進入，飛奔間，赫然發現皇帝就站在高臺邊，心中慶幸可省卻不少功夫，一邊拿出預備的繩套，正要對準皇帝拋出，卻見李曄轉身離開了！

馮道原本計劃一搶到皇帝，便重施故技，從「大福殿」的密道潛游出去，見皇帝離開，扼腕之餘，只好飛撲向高臺欄杆，偷聽殿內的動靜，他聽出皇帝下樓去了，便藉著飛翹簷角掩護身形，小心翼翼往下移動，移至一樓的簷角下方，吊掛在斗拱縫隙間，只聽殿內傳來朱全忠的呼喝聲，馮道心中暗驚：「糟！我晚來一步，朱全忠到了！若是朱友諒或其他人，還可冒險一拼，遇上這大魔頭，小隱龍再有萬般神通，也毫無勝算，能掩住聲息不被發現，已是萬幸了，更遑論要救皇帝出去……」

蓬萊殿中，朱全忠雄渾的氣勢宛如一座巍峨高山，壓迫著殿內的籠中囚鳥！他微微行了禮：「臣救駕來遲，令陛下受驚了。」

李曄的腳步聲正好掩蓋了馮道的聲息，令朱全忠一時未察覺有人靠近，李曄坐入椅中，好讓自己感到有些倚靠，微微頷首，道：「梁王請起。」話聲卻掩不住一絲顫抖。

朱全忠沉聲道：「崔胤為謀自立，勾結鄭元規，派人挑撥蹴鞠比賽，趁機殺害宿衛軍首朱友倫。」

李曄臉色一慘，驚顫道：「朱……朱指揮跟人玩蹴鞠，不小心死……死了？」

朱全忠加重語氣：「是被逆賊害死的！他們想謀反，殺害了宿衛軍首。」

李曄見他臉色陰沉，滿佈殺氣，結結巴巴道：「是不是……謀反，這事還是詳……詳查得好，眼下也沒什麼動亂，說不定只是意外……」

「陛下！」朱全忠猛然喝斷，李曄被驚得幾乎跳了起來：「愛……愛卿，你有什麼……」一句話未說完，朱全忠已然插話：「朱友倫不只是臣兄長的遺孤，更是聖上的忠心將臣，如此冤死，實在有負聖上清明，請陛下將崔賊、鄭元規及一干同黨，盡數梟之午門，全族誅殺，使天下臣民有所警惕，以儆效尤。」他說到「兄長遺孤」四字，特意加重了語氣。

馮道心知一旦下旨，不只鄭氏覆滅，皇室也權勢盡失，心中急呼：「不能下旨！萬萬不能……」偏偏不能發出半點聲音。

李曄也知道其中利害，但朱全忠擺出一副勢必討回血仇的氣勢，他暗吸一口氣，強自鎮定心神，溫言道：「愛卿之痛，朕感同身受，但朕需要司徒輔治朝廷，還有鄭京兆，他年日無多，從前立功厥偉……」一股莫大的壓力猛地罩下，令李曄幾乎窒息，他不禁縮了縮身子，垂了眼，不敢與朱全忠對視，卻仍支吾道：「可不可以……朕想……想饒了他們，愛……愛卿，朕再加封你護國大將軍……」

朱全忠冷笑一聲，豁地跪下，李曄驚得往後一退，偏偏已坐到底處，背心貼上了椅背，退無可退，朱全忠仰天乾嚎道：「忠臣良將死不瞑目啊！」說著大掌猛力一擊，「碰！」漢白玉石的地面竟陷了五指印痕，濺出蓬蓬粉塵，宛如他滔天怒氣：「陛下不殺此賊，當先殺臣，臣不願與賊人並立於朗朗青天之下，不願與賊人並立在大唐朝廷上！」

李曄以死相抗的勇氣，剎那間被這凶大氣勢震懾得粉碎，彷彿三魂七魄都消散無形，只餘一副傀儡空殼癱軟在椅子上，連吐一字的力氣都沒有了。

馮道暗罵：「為了剷除皇帝身邊的勢力，朱全忠可是下足血本，不惜殺了朱友倫，以兒長遺孤之死逼皇帝下旨嚴辦崔胤！」又想：「張惠這計謀可真是毒辣，連至親部屬都不放過……」自從與張惠見過一面之後，他始終相信兩人存在著和解的可能，今日見到張惠為了相助夫君爭奪帝位，不惜毒害親人的手段，不禁覺得自己實在太天真了。

朱全忠把斬殺逆臣的敕書和筆墨一併推到李曄面前，沉聲道：「臣已命人押下崔氏一族和鄭氏親族，沒有半個漏網之魚，陛下請賜旨吧。」

「已經押下了……」李曄悲涼地望了何皇后和李漸榮一眼，見兩個后妃早已面無血色，心中一嘆：「我若不下旨，恐怕連皇后肚裡的孩兒也保不住……」他緩緩拿起御筆，正準備落下，忽然想起朱全忠那一句：「忠臣良將死不瞑目」，全身忍不住顫慄起來：「朕為了皇嗣、為了社稷江山，又要……又要殘害忠臣了……」雙目一閉，幾乎流下淚來。

「不能下旨！不能……」馮道在心中不斷吶喊，卻無計阻止，再忍不住探了半個頭出來，悄悄窺看裡面的情景。

「陛下！」朱全忠見李曄遲不落筆，一聲沉喝，李曄驚得心口急速跳了一下，一抬頭，見朱全忠雙目精光宛如利刃狠狠盯著自己，他實在不敢對視，不禁又低了頭：「你們……你們莫要怪我，朕真是不得已……可這樣飲鴆止渴，又能撐至幾時？」他強忍傷痛，暗暗悲嘆：「罷了！只願老天垂憐，讓我支撐到孩兒出世，讓我李唐還能保住一點血脈，好圖日後中興……」顫抖的筆尖終於在敕書上批了字！

「批了……」馮道心中一陣寒慄：「聖上明知我來救他，大可編個謊言拖延一點時間，竟然輕易下旨抄殺忠臣……」想到鄭元規臨終之際還念念不忘皇帝安危，卻只換來對方薄情捨棄，鄭氏一族終難倖免，他心中不勝憤慨，然而下一刻，卻感受到一股強大的殺氣洶湧翻起！

朱全忠拿了敕書，原本打算就此離去，先斬了崔、鄭兩家，以防後患，但他一站起身，居高臨下地看著李曄瑟縮在座椅裡，眼神茫然、怯懦可欺的模樣，心中忽湧起一股恃強凌弱的快意：「崔胤、鄭元規轉眼就要死了，這軟腳皇帝再沒有任何依靠，我何不現在就殺了他，再嫁禍給崔胤，天下人又有誰敢吭聲？」惡念既生，剎那間他精光湛射，大掌緩緩舉起，漸漸凝聚了真力……

李曄不懂武功，但求生的本能令他感到莫大的壓力，不禁抬眼望向朱全忠，見對方眼神凶狠得宛如噬血惡魔，不由得驚顫叫道：「你……你想做什麼？」

馮道倒抽一口涼氣：「他拿到敕書，竟想殺皇帝！」想到鄭元規為護大唐，耗盡心力而死，甚至落得滿門抄斬的下場，胸中不禁激起一股意氣：「鄭公要我救皇帝，小馮子，你不可再怕死了，不可辜負老將軍，不可辜負聖賢言，這是你展現儒士骨氣的時候了……」他立刻以「交結」之氣護住上身，並迅速觀察：「從東北方位十五度飛撲進去，一旦搶到皇帝就向後抱滾半圈，從東南方位十度退開，這樣應能使朱全忠的掌勁減至最低。」他吸飽真氣，心中吶喊：「衝啊！」準備飛撲出去為皇帝擋下一掌。

眼看朱全忠就要痛下殺手，李曄嚇得魂飛魄散，滿口喊叫：「朕……朕封你……護國大將軍！讓你持節鉞！執天子劍！乘天子座駕！號令天下王師……」

何皇后和李漸榮見皇帝危急，雙雙哭跪在朱全忠腳邊，何皇后抓住他衣袖，絕望地求懇：「從今以後，大家夫婦都委身於梁王了！」

朱全忠心中轉思：「惠娘總教我不可操之過急，必須完成九錫禪位之禮，得到天下民心，才可稱帝。」一掌力不禁微微一頓，又想：「但惠娘耗盡心力，就是為了扶我完成大業，如今她已十分虛弱，我需盡快稱帝，讓她了無遺憾……」瞬間大掌再加劇力，就要一舉轟下！

「碰！」眾人心頭一緊，殿門忽然破開，朱友諒衝了進來，叫道：「大王！出事了！」

朱全忠一愣，大掌忽地一轉，竟轟向馮道的藏身處，此時馮道正一鼓作氣，打算衝出去，他萬萬想不到朱全忠會轉而轟打自己，兩道力量若是正面對撞，就算馮道有「交結」之氣護身，也會粉身碎骨！

「碰碰碰！」簷角破碎飛散，馮道同時足踝一緊，被一道細繩鍊圈住，猛地往後一拉，只差半分，朱全忠的巨力湧至，馮道雖只掃到一半勁力，仍是一陣天旋地轉，身不由主地拋飛出去，嚇得他在心中哇哇大叫，卻也暗呼僥倖，若非事先運足「交結」之氣護身，又得簷角遮擋，且及時被人用繩索扯遠，小命肯定不保，才剛轉完念頭，胸口一陣煩噁窒悶便昏了過去。

過了許久，馮道醒轉過來，一睜眼就見到一雙骨碌碌的小賊眼盯著自己，正是胡三！

馮道苦笑道：「胡兄！咱們又見面了……咳咳！」一開口，忍不住就嗆出一蓬血霧來，胡三側頭閃過噴血，冷笑道：「小子居然沒死！」

馮道見這裡是一座荒殿，胡三坐在一旁，手中玩弄著一條極細長的銀繩鍊，繩鍊的一端是個五爪鐵勾，看得出來是專門用來攀岩抓物的利器，馮道深吸一口氣，但覺全身骨頭都快散了，心想：

「朱全忠的不老神功更厲害了，就算我以交結護身，還是受傷嚴重，一旦掉落御花苑，被宿衛軍抓住，就是死路一條，多虧他以五爪鋼鍊相救。」一望了望胡三，又想：「他輕功高明，又配合這五爪鋼鍊，難怪能在朱全忠手裡把我攫走。那鐵爪鋼鍊可是飛簷走壁的好東西，下次我也準備一條，逃命時就更方便了！」

胡三滿臉得意，以打量九命怪貓的目光望著他，嘴角噙笑，道：「你欠我一條命。」

馮道原本想好好道謝，聞言頓時一股倔脾氣湧上來，微笑道：「我最多欠你半條，朱全忠那一掌根本要不了我的命！」

胡三嘲諷道：「你中了朱全忠掌力，居然還能嘴硬，看來馮兄弟手腳功夫不怎麼樣，嘴皮功力倒是挺深厚啊！」

馮道逞強道：「朱全忠的掌力原本馬馬虎虎，你是多管閒事，壞了我的好事！」

胡三冷笑道：「是嚒？那你現在大可走出去辦你的好事！」

馮道擔心皇帝生死，深吸幾口氣，努力調勻內息，掙扎著想起身，胡三一把壓住他，正色道：「朱全忠不知得到什麼急報，已經走了，皇帝逃過一劫，但也被朱友諒大隊人馬押走，一路往洛陽去了。」

馮道一愣：「皇帝被送去洛陽了？」心想：「看來朱全忠不會那麼快下殺手，我還有一點時間。」

胡三指了指窗外的人影，道：「他們正在太液池畔尋人。」馮道不解道：「尋什麼人？」

胡三以一種看著傻子的目光看著他，嘖嘖道：「尋一個敢偷聽皇帝和梁王對話，被打得四肢不全的傻子，生要見人、死要見屍！」

馮道恍然明白朱全忠以為自己掉落在御苑裡，因此命人四處搜尋，胡三笑道：「你不怕死，就出去吧。」

馮道自認有些機靈，卻始終摸不透這胡三的底細，索性開門見山地問道：「你不是單純救我吧？有什麼目的，快快說來！」

胡三狡黠一笑：「這救命恩情先欠著，日後我自會找你要。」

馮道見他仍要耍神祕，嘻嘻一笑，道：「你既然不討，我也樂得輕鬆，日後咱倆若還有緣相遇，喝茶聊天便好，誰也不欠誰！」

胡三對他這麼耍賴，也不以為意，聳聳肩道：「青山不改、綠水長流，後會必有期！」便逕自離去。

馮道利用「解厄」調養，足足費了數日功夫，才恢復元氣，他暗自慶幸：「上回挨朱全忠一掌，我休養了大半月，這次只花了幾日就好了大半，看來多多修練『圓通』玄功，還是有助提升內力，小馮子已從一腳貓晉升兩腳貓了！」

他身子好些，便出去打聽消息，聽說朱全忠以李茂貞威逼京畿、禁軍空虛為由，請皇帝及大臣盡快遷往洛陽，好受汴梁軍保護，皇帝無力抗拒，只得答允。

曾經繁華似錦、千宮萬闕的長安，遭遇有史以來最大的浩劫，各地宮室、官衙、民房如火如荼地拆除、焚燒，木材全數扔入渭河，順水漂流至洛陽，豪紳富戶籍沒入官、宗廟帝陵盜掘殆盡，所有百姓被迫按著戶籍遷都洛邑，長安城哭聲漫天：「國賊崔胤向朱全忠盜賣社稷，才使皇帝流離失所、百姓生靈塗炭！」

參與謀反者都是九族連誅，這一場浩劫，使六朝以來歷經無數戰爭禍亂仍傳衍不息的清河崔氏大族幾乎覆滅；大破黃巢的功臣鄭元規全族也成了殉葬者；皇城使王建勳、飛龍使陳班、閤門使王建襲、客省使王建乂、前左僕射張浚等家族無一倖免，朱全忠算是徹底拔清了李曄在朝廷的勢力！

眾臣惶惶不安，都以為梁王即將正式入主朝廷，逼帝禪位，但朱全忠自從那日離開之後，便沒再出現，不只讓李曄自行選定丞相，就連崔胤留下的判六軍職務，也讓崔遠和裴樞兩位大臣分擔，李曄雖僥倖又過了一關，卻身不由己地被逼往洛陽，車駕經過處，百姓夾路高呼萬歲，李曄心知自己早如籠中鳥，等在前方只有更悲慘的命運，不禁涕淚縱橫，高聲泣吟：「紇幹山頭凍殺雀，何不飛去生樂處，況我此行悠悠，未知落在何所……朕如今漂泊無依，不知最終會死在何處，你們別再稱我萬歲了，朕再也不是你們的君主了！」長安城哭聲一片，痛澈天地，久久不止。❷

（註❶：「飄搖且在三峰下……」出自李曄詩作《菩薩蠻》之二。）

（註❷：「紇幹山頭凍殺雀下……」出自李曄詩作《思帝鄉》。）

九〇四・三

漸衰那此別・忍淚獨含情

太祖因統戎往來由於蒲津，以崇本妻素有姿色，嬖之於別館。其婦素剛烈，私懷愧恥，遣侍者讓崇本曰：「丈夫擁旄仗鉞，不能庇其伉儷，我已為朱公婦，今生無面目對卿，期於刀繩而已。」崇本聞之，但灑淚含怒。《舊五代史・楊崇本傳》

楊崇本以邠州降。後崇本復叛，太祖遣友裕攻之，屯於永壽。友裕以疾卒。《新五代史・梁家人傳第一》

時李茂貞、楊崇本、李克用、劉仁恭、王建、楊行密、趙匡凝移檄往來，皆以興復為辭。全忠方引兵討，以帝有英氣，恐變生於中，欲立幼君，易謀禪代。乃遣判官李振至洛陽，與玄暉及左龍武統軍朱友恭、右龍武統軍氏叔琮等圖之。《資治通鑑・卷二六五》

河中府內，朱全忠快步趕往花園石閣，雙拳握得骨節都發白，牙根咬得滲出血來，「碰！」他擊開堅厚的石門，直接闖了進去。

朱友裕、朱友珪、朱友貞和幾個小兒子跪伏在青花崗石台前，敬翔、李振默默地站在角落裡，所有人的心思都專注在石台裡的張惠，見朱全忠進來，都被他可怖的氣勢嚇了一跳，卻沒人敢直視他一眼，立刻又垂下頭去，只有朱友貞一邊拭淚，一邊抽泣：「父王，母親……等您回來……」

張惠病容晦暗，整個人彷彿已融入幽色裡，剎那間，朱全忠感到天地一片漆黑，什麼景象都消失了，眼中只剩下那虛弱到幾乎消失的人影，他不敢再想下去，只能用盡全身力氣大步走近，坐到了石台邊，黑霧迷濛裡，張惠已昏迷不醒，朱全忠大掌按住她的胸口，徐徐輸入氣息，不知過了多久，張惠臉上終於稍稍回暖，透出一點血色，眾人都緊張得不敢發出半點聲響，朱全忠深吸一口氣，再傳入更多氣息，張惠嚶嚀一聲，眾人忍不住「啊」地一聲，激動了起來，朱全忠低低一喝：「都出去！」眾人趕緊垂首退出，小心翼翼闔上了石門。

朱全忠輕輕抱起枯瘦的張惠，將她全然摟入懷中，用不老神功源源不絕的氣息，與死神爭奪分分消逝的生命，經過一日一夜，張惠仍沒有半點動靜，石室之中，沉靜得只有朱全忠耗盡心力的喘息聲。

看著妻子形銷骨立，想到她曾是清月瑤光般的仙子，也曾陪著自己踏過萬里沙場，計殺無數，是多麼美麗而剛強，可如今觸手冰寒，就像虛弱的雪絲隨時會消融不見，即使他早已看慣生死，意志如鐵，也忍不住全身顫抖，痛哭失聲。

張惠被聲音驚醒，見夫君竟哭得像淚人兒，緩緩伸出顫抖的指尖，費力地觸到了他鬢邊白髮，柔聲道：「這些日子，你操心了。」朱全忠不敢相信她竟醒了過來，欣喜道：「惠娘，妳……妳醒了？」張惠虛弱一笑：「我想看看你……」

朱全忠生怕這一瞬希望會破滅，為了激勵她的求生意志，趕緊說出好消息：「惠娘，我就要當上皇帝了！妳快快好起來，我允諾妳的皇后之位，就快實現了……」

張惠心中一嘆：「那皇帝之位由始至終，都是你想要的，卻不是我想要的，你不過是拿了我當藉口……」她一直沉溺在丈夫癡戀自己的溫情之中，相信他做的一切都是緣於自己，為了回報這份真情，她殫精竭慮地為他謀劃大事，卻讓自己陷入深深的痛苦之中，臨終這一刻，她忽然看清了事實，他的殺伐血路從來都是緣於自己的野心，她不過是一個激勵的餌罷了，沒有人管束的朱全忠會變得如何？推背圖的警告讖言浮現心頭，她實在後悔了，忍不住淚水迷濛，輕聲問道：「當皇帝對你真這麼重要嚒？」事到如今，她只能用自己的餘命勸丈夫收手：「自古太平天子有幾人？皇帝之位不好坐，你答應我，收手吧！」

朱全忠想不到妻子會說出這番話，心中有些失望，緊緊擁著她，卻絲毫不肯退讓，沉聲道：「就算我想收手，他們也不會放過我，這是一場不死不休的爭戰，又有誰能退出？他們不能，我也不能！時勢逼人，我也是不得已，沒有回頭路了！」

張惠知道他說的不錯，他們綁架彼此，一起走上了不歸路，再也無法回頭了，她望著深愛的夫君柔聲道：「那你答應我，萬事莫急，一定要經過九錫禪位，才可稱帝。我走了之後，你要多聽敬翔的話，他是個忠心智慧的臣子，李振卻不可盡信……」

朱全忠衝口道：「我不想等九錫！」見張惠微然蹙眉，又道：「我是說我要盡快稱帝，好讓妳當上皇后，我不想留下遺憾。」

張惠苦澀道：「你想爭的是一時意氣，還是春秋大業？」

朱全忠知道她油盡燈枯，緊緊握了她的手，溫言道：「好！我全聽妳的，必等九錫禪位，妳也要聽我的，快快好起來。」

張惠微微一笑，氣若遊絲：「你英武過人，其餘事我都不擔心，唯有四字，大王務必牢牢謹記。」朱全忠知道妻子又要給出妙計，精光一湛，道：「妳說，我一定記住。」

張惠用盡力氣吐出最後一句：「戒殺遠色！」再支撐不住，癱軟在他懷裡。

朱全忠哽咽道：「妳別再說了，先歇歇……」

「夫妻一生情長，妾何等幸運，只可惜不能相伴終老，你今後自己保重，莫忘了答應我的事……」張惠已說不出任何話了，只愛憐無限地望著眼前意氣風發的夫君：「你正一步步攀上高峰，但亢龍有悔，盈不可久，極盛之處便是翻轉之時，我卻已經沒有時間勸諫你了……」

這一生她總是沉淪在丈夫的宏圖霸業與蒼生禍亂之間，苦苦掙扎，不得解脫，直至今日，她還找不到解方，生命卻已經燃燒到了盡頭。夫妻之情、母子之愛、蒼生之嘆……世間種種，皆已模糊，不知為何，她心中唯獨留下一道身影，是千川道上那個與自己滔滔爭辯的鄉下小子，她不禁想著：「他已經和我一樣，身不由已地掉進這迷亂又危險的羅網，從此掙扎在暴君和蒼生之間，他會不會和我一樣，被這羅網束縛至死，還是會做得比我更好？能找到真正的救贖之道……」

石室越來越靜，氣息越來越弱，寒意從四面八方襲來，越來越冷、越來越冷，淡淡青煙之中，那溫柔的臉龐漸漸失去生息，彷彿化成一片透明，石壁上的燭火忽明忽滅，映得那片透明就像是聖潔的瑤母玉像，那微光又反映至朱全忠的臉上，將他藏在皺紋裡的恐懼、絕望都細細折射出來。

二十年的渴望、二十年的血戰，只緣於寺前的匆匆一瞥，曾經她的溫柔勸慰，是他心中最後的光明，可蒼天不仁，那亮光只微微閃現，就熄滅了，在攀上頂峰的前一刻，硬是將他重重摔落地獄，那撕心裂肺的感受，就像有千軍萬馬轟然湧過，要將他碾碎，無數的刀劍揮來，要將他砍成萬段，他身子好似石像不動，心中卻翻湧著沖天怒火，宛如蠢蠢欲爆的火山。

就在石室全然靜止的剎那，束縛惡魔的鎖鍊終於崩斷了……

「啊——」天下間最可怕的殺魔掙脫了桎梏，即將教大地成屠場、蒼生填血河！

「碰碰碰！」石室內傳出一波波激烈的動蕩，震得牆壁簌簌落下灰粉，室外眾人只嚇得臉色蒼白，跪倒在地，不知是悲傷還是驚懼，都不由自主地落下淚來，放聲大哭。

「碰！」殺氣瞬間向外爆轟出去，石門破開，朱全忠雙眼血絲滿佈，宛如湛放血紅厲光，口中瘋狂吶喊，不顧一切地往前奔衝，身影過處煙塵翻湧，窄小的迴廊盡化為烏有，士兵見一股龐大殺氣滾滾逼來，就像看見惡魔嚇得紛紛閃避，退得慢的，只能當場爆血而亡，片刻之後，迴廊上倒臥大片士兵，東倒西歪、不死即傷。

眾人被這詭異的情景震駭得說不出話來，敬翔、李振想追上朱全忠，卻如何追得上？朱友裕和幾個兄弟連忙搶入石室，見裡面滿目瘡痍，青花崗石壁竟裂出十數條縫隙，落石滿地，實是怵目驚心，張惠一如往昔地安詳沉睡，只是沒有了生氣，眾人不禁跪下痛哭。

朱全忠以全身力量不斷向前奔衝，彷彿天地再遠，奔得再久，都消不盡滿腔恨火，反而增添他內心焦灼，他要找人發洩，前方卻空蕩蕩地，已沒有逃亡的人流供他殺戮。

孤獨的身影奔向未知的空曠，四周黑暗無邊無際，滾滾包圍，彷彿要吞滅了他。不知奔了多久，他才慢慢停下來，失魂落魄地晃蕩，茫茫草野、矮矮山坡的後方，隱隱有一片絲綢綠裳輕輕飄拂，就像燎動野火的春風，將他好不容易壓抑的衝動再度撩起，他發狂般撲向山坡，只見後方站立一名女子，身影窈窕、楚楚動人。

「惠娘……」像是做夢一般，眼前女子彷彿與張惠的身影交疊，朱全忠心中呼喚，口裡喝問：「妳是誰？」

女子似乎感受到自己的處境危險，瑟縮著身子連連退卻，以一種驚恐小羊的神情望著他：「妾……妾是靜難軍節度使楊崇本的妻子……」

「楊崇本？」朱全忠想起他原是李茂貞的義子李繼徽，因為害怕自己而打開邠州城門投降，被封賜靜難軍節度使，如今他整個家族都在河中當人質，一想起李茂貞，他就恨火狂燒，如果不是攻打鳳翔時出了差錯，張惠怎會受傷？自己給了李茂貞五十萬石糧餉，他卻以無效的神仙草回報！

朱全忠雙爪連連探出，將護衛楊夫人的士兵如抓小雞般隨手抓起，爆成血粉，一名婢女被餘勁震得滾下山坡，連回頭看一眼的勇氣都沒有，只鮮血淋漓、連滾帶爬地逃走，卻聽見身後傳來一聲震裂群山的怒吼：「妳教我戒淫克己，免遭天罰，可今日是天負我，不是我負天！賊老天！祢奪我妻女，我朱全忠便奪盡天下妻女——天下女人兩不淫，生我的不淫，我生的不淫，其餘皆淫之！我要享盡天下、淫盡天下、殺盡天下！」

楊夫人的哀求沒有引動他的惻隱之心，反而更激起他心中報復的快感，歡愛銷魂的氣味、恐懼哀鳴的呻吟、溫香軟玉的柔膩，無不迷亂著他的神志，令他感到正衝鋒在千軍萬馬的戰場上，每攻下一座城池，就痛快屠殺，肆意妄為，他要讓大唐貴胄、天下百姓、梟雄英雄都心驚膽顫、俯首跪拜，他曾經在張惠的勸諫下收殺心、做明主，又如何？老天不曾善待他們，他又何必善待天下人？他要將所有恥辱、痛苦，加倍奉還！

在一片狂亂黑暗之中，朱全忠感到身心俱被淘空，才茫然起身，渾渾噩噩地回去。

夜風清寒，習習吹過，草叢裡發出嗦嗦的聲音，冷冷月光之下，誰會憐惜亂世洪流裡的卑微女子？她身上衣物已破爛不堪，柔弱的嬌軀支離破碎，她感到自己不只身子快要死去，連求生的意志也沒有了，她深愛的夫君曾說：「為了保護妳的安全，我不得已才開城投降，我實在愧對義父……」可楊崇本萬萬沒有想到，這一投降才造成愛妻羞辱至死。

楊夫人以最後力氣咬破指尖，顫抖地寫下血書：「吾君擁旄仗鉞，仍不能庇其伉儷，妾已為朱公婦，今生無顏對卿，期於刀繩而已，願來世再結……」連心願都未許完，就憾然而逝了。

「將軍，大事不好了……」楊夫人的女婢在士兵陪同下，找到了正操練兵馬的楊崇本，顫抖地說出事情，楊崇本簡直不敢相信，剎那間，衝了出去，直奔愛妻喪命處，只見呈現眼前的，已不是曾經熟悉的佳人，她一雙空洞驚恐的眼眸圓睜著，像看見魔鬼一般，全身鮮血淋漓，彷彿是被野獸撕虐過，只有一隻玉手緊緊藏在懷中，手心裡握著一角殘破的綠衣碎片，碎片上幾行血字，盡是羞慚之言，卻沒有半點復仇之意。

楊崇本明白凶手是一個他惹不起的人，所以妻子只是以死明節，並不要他報仇，想到妻子的深情體貼，更是悲憤至極，不禁放聲怒吼：「我要殺了他！我要殺了他！」

曠野疾風如刀，狠狠刮過他的臉面，將他吹清醒了幾分，他的確惹不起那個人，可他也待不下去了，他必須找一條出路，天地之大，盡在朱全忠手裡，為今之計，只有回頭投靠義父李茂貞，但他曾經背叛，不能兩手空空地回去，必須帶上足夠信任的禮物，他決定要讓那個淫賊嚐嚐失去摯愛的滋味，付出最沉痛的代價！

兵貴神速，楊崇本快速擦乾淚水，將可憐的妻子包裹好，放上馬背，再騎上馬，連夜召集兄弟準備大幹一場，三千夜騎帶著熊熊怒火，沿著梨園甬道，閃電突襲朱友裕駐紮的營地「永壽」，殺汴梁軍一個措手不及，楊崇本忿然割下朱友裕的腦袋，帶著三千兄弟直奔鳳翔，向李茂貞獻上最珍貴的禮物！

朱全忠消失了幾日，終於回到河中府石室，只丟下一句：「別來打擾！」就閉門不出，沒人知道他曾經去了哪裡，做了什麼。

河中府內，敬翔、朱友珪、朱友貞和幾個小兒子仍默默守在石室外，李振剛從外面辦事回來，腳步輕躡如幽靈般，走近敬翔低聲問道：「大王還沒有出來麼？」

敬翔面色蕭索、緩緩搖頭，輕聲一嘆。就在眾人相對無言、一籌莫展時，外邊忽然傳來一聲急報，一名梁軍臉色蒼白，眼圈紅腫，急匆匆地奔進來，敬翔走上前去，問道：「發生什麼事了？」

梁兵拱手行禮：「啟稟軍師，世子他……」見眾人臉色凝重憔悴，一時膽怯，把口中的話吞了回去。李振疑道：「世子不是駐軍在永壽嚒？發生何事了？」那士兵聽李振一問，嚇得全身顫抖，頭更低了。

敬翔心中湧起不祥的預感，一把抓了梁兵，急問道：「世子究竟怎麼了？快說！」

梁兵顫聲道：「楊崇本帶兵夜襲，割下世子的……頭……頭顱！」

「什麼？」眾人像是被雷電擊中一般，瞬間呆在原地，腦中嗡嗡作響，一片空白。

敬翔感到自己幾乎要站不穩了，怎麼也不肯相信，連聲追問：「世子武功高強，以他的身手對上楊崇本，就算遭遇突襲，也能保住性命逃走才是，是不是弄錯了？」

「自從夫人去世，世子傷心過度，早已病了許久，楊崇本正當氣盛，兩人一交手，就……」梁兵哽咽道：「不只如此，楊崇本還帶了三千兵馬返回鳳翔，重新投靠李茂貞了！」

所有人都震驚得說不出話來，敬翔英眉緊鎖，臉上的愁紋更深了，一向冷靜的他，也已經方寸大亂，因為朱友裕的身亡，絕不僅是喪失一位猛將而已，更重要的是，張惠栽培已久、最得軍心民心、文武雙全的繼承人突然歿世了，他不禁抬眼望向朱友珪、朱友貞，他們將會如何爭鬥，汴梁的江山又會如何動蕩？不過幾日，張惠去世、朱全忠一蹶不振，世子身亡，接踵而來的禍事，彷佛預告著汴梁由盛而衰了，想到此處，他不由得一陣膽寒，眾人心中也直打鼓，沒人敢向朱全忠稟報這件慘事，卻也沒膽子隱瞞朱友裕身亡的消息，一陣面面相覷之後，目光還是齊齊望向敬翔，盼他能出個主意。

敬翔深吸一口氣，卻感到沉沉重擔壓得自己快不能呼吸，忍不住又喘著氣，遲疑許久，他終於鼓起勇氣，小心翼翼地推門而入，輕聲喚道：「大王……」

「什麼事？」朱全忠手中仍抱著張惠，緩緩回過頭來，曾經威震四海、不可一世的霸主，滿頭華髮、一身滄桑！

敬翔不禁倒抽一口涼氣，雙拳緊握，努力壓下心中的顫慄，哽咽道：「世子出事了……被楊崇本殺了！」

短短幾個字彷彿一把鋒銳的刀尖，狠狠刺向朱全忠心頭，令他感到天旋地轉，似乎只餘一片漆黑，他閉了眼、深深呼吸，勉強止住暈眩，唇角動了動，想說什麼，卻吐不出半個字，張惠臨終前「戒殺遠色」的警告沉沉地迴蕩在內心深處，沖湧出一陣陣顫慄：「想不到老天的報應來得這麼快！」世事如此無常，他曾疑心這個優秀兒子會成為威脅，想不到他竟因為自己的倒行逆施，突遭橫禍，所有的悲痛只化作一滴淚水滑了下來。

敬翔看著眼前這個征殺天下、無所畏懼的男子竟如失了魂魄，神情恍惚而悲涼，哽咽道：「大王，保重……」

朱全忠臉色木然，身子卻忍不住顫抖著，不過數日，妻、子俱亡，這就是自己的報應嚒？不！他不服！他雙拳緊握，在心中吶喊：「賊老天！我偏要登上至尊寶座，偏要淫威作惡，看祢能奈我何？我就是天生的王者，祢有什麼招數儘管使出來！」天不怕、地不怕的性子，教他將心中顫慄、悲慟狠狠壓了下去，他豁地站起身來，大步走出石室，向深邃的長廊行去。

敬翔與李振對望一眼，默默跟在後頭，忽然覺得朱全忠被黑暗漸漸吞沒的身影，竟不像睥睨天下的驕雄，反倒像是幽暗惡鬼走入了窮途末路。

敬翔和李振心中同時咯登一聲，都湧生不祥之感，卻誰也沒敢開口，只無聲跟著。

朱友裕的死訊震撼了汴梁軍營，也震醒了朱全忠，他終於振作起精神，召集敬翔、李振前來共商大事：「鳳翔情況如何了？」

李振稟報道：「李茂貞所屬州縣多已喪失，山南諸州被王建侵佔；另一方面，涇、原、秦、隴、邠、鄜、延、夏也投降了我們，原本這隻老鳳凰已是兵力殫盡、垂翅不振，想不到楊崇本會忽然倒戈……」他感到朱全忠的眼中閃過一抹厲光，頓覺自己的話多了，連忙把剩下的話吞進肚去。

朱全忠雙目一閉，硬是壓下心中悲痛，再睜開眼時，已恢復精銳，冷冷道：「李茂貞多一個楊崇本，不過是多一名猛將，改變不了局勢。」

李振道：「鳳翔那邊固然要防範，河東卻更需留意，李克用與耶律阿保機結盟了！」

朱全忠心中一凜：「想不到這段時間發生這麼多事。」張惠之死，令他彷彿失去了鎮心石，內心既空洞又煩躁，做什麼事都沒有十足把握，聽見李茂貞蠢蠢欲動，李克用結交強援，自己不僅失去世子，還連損幾名大將，頓覺不耐：「西、北兩方吃緊，你們有什麼對策？」

李振道：「咱們既然挾著皇帝就是眾矢之的，臣以為只有盡快進入洛陽才是最穩妥的。」指了地圖，又道：「洛陽西憑秦嶺，東臨嵩岳，北依王屋山，南望伏牛山、又據黃河之險，又有洛水之隔，如此八關都邑、八面環山、五水環繞，河山拱戴，形勝甲于天下，絕沒有任何敵軍能侵入！」

朱全忠點點頭，道：「李振說得不錯！」轉問敬翔：「洛陽宮城建得如何了？」

敬翔道：「當初遷移匆促，洛陽宮城來不及建好，臣已將聖駕暫時安置在陝州行營了。」

朱全忠不禁勃然大怒：「一個宮殿建得慢慢吞吞，將那些工役全殺了，換上一批！」

敬翔惶恐道：「大王息怒，夫人曾說必須經過九錫禪讓，才可封住天下人之口，九錫之禮至少還需半年籌備，洛陽宮殿再三個月就可完成，一定來得及登基大典。」

朱全忠聽到張惠遺言，心中一酸，怒氣稍減，道：「皇帝看似軟弱，骨子裡卻死硬得很，若堅持不肯讓位，又當如何？」

李振知道朱全忠的心意，冷聲道：「骨頭再硬，也硬不過刀劍，只要殺了他，改立李祚為新帝，李祚年輕不懂事，稍加威赫，還怕他不禪位？」

敬翔吃了一驚，連忙勸止：「殺皇帝，動靜太大，天下人都會討伐！如今李茂貞與王建、楊行密與錢鏐、李克用與契丹，三組人馬都已結盟，倘若再加上劉仁恭，這環形戰線便無堅不摧了，此時弒殺皇帝，逼新帝禪位，恐怕會點燃大火，請大王三思。」

李振道：「子振多慮了，他們無論哪一組結盟都十分脆弱！李茂貞與王建有奪城之恨；錢鏐是個牆頭草，早就投誠了，他與楊行密的兒女親家，不過是一時權宜；李克用能送大批財寶攏絡契丹，咱們也能，只要耶律阿保機按兵不動，兩不相幫就可以了；至於盧龍劉仁恭，他貪財好色，還妄想當神仙，兩個兒子更是庸材，稍加挑撥，就能弄得他們父子、兄弟相殘，說不定咱們還有機會收復河北。」

朱全忠知道敬翔忠心耿耿，治國得宜，但此時自己急需一個鬼才出奇致勝，便對他道：「你去忙洛陽之事吧！」

敬翔知道朱全忠想行奇險，李振便順勢逢迎，自己再留下反對，不過是徒惹主子厭憎，只得恭敬告辭，心中對張惠的逝世更唏噓不已。

朱全忠沉聲道：「你有什麼鬼主意，快說吧，不要讓本王失望了。」

李振壓低了聲音道：「弒君這種事自然不能玷污大王的名頭，非找隻替罪羊不可！等皇帝被殺之後，大王再以殲滅逆賊之名斬殺凶手，天下人便無話可說了！」

朱全忠點點頭，流露讚許的眼神：「你說，這一次，又讓誰去當替罪羊？」

李振嘴角微牽，森森一笑：「大王心中恨了誰，就讓他去當替罪羊。」

朱全忠忍不住笑了，張惠逝世以來，他第一次打從心裡笑了：「李振啊李振！你真是明白本王的心思！」

李振諂媚笑道：「聖意高遠，臣怎敢妄自揣度？不過是為君上分憂解勞、鞠躬盡瘁而已。」說罷跪在地上行三叩之禮：「臣恭祝君上早日達成心願，一統天下。」

朱全忠見李振把自己當皇帝叩拜，哈哈大笑，踢了他屁股一腳：「滾吧！把那隻替罪羊給朕叫進來！」

朱全忠背手負立，望著青綠如玉的湖面，靜靜等待來人，不久之後，卻來了兩名將領，一位是氏叔琮，另一位是朱友恭。朱全忠不禁有些訝異，當初因氏叔琮保護張惠不力，才導致張惠受創身亡，若非張惠護著，他早就殺了氏叔琮，因此氏叔琮當這替罪羊，理所當然，但李振為何把朱友恭也一起喚來？

朱友恭是朱全忠的義子，忠勇聽話，很體貼心意，朱全忠一向很喜歡他，轉念一想，已然明白李振細密的心思，一來，弒君只有一次機會，兩名高手合作，才能確保萬無一失；二來，讓氏叔琮和朱友恭一起行動，才能免去氏叔琮的疑心，好好完成任務；但最重要的是，自從張惠受傷，自己冷待氏叔琮的情景，眾人皆看在眼裡，弒君情節十分嚴重，如果只殺了氏叔琮，很難堵住悠悠眾口，只有再賠上一名心腹愛將，才能證明自己真是為亡帝報仇。

朱全忠冷冷望向氏叔琮，二人目光在空中接觸半晌，氏叔琮不禁打個寒顫，自從張惠去世，他便如驚弓之鳥，食無味、睡不穩，不知朱全忠會怎麼處置自己，此刻朱全忠臉上雖是一片平和，卻透著一股捉摸不透的意味，他忐忑問道：「大王召末將前來，不知有何吩咐？」

朱全忠緩緩道：「昔日你也立下不少軍功，夫人總勸本王要寬待軍士，也曾力保你，本王不想在夫人新喪時期斬殺大將，辜負她一片苦心，因此決定給你一個戴罪立功的機會！」

氏叔琮感激道：「末將得大王寬宥，必全力以赴，達成任務。」

朱全忠道：「遷都一事十分浩大，敬翔負責安排政務，你就和友恭齊力護送聖駕進入洛陽。」從懷裡拿出一封密函，遞給氏叔琮，道：「具體細節，我在信中寫得十分清楚。到了洛陽，你才打開來，一切人物皆聽你調遣。倘若任務能圓滿成功，本王不會虧待你們，非但一切罪責不再追究，還能升官晉階。」

「是！」氏叔琮戰戰兢兢接過密令，小心翼翼收入懷裡，不禁回想起從前，自己隨朱全忠征戰四方，總是衝當先鋒、奮不顧身，這才連連晉升，坐到了檢校右僕射的位子。晉陽一戰，自己被封為六軍大統帥，將李克用打得幾乎逃回雲州，一時風光無兩，朱全忠還向全軍讚揚說：「殺蕃賊，破太原，非氏老不可！」

他緬懷著從前的光榮勝績：「大王總算記起我的戰功了，知道我這百戰老將還是很有用的！」又想：「這密函一定寫著極重要的事，我絕對要辦好它，不能再搞砸了，如此才有翻身的機會。」

朱全忠望著兩人離去的背影，心中想著氏叔琮是非死不可，但要犧牲朱友恭這個好孩子，未免有些可惜，但這一點悲憫同情，並不足以攔阻帝皇大業！

九〇四・四

川穀血橫流・豺狼沸相噬

李振至青州，王師範舉族西遷，至濮陽，素服乘驢而進。至大梁，全忠客之。表李振為青州留後。

三月，庚午，以王師範為河陽節度使。《資治通鑑・卷二六五》

馮道休息幾日，身子稍稍恢復，準備一些草藥、易容用品、五爪鋼鍊等器具，便一路快馬趕赴洛陽。途中見到大批汴梁軍駐紮在陝州，打聽之下，這才知道洛陽的皇宮來不及建好，皇帝只能暫駐在此。馮道心想機會來了，便悄悄易容成汴梁士兵，潛入陝州離宮，想找出皇帝的藏身處，卻發現離宮最外圍是一般梁軍，中層有「落雁軍」防守，最裡層還有「天興軍」，如此三層圍護，實是連蚊蠅也飛不進。

當初朱全忠為了對付朱瑾的「雁子軍」，特意挑選數百名勇士成立「落雁軍」，意思是「專門打落雁子」，命朱漢賓擔任軍使，後來朱瑾戰敗，逃往淮南，落雁軍便轉成梁軍作戰的先鋒部隊，如今的指揮使是寇彥卿，這一次朱全忠特別調派他們來保護聖駕。

「天興軍」則是朱全忠的帳前親衛，親信中的親信，指揮使是十六歲的朱友貞——張惠的嫡子、朱全忠最信任疼愛的兒子，而每一名士兵都是從汴梁權貴子弟中嚴格挑選出來的，人人互相熟識，因此，馮道即使有易容術，也不敢輕易混入，中層的落雁軍是他能潛入最接近皇帝的部隊。

馮道假扮成一般汴梁軍，在外圍徘徊幾日後，便找到機會改扮成落雁軍，混入其中一個部隊，見軍中氣氛低迷，頗覺奇怪：「如今朱全忠權掌天下，快要稱帝了，他們應該歡天喜地才是，怎麼人人臉上愁雲慘霧？」他不敢多問，只靜靜隨著眾人行動，觀察了一陣，終於知道原來當日朱全忠會放過皇帝，匆匆離去，竟是因為張惠去世了！

朱全忠性情暴躁又多疑，有時急怒之下，不分青紅皂白就想殺了部屬，全憑張惠軟硬兼施地救下不少人，甚至有一回朱全忠懷疑長子朱友裕叛變，也是張惠保住世子的，因此汴梁軍兵固然敬畏大王，卻更愛戴夫人，如今張惠去世，眾兵不只萬分感念，更惶惶無依，害怕朱全忠沒有張惠壓制，會變得越來越狂暴，到時又有誰可為大家求情？

馮道聽到張惠去世，甚是驚詫，忽然想起：「張惠如此愛惜下屬，又怎會犧牲朱友倫來逼迫皇帝？以她的手段應可以更高明些……這事情有些不對勁！」

這段期間他大致摸透了離宮的地形，瞭解了汴梁將領的長相、習性和守備位置，也打聽到皇帝和何皇后、李昭儀住在「長生殿」裡，但那地方守衛嚴密，外人根本不可能靠近。

這一日，馮道趁著黑夜，又悄悄潛到長生殿附近去觀察地形，但研究了大半時辰，實在無計可施：「憑我一人之力，就算救了皇帝，也無法將人安全送出去，除非妹妹能及時帶來聯軍……」又想：「妹妹到現在音訊全無，難道這麼多藩鎮，就沒有一支正義之師？」正感氣餒時，忽見一道人影形色匆匆地走了出來，卻是李振！

馮道暗罵：「朱友倫墜馬，害死鄭氏一族、逼聖上遷都，全是這傢伙使壞！」見李振眼神飄忽，走個兩步便左張右望，舉止十分詭異，又想：「這小人滿肚子黑水，在自家地盤還鬼鬼祟祟，肯定又要耍什麼詭計，我且瞧瞧去，如果能破壞他的好事，也算出了口惡氣！」便躡步追上。

李振穿入幽暗樹林，一路頻頻回顧，觀察有沒有人跟蹤自己，直走到樹林深處的一座荒廢破廟前，方停了腳步，又左右瞧瞧，確定四周寂靜無聲，才小心翼翼地走進破廟。

破廟深處傳來一陣笑聲，馮道見這地方陰氣森森，窗戶盡破敗敞開，寒風陣陣吹入，並非議事的好地方，心想：「竟有人在此聚會，其中必有玄機！」便悄悄跟了進去。

寺院深處的一座小閣門口，站了兩位殺氣陰沉的高手，防止閒人靠近。馮道赫然發現一位是左龍虎軍統領韓勍，另一位卻是第三隊正馮廷鄂，不由得一愣：「他怎會出現在這裡？」稍一思索，恍然明白：「他與李振竟然相熟！這麼說來，其實是李振安排他潛伏在第三營隊裡，故意挑撥朱友倫和皇城使王建勳起衝突、比蹴鞠……陷害朱友倫的果然不是張惠，而是李振！」

他隱隱覺得崔胤、鄭元規的滅族案並不像表面那麼簡單，背後似乎還有陰謀，應該與這裡聚會的人有關：「馮延鄂早就站在這裡守衛，可見他守衛的人不是李振，而是裡面有更重要的人，但汴梁軍中除了朱全忠，還有誰能召集李振前來密會？」

馮道感應到馮廷鄂是個深藏不露的高手，怕被他發現，不敢太靠近，只躲在附近的樹叢裡，透過樹縫、窗隙悄悄觀看，小閣內點著微微燭火，映出三道人影盤坐在一張低矮的桌案前，其中一位是李振，另一人是一名年輕將軍，五官如刻、身形剛勁，樣貌雖不俊美，一雙鷹眼卻時時閃爍著狠戾的光芒，他左邊跪坐著一位窈窕女子，被將軍魁梧的身影遮住，看不見面貌，只偶爾伸出纖纖素手為眾人斟酒。

李振敬酒道：「二公子，臣預祝你早日繼承王位。」

「二公子？」馮道心想：「原來這小將軍是朱全忠的次子、左右控鶴都指揮使朱友珪！」又想起軍中傳言：朱友珪的生母是亳州營妓，出身比其他兄弟都矮了一截，再怎麼努力，也出不了頭，就連兵卒也只是表面聽令，內心並不怎麼敬重他。

馮道但覺奇怪：「李振是趨炎附勢的小人，怎會與出身低下的朱友珪親近？」

李振語氣卻十足諂媚：「多虧二公子派了馮先生潛入第三隊作內應，咱們才能順利剷除崔胤和朱友倫。」

朱友珪笑道：「廷諤是我的心腹高手，有他出馬，自不會有問題。」

李振嘴角一撇，得意道：「崔老賊還做著獨攬軍政大權的美夢，咱們這麼快就打醒他，實在太殘忍了！」

朱友珪歡笑道：「不錯！太殘忍了！應該讓他多做一下美夢，先關押個兩年，好好折磨一番，怎可輕易就死了？」

李振笑道：「崔胤想奪軍權，我便獻計大王，以朱友倫為餌，誘殺崔胤，這就叫一箭雙雕！」他越說越得意，又道：「還有青州之戰，若不是我讓人把朱友寧的佈署透露給王師範，王茂章又怎能輕易取了朱友寧的首級？」

朱友珪哈哈大笑，讚許道：「不錯，這兩件事你辦得很好！」

馮道但覺奇怪：「朱友倫、朱友寧是朱全忠的親侄、汴梁的忠堅將領，他們為何要謀害自己人？」

女子冷冷一笑：「這件事最大的得利者就是李軍師了！大王雖然接受王師範的投降，但並不放心把他留在原地，便命他遠赴河陽擔任節度使，又將全家都遷至汴州，卻把他的平盧賞給你了。」

李振摸了摸山羊鬚，微笑道：「楊師厚這人很厲害，打敗王師範後，若還順手接收平盧，不斷擴張勢力，對大王可是個威脅！」

女子冷笑道：「楊師厚賣命打仗，固然厲害，但李軍師在大王耳邊吹吹風，就坐收獎賞，你可是比他更高一籌了！」

李振被戳破了心事，也不尷尬，厚了臉皮道：「我若是連一塊地盤也搶不下，豈不辜負二公子的器重？」舉酒笑道：「我的領地就是二公子的勢力，恭喜二公子又下一城！」

朱友珪哈哈大笑：「說得對！今日有這局面，軍師運籌帷幄，功不可沒！」又恨聲道：「但該死的不只朱友倫和朱友寧，還有朱友恭、氏叔琮，他們一個個都瞧不起我，一個個都該死！」

李振陪笑道：「二公子別生氣了，等遷都洛陽之後，大王會逼皇帝禪位，皇帝一定不肯，到時候朱友恭、氏叔琮會殺害皇帝，而大王為了天下清議，也會殺了他們，這借刀殺人之計，一點都不沾咱們的手，任憑張惠再世，也不能識穿。」他滿臉貪婪地望著朱友珪，一心想著該如何討賞。

朱友珪有意籠絡李振，自也不會吝嗇，正要開口賞賜，女子一邊為兩人斟倒酒水，一邊冷冷說道：「若不是夫人病體孱弱，大王不願她操心勞神，隔絕了外邊所有事情，這點雕蟲小計豈能瞞過女諸葛的慧眼？」

「鏗鏘！」一聲，朱友珪將酒杯狠狠砸到地上，怒罵道：「張惠那賤人終於死了！」說罷哈哈大笑，笑聲透著幾許嗚咽，聽起來反倒有些悲淒。

李振見自己討賞之事被打斷，又道：「不只夫人死了，就連世子也死了，所有支持世子的人馬，再過不久就全部剷除了！這天下早晚是汴梁的，而汴梁的天下，自然是二公子的！」

「不錯！」朱友珪高舉長臂，戟指向天空大吼道：「老天開眼了！我朱友珪終於等到這一日！他們一個個都支持大哥，如今他死得屍骨不剩，還有誰敢瞧不起我？我朱友珪出身不好，卻偏偏勝過了他！」憤慨的吶喊聲將長年的屈辱一吐而盡。

女子將斟好的一只酒杯輕輕移到朱友珪唇邊，柔聲道：「二公子原本就是真命天子，誰也擋不了路，就算有高山大海橫在前方，都會迎刃而解。」

朱友珪聽了這番嬌柔的奉承言語，歡喜得哈哈大笑：「我們初見面時，妳便說我是真命天子，幸好妳一直在我身邊提點，事情才能如此順利！」

女子柔聲道：「二公子是真命天子，因此上天指示貞娘來到您身邊，盡心扶持，如今不只魏國夫人去世了，所有擋路的小人也一個個倒下，您說，貞娘是不是您的福星？」

朱友珪意亂情迷地望著貞娘的嬌顏，笑道：「不錯！妳就是我的小福星。」猛然伸手握住她滑嫩的小手，貞娘微微一掙，沒能掙脫，低低喚了聲：「二公子！」美眸瞄了一下李振，示意有外人在場，需收斂些，朱友珪卻毫不理會，笑道：「羞什麼，軍師又不是外人！」大臂一摟，更肆無忌憚地將貞娘擁入懷裡。

李振見自己苦心籌謀竟抵不過貞娘的柔媚攻勢，一股悶氣堵在胸口，卻不敢發作，只低頭喝了口酒，道：「二公子是天生王者，鴻福齊天，臣不過出點薄力罷了。」見朱友珪與貞娘忽然調起情來，眉眼微微一垂，不敢直視，恭謹道：「臣先告辭了。」

朱友珪正忙著親吻貞娘，揮揮手讓李振離去，連回答也省了。

馮道暗罵：「李振這廝在崔胤面前囂張至極，此刻卻成了搖尾狗，這朱友珪性情殘忍、急色昏聵，又是什麼天生王者？這年頭真是一腳狗、三腳貓都有皇帝夢！」他雖只瞧得見朱友珪背影，仍感到羞臊失禮，連忙閉眼不敢再偷覷，但怕被李振發現，也不能立即退出，只好屏息躲在樹叢裡。

李振走出門外，輕輕闔上廟門，又瞄了兩位黑衣武士，示意他們退離，韓勍隨李振回去軍營，馮廷諤是朱友珪的隨身護衛，不敢離得太遠，只走到樹林外。

朱友珪撫著貞娘的青絲，認真道：「汴梁天下就是我的天下，貞娘，我不會讓妳失望的，等我登了基，一定封妳為皇后！」

貞娘輕聲道：「世子雖死了，但梁王膝下還有朱友貞……」

朱友珪吥道：「朱友貞、朱友璋那幾個不中用的小兒，沒有張惠那賤人保護，就像小雞失了母雞，只能任人宰割，我從前孤苦無依，受他們欺侮，將來一定要加倍奉還！」

貞娘柔聲道：「二公子出身雖不如你幾位兄弟，但將來必大放光芒，遠勝他們……」

朱友珪最恨人家提起他的出身，驀地臉色一沉，以重拳狠捶石壁，咆哮道：「那賤人死了！終於死了！」「碰碰碰！」他連捶數拳，每一拳都捶在貞娘鬢邊，只要稍有偏差，就會砸毀那張如花嬌顏：「朱友裕也死了！還有朱友倫、朱友寧，接下來還有朱友恭、氏叔琮，他們一個個心裡只有大哥，都瞧不起我，全都該死！」他越說越激動，又哭又笑，神態有些顛狂。

貞娘似乎已習慣了他的狂躁，連微微側閃也沒有，只靜靜聽著他的瘋狂吶喊，直到他發洩夠了，才幽幽問道：「你真的恨她麼？」

「恨！」朱友珪斷聲道：「當然恨！若不是她，我娘親怎會孤單淒涼而死？我也不會受盡歧視屈辱！遙喜！遙喜！遙喜！父王因為害怕那個賤人，就算心中歡喜我出生，也不敢把我們母子接回家中，還為我取小名『遙喜』，表示他遙遙地歡喜！每當我聽人喚這名字，就像一把把利刃刺在我心上！」說到後來，竟俯在貞娘跪坐的雙腿上痛哭失聲：「大哥也不是她的兒子，她仍然愛護他，卻唯獨不喜歡我，只因為我母親是營妓……」

貞娘俯下身環抱著朱友珪，纖纖指尖輕撫他的髮鬢，就像慈母安慰幼弱的孩兒：「遙喜！遙喜！別哭……別哭……」這個男子雖然粗俗凶暴，卻是整個汴梁陣營裡，唯一讓她心生憐惜之人。

朱友珪在她溫暖柔和的安慰聲中漸漸安靜下來，只不斷喃喃低語：「我不會教妳失望的……一定不會教妳失望……」那語氣不像是對情人訴說，卻像是一個永遠得不到母親疼愛、父親肯定的孩子，拼盡心力宣告要出人頭地、洗刷恥辱。

貞娘不禁幽幽一嘆：「你若是恨她，又怎會愛上了我？」嘆息聲中蘊藏著無盡惆悵。

朱友珪一愣，頓時止了哭聲，臉上卻更見猙獰痛苦，身子不停抽搐，彷彿胸中有什麼惡魔要破身而出，卻又苦苦壓抑，貞娘幽幽說道：「你非但不恨她，還很仰慕她，你恨張惠為什麼不是你親娘？你更恨……」輕輕一嘆：「你卑賤的生母！」

「妳胡說！」忽然被揭開了內心深處的醜惡，朱友珪發狂似地一個猛力翻身，壓住那柔軟纖軀，用力扯開她的衣襟，將頭埋在柔軟的雪胸深處，瘋狂汲取溫暖，彷彿要將幼年欠缺的愛拼命彌補回來，貞娘閉了眼，一動也不動，只輕輕環抱住他，任由他發洩。

馮道雖緊緊閉了眼，兩人調情聲仍清清楚楚傳入耳中，他不敢稍動，暗暗急呼：「非禮勿視！非禮勿聽！孔老夫子，您可別怪我，晚生實在是不得已！」正想自己該怎麼離去，破廟外忽傳來一陣尖利的夜梟聲，他耳力靈敏，知道那其實是人嘯聲，心中奇怪：「這人為何要到深山裡假裝夜梟，莫非是在打暗號？」

朱友珪正想進一步親近，貞娘聽見嘯聲，低聲道：「公子該回去了。」見朱友珪不肯起身，使勁推開他道：「萬一大王派人出來巡邏，發現你在荒野破廟裡，恐怕要起疑心。」

自從張惠去世後，朱全忠疑心病越來越重，總覺得誰都想搶奪王位，朱友珪雖覺得掃興，在這風口浪尖上，也不敢犯事，只得訕訕起身。貞娘繫上敞開的衣襟，快速起身，又為朱友珪細細整理衣衫。朱友珪雙目沉閉，一邊感受最後的溫存，一邊緩緩收拾心情：「幸好妳來到我身邊，教我籠絡住李振，他真是個人才，這一路下來，確實出了不少好主意！」

貞娘溫柔地為他繫上腰帶，拉好衣襟，微笑道：「你是真命天子，自會吸引良才為你效力，妾不過略盡棉力罷了！李振心胸狹猛、自負才華，張惠一走，他一定不肯屈居敬翔之下，又要為自己的未來打算，此時給他機會，他必會全力以赴，只不過要小心別讓狐狸反咬了。」

朱友珪猛力將她抱入懷裡，狠狠一吻：「有妳在我身邊，還怕盯不住他？」微笑道：「妳等著，我絕不會教妳失望的。」

貞娘嬌嗔道：「快快回去吧，莫要惹大王疑心了。」輕輕推開朱友珪，退了一步，微微福了一禮，道：「妾不送了。」

朱友珪見她刻意保持距離，好冷淡自己的慾念，不由得輕輕一嘆，失落地走向門外，走了幾步，忽又回頭望向立在院落深處的佳人，見她長身玉立，纖纖身影不似人煙，只如一道玉靈仙氣，上一刻還與自己親近，下一刻卻如此遙遠，不禁怔然癡望了一會兒，才依依不捨地離去。

馮道雖沒瞧見貞娘的容顏，卻有一種感覺：朱全忠最瞧不起的這個兒子，狂躁狡猾、野心勃勃，其實最像他自己，而貞娘的深沉心機、溫文談吐也有幾分張惠的味道，這兩人儼然是一對縮小版的朱全忠與張惠，只不過朱友珪沒有朱全忠的本事，貞娘也沒有張惠的睿智，至於仁厚的朱友裕、儒雅的朱友貞和其他幼弱兒子，與朱全忠就更不相似了。

待朱友珪走得遠了，貞娘才緩緩步出廟門，馮道忽覺得她清緻秀麗的側臉輪廓有些熟悉，但月光透過搖曳樹隙點點旋映，將她窈窕的青衫身影幻化成一道幽微藍煙，實在看不清形貌，馮道心中好奇，便尾隨其後，見貞娘循著嘯音而去，更覺奇怪：「貞娘騙朱友珪離開，卻是與那人密會？」

貞娘來到樹林深處，前方是一處斷崖，崖邊矗立一道灰衣人影，馮道凝目望去，見那人負手昂立，臉上戴著銀皮面具，不由得吃了一驚：「銀面殭屍又出現了！」當初就是這傢伙害自己捲入漩渦之中，頓時驚覺：「貞娘是煙雨樓弟子！這一串計謀全是煙雨樓主籌劃的！他利用貞娘挑唆朱友珪的奪權之心，再讓朱友珪籠絡李振成為他的軍師，為他剷除兄弟、鋪設帝王路。可嘆李振自負智多星，也不過是旁人利用的棋子……真是好一個局中局、計中計！這銀面殭屍的心機也太深了！」

煙雨樓主道：「皇帝的洛陽之行，已成了大唐存亡最關鍵的一役。」

貞娘問道：「義父以為結局如何？」

「大唐——」煙雨樓主無限惋惜地道：「結束了！」

馮道和貞娘雖不意外，但聽煙雨樓主以充滿感傷的語調說出來，仍是萬分震撼，一股惆悵鬱塞漲滿了胸懷，堵得人幾乎無法呼吸。

貞娘怔然半晌，才顫聲問道：「義父是說……皇帝將死，咱們不救嚒？」

煙雨樓主嘆道：「大唐氣數已盡，皇帝留不住了……」

貞娘急道：「但朱全忠一旦殺了皇帝，就要得天下了！」

煙雨樓主道：「朱全忠稱帝是免不了的，連袁天罡都說他是真命天子！『一后二主盡升遐，四海茫茫總一家』，這句話早就預言了大唐的結局！」

貞娘心中更急了，又道：「朱全忠氣勢正旺，一旦統一北方，豈不是要往南方進攻了？」

煙雨樓主道：「只有皇帝去世，才會有新局面。到那時，眾軍會聯合聲討朱全忠，北方大亂，我們才有機會。」

貞娘聽義父口氣淡然，可見一切都在他洞悉之中，問道：「我們真有機會翻轉形勢嚒？」

煙雨樓主道：「連神仙草都救不了張惠，這表示朱全忠的好運結束了！」

馮道暗嘆：「原來七彩神仙草並沒有人們傳說的那麼神奇！」

煙雨樓主道：「張惠一死，再沒人制得住朱全忠這頭猛獸，只要多加挑撥，讓他連犯天罰，他很快就會走向滅亡之路，命運的巨輪已經開始轉動了！」

「天罰？」馮道心中一凜，他曾在飛虹子留下的手札裡，看見李世民因發動「玄武門」之變，觸動天罰，造成大唐中斷，武則天奪位的後果，因此對這二字特別留心。

貞娘對玄學並不瞭解，也問：「朱全忠犯了什麼天罰？」

煙雨樓主道：「張惠助紂為虐，折損福壽，原本就活不長久，我算準她死關將近，便派人把楊崇本的妻子騙去河中府附近，誘使朱全忠犯色破戒，促成了天罰。」

貞娘聽見樓主設局害了楊妻，又聽到「助紂為虐」四字，內心微微驚悸：「我為了達到目的，也是不擇手段，又會有什麼下場？」隱在袖內的玉手不禁緊握雙拳，極力壓抑內心波蕩，又問：「義父的意思是朱全忠犯了色戒，逼得楊崇本殺了朱友裕？」

煙雨樓主道：「不錯！朱友裕不只是朱全忠的長子，更是他最優秀的兒子，此君宅心仁厚、有勇有謀，很得軍心，因此朱全忠很疑忌他，若不是張惠護著，他早就性命不保。倘若張惠不死，朱友裕又繼承了帝位，我們便一點機會也沒有了，幸好他終於被自己父親的色欲給害死了！」頓了一頓，又道：「當初我為妳挑選身分卑微的朱友珪為夫婿，卻不選長子朱友裕，正因為我知道他會英年早逝。」

貞娘微微施禮，道：「多謝義父。」想了想，又問：「張惠也精通神機妙算，為何還極力栽培朱友裕，難道她算不出朱友裕會夭亡嚒？」

煙雨樓主幽幽說道：「她不是算不出來，是不願意認命！人總是高看自己，以為可與天鬥，從前的月陰宮主是這樣，如今的張惠又是這樣，她不想自己的兒子捲入紛爭，又想為汴梁留下一線生機，最好的繼承人選就是朱友裕，她想方設法地保護朱友裕，用盡心力栽培他，可她萬萬想不到自己會栽在一個鄉下小子手裡，甚至因此受到重創……」

馮道想道：「他說的鄉下小子就是我！這銀面殭屍竟把我和張惠的行動摸得一清二楚……難道他就是重創張惠的凶手？」想到這裡，內心不禁一陣發寒：「鳳翔的細作是煙雨樓的人……」他隱隱猜到了人選，卻不敢再往下想去。

漫天星光下的洛陽城，東西七大街、南北十二大街，交錯成一張棋盤，正上演著波濤洶湧的棋勢變化。燈火輝煌，緊鑼密鼓的趕工新殿，有如一顆閃閃發亮、引人爭逐的王棋，預告著多方爭奪的氣象。

煙雨樓主緩緩側轉身子，眺望這一盤洛陽棋局，微笑道：「朱全忠不稱帝就罷，一旦稱帝，攀到了頂點，就只能步步往下，這就是由盛極而衰的道理！」

「由盛而衰？」貞娘也往前一步，側身與煙雨樓主並肩而立，遙望洛陽城，心中若有所思。

馮道終於看清了貞娘的面貌，不禁心中一震：「是張曦！」他怎麼也想不到當年汴梁軍欲抓張曦獻給二公子，自己拼命相救，多年以後，她還是獻身朱友珪了！

煙雨樓主又道：「朱友裕一死，朱全忠的其他兒子都不成氣候，汴梁勢力太大，難以動搖，我們從朱全忠的子嗣下手，就算他建立了帝國，也是徒勞無功，庸碌的子嗣根本守不住基業，我們的機會便來了！」

張曦忍不住問道：「可義父不是說朱友珪是帝王之命？」

煙雨樓主道：「他的確是，只不過皇帝也有很多種，有些是盛世明君，有些一朝而亡。」

張曦知道朱友珪不會是盛世明君，但聽到「一朝而亡」，不由得暗吸一口涼氣。

煙雨樓主道：「妳不是希望朱氏崩垮嚒？難道妳對朱友珪動了情？」

張曦微微抿了唇，低聲道：「沒有。」

煙雨樓主又問：「還是妳想當皇后？」張曦低聲卻堅決地道：「孩兒只想報復血仇。」

煙雨樓主讚許道：「很好！妳慫恿朱友珪跟朱友裕奪權，已達到成效，但速度還是太慢了，妳想不想再快點報仇？」

張曦不解道：「義父有什麼好法子？」

煙雨樓主拿出一只翠玉藥瓶，道：「這個東西妳收好，必要時就派上用場。」

張曦覺得有些不對勁，驚恐地望了他一眼，問道：「這是什麼？」

「迷香。」煙雨樓主微微一笑，笑容中隱藏著幽幽深意：「可令男子神魂顛倒。」

張曦雙頰微微一紅，垂首低聲道：「朱友珪已經很……聽話，不需要什麼迷香……」

煙雨樓主伸出指尖抬起張曦的下頷，恣意欣賞這清麗動人的臉龐，目光有如貪婪的虎狼盯著羞怯顫抖的小鹿，滿意地讚嘆：「所有堂主裡，義父對妳寄望最深，也知道妳絕不會讓我失望。」

張曦下頷被他兩指緊緊夾住，無法迴避，只能垂了目光，避開與他對視，低聲道：「就算豁出性命，孩兒也不會讓您失望。」卻遲遲不敢伸手去接藥瓶。

馮道暗罵：「這惡人逼張姑娘投身敵營還不夠，又要逼她做什麼？」

月光灑照在張曦楚楚動人的玉容，他忽然發現一件事，張曦和小時候的印象似乎不太一樣，不是五官成熟了，而是氣質變了，她一顰一笑、舉手投足、不露喜怒的冷靜模樣，簡直像極了張惠！

馮道心中不禁生了一絲寒慄，更為張曦的遭遇感到憤慨：「銀面殭屍為了顛覆汴梁，刻意抓走張姑娘，將她栽培成張惠的模樣，用心真是惡毒！枉費妹妹還一心崇敬他，將他當成仁義之士！」

煙雨樓主放開張曦的下頷，指尖輕輕撫摸她的髮絲，溫言道：「曦兒，妳覺得委屈，可亂世之中，誰不委屈？誰出生之時，不是潔如明月、清如芳蘭？但一入江湖，便是身不由己，難免要沾了血孽、潑了烏墨！」他深吸一口氣，以一種曠遠磁性的聲音緩緩說道：「眼下已到了生死存亡的關頭，這一戰若是輸了，非但妳滿門血仇不能報，百姓更會淪於朱賊的暴虐之中，無止無盡。如今在妳的運作下，朱軍已起了內鬨，我們更要乘勝追擊，這雖是一招險棋，手段也不太光明，但一切苦心孤詣全是為了天下蒼生，義父還望妳能明白，妳若是忽然退縮，便是前功盡棄，我們既已選擇捨身入世，便再也沒有回頭路了。」

馮道聞言，忍不住迭聲暗罵：「戰爭亂世，雖有千萬百姓無辜枉死，但楊崇本的妻子就是被你所害，如今你又要害張姑娘，卻說得滿口仁義，真是偽君子！」

張曦聽著血仇大義，嬌軀微微顫動，道：「我會盡力。」卻始終不敢伸手拿藥瓶。

煙雨樓主又勸道：「曦兒，我知道這事很危險，妳一人深入敵營，難免害怕，我決定派王雲和郭誓來幫助妳。」

張曦柳眉微蹙，道：「王雲是寒江堂的人，郭誓是玉煙堂的，為何讓她們來？」心念一動，已然明白樓主的深意是讓她們三人互相監視、比拼成績，道：「我自己可以處理，義父若不放心，我讓曦南堂的兩位妹妹過來，三人合力，定可辦成事情。」

煙雨樓主道：「要扳倒朱氏，沒這麼容易，王雲和郭誓是我精挑細選過的，這段時間，她們年紀漸長，倒是出乎意料地美麗了，又經我特意調教，能力已不下四位堂主，對妳一定很有幫助。」頓了一頓，又道：「我會安排王雲進入朱友文府中，郭誓則嫁予朱友貞為妾。」

張曦雖知道義父決定的事萬難改變，仍希望說服他：「朱友文只是文人，又是朱全忠的養子，何必如此用心？朱友貞雖是張惠的長子，但張惠不願他接掌王位，從小只讓他修習經書，因此他個性溫文、闇弱無能，只與一幫儒士來往，郭誓在他身邊，又能起什麼作用？」

馮道回想張曦年少之時，對自己的博學十分佩服，如今卻對儒士嗤之以鼻，不禁暗暗感嘆：「從前儒士是帝王師，能治國平天下，人人敬仰得很，今日賊梟當道，儒士無能為力，就連張姑娘都瞧不起我了。」

煙雨樓主道：「妳莫小瞧了朱友文，張惠一死，汴梁軍營中，能運籌帷幄者首推敬翔，其次便是朱友文，在未來戰局裡，他是替汴軍留守梁都、安頓後方、供應糧餉的重要人物，此人不除，戰爭總要再拖個十數年，勝負猶未可知。至於朱友貞……」冷冷一笑：「雖然是毛頭小子，但朱友裕死了，他既是張惠的長子，怎甘心將王位拱手讓人？就算他一開始沒有野心，身邊的人也會挑唆，沒有張惠壓著，這孩子很快就變壞了，只怕他才是最狡猾的那一個！」

混入汴梁軍營的這段日子，馮道也打聽不少梁軍的消息，知道煙雨樓主說得不錯，朱友文雖不上戰場，只留守東都，但他把梁都治理得可圈可點，令前線作戰的梁軍少了許多後顧之憂，朱友裕去世後，朱全忠更喜歡朱友文了，甚至認為他是治國安邦的最佳人選，唯一的遺憾就是他並非親兒；至於朱友貞，他年歲漸長，如今擔任東都馬步都指揮使，雖礙於張惠阻攔，沒有接王位的希望，仍暗暗建立自己的勢力。反倒是張曦投靠的朱友珪，雖屢立戰功，但出身低微，怎麼也不受重用，就連士兵都暗中瞧不起。

煙雨樓主將藥瓶遞到了張曦面前：「王雲、郭誓也有一瓶。」

張曦雙眸圓睜，驚恐地盯著它，顫聲問道：「這是……毒藥麼？」

煙雨樓主笑道：「當然不是！倘若是毒，妳們用在身上，我可要失去三個寶貝女兒了！怎麼使用，時候到了，妳自然會知曉。」

張曦一咬牙，下定決心，拿了藥瓶，煙雨樓主輕輕一握她的雙肩，溫柔道：「天色快亮了，義父也該走了，妳一切小心。」

張曦微微福了一禮：「曦兒恭送義父。」煙雨樓主點點頭，即飄然遠去。

張曦望著義父離去的背影，手中緊緊握著藥瓶，內心忐忑無已，一時陷入極深的迷惘。

「張姑娘！」後方傳來一聲熟悉輕呼，令張曦驚得幾乎跳了起來：「誰？」她倏地回首，只見一位陌生、清瘦的小兵站在草叢裡，熱切地望著自己，雖然他身形隱在月光、暗影交錯中，模模糊糊地看不真切，但那雙清澈真摯的眼瞳，在污濁邪惡的亂世裡，少見而珍貴。

張曦心中驚疑：「難道我和義父見面，全被這汴梁小兵瞧見了？」頓時起了殺意，冷聲問道：「你是誰？」

「我是馮道。」為免生出誤會，馮道直接表明身分，張曦幾乎不敢相信自己的耳朵，怔怔地凝望著黑暗中的人影，顫聲道：「你說……你是誰？」

馮道一邊撕下八字鬍，抹去臉上黃泥，一邊走出來，溫言說道：「我們曾在景城河畔相遇，妳還記得麼？」

張曦終於看清了他的面貌，心中激動，蒼白的臉頰頓時紅潤了起來：「你真是馮哥哥？」

馮道見她記得自己，歡喜道：「是我，想不到我們又重逢了！」

張曦忽然意識到自己背負太多祕密，牽扯太多大事，不該隨意與人交往，滿懷情意霎時冷卻下來，低哼一聲：「我和你有什麼相識？」轉身便要離去，馮道見她要走，一時情急，衝口道：「妳明明與朱全忠有深仇大恨，為何要投靠朱友珪？難道妳真喜歡他了？」

「沒有！」明明不該吐露祕密，竟因為不想讓馮道誤會，說了實話，張曦為自己的衝動感到驚愕。

馮道卻是不解：「既然如此，妳怎能……」張曦不待他說完，怒道：「作賤自己是嚒？當初你我不過一面之緣，你何必多管閒事？你瞧不起我，自當陌路人便是！」說罷轉身便走，馮道見她神情決絕，顧不得失禮，連忙拉住她的衣袖，急道：「我沒有瞧不起妳！我很擔心妳！」

張曦微微一顫，止了腳步，馮道繞到她面前，好言道：「妳說得不錯，我們只一面之緣，不該交淺言深，我這個人有些呆裡呆氣，說什麼衝撞了妳，妳別介意，可是……」心想褚寒依十分仰慕煙雨樓主，或許自己這麼勸說，也會惹火張曦，仍是說道：「妳就算生氣，我也得直言，煙雨樓主並不是什麼好人！」

張曦冷冷道：「他有他的目的，我也有我的心願。」

馮道胸中湧起一股熱血，毅然道：「妳有什麼心願，我幫妳！」

「你……幫我？」張曦不可思議地望著他，兩人就這麼怔然相望、默默無言，張曦嬌軀輕顫、十指絞擰，一次又一次深深呼吸，許久，終於鼓起勇氣說道：「馮哥哥，當年你為了救我，被梁軍毒打，幾乎喪命，我寧可他們抓走我，也不願你受傷，可是我被樓主捉住，不能出來，我……我對你愧疚得很……」

馮道連忙安慰：「不要緊！不要緊！幸好當時妳沒出來，妳瞧，我現在不是活蹦亂跳嚒？一點事也沒有。」

張曦語聲越來越哽咽：「那時我想求樓主救你，他卻冷血旁觀，我便知道他不是好人……」

馮道愕然道：「妳知道他是壞人？為何還要受他擺佈？」

「至少有人肯利用我，給我一個復仇機會……」張曦語氣透著一股生死決絕的堅定：「只有他才能幫我復仇！有本事殺了朱全忠！」

馮道但覺一股怒氣沖起，激動道：「可他在利用妳！」

「我知道！」張曦也激動了起來：「我知道！可是我什麼都沒有了！」她忽然深深望著馮道，心中輕聲細訴：「連你也沒有了……」

馮道見她神情溫柔哀婉，眼底盈了淚水，似蘊藏著無盡傷痛，一時怔然迷惘，不知該如何勸說了。

張曦輕聲說道：「馮哥哥，當年我們不過一面之緣，你卻如此維護我，我真的很感激，可是朱全忠的勢力太大，太危險，我不能讓你陷入其中……」她緩緩垂下玉首，不敢與他直視，無論墮落至何等地步，她早已不在乎，她可以坦然面對任何人，唯獨眼前這個人，是曾經朝思暮想卻又最怕相遇，他曾經拚了命地相救自己，可多年以後，自己卻辜負了這份恩情，不顧廉恥地投入敵賊懷抱，她不知道方才馮道看見什麼，知道多少事情，只感到自己萬分狼狽，彷彿低賤到了塵埃裡，也掩蓋不了一身恥辱。

馮道見她雙頰緋紅，頭低得不能再低，全身顫抖得厲害，忍不住上前一步，輕輕扶住她，道：「妳不願我捲入危險，難道我能眼睜睜看妳跳入火窟？樓主滿口仁義，卻草菅人命，為了所謂大義，輕易犧牲無辜的弱女子，難道楊妻就該死？似他這般涼薄，又怎會顧及妳的安危？他絕不是真心對妳！張姑娘，妳不能上了他的當！」

「我知道……」張曦再也忍不住，美眸漸漸濛了淚水，一滴滴落下：「這世上只有你一人是真心對我好……每天夜裡，我夢見阿爺拉著我在黑夜裡拼命奔跑，風雪無情地吹來，前方一片蒼茫，沒有半個人來救我們，我們只能拼命跑、拼命跑，可四周都是惡賊在狂笑，滿地都是親人的鮮血，到了最後，你溫暖的身影總會出現……」

馮道溫言道：「當初我救妳，是不願妳受惡人糟蹋，又怎能看著妳被人利用，推入火坑！」

張曦悲傷道：「馮哥哥，你是個隨處喜樂的人，就算天塌下來，也能一笑而過，當日我若跟著你，或許時間一久，真能放下仇恨，可是我被抓走了……這麼多年來，樓主時時刻刻都在提醒我滅門血仇，他將仇恨的種子越紮越深，日日用苦恨毒水灌溉，到了今日，終於……終於長成了吸精奪魄的菟絲花！」說到後來，已顫抖至支撐不住，頹然坐倒在地：「你可聽過『女蘿發馨香，菟絲斷人腸』？就算朱全忠是參天大樹，我只是最弱小的菟絲花，也能摧毀他……」

馮道跟著蹲坐下來，感受到她內心極度恐懼，忍不住抓住她雙臂，道：「妳胡說什麼？妳是個好姑娘，不是什麼仇恨種子，更不是他吸取朱氏權力的工具！」

多少年來，張曦第一次感受到真摯的關懷，所有深埋的愧悔、情意都化為無聲淚水滾滾而出，伏在他懷裡盡情宣洩。馮道坐立難安，不敢稍動，想說什麼安慰的話，心口卻堵得慌，滿腹經綸、孔孟道理全不管用了，掙扎許久，憑著一股意氣衝口道：「妳跟我走吧！」

張曦纖瘦的身子一顫：「你……你說什麼？」

馮道見她收了淚，總算鬆口氣，趕緊道：「我知道這麼說實在很唐突，但我一直念著妳……」

張曦不敢置信，抬眼凝望著他，怔怔問道：「你一直念著我？」

馮道大力點頭，道：「當時我見樓主捉走妳，很是擔心，也曾四處打聽煙雨樓的消息，後來遇見寒依妹妹，她說妳很好，教我不必掛念……」

張曦心中一擰，冷聲道：「褚堂主……我是說寒依讓你別念著我？」馮道想到這是情人間的趣話，摸了摸腦袋，尷尬一笑：「她說我心裡只能記著她……」張曦紅潤的臉色倏地又轉回蒼白，強撐起身子離開他的懷抱，倔強道：「她讓你別理我，你也聽了，又何必與我相認？」

馮道不知自己怎麼得罪她，只得好言解釋：「妹妹的意思是樓主待妳很好，教我不必擔心，但我今日看來，全然不是這樣，樓主只是在利用妳！樓主心術不正，我也不放心寒依妹妹繼續留在那裡，等此間事一了，我一定要帶她離開。」他望著張曦誠懇道：「妳跟我們一起走吧。」

張曦不敢置信，怯怯問道：「你……要我跟著你？你真要我跟著你？」

馮道更大力點頭，道：「我知道我兩袖清風、粗茶淡飯，有時還吃不飽，妳跟了我，不像在王府那樣，可以錦衣玉食，但我是真心誠意的。」

張曦悲淒的玉容浮起一抹嬌羞欣喜，又怯怯問道：「寒依她……可願意？」

馮道聽她語氣軟柔，似乎改變了心意，更是鼓舞道：「妳別客氣，我一直視妳為妹子，寒依更是口硬心軟，她不會拒絕的。亂世之中，許多人都是家破人亡、互相扶持，妳跟著我們夫妻一起，日後也能有個照應。」

張曦一愣，喃喃道：「妹子？」

馮道微笑道：「我虛長一、兩歲，咱們便以兄妹相稱……」見張曦臉上笑意僵住了，不知自己又怎麼說錯話了，只好自嘲道：「我雖然顯老了些，但咱倆總不至於以父女相稱吧？」見她仍是臉色青白，抿唇不語，又好言道：「妳相信我，只要我們夫妻有一口飯吃，絕不會餓了妳這個大妹子……」

張曦只覺一陣酸苦沖湧上心頭，卻反而止了哭聲，昂起玉首道：「樓主已為我安排了新身分，嫁予朱友珪，我既為人妻，便該回到夫君身邊，跟著你們夫妻遠走天涯，又算什麼？我跟著你，不過是個累贅，朱友珪卻不能沒有我……他雖不是好人，卻是真心待我……」在嚴辭拒絕馮道的這一刻，她忽然明白自己為何與朱友珪成了一丘之貉，他天生烙印著恥辱，而自己也是滿身羞恥，牽繫兩人之間的，不是什麼樓主使命，而是一縷同情共感，茫茫亂世中，只有兩人是真正地相依為命。

馮道不知她為何改了主意，急道：「可妳孤身潛伏在朱營之中，實在太危險了！」

「寒依妹妹真有福氣，可曦兒命薄！」張曦淒然道：「可亂世裡，哪一個人不命薄？人命賤、人肉賤，有多少人荒野埋骨，連求生的機會都沒有，曦兒有機會吃到幾口好飯，能用一己之身去復仇，已是太多的福份，倘若我還顧惜名節，就太不惜福了。今日重逢，見你安好，我已了無牽掛。」說罷輕輕拭了淚，緩緩起身，道：「我該走了！」

馮道趕緊跟著起身，又道：「張姑娘，妳真的還要回去？」

「放心吧，朱友珪會保我安全。」張曦淒涼一笑，眼中離情依依，怔望馮道許久，才轉過身子，走了幾步，忽又回頭叮嚀：「寒依很相信樓主，你要帶她走，恐怕不容易，你……千萬小心！」這才真正離去。

馮道見她語意吞吐，似隱藏什麼沒有說出：「從張惠與我見面那一日開始，煙雨樓主便掌握了一切，不只殺了張惠，還佈下一連串的局，在朝中，借朱全忠的手除去崔胤；在汴梁，又借朱友珪的手，除去朱友裕及其黨羽……」他越想越心驚，但覺自己目光既淺又短，只著重在眼前的危局，像隻無頭蒼蠅亂衝亂闖，而煙雨樓主已經為下一局鋪路了，勢力更深入朱全忠的皇嗣爭逐中，末局未止、新局已開，可憐天下蒼生淪陷在一波波腥風血浪裡，何時才能脫出戰爭苦難？

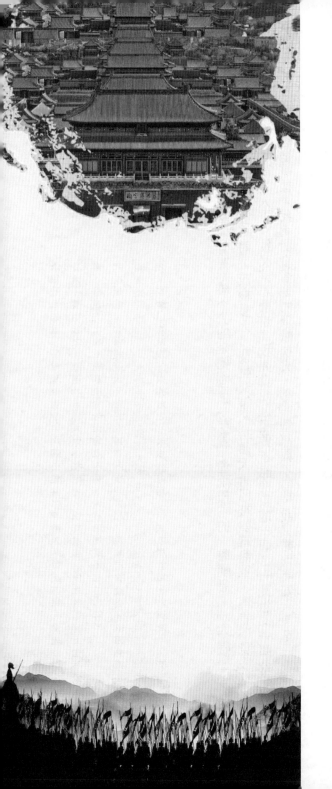

九〇四・五

內人紅袖泣・王子白衣行

六軍散亡俱盡，所餘擊球供奉、內園小兒共二百餘人，從上而東。全忠猶忌之，為設食於幄，盡縊殺之。豫選二百餘人大小相類者，衣其衣服，代之侍衛。上初不覺，累日乃寤。自是上之左右職掌使令皆全忠之人矣。《資治通鑑・卷二六四》

帝在椒殿，玄暉選龍武牙官史太等百人夜叩宮門，言軍前有急奏，欲面見帝……昭儀李漸榮臨軒呼曰：「寧殺我曹，勿傷大家！」帝方醉，遽起，單衣繞柱走，史太追而弒之。漸榮以身蔽帝，太亦殺之。又欲殺何后，后求哀於玄暉，乃釋之。《資治通鑑・卷二六四》

馮道告別了張曦，心頭縈繞不去的是她悲淒的身影和煙雨樓主的一聲嘆息：「大唐結束了！」他抬頭望見烏雲層層，茂樹參天、枝椏交錯，彷彿大唐已被陰暗籠罩，再看不見一絲光明：「聖上怎麼辦？天下百姓又該怎麼辦？我究竟要怎麼做才能挽救這一切？」又想：「鄭公是這樣，張姑娘也是這樣，我明明看著他們飛蛾撲火，卻一個都救不得，我又如何能安天下？」一時心灰意冷，落寞地沿著林間小徑慢慢走回軍營。

四周瀰漫著陰森之氣，不聞殺伐聲，卻肅靜得令人窒息，馮道越走越不安，不禁左張右望，朝四處看去，忽然發現東北方有一群士兵正悄悄穿過樹林，馮道認出他們是朱全忠的親衛天興軍，心中奇怪：「他們鬼鬼祟祟地在這裡做什麼？」便躡足跟蹤在後。

只見天興軍潛入一座侍衛營，趁營中的六軍親衛還在熟睡，無聲無息地抽出腰間刺刀，「嗤！」一刀割了親衛的咽喉，整齊劃一、乾淨俐落地了結他們！

六軍親衛是皇帝的隨身侍衛，也是李曄最後的籌碼，馮道看得驚心動魄，只覺得咽喉彷彿也被束緊了般：「聖上前往洛陽時，還帶著三千親衛，想不到這段時間，梁軍竟趁夜分批分批地殺了他們，再假扮成護駕親衛，好讓聖上和大臣們都瞧不出來……」一想到皇帝連親衛都沒有了，不禁渾身發涼，他一人無法阻止天興軍的行徑，若是大肆揭發此事，只會逼得皇帝與朱全忠正面對決，提早害死皇帝罷了，若是暗中警告六軍將領，卻不知道還有誰可以相信。

他左思右想，記起崔胤曾說街使蔣玄暉、龍武衙官史太兩人擔任過御前侍衛將領，是皇帝心腹中的心腹，在崔胤死後，李曄為增加自己的力量，還特意提拔蔣玄暉擔任樞密史，馮道不想曝露身分，只悄悄溜進蔣玄暉的營帳，放了一封示警的密函，便即離去。

此後幾日，天興軍仍在進行暗殺，只不過行動更隱密了。馮道暗想：「蔣院使沒收到我的密函，還是沒法阻止？」他心中著急，卻想不出其他辦法，最後只得使出守株待兔的笨方法，每當發現天興軍行動，他便躲在遠處的樹梢、草叢裡，大吹號角，吵醒六軍親衛，再一溜煙地跑掉，如此鬧了幾回，天興軍總功敗垂成，雖恨得牙癢癢，卻始終抓不到疑犯。

雙方僵持一小段日子，洛陽便傳來新殿完工的消息，負責保護皇帝的氏叔琮立刻逼迫聖駕起行，李曄知道一進入洛陽，便是任人宰割，以何皇后身子不適為由，遲遲不肯動作，氏叔琮威脅恐嚇，幾番折騰之後，終於逼得李曄與眾大臣入住洛陽新殿。

朱全忠為慶祝遷都之喜，選定八月壬寅日舉行盛大夜宴，交由李振執行。李曄看著宮女、宦官興高采烈地準備，彷佛人人都在慶賀自己的死期，心中苦悶至極，便整日躲在寢殿裡，與皇后、李昭儀和一群小宦官飲酒作樂，又吩咐李振：「戰亂民苦，不宜豪奢，一切從簡，朕和幾位親近臣子閒話家常即可。」李振笑了笑，便將酒宴改到偏避的椒蘭殿。

敬翔擔心弒君禪位，會引發聯軍攻擊，對新宮城重新做了佈防，因此馮道原本從張承業手中拿到東都宮殿圖，並不完全合用，他只能每晚重新出去查探形勢，如此又花費不少時間。

天祐元年八月壬寅深夜，馮道剛查探地形回來，正想悄悄潛回營帳，卻驚覺落雁軍已在帳外集合，指揮使寇彥卿發現他從外地回來，呼喝道：「今夜行動十分要緊，你還不快跟上！機靈些！」

馮道不知要參與什麼行動，強作鎮靜，道：「人有三急，卑職不過是去草叢裡小解，這不是來了嘛？」他不敢多問，只快步加入隊伍之中。

寇彥卿從集合的千人之中，細細挑選了二百多名落雁軍，馮道見他挑選的都是細瘦之人，但覺奇怪：「不知要執行什麼任務，為何挑的都是瘦子？」念頭未轉完，自己已被點名加入。

眾人來到椒蘭殿，寇彥卿將二百名落雁軍留在殿外，只招了十幾名士兵入殿，馮道也在其中，只見大殿中央擺放著酒宴杯盤，殿內空無一人。

寇彥卿手一揮，低聲喝道：「皇上快進來了，你們快躲好！」十幾人飛快躲入各個隱蔽處，有的躲入長布簾內，有的躲在大柱後方，也有的躲上了橫樑。馮道方才不在營中，不知他們要進行什麼計劃，只好隨機應變，找個離皇帝位置最近的垂簾躲著。

不久之後，一群宮女進來準備美酒佳餚，待一切就緒，李曄在一群小宦官的簇擁下緩緩現身，這是馮道第一次如此靠近皇帝所在，心中不禁湧上一陣激動，但四周梁兵環伺，他實在不知道該如何搶奪皇帝，送人出去。

李曄身穿輕便睡袍，雙眼浮腫、臉色憔悴，走路顛顛倒倒，有時雙手揮舞，口裡還胡言亂語，顯然酒宴之前，他已喝了不少酒，也不在意大臣們怎麼看待自己。

昔日那個憂鬱困頓仍苦守心志的帝王早已消失，眼前之人，只是一個自暴自棄、借酒消愁的沉淪醉漢，馮道原本還抱著期望，此刻除了萬分痛惜，也不得不承認李曄已無力承擔這個亂世，救了他之後，的確應該勸他退隱，將天下交給更有能力之人，可是那位挽救蒼生苦難的英主究竟在何方？朱全忠、李克用、李茂貞、耶律阿保機一道道雄偉的身影浮過他腦海，卻沒有一人讓他感到真正安心，想到朱全忠即將稱帝，他的心便糾絞成團。

崔胤死後，柳璨接替其位，擔任諫議大夫、同中書門下平章事、兼戶部尚書，此人乃是唐代名臣柳公綽和名書法家柳公權的族孫，但柳氏家道中落，柳璨出身貧苦，常受世族大臣排擠，李曄因賞識他的學問而特意提拔，短短四年便位極宰相，他的身世與李振相似，性情也如出一轍，都是胸腹狹窄、睚眥必報的小人，因此兩人氣味相投，早已暗暗勾結在一起，此刻正聯袂向皇帝敬酒。

李振舉酒笑道：「李茂貞和王建在西邊鬧得厲害，梁王為了陛下安危，正領軍對抗逆賊，實在沒法回來與陛下同樂，只好派臣前來置辦酒宴，慶祝陛下遷都之喜。」

柳璨也連聲附和：「梁王勞苦功高，若不是他鎮守四方，咱們哪有這些歡樂日子？但梁王卻是旰食宵衣地為皇上效力啊！」

李曄根本不在乎他們說了什麼，自顧自地飲酒，又招呼四周陪侍的小宦官一起飲酒作樂。馮道站在布簾後方，對眼前杯觥交錯、紙醉金迷的情景越來越緊張：「鳳翔已殘破不堪，李茂貞根本無力進犯，朱全忠此時故意前去河中，說什麼抵抗岐軍，其實是想撇清殺害皇帝的嫌疑！」他不知待會兒將發生何事，自己又該如何應對，只感到手心冒汗、脊骨發涼。

李曄漸漸醉倒，伏趴在桌案上，李振、柳璨幾位大臣藉故行禮告辭，待他們走出大殿後，寇彥卿便緊緊關上殿門，發出一聲低哨，隱藏四處的落雁軍用力扯下布簾，衝了出來，對準殿內二百多名陪皇上飲酒作樂的小宦官，手上的長布一圈、雙臂一錯，用力絞斷頸骨！

有些小宦官已喝得昏茫，還不知道發生何事，就做了斷頸鬼，也有一些清醒的小宦官拼命抵抗，好不容易逃到門邊，卻發現殿門緊閉，根本無路可走，最後仍難逃毒手，原本歡樂的場景頓時成了尖聲慘叫，掙扎翻滾、驚駭奔逃的人間煉獄。

落雁軍身手雖俐落，但十多人要絞殺二百多名小宦官，也沒這麼容易，副使見這些小宦官拼命掙扎，似暗中練過拳腳，場面有些鎮不住，不禁低聲罵道：「用刀子殺了痛快，卻偏偏要絞殺！」

寇彥卿低聲道：「這是新殿，大王不想染了血！」

副使又罵：「一群黃門小兒罷了，能成什麼事？何必大費周章！」

寇彥卿低聲道：「禪位大典快舉行了，只要皇上身邊有人，都可能成為阻礙。」

副使暗暗嘀咕：「我瞧是軍師死了，大王疑心病更重了，對誰都不放心！」

寇彥卿低喝道：「好好做事，別囉嗦了！」他見情況確實有些失控，也有些焦躁，索性打開殿門一道縫隙，教門外守衛的落雁軍進來，幾名小宦官見有了出路，一窩蜂衝向門邊，寇彥卿一邊重拳打回他們，一邊急喝：「小兒們一個都漏不得，全要處理乾淨，免得洩了風聲！」門外士兵聽到命令，成群用力衝入殿內，將想逃出的小宦官們狠狠撞倒在地。

馮道震愕之餘，趁著雙方正面對撞，情況最混亂時，咬牙朝李曄撲去，抱著他滾入布簾後方，旁邊一名落雁軍是負責看管皇帝的，見馮道突然抱走皇帝，連忙追到柱子後方，喝道：「喂！你做什麼？軍使說不能動皇帝……」一句話未說完，馮道已出手點住他穴道，七手八腳地為李曄和那名士兵交換衣服，再把梁兵放回桌案，臉面朝下趴好，讓人以為他是皇帝。

馮道又回到樑柱後方，抱起酒醉不醒的李曄快速躲入深處角落。殿內一片混亂逃竄，尖叫聲淹沒了那名士兵的呼喝聲。寇彥卿忙著指揮眾兵，偶爾回頭看皇帝還好好趴伏在桌上，也沒有懷疑。

落雁軍添了人手，立刻大展神威，辣手摧敵，不到半個時辰，一具具屍首脖頸斷折、眼瞪舌吐，東倒西歪地倒臥在殿門邊，所有小宦官已被絞死，寇彥卿忙著指派十幾名士兵暗中處理掉屍體，數十名身材瘦小的士兵快速換穿小宦官的衣服，待一切準備完成，寇彥卿回頭瞧皇帝還酒醉不醒，不禁暗暗冷笑，指了兩名落雁軍：「小心服侍聖上回去寢殿！」

那假皇帝全身無力，頭頸垂落，兩名士兵平常少見天顏，也沒發現什麼異狀，只左右挾拖著假皇帝一路出去，其他人也若無其事地走出殿外，剎那間，這內殿一空，彷彿沒有經歷一場屠殺。

馮道目睹這一場驚心動魄的暗殺，心想：「連幾個陪聖上打球玩樂的少年都不放過，朱全忠肯定是失心瘋了！」但他也看出這些少年的確暗中練過一些拳腳，因此落雁軍才會有些失算，他低頭看了還酒醉不醒的李曄，不禁又想：「聖上真是窮途末路了，才會把希望寄託在這群少年身上，費心訓練他們武功。」心知寇彥卿很快就會發現皇帝失蹤了，一定要趕快逃出去，低聲道：「陛下，臣失禮了，得罪莫怪。」一手摀住李曄的口，一手用力捏他鼻下人中。

李曄感到一陣劇痛，驚醒過來，見自己被一名梁軍挾持在黑暗角落裡，嚇得猛力掙扎，又想高聲呼救，馮道連忙道：「陛下，是我！馮道！外面有人要殺您，您千萬別出聲。」

李曄還有幾分宿醉，一時不敢相信，瞪大了眼驚恐地望著他，馮道急道：「我是馮道，『道可道』那個，您還記得嚒？」

李曄這才全然清醒過來，想起自己原本在酒宴之中，與李振、柳璨幾位大臣飲酒作樂，吃驚道：「你……你……」聲音卻發不出，馮道發現自己還摀著皇帝的口，連忙放手，向李曄拱手行禮：「臣斗膽冒犯了。」又扶他坐起。

李曄瞪望他許久，顫聲問道：「你真是馮道？你不是……死在鳳翔了嚒？」他心中激動，聲音一時哽咽，幾乎說不出話來，眼眶卻已經紅了。

這中間經歷太多事，馮道實在無法細說，只道：「託陛下鴻福，臣大難不死，臣先帶您出去，一切等出宮再說。」

李曄看見一線希望，欣喜道：「你帶誰來救駕了？李克用還是楊行密？」

馮道說道：「沒有別人，只有臣。」

李曄一愣：「沒有人？」殘酷的現實宛如一盆冰水當頭潑下，令他全身寒涼，癱軟在地，不停地喃喃自語：「沒有人來？沒有人來……他們知道朕身陷絕境，卻沒人肯來救駕？」

馮道見他神情恍惚，顧不得失禮，打斷道：「陛下，落雁軍方才殺盡小宦官，一旦發現您失蹤了，很快就會回來，咱們還是先離開吧。」

李曄抬眼望著馮道，眼神卻是空洞茫然：「沒人肯認我這個主了！朕已經成為真正的孤家寡人，隨時是朱全忠的俎上肉了！」一時心灰意冷，頹然坐倒，卻不肯動了。

馮道誠懇道：「臣求您先離開吧！」

李曄喃喃道：「真的只有你一人？」馮道點點頭，李曄怒火陡升，一把推開他，斥道：「那你還來做什麼？想看朕怎麼死嚒？朕將『安天下』之祕交託給你，你卻連個勤王軍都帶不來？」

馮道一時羞慚，伏跪在地，叩首道：「臣幾度召集各方藩鎮勤王，都沒有成功，臣實在愧負聖恩，只能獨自潛伏在梁軍之中，設法救您出去。」

李曄怔怔望著他，想到自己孑然一身，竟還有人願意冒死相救、誠心跪拜，這人不是忠臣，又有誰是？嘆道：「朕曾有千軍萬馬、滿朝文武，都成不了事，又怎能怪罪於你？起來吧。」

「謝陛下恩典。」馮道一邊起身一邊說道：「情況緊急，臣先護您出宮。」

李曄道：「你沒帶援軍來，總該聯絡好外邊了，去河東嚒？」

馮道不知怎麼回答，只扶起李曄道：「陛下還能走嚒？咱們先離開這兒再說。臣這幾日已查過地形，也做了安排，咱們可以從九洲池進入西邊夾城的渠道，潛游至谷水支流，順著支流游出皇城。我在城外水口藏了一葉小舟，只要出了皇城，我們就可以乘舟進入谷水，遠離洛陽。這一條路必須先潛游在渠道裡一段時間，雖然辛苦，卻是最安全的……」

李曄問道：「出洛陽後，去哪裡？」見馮道眼神閃避，頓時又驚又怒，大聲道：「你究竟要帶朕往哪裡去？你說！你是誰派來的？想拿朕的腦袋去換什麼獎賞？」

馮道見皇帝誤會得厲害，再不說清楚，只怕他不肯走，一咬牙，拱手道：「臣斗膽請您隱姓埋名，從此不問世事，天大地大，總有咱們安生之處。」

李曄不由得勃然大怒，斥道：「你好大膽子，竟敢教朕做不肖子孫，送出大唐江山！單憑你這句話，朕就該處你極刑！你這個忘恩負義、辜負聖恩的狗東西！你枉讀聖賢書，還算是大唐子民嚒？你不是誇口說自己能安天下，你安的又是什麼天下？」

馮道見他心神恍惚，已到了崩潰邊緣，便任由他出氣，待他稍稍停口，喘氣之時，才緩緩道：「臣安的天下是百姓的天下！臣雖然愧對皇恩，無力挽救大唐，但將來定會把一身本事用於安治天下、解民倒懸，這樣才不辜負先賢留傳祕卷的苦心。」

李曄原本要再罵，見他說得正義凜然，一時無言反駁，只得道：「朕要去河東避禍，你快快安排了！」馮道說道：「陛下忘了您曾下『除宦令』，殺了承業公公，還能去河東嚒？」

李曄臉上閃過一絲慚色，又道：「不能去河東，就去鳳翔！」

馮道再度跪下，拱手好言求懇：「臣替天下蒼生請命，懇請陛下為他們著想，鳳翔百姓才剛遭受人吃人的劫難，臣實不忍心再為一人摧殘千萬百姓。請陛下遠避他方，遺世獨立，這是臣眼下唯一能做到的，無論陛下去哪裡，臣都會一直陪著您、服侍您。」

李曄聞言，怒火又起：「你……你竟敢說朕是災星！」索性端坐不動，一揮手大聲道「朕不走！朕就待在這兒，看朱全忠能把我怎麼？」

馮道想不到皇帝如此意氣用事，心中不捨許多喪生的忠臣義士，毅然道：「請陛下不要辜負了鄭京兆，和一批又一批忠臣良將為保護您所做的犧牲。」

李曄氣到極處，一張臉脹得通紅，指著馮道激動道：「馮道啊馮道！連你也來欺負朕？滿朝魑魅魍魎、滿地豺狼虎豹，人人虛情假意，都恨不得把朕吞了，個個都等著天下大亂，坐收漁利，有誰是真正的忠義之士？就連你，也盼著我離開！我告訴你，朕從來不戀棧皇位，也不要誰替我犧牲！我的皇位不是父皇、兄長傳承的，是那些所謂忠臣義士硬推我上台的，忠臣也好、奸賊也罷，他們都是為了一己之私，將朕推來推去，最後推上了死路！」

馮道堅定道：「所以臣想給皇上一條活路，自由的路。」

李曄不由得悲涼大笑：「天下之大，莫非王土，亡國之君，卻連一寸容身之地都沒有！自始至終，我的江山就只是一張龍椅大小，不到五十方寸，比死囚的牢籠還小！死囚還能安安靜靜等死，可我日日周旋在虛狡詭計之中，夜夜提心吊膽，不知何時會被推出去斬首。死囚還能設法逃命，可我能逃去哪裡？我害怕，我想逃，可我是皇帝，不能逃！否則世人會怎麼笑我？史冊又會怎麼記我？我死後又有什麼顏面見歷代祖宗？我告訴你，皇帝不是什麼災星，是活笑話！是冤大頭！可偏偏世間英雄盡搶這冤大頭當！」

馮道耐心說道：「亂世，皇帝無處可逃，百姓無處安生，誰都是苦的。可這是最後的機會，再不走，就沒機會了！」

李曄發洩夠了，終於沉下了心，揮揮手道：「朕不能走，何皇后、李昭儀還在長生殿，要走，得帶她們一起。」

馮道心想這簡直是不可能的任務，只好道：「臣先帶您出去，再回頭救皇后。」

李曄搖搖頭道：「朕一走，她們還能活嚒？我雖不是好皇帝，卻還能做個好夫君，她們與朕共患難已久，我不能丟下她們一走了之，而你實在帶不走這麼多人。」

馮道一時也想不出辦法，正思索間，殿外忽傳來聲聲女子呼喚：「大家！大家！」

李曄認出是李漸榮的聲音，連忙起身：「是李昭儀來尋我了！」

馮道聽見外邊腳步雜遝，不只有一名女子，連忙拉住李曄，道：「陛下稍等！昭儀身邊有軍隊，他們一定是發現聖上不見了，正大肆搜索，臣先去看看情況。」

李曄搖頭道：「漸榮不會害我的。」

外邊又傳來樞密使蔣玄暉的聲音：「陛下！陛下！臣來救您了！」

李曄欣喜道：「是蔣玄暉！他從前是御前侍衛，後來朕提拔他當樞密使，讓他對抗朱全忠！他如今帶兵前來，一定是來護駕的。」抓了馮道雙肩，激動道：「不是只有咱們兩人了！他手中有三千衛兵，朕可以教他衝入長生殿，救出皇后，一起走。」

馮道心中不安，道：「陛下，難道您沒發現身邊的人都換了嚒？臣潛伏在梁軍裡，見他們一路暗殺六軍侍衛，臣曾經通知蔣院使，仍沒能阻止，至谷水時，衛士已散亡殆盡，今夜他們動手殺小宦官，已是最後一步了，幸好臣終於趕上見您一面，這才有機會救您出去。」

李曄自從離開長安之後，已心如死灰，夜夜躲在內殿借酒消愁，昏茫的時間比清醒多，若不是今夜已到了生死關頭，又遇見馮道，根本不知道身周發生何事，聽馮道這麼一說，才猛然驚覺，顫聲道：「你是說……」他臉色蒼白、全身發寒：「連蔣玄暉都背叛了？」

馮道搖搖頭道：「臣不知道，或許蔣院使真是忠臣，但他手下的士兵十有八九都是梁軍。」

「不會的！朕何等恩待他……」李曄怎麼也不相信每一個厚恩提拔之人，都如此薄情寡義，一個接著一個背叛了自己：「就算蔣玄暉不義，李昭儀也不會背叛的……」

馮道只好道：「還是讓臣先出去瞧瞧。」

「別去了！」李曄雙眼一閉，面上漸漸浮現絕望悲苦的神色：「我累了！逃得累了！我明明是皇帝，卻逃了一輩子，我這個皇帝還真是窩囊……」

「陛下……」馮道想安慰他，卻不知該說什麼。

李曄深吸一口氣，彷彿下了一個極大的決心：「我興不起大唐，可我還是個父親，得盡力保護我的孩子，就算救不了所有孩子，也要救一個，朕出去之後，你盡快去找皇后，」他用力握了馮道的手，彷彿溺水在萬頃波浪中，緊緊抓住眼前這一根虛弱的稻草：「朕懇求你拼了性命也要把皇幼子帶出去！」

馮道一愣：「皇幼子？」這才知道李曄堅持回去的原因，他其實是想帶走皇幼子，但方才還未完全信任自己，因此沒有明說。

「對！皇后剛剛生下的，這個孩兒朱全忠並不知道，他們都不知道！」李曄從懷中拿出一塊玉珮，遞給馮道：「當年太宗將這塊玉龍子賜給高宗，高宗不負期望，治出大唐盛世，這玉龍子也就成了我李唐帝王代代相傳的寶物，所以皇后一見到玉龍子，就會相信你。倘若我平安無事，將來必會把皇幼子尋回來。若是這一出去，真發生不幸，至少我也保住李唐最後一點骨血……」他咬破指血，寫了一封簡短的血書作為證明。

「陛下，你……」馮道恍然明白他說出皇幼子時，已打算以身為餌，引開追兵，保住剛生下的幼兒，哽咽道：「臣去當這個誘餌。」

李曄慨然道：「全天下的逆賊要的是朕的人頭！我不死，他們不休！但你不是他們的目標，你才有機會帶皇兒出去。」他慘然一笑，道：「朕有時想，『安天下』的祕密或許不是為朕留的希望，而是為了皇子！你我相識不過短短兩、三年，我實在不能期望你真能改變什麼，但如果有二十年，你便有很長的時間，可以扶持太子重建大唐江山。」

馮道鄭重接過玉龍子，感到雙肩無比沉重，這是一條漫長未知、艱難重重的險路，自己真承擔得起嚒？於此之際，他只能接下這份重擔，叩首道：「臣必不辱命。」

李漸榮和蔣玄暉的呼喚越來越急促，李曄道：「朕去了，會拖著他們一段時間，你快去尋皇后。」馮道伏跪在地，心中越覺不安，想了想，決定起身：「陛下，臣和您一起……」

李曄回頭喝道：「不准跟來，這是聖旨！」他最後一句說得鏗鏘有力，彷彿又恢復了幾分帝王威嚴。馮道只好伏跪在地，淚水不由得一滴一滴落下，他不敢抬頭，怕自己會衝上去，李曄緩緩打開殿門，大步行去：「這江山何曾是我的江山？我不過是個看客，站在山頭觀風景，山下的一切很早很早以前，就與我無關了……」

馮道終究還是抬了頭，望著李曄漸漸遠去的背影，心中一顫，忍不住起身快步跟上，才奔了幾步，便看見外邊黑暗之中，李漸榮淒厲尖叫：「院使莫傷官家，寧殺妾身！」瘦小的嬌軀一個反撲，死命抱住蔣玄暉，不讓他前進半步，李曄見狀，怵然一驚，知道李漸榮是拼了命為自己通風報訊，不得不忍痛轉身就跑。

原來梁軍遍尋不到皇帝，蔣玄暉便去告訴李漸榮要她幫忙尋找，蔣玄暉表面是皇帝心腹，其實早已投靠朱全忠。李漸榮是個聰慧人，沿路看出他們圖謀不軌，又猜想李曄逃走了，便順從他們的意思假意呼喊，卻想不到真會遇見李曄，她情急之下決定以身相殉，為李曄爭取一點脫逃的時間。

李曄在殿柱間狼狽地奔來跑去，險象環生，馮道聽見外邊呼喝聲，快步衝向殿門，卻已來不及，只見左龍武統軍使朱友恭、右龍武統軍使氏叔琮帶著百多名士兵飛奔過來，圍住李曄去路，蔣玄暉露出猙獰面目，劍光一閃，臨空落下，一道鮮血噴出，李曄的身子慢慢倒落，二百多年盛大輝煌、曾經萬國朝拜的大唐江山也隨之崩塌了……

馮道佇在門後，眼睜睜看著這蒼涼的一幕，卻無力挽救，實是悲痛欲絕，心中不禁浮起玄幻島上的讖詩：「七彩神仙現，救世隱龍出，運隨江流轉，順勢安天下」，這一刻，他忽然明白為何隱龍此時才算真正現世，原來舊朝隕落，進入亂世，隱龍才開始發揮「尋帝、立帝、輔帝」的作用，頓時大悟：「原來七彩神仙草的出現，是預告了聖上駕崩，天下即將進入一個大亂的時代，我要挽救的既不是大唐皇帝，也不是大唐朝代，而是要在動蕩的局勢裡，設法結束亂世、拯救萬民、安定天下……」但他無暇哀傷，也無法多想，只能盡快收拾心情，趁眾人圍觀皇帝屍身，不注意其他時，全力奔向長生殿。皇帝一死，很快地，全宮城都會閉鎖嚴查，所有的皇子都會被處死，他必須在戒嚴之前，搶救皇幼子出城，他只有一點點時間，腦中也只餘一個念頭：「絕不可辜負聖命！」

馮道冒險來到寢殿，幸好四周還無嚴密把守，他向負責守衛的龍武衙官史太拱手道：「院使讓我過來，請皇后娘娘一起去尋找聖上的下落。」

方才蔣玄暉已經教李漸榮去尋找皇帝，因此史太並無懷疑，冷笑道：「聖上不顧李昭儀的死活，硬是躲了起來，倒不知皇后娘娘能不能喚得出聖上？」便放馮道進去。

馮道恍然明白不只蔣玄暉，就連史太也叛變了，不禁感慨皇帝日日處在虛情假義、明刀暗槍之中，究竟是怎麼熬過每一天，這宮中還有誰可信任？也慶幸自己十分謹慎，沒有在蔣玄暉、史太面前洩露身分，否則早就屍骨無存了。

長生殿內一片空蕩蕩，僅餘阿秋、阿虔兩名忠心宮女，她們見梁軍闖了進來，嚇得連連後退，急喚道：「娘娘！」

馮道心想時間緊迫，顧不得失禮，直闖入寢殿深處，只見一位氣質雍容、神色憔悴的少婦正忙著藏起嬰孩，馮道連忙下跪，拿出玉龍子道：「皇后娘娘莫怕，是聖上讓我來的。」

何皇后心中稍安，連忙示意宮女去守著殿門，這才拿過玉龍子，急問道：「你快起身，聖上怎麼了？昭儀找到他了嚒？」

馮道說道：「聖上命我悄悄保護皇幼子出宮，隱藏在民間，等大局安定之後，再重新入宮。」

何皇后點點頭，道：「聖上曾囑咐過，說這件事是交託給金紫光祿大夫胡侍郎，怎會是你過來？難道聖上他……」語音一哽，再說不下去。

馮道稍稍解釋一番，又道：「梁軍看守得太緊，胡侍郎應該是進不來，幸好臣潛進來了。」

何皇后聽見皇帝已死，不禁悲從中來，但她已歷經太多風浪，知道此刻情況危急，絕不是哭泣的時候，便依照先前和皇帝商量好的計策行事，先將玉龍子在燈火上燒燙，再忍痛熨在幼兒背上，作為皇儲證明：「就算玉龍子、血書遺失了，這印痕仍可證明他是我大唐儲君。早些時候，胡侍郎已在外邊安排了一切，你帶皇子去找他，他自會妥善照顧。」

小皇子痛得嚎啕大哭，何皇后含淚道：「你是大唐皇儲，要勇敢些。」小皇子怎聽得懂，仍是哭泣不止，又或許他知道要與父母永別了，才哭得如此傷心。

何皇后一邊把玉龍子、血書仔細藏在皇幼子懷裡，又在繈褓之中挾帶一些寶玩和衣物，然後拿出一點藥散餵小皇子吞下，道：「這是安神散，只要沒有太大的驚擾，他可以睡兩個時辰。」將餘下的安神散交給馮道，又道：「皇子還小，藥散不宜多食，下一次服食，至少得隔四個時辰。」

馮道心想：「若是孩子啼哭，必會引來追兵。」道：「娘娘考慮得好周全，我一定在兩個時辰內帶殿下逃出宮城。」

何皇后抱著孩子又親又哭：「我可憐的孩兒，一出世，便要流落在外，與爺娘分別了……」始終捨不得放手。

「事情迫在眉睫，臣失禮了！」馮道不得不狠心拆散這對可憐的母子，硬是將皇幼子抱過來，道：「請娘娘放心，出城之後，臣一定會設法尋到胡侍郎，將小皇子好好扶養成人。」他將熟睡的皇幼子縛綁在胸前，外邊再套上落雁軍的軍服，留下一道縫隙讓皇幼子的口鼻呼吸，幸好皇幼子剛出生不久，十分弱小，馮道又比一般士兵清瘦許多，就算包了孩子，也只是胖了些，並不奇怪，他裝扮妥當，便要出去，外邊卻傳來史太的呼喝聲：「皇后娘娘！」

何皇后忐忑地望了馮道一眼，馮道想了想，毅然道：「讓他們進來。」何皇后愕然道：「讓他們進來？」馮道說道：「不讓進，他們仍會闖進來，請娘娘盡量在殿內深處陪他們說話，拖延一點時間，臣才有機會出去。」說罷便繞到殿門旁邊，貼著牆壁站立。

何皇后示意宮女去開門，又吩咐只准史太一人進來，豈料殿門一開，史太便帶著幾名高壯梁軍直接闖入，氣勢洶洶地殺了宮女，打開的殿門剛好遮住馮道的身影。

何皇后雖然經過許多風浪，也知道皇帝一死，自己已難活命，但見他們這麼凶狠，仍是嚇得連連倒退，一直退到殿內最深處，已無路可退，她雙腿一軟，癱跌在地，忍不住哭求道：「你們這是做什麼？妾不過是弱女子，礙不了梁王大業，求你看在聖上曾恩待你的份上，放過我吧……」

史太斥道：「聖上已經死了，是被李昭儀、河東夫人裴貞一弒殺的，關梁王什麼事？皇后娘娘，妳莫要血口噴人，妳故意污衊梁王，是不是因為妳指使李昭儀、裴夫人殺害聖上？」

何皇后慌急地搖頭，顫聲道：「我……我沒有……我怎麼可能……」歷經長年的顛沛流離，此刻的她早已沒有半點皇家尊嚴，只是一個拼命求生的弱女子，史太卻毫無同情，舉起利劍就要刺下，馮道心中氣憤至極：「這史太如此狠辣，連幾個弱女子也不放過！」他不能眼睜睜看著皇后遭難，但如果出手相救，就要曝露皇幼子了，剎那間，他內心掙扎衝到極點。

「住手！」門外傳來一聲呼喝，卻是蔣玄暉到了，史太悻悻然收了劍，何皇后趕緊呼饒：「蔣院使！蔣院使救命！求你看在聖上從前提拔之恩，饒妾一命……」

蔣玄暉輕輕扶起她，安慰道：「娘娘莫怕。」

何皇后雙眸含淚地望著他，求懇道：「就算改朝換代，我母子也絕無怨言，只求保住性命，請梁王讓我們流放民間，安養餘生。」

蔣玄暉搖頭道：「這可不行！梁王擔心外邊藩鎮一聽到聖上駕崩的消息，就趁機作亂，因此需要娘娘好好扶持輝王即位，只要世局安定，滿朝文武仍會尊敬您是皇太后，讓您好生安養。」

何皇后瑟瑟發抖，顫聲道：「我……我明白了，我會依梁王吩咐行事，但輝王……祚兒才十一歲……怎能當好皇帝？那太子裕兒……」

蔣玄暉肅容道：「德王李裕、棣王李祤、虔王李禊、沂王李禋、遂王李禕、景王李秘、祁王李祺、雅王李禛、瓊王李祥全都參與謀反，已被軟禁起來，待梁王回來，便會一起審理。」

何皇后聽到眾兒無一倖免，只覺眼前一黑，瞬間昏厥過去。蔣玄暉連忙接住何皇后，扶她坐到椅上，又對史太道：「梁王說要好生照顧皇后，不可讓她再受到驚嚇，找兩個宮女進來服侍她。」

馮道聽皇后暫時沒有危險，便趁著蔣玄暉說話時，悄悄退了出去。殿外長廊上，數步一哨，守備十分嚴謹，但衛兵見馮道身穿落雁軍服，又從內殿出來，因此不疑有他。沿路上，若遇人盤問，馮道便答說自己奉蔣玄暉之命，要向梁王回稟情況，眾守衛都任他離去。

這段日子，馮道不斷勘察地形，知道洛陽宮城周回十三里，城高四丈八尺，城牆夯層厚逾三寸，內外皆包磚，城門、牆頭日夜都有軍兵駐守，整座城池堅固得有如銅牆鐵壁，因此，最好的逃命路線是水路。為保萬無一失，他安排了幾條水路，都是依照皇帝而設計，沿途也做好了佈置，卻怎麼也想不到會冒出一個剛出生的嬰兒，原先預備的水路都不能行走，只能冒險嘗試一條最危險的道路——趁眾臣、眾軍都匆忙趕往含元殿前廣場參與喪禮，大大方方地從宮城正門出去！

沿路上，每個城門、路口都有十名士兵守衛，馮道腦中思量著路線，小心翼翼地一路通過乾元門、永泰門，見宮城正門「應天門」就在前方，不禁暗暗慶幸：「只要出了這兒，再通過外牆門『端門』，穿過三道拱橋，便能進入洛水南岸的八十三里坊，那裡縱橫交錯，商舖林立，要藏身便容易多了！幸好朱全忠為了避嫌，不在城中，我才有機會逃出去。」

「恭迎梁王！」前方忽然傳出一聲轟響，只見應天門緩緩打開，朱全忠面色凝重，高騎在馬上，一身鋒芒威逼四方，後頭還跟著數百名天興軍，也策馬跟隨。

馮道萬萬想不到朱全忠會迎面而來，大隊人馬更擋住前路：「萬一朱全忠感受到嬰兒的氣息，可就麻煩了。」只能以最快的速度退入人群後方，藉著眾人氣息掩護自己。

九〇四・六

向使國不亡·焉為巨唐有

蔣玄暉矯詔稱李漸榮、裴貞一弒逆，宜立輝王祚為皇太子，更名柷，監軍國事。又矯皇后令，太子於柩前即位。宮中恐懼，不敢出聲哭。丙午，昭宣帝即位，時年十三……朱全忠聞朱友恭等弒昭宗，陽驚，號哭自投於地，曰：「奴輩負我，令我受惡名於萬代！」癸巳，至東都，伏梓宮慟哭流涕，又見帝，自陳非己志，請討賊。《資治通鑑・卷二六五》

天佑元年八月，與朱友恭同受太祖密旨，弒昭宗于大內。既而責以軍政不理，貶白州司戶。尋賜自盡。叔琮將死，呼曰：「賣我性命，欲塞天下之謗，其如神理何！」《舊五代史・氏叔琮傳》

廣場上，李曄的靈柩被放置在含元殿的正前方，何皇后和輝王李祚戰戰兢兢地站在靈柩旁，下方是宰相柳璨、諫議大夫獨孤損、太常卿張廷范、宣徽副使王殷、尚書趙殷衡等大批文臣，然後才是氏叔琮、蔣玄暉、朱友恭、史太、寇彥卿等武將所領的軍兵，落雁軍的位置就排在應天門旁，對身穿落雁軍服的馮道而言，真是再幸運不過了，他趁著眾人都專注著梁王動靜，悄悄移到落雁軍最後方、最靠近應天門處，打算等朱全忠策騎過去，便設法穿過城門。

豈料朱全忠一揮手，教身後天興軍止步，將他們留在應天門和端門的甬道上，獨自下馬，走入宮城。

馮道眼看數百名高頭大馬的天興軍結結實實堵住了出口，他身穿落雁軍服，又是一個步兵，實在不宜混入天興軍的軍馬隊伍中，否則就太顯眼了，只好暫時待在應天門口，再伺機而動。

朱全忠威風凜凜地向前走去，文臣武軍夾道相迎，實在不像為皇帝奔喪，反倒像歡迎新帝，馮道眼睜睜看著這一幕，萬分悲痛憤恨，卻無可奈何，只能強忍心緒，暗暗祝禱：「陛下在天有靈，求祢保祐臣順利通過這一關，帶小皇子安全出去。」

朱全忠直走到文臣排列處，才快步奔前，伏在靈柩上哭喊：「陛下啊！臣來遲了，竟來不及見您最後一面！」

文臣武將見他跪倒，也一齊跪下叩首，朱全忠又哭道：「宮中竟有逆賊橫行，臣護駕不力，實在愧對皇恩！臣必會嚴懲凶嫌，振興朝綱，也會輔佐新帝安治天下，不讓逆藩趁機作亂！」

眾臣哀哭好一陣子，朱全忠才以袖拭淚，緩緩站起，其他人見他起身，也趕緊跟著站起。朱全忠沉聲問道：「柳司空，聖上有何遺言？」

柳璨恭謹道：「啟稟梁王，聖上忽然遇刺，未及交付遺言，幸好日前曾囑託皇后，他若是遇刺身亡，務必改立輝王為太子，繼承皇位，這件事臣與獨孤大夫，還有幾位大臣同為見證。」

獨孤大夫即是諫議大夫獨孤損，他聽柳璨這麼說，立刻和幾位大臣齊聲附和：「不錯，臣等都可作證。」

柳璨又道：「皇后娘娘已經命臣擬好懿旨，今日便可宣旨。」

朱全忠假裝驚詫，問道：「原本太子是德王李裕，為何會忽然改立輝王？」

柳璨提高聲音，故意讓眾臣都聽見：「梁王一直在外辛苦作戰，有所不知，德王從前曾與逆賊劉季述聯合謀反，幸得聖上寬宥，才保住性命，但他不念君父恩情，又聯合幾位皇子一起謀反。聖上早先得到密報，因為愛子心切，始終沒有下手除逆，只警告德王不可妄動，又交代皇后和大臣們改立輝王為太子，想不到啊——」他痛哭道：「德王一聽說太子地位不保，竟狠心動手弒殺君父了！」

朱全忠震怒道：「德王聯合幾位皇子一起謀反？難道其他皇子也不顧念父子親情？」

柳璨大聲回道：「除了輝王之外，德王裕、棣王祤、虔王禊、沂王禋、遂王禕、景王秘、祁王祺、雅王禛、瓊王祥等九個親王皆參與謀逆，沒有例外！」

朱全忠怒問：「這些逆王呢？」

氏叔琮稟報道：「臣已經抓了他們，軟禁起來，等候審理。」

朱全忠長嘆道：「國不可一日無君，事已至此，便遵照聖上遺命，盡快舉行登基大典吧！」

柳璨拿出皇后懿旨大聲宣念，教李祚更名李柷，以太子之名於靈柩前登基即位，監軍國事。眾臣伏跪於地，同聲高呼萬歲。

這眾臣跪哭、登基之禮足足花了一個多時辰，馮道一邊觀禮一邊數算時間：「皇后娘娘說安神散有二個時辰，如今只剩半個時辰……」好容易等到禮畢，他總算鬆了口氣：「只要朱全忠一進入大殿，我便能悄悄溜出去。」

豈料柳璨一見李柷稱帝確立，立刻向小皇帝拱手道：「陛下，臣有一言勸進。」

小皇帝忽然登上王位，仍十分膽怯，不敢回應，回頭望向何皇后，見她點頭，才怯生生道：「柳……柳卿請說。」

柳璨道：「先帝英年早逝，陛下年幼登基，許多政事還不嫻熟，如有熟悉軍政的親王輔佐國事，必能事半功倍。」

李柷不知如何應對，只怔怔望著柳璨，何皇后連忙接口道：「柳卿此言甚是，但不知哪位賢臣適合當這個輔政王？」

柳璨微笑道：「梁王為保唐室續存，櫛風沐雨十數年，掃蕩黃巢、靖安四海，自古以來，從未有人臣比得上梁王之功，雖王莽、曹操莫可及也，自是最好的輔政人選。」

「梁王當輔政王啊？」小皇帝回望何皇后一眼，何皇后點點頭，小皇帝一看到朱全忠的眼神，就嚇得直打哆嗦，顫聲問道：「梁……梁王你以……以為如何？」

朱全忠道：「臣身受皇恩，輔佐陛下治理國家，本是份所當為。」

小皇帝見他神態平和，稍稍放心，道：「很好！梁王，你就是輔政王了！」

柳璨又道：「陛下！臣以為不只如此，外邊逆藩如河東、鳳翔之流，始終喧囂不止，時時針對梁王，請陛下效法漢魏禮遇賢才，加授梁王九錫，昭告天下，借此斷了逆藩挑撥之心，如此必會少了許多紛爭，使天下安定、四海昇平。」

馮道心中憤慨：「這個柳璨，出身貧寒，未立寸功，是先帝特意提拔他，才達到宰相之位，想不到他不顧先帝之恩，盡幫著朱全忠逼迫新帝，簡直是奸臣妖徒、無恥之尤！」

小皇帝再不懂事，聽見「九錫」兩字，也知道不妥，忐忑地回望何皇后一眼，何皇后臉色蒼白憔悴，幾乎像死人一般，沒有半點血色，小皇帝支吾道：「這個……父皇才逝世不久，不宜舉行……」

「啟稟陛下！」朱全忠大喝一聲，小皇帝嚇了一跳，連忙握住何皇后的手，兩母子除了緊緊依偎，也不知如何對抗遍地豺狼，朱全忠微然冷笑，拱手道：「逆藩未討、皇恩未報，臣豈敢居功？待晉、岐盡滅，帝還長安，與眾臣並升，臣才敢與天子、萬民同慶。」

小皇帝見朱全忠推辭，暗鬆一口氣，便順勢而下，道：「梁……梁王不肯答應，此事只……只能作罷了！」

朱全忠見小皇帝如此不識相，遂瞄了宣徽副使王殷一眼，王殷十分知機，立刻拱手道：「啟稟陛下，如今山河動蕩，鳳翔、西川、河東、淮南四地時有逆藩作亂，新帝登基，更應該彰顯天威，免得讓那幫亂臣以為幼帝可欺，梁王如果授封九錫之禮，便能名正言順地為陛下伸張正義，討伐逆藩！」

李柷還沒答話，朱全忠已第二次謙讓：「不可啊！不可！臣身受國恩，雖稍有功勛，也不敢驕慢自大，九錫一事，絕不敢當。」

柳璨正色道：「梁王請勿過分謙虛！您受這九錫之禮，絕不是為了一己之功，而是為天下安定著想。」

眾臣紛紛附議：「不錯！為了大唐江山、陛下安危著想，梁王請受封九錫，切勿推辭。」

小皇帝見群臣齊聲逼迫，更加緊張，雙手擰扭著衣袍，結結巴巴道：「眾卿，朕……朕……也有意加……加這個九錫，但梁……梁王自己不願意，朕也不好勉強，此事……不如過一段時日，再議吧。」

朱全忠未料這個黃毛小兒竟如此堅持，臉色一沉，殺氣乍現，小皇帝抬眼望向他，感到前方似有一頭猛虎就要撲過來，哽咽道：「梁……梁王你……這個……你以為如何？」好容易說完這句話，已經快哭出來。

朱全忠見小皇帝和何皇后怕得發抖，心想：「滿朝文武都在此處，我還是不要做過頭了！」便慢慢收了怒氣，微微一笑，第三次推辭：「臣身受國恩，自當秉持忠貞之心，以扶持唐室為己任，萬萬不敢居功。」

馮道眼看快到二個時辰，心中實在著急：「這朱全忠明明愛當皇帝得很，還要三辭三讓、惺惺作態！」

尚書趙殷衡拱手道：「梁王忠義謙恭，不肯居功，正是人臣之表率，陛下更應為梁王加封。」眾臣聞言，立刻一片歌功頌德，爭相吹捧朱全忠的功績品德，末了必加上一句：「臣懇請陛下加封梁王九錫！」

原本這些阿諛之詞，只有站在最前方的文臣可聽見，偏偏馮道耳朵太靈，一句句傳入耳裡，想不聽也不行，忍不住在心中破口大罵：「放屁！放……」一股氣哽在喉間，不知該不該吐出去：「小馮子，你飽讀聖賢書，怎能口出穢言？就算沒罵出口，在心裡想想也不可以，真是有辱斯文！但……」他抬眼望去：「滿殿文武盡是無恥之徒，一個比一個虛偽，句句屁言，我……實在忍不了啦！孔夫子，來日見面，你再打我屁股，今日且讓我罵個痛快！放屁！放屁！簡直是大大的放屁！」

李振待眾臣造足了聲勢，便挺身而出，一股作氣道：「臣以為梁王應加授九錫、冕十旒、乘金車，駕六馬，出入用天子鑾儀，才能彰顯陛下禮賢之心！」

李柷眼中已忍不住浮了淚水，卻仍鼓起勇氣道：「梁王居功厥偉，朕都知道，只不過那九錫用物還需準備，不如……」

李振道：「操辦物品這等小事，怎能讓陛下擔憂？臣自會辦得妥妥帖帖，車馬、衣服、樂縣、朱戶、納陛、虎賁、斧鉞、弓矢、秬鬯九項禮物都已備在殿外了。」

眾臣、眾軍一起下跪，齊聲求懇：「恭請陛下為梁王授封九錫，出入用天子鑾儀，此乃順合天道、深孚民意，四海之所望啊，臣等恭請陛下答應！」

李柷眼看眾臣步步進逼，緊張地望向何皇后，露出求助之意。何皇后心中哀嘆：「人為刀俎、我為魚肉，大唐皇室曾經何等興榮，如今只餘我孤兒寡母，又能如何？」只能無奈地點點頭：「既然眾卿皆無異議，梁王也願承擔大任，皇兒，今日便將這九錫之禮一併舉行了！」

李柷顫聲道：「柳卿，你擬寫聖旨，詔告四海，說朕……朕……決意加封梁王……」

馮道心中一沉：「九錫一旦加封，再過不久，便是逼帝禪位、弒殺新君了……」明知應該盡快保護皇幼子出去，但見何皇后和小皇帝被群臣脅迫，實在忍不下一口氣：「我身為大唐臣民，無膽站上朝堂與眾逆爭論，已是愧對皇恩，無論如何，我也要為先帝報仇，阻止九錫，多保皇后和新帝幾日性命！」

「哇！」懷裡的小皇子受了沿路波折及巨大的吵鬧聲，竟提前嚎哭起來，馮道驚得幾乎跳起：「怎麼會？」連忙伸手進懷裡，摀住小皇子的口鼻，卻已來不及。

此時廣場上所有朝臣、軍兵還伏跪著，馮道周圍的落雁軍聽到這細聲，心中納悶：「那是什麼聲音？」「好像是嬰孩哭聲。」「軍隊裡怎可能有嬰孩，應該是牆邊的小貓兒。」

馮道暗呼糟糕，但此時若起身逃跑，只會曝露身分，成了萬劍擊殺的目標，情急之下，摀住小皇子口鼻的手不禁微微用了力，小皇子被這麼一摀，哭得更加用力。

朱全忠正急著談定九錫之禮，聽遠方傳來一聲細微悶嗚，起初並不在意，那聲音卻越來越響：「怎有嬰兒哭聲？」微微抬了頭，回首望去，馮道不由得心驚膽跳：「只要朱全忠稍加思索，一定會想通其中道理，到那時不只我小命難保，小皇子也要糟糕！」

朱全忠但覺有些不對勁，靈光忽然一閃：「難道是……」他念頭方轉，卻聽人群中傳出哇哇大哭聲：「陛下若賜九錫，是害了梁王啊！害他不忠不義、臭名千古，又害他身入險境，人人刺殺，梁王立了許多汗馬功勞，陛下怎忍心如此害他？我蔣玄暉不忍見忠良遇害，一定要苦心勸諫！」竟是樞密使蔣玄暉的哇哇哭喊！

此時廣場上所有朝臣、軍兵還伏跪在地，心中雖震驚，但沒有皇帝說免禮，也不能擅自起身，只低著頭勉強扭了脖子，偷眼向後方的蔣玄暉看去。

蔣玄暉大吃一驚，連忙回頭看是誰在陷害自己，卻看不出是誰，再回過頭時，只見朱全忠已站起身，臉色鐵青地遙望自己，蔣玄暉此時當真百口莫辯，不由得冷汗涔涔，連連搖頭道：「梁王……我……」見無法辯解，索性大聲道：「臣的意思是……臣以為此時先帝剛去逝，為免落人口實，不宜舉行任何加封大典……」

太常卿張廷范聽有人出頭阻止，大了膽子道：「陛下，臣也以為天下未定，眼下不宜加九錫。今日，如將梁王淩駕於群藩之上、天子之側，必遭臣民非議，我等既然仰望梁王功績，就不應該把梁王推到不仁不義的境地，臣請求陛下納梁王忠言，不要賜九錫。」

朱全忠雖然氣憤，也知道事有蹊蹺，再次舉目望向發聲處，卻聽見人群中傳出一聲大喝：「朱全忠，你教我殺了先帝，還惺惺作態？」卻是氏叔琮的聲音。

朱全忠心中一震，精光如箭地望向軍隊前方的氏叔琮，他怎麼也想不到自己想將弒君罪名嫁禍給氏叔琮，氏叔琮卻先下手為強地出賣自己，他更想不到那聲音根本不是氏叔琮，而是馮道以「謗言」之功發出！

「氏叔琮，你好大膽子，竟敢誹謗本王清譽！」朱全忠早有意殺了氏叔琮，又見眾臣驚詫地瞪著自己，一時怒火沖升，提前發難，飛撲向氏叔琮。

氏叔琮大吃一驚，臉色倏地刷白，本能地快速起身，拔出失衡雙劍擋住朱全忠的攻擊，朱全忠怒氣更盛，一邊進攻，一邊怒喝：「你這狗奴才竟敢背著我造反，弒殺皇帝，連累我揹負惡名，受千萬人唾罵！本王今日非殺了你不可！」他下手毫無保留，氏叔琮也頑強抵抗，兩人一時大打出手。

眾臣都驚得呆了，只有馮道感到萬分痛快，靈機一動，又繼續以「謗言」玄功假裝朱友恭、史太的聲音分別大喊：「義父，你命友恭我刺殺皇帝，難道真要殺我滅口？」「梁王，你也說我史太殺了皇帝後，便能當護國大將軍，難道也想滅我的口？」他怕眾臣不識這兩人的聲音，便大聲報出他們的名號，且句句扣住「殺人滅口」之意。

眾臣一時還反應不過來，史太二人卻是作賊心虛，見朱全忠要殺氏叔琮，已是膽顫心驚，更想不到有人會假冒自己當眾呼喊朱全忠的罪行，嚇得拔腿就跑，直衝往城門，蔣玄暉見狀，心想：「梁王疑心甚重，今日這麼一鬧，他肯定不會放過我了……」便也跟著衝向城門！

宣徽副使王殷、尚書趙殷衡素來與蔣玄暉、張廷范不和，一見蔣玄暉逃跑，立刻回過神來，趁機大聲喧嚷：「啟稟陛下，蔣玄暉、史太、張廷范幾人聯手殺了先帝，他們實在是凶逆啊！今日竟又來誣陷梁王！」

朱全忠雖覺得那些聲音十分古怪，並不是從四人所站的位置發出，但禍事已經釀成，今日無論如何，絕不能放走任何一人，提氣大喝道：「攔下這幫逆賊！」

蔣玄暉三人見落雁軍堵在城門口，逃生無路，唯一的活命機會就是聯手攻殺朱全忠，遂從後方反殺回來，與氏叔琮聯手分從四個方向快速圍住朱全忠，四人武器不一、招式各異，本來極難對付，卻仍敵不過朱全忠高強的內力、快異的拳法，不過片刻，四人眼中所見盡是狂風暴雨般的拳頭，道道撲身轟來，任誰被這強大的氣勁擊中，都拋如飛鳥或滾如葫蘆，但四人知道今天萬難活命，就算被打退了，也如群狼鬥猛虎般，再次圍撲上！

五大高手激鬥成一團，小皇帝和何皇后嚇得臉色蒼白，眾文臣更是萬分驚惶，為免遭到波及，紛紛退避，卻不知接下來該如何是好？只有馮道趁著一片混亂，一路穿過落雁軍，疾奔向應天門，心中喊道：「陛下，臣不能為您除去所有亂臣賊子，也殺不了賊首，但已為您除去四名凶手，您在天之靈，原諒臣無能，請好生安息。」

落雁軍見他身穿落雁軍服，以為是自己人，大王又未下令攔截，只眼睜睜看著他飛奔而去。馮道身法極快，眨眼間就要衝出應天門，後方卻傳來一聲洪鐘大喝：「快關城門！誰格殺逆賊，賞金百兩！」

原來朱全忠知道有人故意挑撥，雖忙著與人對戰，仍分出餘力耳聽四方、眼觀八方，很快就發現西牆邊的軍兵一陣騷動，但他被氏叔琮四人纏住，廣場上更有大批朝臣火眼金睛地盯著自己，實在抽不開身。

十幾名落雁軍追上來想抓人，馮道身法看似不快，卻十分奇妙，左一彎、右一繞，已衝出應天門，前方卻還有整齊排列、劍戟森森的天興軍，他知道只要稍有延遲，就必死無疑，一咬牙，腳下施展「節義」步伐拼命朝城門衝去，同時手中甩出五爪鋼鍊，掃出十數道光芒，把前方的軍兵全都掃開，誰都想不到馮道有這麼厲害的武器，猝不及防，全被掃得滾下馬去。下一瞬間，馮道飛身搶了一匹馬，兩腿一挾，便往外衝，只要穿過這條數丈長的甬道，衝過天興軍的層層防衛，求生的機會就大增。

守端門的將領急得大呼：「快！快關城門！動作快！」外城的城門既厚又重，守門士兵只能分為兩邊，一邊推左門、一邊推右門，緩緩合向中心。

眼看端門近在二丈之內，一旦出了端門，再通過三座橫橋，就進入縱橫交錯的南岸里坊，但四周的天興軍已群湧上來，馮道被逼急了，抬首望向巍峨的城牆，心想：「這東西也建得太高了⋯⋯

不管了！只能拼命一試！」一個縱跳，站上馬背，藉著馬兒前衝之力，使出輕功縱撲向牆面。那城牆足有四丈八尺高，牆頭上還有衛兵駐守，想要越牆逃走，絕無可能，果然他點點飛上二丈高，氣力已竭，無法再上去！

天興軍使朱友貞看馮道氣力微滯，知道他輕功虛弱，根本上不了牆頭，大聲呼喝：「賊子要掉下來了，刀刃伺候！」眾兵紛紛湧近城門，一把把亮晃晃的尖刀向上，等著獵物自動掉落刀網之中，卻見馮道一聲大喊：「毒死你們！」左手凌空灑下大把的「傾國傾城香」，眾兵正聚向城門口，以為他真灑下劇毒，嚇得連連倒退，與後方追兵撞成一團，天興軍原是人馬密佈，馬群一聞到香粉，本能地驚慌亂竄，一時人馬混亂，互相踐踏。同時間，馮道右手拋出五爪鋼鍊，咻地一聲勾住了牆頭。

朱友貞大喝：「逆賊要上去了！城頭守軍放……」原本想教他們放箭，但見城下兵馬跌成一團，都是親信，只好把「箭」字吞了回去，改口喊道：「城頭守緊！務要拿下賊子！」一句話還沒喊完，只見馮道在眾目睽睽之下，借著五爪鋼鍊拋甩之力，對準端門還未完全闔閉的夾縫，咻一聲盪了出去，臨走前還回首咧嘴一笑，那表情彷彿在說：「傻子才上城頭！」

朱友貞氣得大喝：「快追上！」提韁狂飆，搶先穿出城門夾縫，幾名機伶的天興軍也趕緊策馬追上，豈料那五爪鋼鍊竟然從城門外唰地盪了回來，朱友貞正一股勁地往外衝，意外瞬間發生，他閃避不及，被鋼鍊直接掃落下馬，連帶撞倒後方趕上的軍馬，眾人又跌成一團。

「他媽的！」朱友貞平常甚是斯文，此時在下屬面前跌得狼狽，氣極之下，忍不住罵了粗口：「快打開城門，追上！」後方騎兵想要蜂湧而出，偏偏城門太厚重，重新打開不易，起初只能一騎一騎地魚貫奔出，漸漸打開些，才能兩騎、三騎，到後來五、六騎一起馳出，待他們出了城門，不過片晌，那人竟已消失不見！

馮道用鋼鍊遠拋在城門外丈許處，他對洛陽宮城瞭如指掌，知道一衝出「端門」，就是三座接續橫跨的拱橋——「黃道橋」、「天津橋」、「星津橋」，只要過了拱橋，進入洛水南岸八十三里坊，逃脫的機會便大增。但後方追兵追得太緊，他已來不及衝過三座拱橋，放開五爪鋼鍊的瞬間，一個翻滾卸去衝力，順勢從「黃道橋」欄杆底下的縫隙滾入橋底，看似落水，其實是藏身在橋下的石墩凹處。

他飛盪出城、回甩鋼鍊阻截追兵、翻滾落橋下，這一連串動作是奔逃時就在心中計算好的，唯一忽略的是「天津橋」、「星津橋」上竟然各有兩名守軍！

這三座拱橋的作用是讓洛水南岸人士可直通皇城正門大殿，為防敵軍來攻，橋面不大，輕易可截斷，一次最多可通過三騎，平時只供達官顯貴使用，尋常百姓並不能由此進出，因此每座橋只有兩名龍虎禁衛軍，負責查驗來往的人和貨物，真正的重兵防守是在端門。

這四名士兵原本守望洛水南岸的動靜，聽到後方城門有激烈響聲，紛紛回過頭來。馮道吃了一驚，但已來不及收勢，他幾乎是一氣呵成地滾落橋底，不知道四名守軍有沒有看見自己，只盼動作快到沒讓人瞧清楚，或者以為他落水身亡。

橋下洛水潺潺東流，馮道小心翼翼蹲在徑長不足一尺的圓石墩上，不敢稍動，耳聽一陣軍靴從橋上轟隆而過，心中也卟通如擂鼓，生怕懷中的小皇子大哭起來，連水濤聲也掩不住，他低頭看去，小皇子竟然不哭了，還對他傻笑，好似剛才盪來盪去十分有趣，馮道只好對著他擠眉弄眼、扮盡鬼臉，博君歡樂，免得小皇子受不了安靜，又大哭起來，心中暗暗祈求：「我的小祖宗，未來的皇帝小子，老萊子彩衣娛親、小馮子醜臉娛君，也算拋下斯文，賣力演出，您就算看得不滿意，也要安安靜靜，千萬別鬧事！」

小皇子看著他的醜臉，笑得越發可愛，馮道心中湧起一陣溫暖喜悅，沖淡了對大唐隕落的絕望悲傷，頓時覺得更有勇氣去面對前方的艱難：「我一定要把小皇子安全帶出去！」

朱友貞一口氣衝過兩座拱橋，見逆賊消失不見，喝問橋上守兵：「剛才有沒有看到一名賊子衝了出去？」

「有。」天津橋上的守軍回答。

馮道心中一跳，陷入萬分掙扎，半里之外就有一艘小舟，此刻要不要潛水逃走？這條路必須藏在水裡一段長時間，剛出生的小皇子怎禁得起悶在水道裡？正當他左右為難時，卻聽見橋上的守兵道：「啟稟軍使，他動作太快，身法太奇怪，一下子衝過三座拱橋，向南岸的『尚善坊』去了，我們實在攔不住……」

朱友貞一聽，不等守兵說完，便策馬前衝，直追到南岸的尚善坊附近，仍不見半點人影，遂轉回天津橋，吩咐追趕上來的心腹皇甫麟：「你回去稟告大王，說賊子已潛入南岸里坊，才一時半會兒，肯定逃不遠，我會全面封鎖城池。另外，你找人畫出那賊子的樣貌，全城張貼！」

皇甫麟愕然道：「可那人奔得太快，長相不明……」

當時馮道回首一笑，朱友貞匆匆瞥見，便對皇甫麟描述一番：「那人方臉寬頷，三角眉、八字鼠鬚，身高七尺。」他卻不知馮道改了容貌，還故意回首讓他看清長相。

皇甫麟趕緊策馬回頭，疾奔至皇城廣場，見五大高手仍激戰不休，朱全忠雙拳快如閃電，左穿右擊，在四人兵器間隨意來去，每一招均轟在對方的破綻處，殺得四人狼狽不堪，史太功力最弱，第一個被不老神功的狂暴之氣給震得橫飛數丈，成了一團爛泥！

接著蔣玄暉的手腕被擊斷，手中兵刃脫飛，直插入地、沒至柄處，蔣玄暉不敢前去拔劍，嚇得轉身就跑，卻感到一股磅礴大氣從背後衝向全身，「啊！」他慘叫一聲，爆體而亡。

眾文臣見到如此情狀，嚇得心膽俱裂，忍不住向四處逃散，朱全忠卻眼明手快地抓住奔逃的張廷范，像車裂般將他撕得四分五裂，氏叔琮趁機砍向朱全忠手臂，忽感到一團氣勁抵住，硬如剛石，再也砍不下去，朱全忠雙拳一閃，格去氏叔琮手中雙劍，接著拳勁如山，猛力轟破他下腹！

氏叔琮但覺腹間一陣劇痛，彎身低頭，眼睜睜看著重拳穿體而過，剎那間，好像看到一個索命惡鬼，嚇得睜大銅眼，痛苦嚎叫：「你殺害先帝，為塞住天下謗議，就出賣我性命，天理何在！」

朱全忠怒喝：「惡奴還想誹謗我！」手臂一震，氏叔琮身子如箭向後射去，「碰！」地撞倒一排軍兵，重傷而亡！

他臨死前的慘嚎，一字字迴蕩在廣場上，彷彿為殺人滅口發出最淒厲的控訴；也迴蕩在每個背叛皇帝的軍臣耳畔，彷彿在警告他們投效朱全忠，就是這樣兔死狗烹的下場，所有人心中震撼、臉色青白，心中都升起一個驚悚的念頭：「梁王……會不會血洗大典，殺盡我們滅口……」

「鏘！」朱友恭嚇得丟掉手中長刀，雙膝跪地，顫聲道：「義父，孩兒真沒有背叛您……」

「啪！」一聲響，朱全忠毫不留情地折斷他頸骨，朱友恭怎麼也不敢相信這個平素疼愛自己的義父竟會不聽一句解釋，就下如此狠手，臨死前還睜著大眼望著朱全忠，彷彿在問：「你原本就打算殺我嚒？」

朱全忠原本就想殺氏叔琮，對朱友恭倒是存了猶豫，而蔣玄暉、張廷范、史太幾人卻是意外，他一開始認定這幾人合謀，不想讓自己當皇帝，才會當眾背叛自己、反對九錫，後來雖想通是有人作怪，卻已騎虎難下。他轉過身面對嚇得直打哆嗦、癱軟在何皇后懷裡的李柷，拱手大聲道：「啟稟陛下，凶逆已除，請追削蔣玄暉、張廷范等人的官爵，降為凶逆百姓！」

皇甫麟見朱全忠忙著處理善後，實不宜打擾，便去交代下屬找畫匠作畫，張貼公告，心中還揣想著該如何向朱全忠稟報，才能掩飾朱友貞的失職，卻見李振快步走近，拿出一封密函，低聲道：「梁王密令，給三公子的。」又在他耳畔一陣低語，道：「快去！」皇甫麟拿了密函之後，又匆匆趕回天津橋。

雖然張惠曾經遺命不讓朱友貞接帝位，但如今長子朱友裕已死，朱友貞年紀漸長，便生出建功立業之心，他知道父親是給自己一個表現機會，絕不能失誤，一見皇甫麟，便著急問道：「父王怎麼說？」

皇甫麟道：「大王此刻還在處理逆賊、安撫皇帝和大臣，一時走不開，交代三公子你全權處理。」又遞出密函，低聲道：「但李軍師給了一道大王的密令。」

「李振？」朱友貞心中奇怪，接過密令打開一看，只見裡面寫著：「梁王密令，名單上的人都是逆賊同黨，已然罪證確鑿，一律逮捕入獄，違著就地處死！」接著是一串密密麻麻的人名，盡是擁護德王李裕或是意志不堅的大臣，其中甚至包括了當今宰相柳璨和甚得朱全忠喜歡的太常卿張廷范。

朱友貞微然蹙眉，低聲問道：「柳璨和張廷范也在名單內？」

皇甫麟低聲道：「李軍師說方才在大殿上，張廷范提議要延後九錫之禮，大王認為他是故意阻擾，已經撕裂他了，只不過要把他的同黨拔除乾淨。至於柳璨，他是先帝提拔的文官首領，留下來，只會時時提醒眾人先帝的恩澤和舊朝的存在。」

朱友貞暗吸一口氣：「這李振好多花花心思！肯定是他跟父王吹的耳邊風，把一干擋他前途的大唐舊臣都清除了！幸好我也有智師在身旁提點，否則必要像大哥一樣，中了他的暗招！」

皇甫麟又道：「末將方才在廣場上打聽了一下，發現有一點可疑，那人身上似乎傳出嬰兒哭聲。」

朱友貞沉吟道：「那人為何要把嬰兒帶到這麼危險的地方？」稍一轉思，不由得吃了一驚：「莫非那嬰孩是……可事先竟沒有半點風聲！」

皇甫麟低聲道：「無論是不是先帝遺孤，這表示那人絕不會拋下嬰兒，所有帶著嬰兒、行跡可疑的單身男子都要仔細盤查。」

朱友貞道：「那人一旦潛入南岸里坊，或許有同夥接應，就不是帶嬰兒的單身男子了，咱們動作要快！」隨即吩咐副使袁象先：「你快通知韓勍，讓禁衛軍配合咱們天興軍的行動，洛水南岸東西七大街、南北十二大街、八十三處里坊、五道出入城門，所有縱橫通道都要增多哨卡、加強巡邏！水路也要封閉，驛館、寺觀、商鋪、客棧、酒樓全要徹底搜查，遇任何可疑人士，皆不可放過。」又將密令上的名單交給袁象先，道：「這些人都是逆賊同黨，尤其要仔細盤查，一個都不可放過！」

這袁象先既是副使，也是朱友貞的表兄，答應一聲之後，便立刻分派人手。

朱友貞又吩咐駙馬都尉趙岩：「你去調出近半年來，城中商鋪的租聘、買賣消息，以及車行、馬行、鏢行的往來消息，任何線索都需仔細排查，並且通知洛陽周圍各節度使，梁王要此人腦袋，教他們小心留意，如此層層封鎖，相信賊子插翅也難飛！」

任務分派完成，天興軍快速分散向南岸八十三里坊，準備把洛陽南城翻了個底朝天。

皇城之內仍紛亂不休，朱全忠正忙著收拾殘局，並未再派人出來查探，拱橋上再度清空，只餘四名守軍。

馮道鬆了一口氣，心想必須趁這空檔盡快脫身，免得典禮結束，大批軍兵又出來了，但自己如何一口氣解決四名守軍，而不驚動皇城裡的人？「要是妹妹在就好了，她的寒江針最好用。」偏偏緒寒依去了這麼久，半點消息也沒有，實在讓人納悶。

正當馮道想著如何處理守軍時，城上剛才誤報馮道行蹤的人竟然走到黃道橋上，俯身對著橋下垂落一件龍虎禁衛軍的服飾，對馮道喊道：「換好了，便出來。」

馮道吃了一驚，隨即認出那聲音竟是胡三，心中大喜，連忙接過衣服，道：「胡大哥，謝啦！」他小心翼翼地脫下外衣，仍將小皇子包裹在胸前內裡，外面套穿上禁衛軍的衣飾，換好之後，便手腳俐落地爬上橋面。

胡三指了其他三人道：「都是自己人，快走吧！」

馮道不解道：「朱友貞準備大肆搜查南岸，咱們還去自投羅網？」

胡三英眉一揚，微笑道：「誰說一定要去南岸？咱們不能反其道而行嚒？」

馮道恍然大悟，讚道：「妙！」當時他逃出城門只一會兒，人就不見了，朱友貞直覺認定他從端門一出，必是直線衝過三拱橋逃往南岸，藏在里坊裡，才會消失那麼快，因為以如此短的時間，絕不可能繞過一大圈皇城，往北岸里坊去，再加上有橋上守軍確認，更無懷疑，此刻他們若反向藏到北岸的里坊裡，便暫時安全了。

胡三笑道：「再妙也比不上馮兄大鬧九錫典禮，氣死朱全忠來得妙！」

馮道想不到自己改了裝扮，胡三仍清楚掌握他的行蹤，尷尬一笑，道：「小弟再精妙，也瞞不過胡大哥的金眼！」

眾人說話間，已繞過皇城大半圈，往洛水北岸的二十九里坊去，雖然途中經過左掖門、承福門，遇上當門守衛，但五人都穿禁衛軍裝，口裡還大聲談笑，說歇了班，要一起去「歸義坊」喝花酒，並不是「帶著嬰兒的單身男子」，因此並沒引起懷疑。

胡三帶著眾人來到北岸郊外的一片荒涼墓地裡，進入一間木屋，這屋子原是守墓人暫時休息的地方，如今已荒廢許久，屋內有一些乾糧、清水，還有一個斯文白淨的少年，正忙著照顧四個嬰兒。

馮道心想：「朱友貞就算調出滿城旅客出入信息，也不管用，他想不到我們會躲入墓地裡，一點兒信息也不必留，這胡兄弟實在聰明！」問道：「胡大哥，你們究竟是誰？」

胡三道：「我就是你要找的人。」

馮道驚呼：「你就是胡侍郎！」

胡三悵然道：「聖上已經崩逝，從今以後，我胡三只是一介亡命之徒，再不是金紫光祿大夫了。」其他少年一聽，都拉起袖角噎噎哭了起來。

馮道心想：「難怪聖上會把皇子交託給他，可惜他再也不能入朝為官，否則必有一番大作為！」瞧眾少年哭態輕柔，忽然明白，問道：「各位都是曾經服侍聖上的公公？」眾宦點點頭，又哭得更加厲害。

胡三道：「朱全忠將內殿防守得十分嚴謹，胡某一直未能潛入，幸好馮兄弟冒死潛了進去，救出小皇子。」

眾宦一邊收拾哭聲，一邊向馮道深深作揖：「多謝馮郎！」

馮道連忙拱手還禮，懷裡的小皇子聽到哭聲，也跟著哇哇大哭起來，馮道一邊解下小皇子，一邊說道：「小皇子恐怕餓了，我先餵他吃點東西。」他取出薄餅壓成粉碎，又從水袋取出清水將餅粉溶化了，以指尖蘸著餅水一點一點餵入小皇子口中。

胡三道：「朱友貞一旦在南岸搜不到人，很快就會查到北岸，我們沒有多少時間了，得盡快準備出逃。」

他拿出一張地圖攤開在桌上，指著洛陽城道：「這裡距鳳翔、河東較近，但西、北兩路必定關卡重重，會遭遇重軍攔截；若是去淮南投靠楊行密，首先要通過南岸八十三里坊的巡查，就算真能通過，接下來也是路途遙遠，全程都在汴梁境內。如果走陸路，一定是沿途遭追殺，走水路還有一點機會，最近的河道有兩條，一條是由『臨汝』登船走汝水，另一是由『汝州』登船走穎水，兩道都可以直接進入淮南，船家我已打點好了，你們有沒有問題？」

這逃命路線眾宦早就聽過無數次，都謹記在心，胡三主要是說給馮道聽，馮道蹙眉道：「胡大哥想走水路？朱友貞一定會全面封鎖洛陽附近的渡口，臨汝和汝州必是重點，我們恐怕上不了船。」

胡三道：「這是沒辦法中的辦法，難道你有更好的路子？」

「還有一條路！」馮道以指尖在地圖上從洛陽劃向西南方：「走荊襄古道的次路驛，進入趙匡凝的領地荊襄，比去鳳翔還近，然後穿過杜洪的領地，再進入淮南，誰也想不到我們敢走堂皇大道，雖然繞了一大圈，卻是最安全的！」

胡三搖頭道：「不行！趙匡凝和杜洪已投靠朱全忠，這一條路太遙遠，中間很容易生出意外。」

馮道說道：「趙匡凝的內心是忠於皇上的，只是迫於無奈才投靠朱全忠。他曾與杜洪、馬殷一起奉朱全忠之命攻打楊行密，三人頗有交情，由趙匡凝出面保我們通過武昌、進入淮南，杜洪很可能相信，而不會詳加盤查。」

胡三懷疑道：「趙匡凝真會掩護我們？」

馮道說道：「他不敢正面對抗朱全忠，暗中掩護還是行的！唯一的問題是——」他指著南岸的八十三里坊，道：「我們人在洛水北岸，如何通過南岸里坊，再神不知鬼不覺地進入趙匡凝的地界，這一段路雖然不長，朱友貞卻已經佈下天羅地網，是最危險的。」

胡三道：「這倒好辦，我準備了幾份文牒，可以通過城門查驗。」他和宦官都是皇帝近侍，對進出宮城的通關手續十分熟悉，又打算一路逃亡，因此事先已經偽造好幾份文牒。

馮道問道：「北岸住的多是達官顯貴，你們準備冒誰的名義出城？真不會被查出麼？」

胡三將其中一份文牒遞了過去，道：「我打探到三日之前，柳璨有幾名子侄從外地進入洛陽，想找他求官，這些少年是生面孔，守衛不認識，我們可以假他們的名義出城。」

馮道連忙道：「萬萬不可！」

胡三費了好大的勁才查到這個機會，聽馮道這麼一說，疑惑道：「柳璨是當朝紅人，用他的親侄關係出城，署吏也不敢過分盤查，為何不妥？」

「柳璨快出事了！」馮道當時雖躲在拱橋底下，憑著一雙「聞達」靈耳，將三座拱橋外朱友貞和皇甫麟的對話聽得清清楚楚，反而是胡三沒有這等玄功，即使站在橋上，也不知道朱全忠已打算抄了柳璨家族。

馮道不想洩露自己的靈耳朵，只說：「我在廣場上偷聽到朱友貞奉命去抄了柳璨一家。」

胡三暗叫好險，道：「若沒有馮兄弟報信，我們可是死得糊裡糊塗了！」

眾宦忍不住輕聲叫好：「柳璨出賣皇帝，死得好！」

胡三卻是皺眉道：「不用柳璨的子侄做掩護，根本出不了城，看來只能用最後一招……」眾宦原本還在歡呼，聽他這麼一說，臉色一時難看，都安靜地垂了頭，神情悲淒。

馮道見眾人愁籠眉梢，問道：「你們打算怎麼做？」

胡三嘆道：「萬不得已時，只好用這四個孩子誤導梁軍、分散追兵……」

馮道於心不忍，堅決道：「我們絕不能為了救小皇子，害死無辜孩兒。」

其中一名宦官拭著淚水，抽泣道：「不是我們心狠，這些孩子原本就是被家人拋棄了，丟在路邊自生自滅，我們抱著他們當誘餌逃走，倘若真有幸逃出生天，我們會將小孩兒扶養長大，也算給他們一條活路，萬一大家為皇幼子捐軀了，也是死得其所。」

另一名宦官哽咽道：「太平之時，我們這些閹人一生孤苦無依，世人都瞧不起；若遇戰亂，世人又罵我們貪權奪利，深惡痛絕，倘若這一回，我們不幸為聖上捐軀，也向世人證明我們身子雖缺了一點，但赤膽忠心卻一點也不比別人少，並非個個宦官都像田令孜、劉季述是閹賊，也有像承業公公那樣的忠貞之士！」

胡三問眾宦：「朱全忠必會斬草除根，你們都願意為保住大唐皇子而犧牲嚒？」

眾宦齊聲道：「為主子犧牲，是咱們做奴才的責任！」

馮道心中不勝唏噓：「他們想向世人證明自己也是忠貞烈士，可就算他們都死了，又有誰會記得？史書連一筆也不會留下。」一想到此，頓覺得肅然起敬，道：「馮道想請問各位公公的名字。」

眾宦一一報了名號：「郭小燕」、「郭小雀」、「戚小順」、「王小序」。

馮道用心牢記，道：「從前我只道世上宦官只承業公公一個好人，想不到……小馮子該打！」說著打了自己一記耳光，接著向眾宦躬身下拜到底，眾宦平生第一次受到如此敬重，心中感動無已，個個紅了眼圈、浮了淚水，一邊向馮道回禮，一邊又大聲宣告要誓死保護皇子。

馮道看這些少年不過十六、七歲，都是窮苦孩子為了討口飯吃，才會淨身入宮，偏偏遇上皇室覆滅，連一份安穩也求不得，難得的是還保有一份忠堅之心，實在令人感佩，又看幾個嬰兒和小皇子一樣純真可愛，他左思右想，怎麼也不忍心讓這些人去做犧牲誘餌，心中便推翻了胡三分路而行的計劃，決定要帶眾人一起安全離開。

他看來看去，發現這些少年個個眉清目秀，靈機一動，道：「在下有一條妙計，可讓大家安全脫身，只不過要委屈各位公公了！」

眾宦本來已立下死志，想不到竟有活路可走，都喜出望外，紛紛說道：「馮郎真有妙計？」「只要能活，有什麼委屈？快快說吧！」

馮道說道：「他們肯定會特意追查一名帶嬰兒的男子，咱們就全改了妝扮！」接著悄悄說出計劃。

「啊？」胡三和眾宦覺得太不可思議，都驚詫得張了口：「可我們誰也不會易容術，又如何改扮？」

馮道笑道：「只要能備妥這些東西，便看我的生花妙筆了！至於文牒該借誰的名頭，我也有一個人選。」

胡三道：「馮兄弟有什麼好建議？」

馮道說道：「事到如今，已來不及重做調查，咱們只能賭一賭，借用趙殷衡的名頭！」

胡三問道：「趙尚書？這是為何？」

馮道說道：「胡大哥有所不知，方才在大殿廣場上，這趙殷衡和王殷你一言、我一語的，拍馬逢迎，投朱賊所好，可見升官之日不遠矣，誰都要賣他們幾分面子。」

胡三立刻明白其中玄機，贊言道：「好！就改成趙殷衡。」

馮道問道：「這舊文牒寫了柳氏子弟的名字，已不能用了，還有空白的文牒嚒？」

胡三拿出幾份文牒，微笑道：「沿路不知要經過多少關卡，我可準備了一疊，任君使用！」

馮道興沖沖地提筆沾墨，學著上一份署吏的字跡，在空白文牒上寫了幾個名字，胡三見他描摹得十分相似，讚道：「馮兄弟真是多才多藝！」

馮道謙虛笑道：「在下沒什麼英雄本事，只會一點偷雞摸狗的小手藝，貽笑大方了！」把寫好的文牒遞了過去，胡三拿出一枚假造的九疊文蟠條印，沾了紅泥，學著守官在文牒上逐一簽押，好似他們一路通過守官檢定，幾日前已進入洛陽城，其中細節模仿得唯妙唯肖，馮道驚呼道：「原來胡大哥也會偷雞摸狗的小手藝！咱們可是相見恨晚了！」

胡三微微一笑：「將來不能入仕，只好依靠這點偷雞摸狗的手藝為生。」朱印蓋到末了時，見最後一個名字十分古怪，遲疑道：「馮兄弟，這名字能過關嚒？」

眾宦好奇探頭去看，竟然見到「朱狗」兩字，隨即明白馮道是趁機辱罵朱全忠，好替皇帝出一口氣，眾人本來心情鬱悶，一見之下，忍不住破涕為笑。

胡三雖也覺得好笑，卻更生憂慮：「咱們安安靜靜過關，不引人注意最好，馮兄弟這般胡鬧，不怕引來紛爭？要是惹怒朱友貞，把我們抓了，因此洩露小皇子的消息，就不妙了！」

馮道微笑道：「我也不是故意胡鬧，此刻朱友貞心中火燒火燎，肯定是率著大隊人馬滿城搜捕柳璨那幫人，不會安安靜靜地守在城門口，所以我們通過城門時，最有可能遇見皇甫麟、趙岩或袁象先，我偏要當著他們的面鬧上一鬧，這樣反而會去了他們的懷疑，誰也不相信一個人人喊抓的賊子，敢站到他們面前吹鬍子、瞪眼睛！」

胡三實在拿他沒轍，搖頭笑嘆道：「馮兄弟行事當真……稀奇！難怪聖上會將皇子託付於你，若不是王朝傾亡，你必是肱股大臣。」

馮道正提筆寫著物品清單，聽胡三稱讚，抬起頭來，與他相視一笑，頗有惺惺相惜之慨。

馮道寫完了清單，胡三便吩咐眾宦：「大家分頭去採買，小心行動，快去快回！」

馮道連忙阻止：「萬萬不可！我們若大肆採買，很容易被盯上，讓人沿著線索追過來。」

胡三蹙眉道：「不採買，怎麼成事？」見馮道欲言又止，知道他又有鬼主意，道：「馮兄弟，為了活命，我們都不怕醜了，如何採買你便說吧！」

馮道為難地吐了一個字：「借！」

「借？找誰借去？」眾宦面面相覷，不明其意。只有胡三識出他的鬼主意，知道他說的「借」其實是「偷」的意思，只是大家都是讀書人，做這偷雞摸狗的事，實在羞於明說。胡三知道自己輕功好，馮道是要支使自己去做賊，嘆道：「我本一介士大夫，無奈被逼做賊！」

眾宦面面相覷，都「啊」了一聲，驚詫道：「北岸多富貴人家，丟了東西肯定要報官，豈不立刻引來追查？」

「我的意思是……」怎料馮道有更為難的事在後頭，吞吐道：「去不會報官的地方借……」

胡三一下子楞住了：「不會報官的地方？」

馮道支吾道：「那個……北岸多富貴人家，不會報官的地方也挺多的……」

胡三恍然明白他的意思，啐道：「好你個傢伙！」不等眾宦詢問去哪裡借，便拿著清單獨自出門去了。

馮道知道他行事謹慎、輕功高明，並不擔心，直等到大半夜，只見胡三駝了一大包東西回來，一進門便打開包袱放在桌上，道：「你點點看。」

馮道見自己指定的衣衫、首飾、妝粉，還有富貴人家的襁褓包被等事物一應俱全，讚道：「『借』得好啊！胡大哥辦事真牢靠！」

眾宦拿起一件件衣衫，支吾道：「這些衣衫似乎……似乎……有些古怪，咱們怎麼穿呢？胡大夫去哪裡借的？」

胡三橫了馮道一眼，啐道：「拜馮兄弟所賜，我非但成了賊，還是不折不扣的採花賊！」眾宦「啊」了一聲，胡三又道：「還有一輛馬車在外頭。」

眾宦探頭望向窗外，見馬車旁掛了一條小布招，上面寫著「青煙館」，恍然明白這些衣物、馬車全是胡三從煙花酒樓偷來的，都掩嘴笑了起來，馮道只得尷尬陪笑。

胡三肅容道：「我回來時，北岸里坊已經開始宵禁了！大家好好歇息，明早坊門一開啟，便是一連串的硬仗了。」

眾人想到南岸已如火如荼地展開搜捕，明天究竟能不能安全過關，心中都甚憂慮。

九〇四・七

鴟鳥鳴黃桑・野鼠拱亂穴

「新中橋」乃是連接洛水南、北岸里坊的主要通道，一大清早，便有許多百姓要到對岸辦事，橋上摩肩擦踵、人來人往，馮道六人也易容改扮，帶著五個小嬰孩混在人群之中。

由於朱友貞深信逆賊仍藏匿在南岸里坊內，再加上北岸住了許多達官顯貴，因此對北岸進入南岸者，鬆懈許多，對南岸出關者，則盤查得特別嚴格。六人從北往南，輕易過了「新中橋」的檢查，但一踏入南岸里坊，便感受到山雨欲來的氣氛。

朱友貞雖然年輕斯文，卻展現了統御之才，不到一天時間，已在洛陽城佈下天羅地網，展開密如地毯的搜查。街上流民、乞丐一律關押，所有接待外宿者均需登記入冊，凡隱匿可疑人物者，全家獲罪，若有通報立功者，則重金獎賞。每個城道、牆面都張貼了反賊告示：「方臉寬頷，三角眉、八字鼠鬚，帶嬰兒的七尺男子」，許多七尺男兒都趕緊剃光鬍鬚，非到萬不得已，不敢外出，生怕被扣上無端罪名。天興軍更以雷霆之勢，火速押下柳璨等名單上的大臣，其親族盡被當做逆賊同黨，強行從家中拖出、扣押帶走，遇有反抗者，即就地處決。

昨日還繁榮景盛的洛陽皇城，一夜之間，風雲變色，到處都是天興軍的凌厲身影，處處哭聲、喊聲、打殺聲，百姓宛如驚弓之鳥，家家戶戶閉門不出，過往行旅形色匆匆，沒人敢多做逗留，街道一片沉寂蕭條。

馮道一行人撿了南北第七條小街，安安靜靜地往前走，一路通過道德坊、擇善坊、溫柔坊……直到最南端的「歸德坊」，都沒有引起軍吏懷疑，馮道低聲提醒：「前方的『長夏門』是出洛陽皇城最後也是最重要的關卡，只要能安全通過，就能脫出最危險的地方，但這一道盤查必是最嚴厲的，大夥兒小心了！」

皇甫麟親自領了天興軍守在長夏門兩側，緊盯來往人群，要出城的百姓都安安靜靜、遵守規矩地拿出通關文牒，即使排了長長隊伍也不敢喧鬧，署吏們個個繃緊神經，逐一比對名冊，對所有人、貨都查驗得十分仔細，等候許久，終於輪到馮道一行人。

署吏高聲喊道：「下一個！」只見一輛馬車緩緩駛近，座駕上是一名瘦小車夫，車旁有一名傴僂的老婆子和兩名俏丫鬟，除了車夫衣著樸素些，其他三名女子無論老少，都穿得像山雞開屏一般，五彩斑斕、俗豔不堪。

老婆子上前遞了文牒，衝著署吏咧嘴一笑：「咱們是趙尚書的遠房表親，前幾日孩子滿月，帶進城裡給阿翁瞧瞧，一家子口敘敘舊，樂和樂和，今日要返鄉了！」

皇甫麟瞄了一眼文牒，見上面寫著趙殷衡的族親，入城之日的確有守官勘驗簽押，又見這老婆子滿臉皺紋，笑容可親、語聲蒼啞，兩名丫鬟樣貌雖不美，卻也眉眼清秀，身材纖細窈窕，心中懷疑已去了大半，向署吏點點頭。

署吏一邊對照名冊上的登錄，一邊勾劃，口中喃喃唸道：「夫人兩名——趙順娘、趙序娘，丫鬟兩名——趙小燕、趙小雀，車夫一名——胡天，小男嬰五名……」

皇甫麟聽見五名男嬰，立刻留上神，還未問話，署吏已接著唸道：「老管家一名——朱……狗，朱狗？竟有人取名叫狗，這什麼怪名字？」

老婆子搓著雙手，尷尬笑道：「阿婆本家姓朱，出身鄉下，長輩不識字，見到路上的野貓野狗，便隨意取個名字，說賤名好生養！」

皇甫麟聽到「朱狗」二字，本要發怒，轉念又想：「趙殷衡與宣徽副使王殷相互勾結，意圖取代柳璨和蔣玄暉的位置，屢屢在大王面前挑撥是非，昨日果然害死了柳、蔣二人，成功上位，如今趙尚書風頭正盛，我不宜和他們對沖，不如做個順水人情……」便低聲道：「妳的名字沖撞了梁王名諱，小心掉了腦袋，回去改一改！」

老婆子微微一愣：「這『狗』字竟然沖撞了梁王？唉喲！這可怎麼了得？想不到梁王也是豬狗輩……」見皇甫麟臉色一沉，連忙道：「唉喲！軍爺別誤會，我是說梁王和阿婆一樣，賤名賤養，親切得很。」見皇甫麟快要發怒，連忙取下鬢邊的大紅花遞到他面前，眉眼一揚，拋去好大一個笑容：「小郎君，您是大大的好人，這朵大紅花送您，阿婆回去以後，一定立刻改名叫朱貓！」語氣頗是挑釁。

但在皇甫麟看來，老婆子送紅花還向自己拋了一個媚眼，十足十是挑逗之意，令他不禁打了一個寒慄，也懶得再和她囉嗦，只冷著臉喝道：「打開車門！」

老婆子一邊打開車門，一邊呵呵笑道：「還請軍爺高抬貴手，動作輕細些，莫驚擾了夫人和小公子們。」

皇甫麟見她慢慢吞吞，不知在磨蹭什麼，便親自上前用力扯開車門，探頭進去，卻見車裡兩位夫人前襟微開，正在奶孩子，一見他探頭進來，嚇得連忙拉起衣衫，孩子沒有奶水喝，立刻哇哇大哭。

若是尋常百姓也就罷了，兩名夫人卻是趙尚書的表親，皇甫麟不禁有些尷尬，連忙避開目光，縮頭回車門外，喝道：「快把衣服穿上了！」又重新探身進去查看，見兩名夫人生得清秀白皙，車裡果然有五名嬰孩，便道：「把孩子的襁褓全打開！衣箱也全打開！」

老婆子又嗆呼道：「這麼冷的天，叫小公子全光著身子，可不著涼了？」

皇甫麟斥道：「少囉嗦！快快打開！」

兩位夫人被他這麼一喝斥，著實嚇了一跳，其中一位纖手顫抖著慢慢解開襁褓包衣，另一位則負責打開衣箱，皇甫麟見那襁褓雖然華麗，裡面並沒有皇家飾物，倒是每個小嬰孩背後都畫滿紅色符咒，全是彎彎曲曲、似蛇似魚的圖樣，問道：「這是什麼？」

老婆子笑道：「鄉下孩子滿周歲，要請道士畫個紅符，驅邪避惡，好生養！咱們那裡的習俗！」

皇甫麟見這些圖象模模糊糊，朱漆都被嬰兒的汗水暈開了，便不在意，卻不知這是為了掩飾小皇子背上玉龍子的九龍烙痕，他大力翻撥衣箱，見裡頭盡是一些女子、小孩的衣物，心想：「除了車夫外，盡是女子，也沒什麼可疑。」

他出了車箱，仔細打量了車夫樣貌，見胡天十分瘦小，絕對不足七尺，也不像大鬧典禮之人，又蹲下去看了車底，敲了敲車廂壁，見毫無奇怪之處，一揮手道：「走吧！」

署吏立刻在文牒上批過，放他們出城，又高聲喊道：「下一個！」

老婆子小心翼翼地關上車門，喊道：「車夫公，起行了！」車夫駕了馬車緩緩離去，老婆子一邊走，還一邊喊道：「慢點！慢點！小心別顛著夫人和小公子們！」

皇甫麟萬萬想不到這一整車全是男子假扮，他要查驗的皇家飾物全掛在一個粗俗的老婆子身上！

在馮道的巧手妝扮下，少年宦官個個成了如花姑娘，兩人扮成貴夫人，兩人扮成俏丫鬟，唯獨馮道和胡三雖然清瘦，五官並不細緻，身骨也不像女子，只好一人扮成老姆媽，一人扮車夫。

眾人先以偽造的文牒過關，又用趙殷衡的名頭鬆懈皇甫麟的戒心，最後馮道以「謗言」玄功裝出老婆子的聲音，令皇甫麟再無半點懷疑。

眾人出了洛陽城，只不過是第一關，還未脫出梁境，倘若皇甫麟和趙殷衡打了照面，聊個幾句，便會露出馬腳，因此馮道等人一刻也不敢停留，直奔郊外山澗旁，快速脫下全身行頭，在溪水裡洗了臉，又從衣箱夾層裡拿出其他衣衫，馮道、胡三和身材較高大的郭小燕改扮成富貴公子，另三名纖細的宦官則扮成良家閨婦，六人頓時化成三對遊山玩水的夫婦。

馮道將重要物品收拾成六個包袱，分給六人攜帶，又把方才穿過的彩衣朝著東邊散落拋棄，然後在馬兒臀上一抽，讓牠馱著空馬車一路往東奔去。

郭小燕頗覺可惜：「不留下馬兒麼？」馮道答道：「不能留！」胡三接口道：「你帶他們先走，我善後。」馮道點點頭：「如有變故，我會留下記號。」便帶其餘人火速趕往洛陽南郊的「伊闕」城。胡三則一邊倒著走，一邊將六人的足印消除，直走出半里路，才返身施展輕功追上。

這伊闕城乃是洛陽的天然門闕，「香山」、「龍門」兩座高山夾岸對立，伊水中流，正對著洛陽的皇宮大門，因此有「龍門」之稱。馮道帶著眾宦進入城鎮，先買了六匹馬、釣魚絲、水糧、火油等器物，再前往約定的喜福客棧，以三對夫婦的方式入住二樓客房，等候胡三到來。

眾宦本來抱著赴死的決心，但在馮道的巧妙安排下，竟變成一場有趣的冒險，沿路雖有些緊張，卻沒有過不去的難關，眾人見存活希望大增，心情放鬆許多，一邊逗弄自己帶的嬰兒，一邊說起戲弄皇甫麟的情景，說得眉飛色舞、笑聲連連，對馮道都心生感激。

過了兩個時辰，胡三還未現身，眾人等得有些忐忑，馮道說道：「你們在這兒等著，我去瞧瞧！」才出房門，便看到一道身影如旋風般閃身而入，正是姍姍來遲的胡三，原來他毀掉足印之後，順便打聽了消息。

眾宦心裡急得慌，七嘴八舌問道：「外邊如何了？」

胡三眉目一沉，低聲道：「朱友貞派人出城追查，發現我們故佈疑陣留下的衣物，果然往東方追去，卻撲了個空。」

眾宦齊聲歡呼，紛紛說道：「這下好了！他失去我們的線索，又沒瞧見我們面貌，再也無法追查。」

馮道見胡三臉色不善，問道：「既然如此，胡大哥為何這時才來？」

胡三道：「還有另一撥人馬也在追蹤咱們。」

馮道問道：「是韓勍的左龍虎軍？」

胡三微笑道：「馮兄弟真是神算，一猜便中。」

馮道說道：「追查京城逆賊本是禁軍的職責，這也不難猜，倒是胡大哥為什麼發愁，小弟可猜不出來了。」

胡三道：「禁軍四處追查也就罷了，但他們之中有一名高手……」他喝了口茶，又長吐一口氣，才道：「這人有些可怕，長髮散肩，高鼻深眼，不只武功高強，還擅長追蹤，我費了好大的勁才擺脫掉。」

馮道咋舌道：「連胡大哥這等輕功也吃虧？」

胡三沉沉地點了一下頭：「現在有兩撥人馬在追查我們，出伊闕城的要道都封了！」

馮道心中轉思：「韓勍竟能使喚這樣的高手……」忽想起在樹林中聽到朱友珪的密謀，韓勍是朱友珪的人，驚呼道：「我知道了！那名高手是朱友珪的僕夫馮廷諤！他無官無職，卻一直跟在朱友珪身邊，宛如朱友珪的影子。」

胡三沉吟道：「原來是朱友珪豢養的死士！這可有些麻煩……」

兩人談話間，外邊有一隊軍兵氣勢洶洶地朝客棧奔來，馮道說道：「外面有軍兵來了，我去瞧瞧，你們快藏好孩子。」便飛快出了房門。

眾宦連忙依照計劃先餵孩子安神散，將沉睡的孩子分別放入竹籃內，上面蓋了薄布，鋪上乾草遮掩，再吊掛在窗外。

馮道躲在二樓的大柱後方，偷偷往下覷看，見領軍的不是別人，正是皇甫麟，心中一驚：「他怎來得這麼快？幸好我們已改了裝扮，否則就慘了！」

那掌櫃與皇甫麟十分熟識，立刻上前熱絡招呼：「皇甫軍使大駕光臨，不知有何需要？」

皇甫麟臉色沉黯，顯然找不到反賊已讓他壓力巨大，拿出一張告示道：「梁王有令，明日中午之前，洛陽轄下九個州郡，所有未滿周歲的男嬰都必須交至府衙查驗身分，若無問題，自會釋回，若有人敢違抗，全家皆斬！」

掌櫃臉色倏地慘白：「這……這是怎麼回事？」

皇甫麟冷冷道：「反賊刺殺皇帝，帶著幼兒逃走！你通知房客，將孩子交到府衙檢驗，只要確認不是反賊之後，便會放回來。」

馮道心中震駭：「不交嬰孩全家皆死？這簡直是滅絕人性！」連忙返回客房。

掌櫃想起馮道等人帶了五個嬰兒入住，心中掙扎，正打算告密，皇甫麟已指揮下屬：「你們進去四處搜搜！」

掌櫃便把話吞了進去，心中暗暗祝禱：「是你們自己福薄，撞在煞星手裡，不是我要害你們性命……」

天興軍在樓下碰碰碰地撞開房門，逐一搜查，馮道在二樓客房內說出情況，眾宦聽得氣憤不已：「朱友貞查不到線索，就使出這麼狠毒的手段！」「朱賊一家都是喪心病狂！」

馮道嘆道：「朱友貞使出這手段，肯定是經過高人指點，他知道我們擅長改扮，便釜底抽薪，乾脆抓捕所有嬰兒，如今我們怎麼易容都沒用了！」

胡三道：「以朱全忠的心性，寧殺錯、不放過，交去府衙的孩子全都要死，我們若不交出皇子，肯定會連累滿城百姓。」

眾宧原本要將孩子當成誘餌，但幾日照顧下來，見嬰兒可愛，都生了感情，宧官無後，內心特別空虛，一旦有了活命希望，更是把孩子當做親兒般萬分疼愛，此時忽然要交出孩子，眾宧都十分難過，不禁紅了眼眶，咽咽落淚，郭小燕哽咽道：「明日中午再交孩子吧，好讓我們多抱一會兒……」

馮道毅然道：「不交孩子！我們逃！」

眾宧聞言，驚喜地抬了頭，隨即又生了疑惑，郭小燕怯怯道：「可這樣會害了滿城嬰孩……」

郭小雀一邊拭淚，一邊頹然搖首：「咱們不能只顧自己逃命，卻害死這麼多無辜孩子……」

馮道說道：「咱們逃得轟轟烈烈，讓追兵專注在我們身上，就能免去滿城嬰兒的劫難，此後咱們便走山路，不再進城。屠殺嬰兒不是什麼光彩事，只會弄得民心盡失，朱全忠是沒法子了，才使出這惡招，但他正準備登基，名聲十分重要，一旦知道我們逃往山林，就會收手，不會再逼迫其他城鎮。」

眾宧惶惶問道：「此刻風聲正緊，洛陽九州都在搜查孩子，我們要怎麼逃出去？」

馮道與胡三對望一眼，心有靈犀地同時伸出手指，點向地圖上的「龍門石窟」！

胡三說道：「高山夾岸、伊水中流，崖邊還有一大片龍門石窟，洞峰交錯，形勢極為複雜，正適合逃命！」

馮道咧嘴吐舌，做個鬼臉模樣：「更適合搗鬼！」兩人不禁相視而笑。

眾宦聽不懂兩人說什麼，正要發問，「碰！」一聲，天興軍已搜查到二樓，直接踢開房門，眾宦嚇得幾乎跳了起來，馮道溫言問道：「軍爺，發生什麼事了？」

其中一名士兵厲聲道：「查反賊！若有見到帶嬰兒的七尺男子，要報官處置，否則一律問斬！」

另一人道：「有未滿周歲的嬰孩，明日午前，都要交到府衙查驗！」

馮道連聲稱是，嘀咕道：「反賊真是造孽，攪得天下大亂，又累死軍兵！」他口裡罵的是朱全忠，那幫天興軍自然不知，一邊翻箱倒櫃，一邊怒氣沖沖道：「不錯！這天殺的反賊，害老子兩天兩夜都沒闔眼了！」

馮道心中暗罵：「這幫人明明自己是反賊，卻口口聲聲喊別人是反賊，世間的道理全反過來了！」說道：「反賊查得累了，要不要喝口茶？歇歇腿？」

天興軍見他語氣溫和，沒聽出這是罵他們是反賊，見住客只有三對夫妻，並無任何嬰孩，一揮手道：「不必了！爺要趕去別的地方搜查！」見毫無收獲，便下樓離去。

眾宦鬆了一口氣，馮道說道：「胡大哥，你帶他們收拾東西，準備出發，那掌櫃定會報官，我先下去攔著。」

天興軍下了樓，向皇甫麟稟報並無可疑人物，掌櫃早已嚇出一聲冷汗，心中卻百思不解：「五個嬰孩怎麼會憑空消失了？」正自出神，皇甫麟丟下一句：「若有通報立功者，賞金一百兩！」便率隊離開。

掌櫃聽到「百兩賞金」，猛地回過神來，卻見皇甫麟一行人已經走遠，他心中掙扎瞬間沖至頂點，腳下不停地來回踱步：「一百兩啊……我若不報，他們遲早也會被追上，說不定軍使還會扣我知情不報的重罪……但害死五條無辜性命……罷了！這年頭人命不如豬狗，打個仗便要死上幾萬人，五條小命算什麼？他們就算逃過這一劫，也未必長得大，我又何必跟自己過不去？」便穿上外衣，決定出門報官。

馮道身形一閃，攔住準備出門的掌櫃，笑咪咪道：「大掌櫃，你到哪兒去？」

掌櫃見他像鬼魂般冒出來，嚇得連連倒退，顫聲道：「客倌您……您怎麼出來了？」

馮道挨近他肥胖的臉道：「我們就是朱賊要追捕的人，你肯定要去通風報信，我只好來和你談談！」

掌櫃能在洛陽城郊開店做生意，自然精熟世故，一看馮道戳破自己的意圖，心中只轉著一個念頭：「他要殺我滅口了……」又看馮道身法飛快，以為自己死定了，雙腿一軟，幾乎要跪下求饒：「郎君，您……」

馮道一手抓住他衣襟，將他欲軟的身軀提了上來，笑咪咪道：「大掌櫃這是做什麼？你招待我們好吃好住，服侍得很周到，我想了想，覺得應該好好回報你才是。」

這掌櫃若是瞭解馮道的為人，一定會知道他是真心真意，可此時馮道笑得越溫和，他越是毛骨悚然，只嚇得拼命搖頭、語無倫次：「大……大爺，您饒了我，小人不是貪財，是家中也有個小嬰孩，我若不去報官，就……就……」淚水幾乎噴了出來。

馮道實在納悶：「我明明說得很誠懇，他為何怕成這樣？我雖然不俊俏，也有幾分書生氣，不至於長得像鬼吧？」只好更溫和道：「你不貪財就難辦了，我可是要回報你一條財路！」

掌櫃以為他說的是反話，連忙道：「您要錢，我拿給您……」

馮道嘆道：「我是給你指點財路，不是要搶奪你的錢財，反正你都要舉報我們，你去向韓勍報信，得到的賞賜肯定比皇甫麟多！」

掌櫃一時不明白他的用意，只瞪大了眼，馮道放開他的衣襟，笑咪咪道：「記得啊！是韓勍韓統領，不是皇甫麟！否則……嘿嘿……保不準這客棧會出什麼事！」

掌櫃心想只要自己報了官，不管跟誰稟報，已算盡了責任，不能再被加諸隱藏逆賊的罪名，立刻點頭如搗蒜：「是！是！我一定依您的吩咐，稟報韓統領！」

馮道笑道：「你若是多得賞金，一定要在心中感謝我。」兩人拉扯間，胡三已帶著眾宦下樓，馮道便與他們一起出了客棧，騎上駿馬，奔了兩步，馮道又回首朝客棧大喊道：「大家趁夜趕去龍門山，走山路離開！」眾宦齊聲應答：「是！」這才一起趕馬離去。

掌櫃心中嘀咕：「原來他們要從龍門山逃走，我得趕快去報信。」但他不想得罪任何一方，便先去找韓勍報信，再去找皇甫麟。

眾人原本扮成書生夫婦，出客棧之後，立刻找了角落脫下衣裳，把沉睡的嬰兒都綁在胸前，再換上龍虎禁衛軍衣，一路穿過街巷，往龍門山的方向而去。

殺嬰令一下，城中氣氛越來越緊張，大批軍兵開始到處巡邏，月光灑照在一道道森冷的兵刃上，就像勾魂使者悄悄降臨，將要進行一場無情的屠殺，百姓無法可想，只能默默順從亂世芻狗的悲涼宿命，哭泣聲從家家戶戶的門縫傳了出來，馮道等人聽了，心中既悲憤，又慶幸即將引開這幫惡兵，否則明日不知有多少人要家破人亡，同時也擔心自身是否真能安全離開。

眾人有驚無險地穿過巡查最嚴謹的城中心，到了偏僻的郊野，郭小燕忍不住問道：「朱友珪真會來嚒？」

馮道微笑道：「一定會！現在就等韓勍自投羅網了。」

郭小雀不解道：「他倆是自家兄弟，真會打起來嚒？」

馮道解釋道：「追查小皇子是朱友貞的任務，他初掌天興軍，一定急於立功，朱友珪卻想搶功勞，讓韓勍以抓京城亂黨為由，硬是攪和進來，還讓自己豢養的死士馮廷諤參與其中，可見朱友珪爭功心切，已到了不擇手段的地步。如今朱友貞失誤連連，若是下了殺嬰令，賭上朱全忠的名聲，還讓朱友珪搶了頭功，那簡直就是一敗塗地！這一仗朱友貞若輸了，可是輸光褲子，他身後那個人絕不容許他輸到底！」

胡三道：「你是說設計殺嬰令的那個人？」馮道點頭道：「不錯！」

胡三沉吟道：「李振是幫朱友珪的，敬翔只認朱全忠，梁軍中竟還有這麼聰明的人物，究竟是誰呢？」

馮道微笑道：「無論那人是如來大佛還是地獄閻羅，只要能攪得他們兩幫人馬天翻地覆，我們逃走的機會便大增了。」

龍門山上松柏蒼翠、寺院林立，大大小小幾千座窟龕、十多萬尊的佛像皆密密麻麻分佈在伊水兩岸的山崖上，綿延逾二里長，夜色深暗之時，儼然就是一座大迷宮，馮道指著前方複雜的山勢，道：「只要把他們困在龍門石窟一段時間，我們便有足夠的時間越過伏牛山，進入南陽，直達荊襄了。」

龍虎軍營中，朱友珪一邊把玩著手中長劍，一邊聆聽韓勍的分析：「三公子派出所有天興軍搜查洛陽，還親自挨家挨戶地抓人，至今沒有半點消息，賊子恐怕早就逃出城外了。」

朱友珪冷笑道：「我早知他是白忙一場，那黃毛小兒不過是仗著父王寵愛，才領得天興軍，否則憑他那副德性，整日吟詩品酒，沒立過半點軍功，能成什麼大事？」

一名龍虎軍匆匆奔了進來，拱手道：「方才喜福客棧的掌櫃來報，賊子逃往龍門山了！」

朱友珪目光一亮，道：「龍門山上千洞百穴，賊子一旦遁入，就難找了，你們遲疑什麼？還不快快追上！」

韓勍低聲道：「但三公子先前已經派了趙岩、袁象先緊緊守住龍門石窟，咱們這樣闖進去，恐怕會起了正面衝突。」

朱友珪斥道：「有什麼好怕的！我就偏偏和他起衝突，正好試試他的心思，瞧瞧他率領的天興軍，究竟能整出什麼花樣？」

韓勍心想朱友珪雖是梁王親兒，卻出身卑賤，別說與朱友貞相比，輸上一大截，就是趙岩、袁象先也都是皇親國戚，遲疑道：「三公子他……」心中想說：「朱友貞可是大王最寵愛的兒子」，但終究還是沒膽說出口。

朱友珪卻如何不知，狠狠瞪了他一眼，韓勍連忙噤聲垂頭，朱友珪面色陰晴不定，冷聲道：「事情一急，你便忘了魏國夫人的遺言？她不准三弟接位，只要有這一道遺命在，三弟再拼命，父王也不會傳位給他，如今大哥死了，我大好機會來了，你還看不清嚒？」

韓勍一聽見張惠遺命之事，立刻重新燃起希望，這也是他願意投靠朱友珪最大的原因，遂拱手道：「是！末將立刻出發，為二公子開路。」便告辭出去，整軍備馬，又吩咐下屬：「悄悄去！儘量別與天興軍起衝突。」

天興軍營內，朱友貞徹夜不寐，來回踱步，心想自己初領天興軍，必須做出一番成就，初時以為逆賊仍藏於城內，將洛陽城圍如鐵桶，自信連一隻蚊蠅也飛不出去，誰知費了九牛二虎之力，轟轟烈烈地查了兩天，雖然抓了一些大臣，逆賊卻像消失了般，半點影兒也不見。

他束手無策之下，只好去請教師父，師父給他一條釜底抽薪的殺嬰計，他雖然已將殺嬰計請示過朱全忠，也得到應允，但畢竟父親奪位在即，明日若真大開殺戒，肯定會傷及名譽，此刻他已陷入進退維谷的困境。

皇甫麟陪在一側，忐忑問道：「末將已積極搜查洛陽轄下九州，至今仍無半點消息，明日真要大開殺戒麼？」

朱友貞氣憤道：「想不到那小賊在天羅地網下，還能使出金蟬脫殼逃走，我真是小瞧他了！」

「三公子！」一名天興軍急奔進來，下跪稟報道：「袁副使將龍門山搜遍了，並沒有找到逆賊蹤跡，反而發現韓勍正率領禁軍，匆匆奔向龍門石窟，因此遣卑職來請問三公子，該如何處理？」

朱友貞已是焦頭爛額，又聽見朱友珪橫插一手，只氣得臉色蒼白，將手中茶杯直接摔個粉碎，忿忿道：「二哥明知這是我的任務，竟在我眼皮底下動作連連！」

皇甫麟忙道：「三公子何必生氣？他立再多的功，永遠上不了檯面，難道梁王會把皇位傳給一個營妓之子麼？」

朱友貞稍熄了怒氣，沉吟道：「但龍門石窟千洞百穴、山林錯立、寺閣無數，人一旦遁入其中，再要挖出來可就難了。」

「三公子不必著急，」皇甫麟道：「咱們早已特意防著這手，在伊水兩岸佈下滿山滿水的士兵，有副使袁象先和都尉趙岩守著，就算韓勍真到了，又能如何？只要賊子敢出現，一定不會讓他跑了，咱們守株待兔，怎麼也快過二公子的人馬。」

卻說馮道等人已潛伏到龍門石窟附近，躲藏在一尊四丈高的大佛後方，見滿山滿谷都有天興軍巡邏，好像一張鋪天蓋地、無所不在的大網，密密麻麻地滲入每個角落，以六人單薄之力，還帶著五個嬰兒，實在不可能通過這大片佈防。

六人之中，只有胡三沒帶嬰兒，以方便行動，馮道低聲道：「這裡肯定有韓勍的眼線，待我找找。」他以「明鑒」雙眼左右巡視，極目眺望，終於發現前方草林中，有一名龍虎軍的探子鬼鬼祟祟地潛伏在石柱邊，馮道指了方向，低聲道：「在那兒！」

胡三點點頭，深吸一口氣，手持利刃悄悄上前，那探子正專注觀察天興軍的動靜，一點也沒發現有敵人靠近，待他感到後方有一絲暖氣，猛回首時，一柄利刃以迅雷不及掩耳之速掃過他頸項，將喉管狠狠割裂開來，那探子悶哼一聲，血如泉湧地噴出，便軟軟倒下。胡三拿出預備好的天興軍箭矢插入探子胸口，再把屍身丟棄在路間顯眼處，完事之後，便回來與馮道等人會合。

六人小心翼翼地往前移動，直到「靈岩寺石窟」附近，便躲在一石柱後方。這靈岩寺石窟乃是北魏宣武帝號令八十萬名工匠，歷經二十四年才開鑿完成，有「皇家第一窟」之稱，其中佛像、佛龕、大小洞窟無數，正是玩迷藏的好地方！❶

馮道見石窟口有四名天興軍把守，另外兩名天興軍在稍遠處，低聲道：「咱們使個聲東擊西之計，引他們過來。」胡三點點頭，右手緊緊握住利刃，左手丟了一小石塊出去。

「咚」地一聲響，兩名巡邏的天興軍互望一眼，道：「什麼聲音？」手持長劍緩緩靠近胡三的藏身處，剎那間，一道鬼魅似的刀光閃出，狠狠抹了一名天興軍的咽喉，那人還來不及一哼，便喉斷身亡。他同伴走在左前方，聽到一聲「嗤」響，連忙回頭，震驚地張了口，只微微呼喊：「逆……」就被利刃刺死，馮道等人快速將屍體拖往石柱後方。

守備洞窟口四名天興軍遠遠瞧見兩個同伴倏然不見，大聲叫道：「喂！你們在哪兒？怎麼不見了？」

馮道將懷裡的孩子交給郭小燕，快速換穿天興軍的衣衫，又把臉抹得微黑，大大方方走出去，胡三則帶領眾宦躲在石柱後方等待時機。

馮道將食指放在唇間，向四名天興軍比了一個噤聲的手勢，指了指石柱後方，低聲道：「那兒有幾個龍虎軍的探子，咱們悄悄過去，一起給他們好看！」

其中一名天興軍問道：「你的夥伴呢？」

馮道露出一個得意笑容：「盯著他們呢！快走吧！」

夜色深暗，那四名天興軍看不清馮道面貌，一聽龍虎軍派探子來盯梢，如何按捺得住？立刻火氣噴發地隨馮道前去，四人才一靠近石柱，「嗤嗤！」連響，胡三連發四支袖弩，猝不及防下，天興軍再倒四名！

胡三和小宦們連忙換上天興軍衣，將原本的禁衛軍衣收入包袱裡，以備隨時換裝之用，又將其中一具屍體快速拖入石窟，藏在一座佛像後方，但藏得並不隱密，做為誘餌，勾引追兵深入洞窟裡，等佈置好了，六人便快速穿過小夾道，三人一組，分別躲入兩座佛龕裡，靜候敵人到來。

駙馬都尉趙岩率一隊天興軍在百丈外巡邏，聽見靈岩寺石窟似有幾聲低呼，遠遠望去，見石窟守衛不見了，連忙率兵趕去，問道：「人呢？」

幾名原本在附近的天興軍也奔了過來，道：「剛才還在的，怎麼一下子就不見了？」

趙岩見洞口空蕩蕩的，「咦」了一聲，道：「難道賊子闖進來了？你們都進石窟搜查，遇可疑之人，格殺無論！」

天興軍聽見命令，立刻手持火把，進入搜索，不一會兒，便有人在窟口附近發現血跡，大聲呼叫：「這裡有血！」

趙岩趕過來，見地上有一條拖行血痕，循跡找出藏在佛像後方的屍體，怒道：「賊子肯定躲進洞裡了！快深入搜查！」便帶著眾軍分散入千百洞窟、夾道之中，往石窟深處走去。

馮道帶著郭小燕、郭小雀躲在一座佛龕裡，那佛龕前方設有一扇木柵門，以保護裡面的佛像，一根根木條間雖有空隙，佛像卻能遮擋他們的身影。馮道聽見一陣腳步聲急響，心中數算：「有三個人！」便故意弄出輕微聲響，吸引天興軍靠近。

果然一名天興軍探頭往木柵裡看去，初時看不見什麼，再仔細瞧去，忽然冒出一顆大頭朝他瞪眼吐舌扮鬼臉，此時四周佛影幢幢，有如魑魅，那天興軍乍見到一顆鬼頭，嚇得大聲驚呼：「鬼！」

兩名同伴立刻靠近前來，喝問：「什麼事？」卻見那人下腹中了一刀，已然斷氣，兩人吃了一驚，罵道：「賊子藏在裡頭，把他抓出來！」便使勁拉開洞窟木門，扯斷機關卡榫，咻一聲，數支利箭射出，兩人瞬間倒斃！

郭小燕、郭小雀暗暗鬆了一口氣，心中都讚嘆：「馮郎做的機關真巧妙！」便合力把屍身藏入洞窟裡。

馮道說道：「咱們快往下一個關口佈置。」帶著兩宦往深處而去。

胡三那邊也帶了戚小順、王小序藏在一座佛龕內，兩宦官屏住呼吸，手中緊緊握住釣魚絲和利箭，透過佛龕的細縫，緊盯外方動靜，只見五名天興軍朝他們藏身之處走來，兩宦官見敵人眾多，握魚絲的手忍不住微微顫抖，目光緊緊盯著胡三，只待他一聲令下，就要發射利箭。

胡三卻沒有半點動作，只眉目微沉，臉色十分嚴肅，兩小宦眼看天興軍一步步靠近，已近到了三步之內，一顆心幾乎提到咽喉口：「胡大夫怎麼還不下令……」但覺這滿山神佛也不夠祈求。

那腳步聲越走越慢，忽然停了，兩小宦心裡也「咯噔」一跳，指尖緊繃到極致，走在最前方的兩名天興軍聽到佛龕內似有急促的呼吸聲，俯身看去，透過佛龕的細縫，四雙眼睛瞪個面對面！

兩小宦只嚇得臉色蒼白，兩名天興軍卻是一個賊笑：「逆……」正要呼喝同伴過來，呼聲才出，下腹忽然一陣火辣劇痛，他們低頭看去，卻是下腹被狠掃一刀，再說不出話，便軟軟倒落。

另三名天興軍正查看另一邊佛龕，聽到呼聲回首望去，見同伴倒在血泊中，連忙奔近：「賊子一定躲在裡面！」正想舉刀砍破佛龕木柵，豈料洞裡驟然射出一串利箭，猝不及防下，三人當場倒斃！

胡三在每具屍身胸口都插上龍虎軍箭矢，便趕緊帶著兩小宦離開凶地，奔與馮道會合。

天興軍搜索了一陣，發現又一小隊失蹤，趕來報告，趙岩氣極敗壞罵道：「十幾名天興軍都不見了？就算死了，總有屍首！難道都給鬼抓了？」

此時，夜色深沉，氣氛已是陰森恐怖，又莫名死了好幾名同伴，卻連敵人的身影都沒看見，眾軍心裡已是毛悚悚，聽趙岩這麼一呼喝，瞬間面無血色，一雙雙眼瞳瞪得極大，顯然真覺得同伴是被鬼抓了，趙岩原本只是隨口呼斥，見眾人害怕，更加發火：「沒出息的東西！還不深入洞穴去找！」眾軍只得硬著頭皮，分往幾道叉路，再深入進去。

山洞深處忽然傳來一陣陣輕嘯聲，宛如鬼魔低笑，不斷繞樑在千百洞窟間：「天理昭彰、報應不爽！天理昭彰、報應不爽！天理昭彰、報應不爽……」

眾兵嚇得止了腳步，你眼望我眼，顫聲道：「這……這是什麼聲音？」都冒出一身冷汗。

趙岩高舉火把照清四周，大呼：「誰？」火焰忽明忽滅，石牆上的一道道黑影不住晃動，林林幢幢、陰氣森森，似乎每一尊神佛都成了鬼怪。

「背忠棄義的小人哪！竟敢踏入萬佛聖界，小鬼們，將這幫惡人抓回阿鼻地獄！」

眾士兵聽見要被抓回地獄，一個個瞪大了眼瞳，說不出的惶恐，除了緊緊握著手中刀，已不知該如何應對。

趙岩喝問：「你們誰聽過什麼萬佛聖界？」

眾軍嚇得連連搖頭：「沒……沒聽過……」

趙岩平日作惡多端，心中害怕鬼神之說，但覺每尊神佛都可怕至極，彷彿會隨時伸出手來懲罰自己，拿著火把團團轉圈兒，四處張望，吼叫道：「究竟是誰在裝神弄鬼？快給我出來！」

忽然間，袁象先的聲音從洞窟深處傳來：「趙都尉，聽說這裡白日是萬佛齊聚，夜裡便成群魔亂舞，心懷惡念之人，一旦進入，必被眾鬼撕碎！」

眾士兵聽見「被鬼撕碎」，嚇得直打哆嗦，趙岩皺了眉，大喊道：「袁副使，這世上真有萬佛聖界嚒？」

袁象先沒有回答，四周又傳來一陣鬼魔迴音：「天理昭彰、報應不爽！天理昭彰、報應不爽……」哭嘯聲在千百洞穴中傳蕩，瘋狂淒厲之中，又夾雜著低低嗚咽，似男聲又似女聲，也像嬰兒哭聲，既妖嫩又詭異：「你們害得我們好慘啊……」

天興軍越聽越害怕，心中連珠價叫苦：「原來是神鬼妖法，一連幾個兄弟死得不明不白……」不禁面面相覷，越想越害怕，有人忍不住問道：「都尉，咱們還找嚒？」

趙岩心想若是繼續追查，說不定真會惹出鬼孽，若是撤隊，非但違抗軍命，連士兵也要瞧不起，一時猶疑不決，一名天興軍忽然喊道：「那裡有人！」

眾兵回頭看去，卻沒有半個人影，又見四周巨影幢幢、陰氣森森，一名士兵突然大叫：「不是人！你……你們瞧……你們快看！」

眾軍聽他呼聲驚惶，連忙隨他手指的方向看去，只見洞壁有幾道黑影緩緩飄過，那些影子貼著壁面，足不著地，十分詭異，明顯不是石佛的影子，卻不知是什麼東西，眾軍原本已是心驚，這一見之下，只嚇得頭皮發麻，紛紛叫道：「那些都是什麼？」一句話尚未說完，又見到一道白影飄過。

眾兵再忍不住哆嗦了起來，紛紛道：「人不與鬼鬥，都尉，咱們還是快走吧！」

馮道躲在深處，用驚嚇的聲音大叫：「惡鬼來了！快逃！」

有人一聽這呼喝，本能地轉身便跑，還有人呆愣住，不知該不該逃，又見幾道白影在大佛上方飛來飛去，眾人不由得齊聲大叫：「鬼怪來了！」再顧不得軍令，嚇得一哄而散，各自瘋狂逃命，

胡三趁著一團混亂，趕緊帶眾宦官逃出去，只有馮道還躲在洞窟暗處，把魚絲拉緊，「咻咻

咻！」連連射出飛箭，幾名天興軍撲跌在地，這一來，眾軍更是爭先恐後地搶出夾道。

此時袁象先率兵趕了過來，兩軍匯聚在狹小的通道中，袁象先大喝：「你們跑什麼？」

眾人指著後方結結巴巴道：「有……有鬼怪……」

袁象先怒喝：「世上哪有什麼鬼怪！」大步走向前，拿起背後長弓，利箭一搭，對準空中白影射去，他這一箭既凌厲又精準，頗有一箭定江山的氣勢，白影瞬間飛了出去，掉在大佛後方。

趙岩被袁象先這一箭給激得清醒過來，也挽弓搭箭，對準白影咻咻射去，一邊破口大罵：「邪魔歪道，敢來戲弄老子，做你的春秋大夢！」他方才有多害怕，此刻射得就有多凶狠，幾個白影一下子成了破爛布，掉落大佛後方，眾軍見狀，也跟著停下腳步，彎弓拉箭地連連射去。

一陣箭雨過後，那些白影都掉落不見，袁象先見趙岩臉色蒼白，又問：「你們方才究竟發生何事？」

趙岩見他從外邊帶兵進來，吃驚地望著他，道：「你剛剛不是在裡邊，說什麼萬佛聖界嚒？」

袁象先不解道：「我一直在『古陽洞』搜查，幾時說過話了？」見趙岩臉色更加蒼白，又問：「什麼萬佛聖界？」

洞中鬼魔卻又傳來吃吃笑聲：「眾小鬼聽令！你們速速出去，將眾孽畜一同抓起，逢迎拍馬者丟下拔舌地獄，背君負義者上刀山、下油鍋！」

眾軍心下駭然，袁象先為振作士氣，長聲大喝：「是人是鬼，都吃我一箭！」手持長弓對準聲音發箭射去。

趙岩見袁象先如此勇猛鎮定，也壯了膽氣，大喝道：「肯定是賊子在裡頭裝神弄鬼，大家別上當！上前殺啊！」

眾軍知道有人裝鬼，就不害怕了，舉起兵刃大喊道：「賊人！快出來受死！」一股腦地往洞窟深處衝，豈料滿天箭雨當面飛來，眾人來不及反應，倒了一片，就連袁象先也受了傷。

趙岩見狀，立刻命眾軍扶著傷兵躲到佛像後方，另一個洞穴忽傳出窸窸窣窣的細聲，袁象先揮手教下屬噤聲，又仔細傾聽，發現那裡有幾人正在交談，一人驕傲道：「這幫蠢材不知咱們早就埋伏在裡頭了，只等著他們自投羅網！」另一人道：「韓統領真是高明，用鬼神之說騙了這幫傻子，教他們死了也不知怎麼回事！」

趙岩心中一凜：「韓統領？」與袁象先交換一個眼神，都暗罵：「韓勍這卑鄙小人！」

只聽那韓統領呵呵笑道：「待會兒大軍就到了，這回一定要剷除三公子的勢力，如此一來，二公子就沒有敵手了，一旦他繼承王位，咱們這幫老人個個都飛黃騰達了，大夥兒好好幹啊！」眾軍呵呵笑道：「咱們都聽韓統領的，只盼您吃了肉，兄弟都能喝點湯。」「不錯，咱們誓死追隨韓統領，只盼您升官封爵，多多提拔，咱們萬死不辭。」

袁象先咬牙道：「想不到竟是龍虎軍搞的把戲！他們先前只陰魂不散地跟著，為了爭功，出手這麼狠，竟暗殺我們！」

趙岩大罵道：「那個營妓兒只會搞一些偷雞摸狗的手段！走！咱們出去，給龍虎軍一個好看！」氣憤之下，便帶著下屬往前去。

天興軍追了一陣，沒發現半點賊影，卻發現幾具屍首，正是胡三故意留置的屍首，天興軍將他們拖出，拔起刺在屍身上的利箭，呈給袁象先和趙岩。

袁象先面色一時沉了下來，道：「真是龍虎軍的箭！想不到他們搶功竟搶到這份上了！」大聲道：「所有人聽令，一刻之內，六人一伍，莫要落單。」

趙岩氣憤地甩了手中箭矢，補上一句：「有落單者格殺勿論！」

袁象先官階雖較高，但脾性較好，思慮也謹慎，道：「龍虎軍的背後是二公子，格殺無論恐怕……」

趙岩怒道：「營妓兒殺我們的人殺得還不夠嚒？他是想滅了三公子的勢力！」

袁象先一咬牙，大聲道：「有落單者格殺勿論！快行動！」

天興軍立刻一改先前分散的隊形，六人一組地行動，彼此互相照應。

方才馮道先用燭火將小紙人的影子映到石壁上，造成壁上鬼影幢幢的景象，接著把幾塊白布繫在箭簇上，讓胡三以弩箭射出，刺入木樑，造成白影飄飄。接著馮道以「謗言」玄功，利用洞穴迴音傳蕩的效果，傳出鬼哭神嚎和袁象先的聲音，嚇唬趙岩等人，胡三趁天興軍混亂時，帶眾宦先逃出去，又繞到另一邊出口，搬動一塊大石到洞口等候著。

馮道留在最後，一方面收集天興軍射發的箭矢，一方面假裝韓勍和眾兵談話，挑撥離間，最後從另一邊的小道溜出去，奔與胡三等人會合，再齊力滾動大石堵住小道口的出路。

雖然趙岩和袁象先各自率了隊伍進入靈岩寺石窟，但外邊還有許多天興軍散落各處，馮道六人穿著天興軍衣，神色慌急地四處奔走，呼喊仍在外邊巡邏的天興軍，說趙岩、袁象先被韓勍困在石窟裡，他們急著去找三公子搬救兵，教眾人也快去洞窟救援，夜色深暗，石像林林幢幢，天興軍看不清他們的面貌，一聽龍虎軍埋伏在石窟裡偷施暗算，哪裡還沉得住氣？立刻一傳十、十傳百地湧向靈岩寺石窟。

馮道的「聞達」靈耳聽見遠處馬蹄急急，知道韓勍已領軍前來，道：「龍虎軍來了，咱們快走吧！」

韓勍率領龍虎軍快馬奔向龍門石窟，發現路邊倒臥一具死屍，正是他們派去盯梢的探子，又看到探子身上插著天興軍箭矢，心想：「這黃毛兒為了立功，居然殺了我們的探子！」大喝一聲：「事情有變，快！」更快馬加鞭地趕去。

過一會兒，龍虎軍抵達了目的地，韓勍發現散落各處的天興軍紛紛奔往靈岩寺石窟，心想：「難道賊子躲在靈岩寺石窟裡？」便催下屬趕馬過去，搶先佔住洞口。

石窟裡的天興軍聽見外面人馬喧囂，袁象先道：「外面好像有人來了？」

「我去瞧瞧！」趙岩領了一隊士兵要從正面的洞口出去，大喊道：「我們是天興軍，外邊是誰？」

韓勍大聲叫道：「我們是龍虎軍！」

趙岩一聽便怒火沖腦：「龍虎大軍果然來了！咱們衝出去！」他拉弓射去一道厲箭，打算對龍虎軍下馬威。

韓勍見自己的探子被天興軍殺死，心中已有提防，見厲箭射來，連忙提刀擋去，可擋了一箭，又來一箭，韓勍原本還有些顧忌，見洞裡的人如此狠辣，也怒火升起，大吼：「射！給我射！」

趙岩正要提刀衝出去，迎面卻來一陣箭雨，幸好他身手不差，長刀舞成屏風，擋住飛箭，但下屬卻沒這麼好運，又倒了好幾人，趙岩見情勢不對，連忙帶人往後退。

韓勍心想兩方既鬥了起來，就是不死不休，索性下狠手，大聲道：「射火箭！」

趙岩見一道火箭射來，連忙揮落地面，豈料飛箭不斷，箭箭帶火，就算被打落地，火焰仍燒了起來，天興軍一邊抵擋火箭，一邊脫下衣袍要打熄地上的火苗。

「什麼怪味道？」趙岩嗅了嗅，驚叫道：「是火油！」話一說完，地上火苗轟地一聲爆燃起來，趙岩驚叫道：「快退！」

幾個來不及退的士兵瞬間被燒成火炭，趙岩帶著倖存的士兵退到洞底深處，袁象先問道：「怎麼回事？」趙岩尚不及回答，只見一陣陣濃煙傳入洞裡，片刻之間，整個洞口已燒成大火，有人驚惶大叫：「賊子在洞口放火，想燒死咱們！」

濃煙不斷冒竄，情勢越來越危急，袁象先叫道：「快後退，找出路！」眾兵往四處找去，卻見後方出口已被大石堵住，連忙回來報告，趙岩簡直憤怒欲狂，破口大罵：「他奶奶的，有種就把我們都殺了！」他氣極之下口不擇言，眨眼間便把朱友珪的祖宗八代鞭了屍，朱友珪的祖宗正是朱全忠的祖宗，眾軍只聽得心驚膽跳，等他罵夠了，一名天興軍才忐忑問道：「咱們出不去，會薰死在這裡了！」

龍虎軍人人搭弓拉箭，緊緊守住正洞口，不讓任何人越雷池一步。此時散落四處的天興軍在馮道的刻意引導下，陸陸續續都湧向了靈岩寺石窟，果然見到龍虎軍正火燒洞口，憤怒之餘，便與他們廝殺起來，又一邊大喊：「袁副使、趙副使，卑職來救你們了！」

趙岩一聽援軍來到，大吼道：「衝！」

韓勍也道：「守住洞口，有誰出來，都給我射成馬蜂窩！」話才說完，洞裡傳出一聲大喊，幾道黑影不顧生死地往外衝，剎那間，百多箭矢咻咻射了過去，這幾名天興軍滿身箭矢，連唉哼一聲也沒有。

龍虎軍一輪箭矢射過，正要換箭，趁這空隙，天興軍忽然從人肉盾牌後方旋風似地現身，原來他們把同伴的屍身當做盾牌擋箭，豁命突圍出去。

雙方都認定對方是故意設下陷阱，要誅殺自己的人馬，趙岩、韓勍高舉兵刃，正面對衝過去，兩軍也大喊一聲，持刀互砍、厲槍互刺，積怒已久的火山全然爆發，人人都瘋狂砍殺，比戰場殺敵還凶狠，鬥得激烈無比。

馮道見兩軍被引到靈岩寺石窟口大戰，打得昏天黑地，亂成一團，道：「咱們快越過伏牛山。」一眾人便一路飛奔，往荊襄方向逃去。

天興軍營中，朱友貞在皇甫麟的安撫下，才稍稍解了煩愁，帳外便響起一陣尖銳的馬嘶聲，一名滿身黑灰的天興軍急奔進來，撲在地上叫道：「三公子！龍虎軍早已埋伏在龍門石窟，將我們引入其中一座靈岩寺石窟裡，再放火燒堵洞口，情況危急……」他一句話未說完，已然斷氣，皇甫麟臉色倏變，連忙上前將他的身子翻過正面，見他手中緊緊握著一支插在下腹的箭，顯然一路快馬疾奔而來，不敢拔箭，強撐著報完信，就喪了命。

朱友貞驚怒交加，豁然站起，幾乎就要衝了出去，皇甫麟搶先道：「末將趕去瞧瞧！」朱友貞道：「好！我隨後就到。」

皇甫麟連忙召了一隊天興軍，趕至靈岩寺石窟，見雙方打得你死我活，一槍刺進韓勍和趙岩之間，將兩人逼退，大喝道：「你們這是做什麼？快快住手！大王就快來了！」他知道自己分量不夠，就算搬出朱友貞或朱友珪，也只是讓對方更加不快，因此一開口，便拿朱全忠的名頭來震壓全場。

果然眾軍一聽到「大王快來了」，都嚇得住手，韓勍滿身傷痕累累，腿、臂、後背各中數刀，趙岩也好不了多少，滿臉污黑，身上多處刀傷、燒傷，兩人都十分狼狽，不住地喘著粗氣，兩軍也躺倒一片，幾乎爬不起身。

皇甫麟趕緊讓部屬滅火，救出同伴，趙岩大罵道：「我們在抓逆賊，這幫蠢材竟然放火燒天興軍，我一定要向大王告狀！」

皇甫麟凜然道：「韓統領，大王已將抓捕反賊的重任交予我天興軍，不知龍虎軍為何插手阻擾？」

韓勍心想皇甫麟軍階雖不高，卻是朱友貞的心腹，而朱友貞是朱全忠最寵愛的兒子，自己原本有些理虧，實在不宜再爭執下去，但要這麼收手，他一個禁軍統領的面子往哪裡去？要翻臉還是低頭，一時猶豫不決，便道：「京城防衛本是我軍職責，我們得到通報，說有一撥賊匪聚在靈岩寺石窟，趁夜作亂，我自要前來查看。」

皇甫麟冷笑兩聲，顯然不信他的說辭，趙岩正要出言反駁，朱友珪已殺氣騰騰地帶人疾馳而至，見龍虎軍倒落一片，個個傷重不堪，臉色一時沉了下來，問道：「怎麼回事？」

韓勍見主子來了，當下一個欠身，拱手道：「啟稟二公子，有逆賊在龍門石窟聚武謀反，我們自要全力剿滅。您瞧，我們死傷無數兄弟，」遞上一支箭矢：「都是天興軍射的箭！」

「謀反？」趙岩和袁象先聽到這兩字，倏然色變，這是眼下朱全忠最忌諱的字眼，心中都叫：「好你個韓勍，真是手辣心黑的傢伙！竟敢惡人先告狀！」

朱友珪正要興師問罪，朱友貞卻也趕到了，見天興軍死傷一片，心中怒氣湧上，但見到朱友珪的面，又強自壓下，袁象先上前向朱友貞稟報：「末將本來快抓到逆賊，誰知忽然遭人暗算，因此丟失了逆賊……」

趙岩哼道：「我看是有人勾結反賊，才故意擾亂，放走他們……」他這句「勾結逆賊」，自是反擊韓勍的「聚武謀反」。

韓勍連忙道：「末將確實得到消息，說有人聚武謀反，這是禁軍職責，我怎敢不管？哪想到是天興軍鬼鬼祟祟地聚在這裡，不知在幹什麼勾當，一見我軍到來，不由分說地就張弓射箭，石洞中黑漆漆的，兄弟們也看不清裡頭狀況，這才奮力反擊。」

「你胡說！明明是你們先放的箭！」

「我們在追賊匪，又不知洞裡情況，自然要放箭試探！」

「你滿口胡言，一開始我們便報了信，說我們是天興軍，你們反而射得更狠！」

「不只如此，見我們撤退入石洞深處，還命手下團團堵住，放火油燒煙，分明是想封閉死路，將我們全燒死在裡頭，你們究竟存了什麼心？當時火燒得又快又猛，若不奮力衝出去，難道等死嗎？」

天興軍越說越氣憤，稍有力氣者忍不住便破口大罵：「卑鄙狗賊！」「邪魔妖道！」龍虎軍也不甘示弱，雙方罵到後來，人人大汗淋漓、氣喘呼呼，疲累不堪。

此時皇甫麟已命人將洞中燒死的十幾具焦黑屍體盡數抬了出來，並排擺在洞口，天興軍見同袍枉死，都氣憤難當，聲聲呼喝要討回公道。

朱友珪臉色微微一沉：「這是做什麼？向我示威問罪嗎？」

朱友貞緩緩走向朱友珪，皇甫麟、袁象先見雙方劍拔弩張，深怕他吃虧，立刻上前護在他身旁，朱友貞微微舉手，示意他們退下，溫言斥責下屬：「打仗追賊難免死傷，更何況這是一場誤會。」朱友珪冷笑道：「三弟說這是誤會？」朱友貞望著地上屍首半晌，沉吟道：「大家是中了賊子的奸計！」兩軍面面相覷：「中計？」

朱友貞道：「這事明明是受人挑撥，才發生誤會，怎能再與自家人起衝突？豈不是讓躲在暗中的敵人笑話了？」又對朱友珪恭恭敬敬地拱手作揖：「是我督軍無方，才使下屬犯了糊塗，疏漏百出，致生出許多誤會，望二哥海涵，切莫放在心上，今日追賊要緊，日後我必親自登門道歉。」

朱友珪見他態度低軟，不禁生出驕傲之心：「黃毛小兒果然無膽，遇上衝突便退縮了，這倒是好，回去之後，我便設法籠絡他，將他納入麾下。」微笑道：「既是誤會一場，咱們都是自家兄弟，還有什麼好爭的？收拾收拾便是，回去再到二哥府上飲飲酒！」

朱友貞再一次拱手道：「謝二哥不怪之罪。」

此時馮廷諤回來了，在朱友珪耳畔低語數句，朱友珪一眼掃過下屬，只覺得他們都是廢物，對朱友貞道：「我家裡有些急事，先走了。」瞥了韓勍一眼，韓勍會意地點點頭，朱友珪便和馮廷諤一同策馬離去，韓勍呼喝龍虎軍退出龍門石窟，轉往別處搜查。

天興軍受了傷，原以為朱友貞會替他們出頭，想不到他對朱友珪十分謙讓，士兵們都憤憤難平，朱友貞也不理會，只目光陰沉地望著朱友珪的背影，瞪視許久，才低聲吩咐皇甫麟：「受傷的士兵先回去休養，重金撫卹，其他人繼續追捕逆賊，我去一趟伏牛山。」

皇甫麟點點頭，立刻命部屬分成幾路，守皇城、搜石窟、堵伊水，甚至連穎水、洛上都不放過。趙岩呸道：「人不與狗計較。」隨即大喝：「咱們走！」眾人答應一聲，又重新展開搜捕行動。

（註❶：「靈岩寺石窟」是龍門山眾多石窟之一，即是後來的賓陽洞。）

九〇四・八　公家有程期・亡命嬰禍羅

馮道等人一次次換裝，從兩軍眼皮底下溜走，雖是安全逃脫，卻也是驚險重重，郭小燕忍不住道：「既然咱們可換裝逃走，為什麼馮郎還要引龍虎軍前來，鬧這麼大動靜，豈不是多增危險？」

馮道說道：「如果只是喬裝逃走，只怕咱們還沒越過伏牛山就被抓了，如今他們傷亡慘重、兵力大減，要再整軍重新追來，便困難許多。」

眾宦齊聲道：「原來如此。」只有胡三明白他真正的用意。

自從馮道聽見張曦與煙雨樓主的對談，便明白下一場亂局已然開啟，汴梁將會逐步侵吞一切，但他更領悟到大世之爭並不像高手比鬥，爭的不是一場輸贏，甚至不是一世英名，而是百年千秋，任憑朱全忠武功再高、勢力再大，也僅有一世之強，只要後代子孫不肖，汴梁便會如秦、隋一般快速滅亡。因此他鬧得朱友珪、朱友貞兩軍起鬨，不只為了趁亂逃走，更是分裂汴梁可能的繼承者！

馮道指著前方喊道：「大家堅持些，只要越過這座伏牛山，進入南陽，就安全許多，離趙匡凝的荊襄只一步之距。」喊話間，忽聽見後方有人策馬急至，馬蹄輕快如風，速度遠勝他們買來的普通馬，馮道心中一凜：「那寶馬可不是一般人能騎，又從龍門石窟方向過來，難道是朱友貞或朱友珪追來了？」連忙呼喝：「有人來了，你們先躲會兒，我去瞧瞧。」

胡三帶著眾宦轉往旁邊叉道，躲入半里外的隱密樹叢裡，馮道則飛身藏在高樹上，不一會兒，他瞧見一匹快馬從樹下橫飛而過，馬上人物年紀輕輕、儒雅高貴，渾身散發初生之虎的勃勃英氣，正是剛輸了一仗的朱友貞，他跨下寶馬已是萬中選一的飛騎，手中長鞭卻還不停揮打，顯然心中十分著急。

「他要去哪裡？」馮道原本並不在意這個年輕小將，直到煙雨樓主說朱友貞可能是最狡猾的一個，才讓他留了心。

朱友貞奔馳在前，馮道原本追不及，但他目光極遠，循著馬蹄印一路跟上。

朱友貞再奔行一里路，便停了下來，下馬步行至伏牛山腳前的一座木屋，徘徊好一會兒，才上前輕輕敲了門，又等了好一會兒，才低頭走進去。

馮道遠遠瞧見朱友貞態度嚴謹，頗覺奇怪：「他剛剛弄得灰頭土臉，又氣急敗壞地趕路，到了這木屋前，卻立刻收斂脾氣，以他的身分，何需對人如此？」他怕屋中真有高人，不敢過分靠近，只功聚雙耳，仔細聆聽。

朱友貞低低喚道：「師父！」聲音有些急切，又極力壓抑心中憤慨：「都是二哥攪亂，才讓那幫賊子衝出洛陽，我猜他們是逃入趙匡凝的地界了！」

那人雖有些訝異，卻沒有半點怒氣，反而讚許道：「好！很好！」

馮道心想：「這人的聲音好熟悉，我在哪兒聽過？」

朱友貞仍是少年心性，從小受眾人捧在手掌心，如今栽了一個大跟斗，在人前勉強裝鎮定，到師父跟前就按捺不住了，英眉一蹙，口氣已明顯不悅：「賊子跑了！我的功勳沒了！師父倒說好？」畢竟他是朱全忠的愛子，這師父說穿了只是臣子罷了。

那人道：「三公子少安毋躁！當年夫人將你託付給我，便是防著你年少躁動。」

朱友貞聽他提起母親，一下子收斂了脾氣，低低應了聲：「是。」

那人又道：「當年夫人用天機妙算為我寫下三個錦囊，說能救我脫出三次死關，保我一生平安，但我必須立誓盡心輔佐你、教導你，一生為臣，不得另投他主，更不能竄位為王。前兩個錦囊已經應驗，我對夫人感佩不已……」

朱友貞英眉一揚，微笑問道：「第三個錦囊還沒有拆開，師父想知道那裡面寫了什麼嚒？」口氣頗是挑釁。

那人淡淡道：「時機未到，拆開何用？她既交給你保管，你便好好保管吧。」

朱友貞想到自己手中捏著師父的救命符，忍不住便流露得意之情，微笑道：「師父放心吧，只要你好好扶持我，我絕不會虧待你的。」

那人不置可否，只沉聲道：「夫人為我解開死關，我固然感念，但我更佩服她的高瞻遠矚、能捨能斷，她不要你爭王位，是因為她很早就看出汴梁的後局，所以你務必耐著性子，切莫輕舉妄動！」

「我忍啦！」朱友貞咬牙氣憤道：「這回抓逆賊一案，二哥屢屢插手，我都忍了！但剛才我明明可抓到逆賊，立下大功，二哥竟派人暗殺我的人，我怎麼也嚥不下這口氣！」

那人道：「二公子身後有高人指點，那人至今深藏不露，是個勁敵，咱們不能外有敵患，自家人還燒火！」

朱友貞聽他似乎別有計劃，這才有些歡喜，興沖沖問道：「師父有什麼打算？」

那人道：「大王有自立之心，派使者通知趙匡凝，要他率荊襄眾藩一起表態擁立，趙匡凝竟哭著對使者說：『我深受唐恩，不敢妄有他志。』副節度使王筠甚至勸他與大王絕交，以明心志。」

朱友貞英眉一蹙，哼道：「趙匡凝表面投誠，卻時時背後搗鬼，父王屢屢原諒他，他真不知好歹！」

那人又道：「趙匡凝一心懷念唐室，大王怎容得下他？但他已經投降，若輕易殺了，必會引起其他降將恐慌。如今，逆賊逃入荊襄，大王正好以庇護逆賊的理由攻打他，大王讓我把大軍一直駐紮在交界，等的就是這個機會！」

朱友貞恍然大悟，佩服道：「當初師父提出殺嬰令，我還擔心會壞了父王名聲，原來師父早已謀算好，表面上是逼賊子逃往荊襄，實則是要併吞趙匡凝的領地！」

那人笑道：「若非如此，殺嬰令這等毀壞名節之事，大王又怎會答應？」

馮道大吃一驚，暗想：「原來朱全忠始終疑忌趙匡凝，決定藉此機會試探，我把小皇子帶來，恐怕要害慘他和荊襄百姓。」

朱友貞道：「萬一賊子沒逃往荊襄呢？」

那人緩緩說道：「賊子很聰明，不走西北、不走臨汝水路，反而繞了一大圈，肯定是要去荊襄尋求趙匡凝庇護，只要趙匡凝相信那嬰孩是小皇子，就算明知有危險，必會出手掩護。」

朱友貞道：「倘若趙匡凝隨便交出一個嬰兒充數，又當如何？」

那將軍冷聲道：「無論他交的是誰，我們說他掩護刺殺皇帝的真凶，他便是！」

朱友貞笑道：「我明白了！皇帝根本不是那逆賊所殺，那孩子究竟是誰也不重要，但父王說逆賊殺了皇帝，趙匡凝窩藏凶犯，他們便是！誰手中握著權力，誰說的便是真相！」頓了頓又道：「所以父王要我大張旗鼓地抓捕逆賊，抓得越久，讓越多人知道越好！」

那人讚許道：「三公子長大了！」朱友貞微笑道：「是師父教導有方。」

那人道：「伏牛山早已佈下數萬伏兵，只要大王軍令一到，我便會親自統軍，賊子也好、荊襄也好，一個也跑不掉！」

朱友貞喜道：「師父戰無不勝，親自出手，真是太好了！」

那人微微一笑，道：「好啦！你也不必氣惱了，你是壞事成好事，你趕緊回去把這個提議稟報大王，他表面責罵幾句，心底肯定萬分高興！」

朱友貞道：「我這就回稟父王，請出攻打荊襄的軍令，讓師父再立大功！」

那人拱手道：「敬候三公子佳音。」

朱友貞出了木屋，興沖沖地騎上快馬，飛煙似地趕回洛陽了。

馮道悄悄退出，繞了一大圈，觀察一下附近的形勢，發現山坡另一側密密麻麻佈滿軍營，有幾支旗幟藏在樹林間，寫著「銀槍效節都」。

「銀槍效節都？」馮道恍然想起：「原來是楊師厚！我竟忘了梁營還有這號可怕人物！」如果眾人貿然越過山去，正好自投羅網，投入楊師厚的魔掌裡！

馮道越想越心驚，連忙回去將這壞消息告訴大家：「今晚是走不成了，咱們先找個地方歇息，好好商量對策。」眾人便在附近找了一間荒廢的木屋暫時休息。

眾宦哀嘆道：「朱賊如此狠毒，無論我們逃到哪裡，都要連累那裡的百姓。」

胡三對眾宦道：「以我們幾人力量，根本沒辦法對付楊師厚，我一人帶小皇子穿越大軍，還有點機會，你們卻不行！」

眾宦恍然明白自己沒有輕功，敏銳度不高，很容易被敵人追上，不由得垂了頭，郭小燕黯然道：「我們原本就打算為小皇子殉身，若真的走不脫，就用原來的計劃，讓胡大夫帶小皇子走，我們分散追兵注意。」

馮道堅定道：「一起來、一起走，誰也不能落下。」

胡三不悅道：「馮兄別說笑了！楊師厚並非朱友貞和朱友珪那幫渾小子，他老謀深算，戰無不勝，不會那麼容易上當，如果不丟出一個嬰孩，事情沒完沒了，難道還要把戰火延燒到荊襄去？」

胡三的指責讓馮道驟然想起鳳翔、青州之痛，記得那時他曾許下誓言：「絕不再以滿城百姓去保一人，絕不再做不自量力之事。」言猶在耳，就被逼得再一次面對抉擇，他深吸一口氣，勉強壓下心中翻湧的情緒，理智地分析眼前情況：「就算交出嬰兒，朱全忠也會找其他理由攻打荊襄。」

胡三道：「我本無罪，懷璧其罪，只要交出一個嬰兒，他們就不會追究其他人，日子一久，風頭便過去了，用一命換十命，甚至換滿城百姓，很值得！」

眾宦聽到要交一個孩子出去，心中捨不得，一時沉靜下來，沮喪無已，郭小燕哽咽道：「胡大夫想交哪一個？」

胡三道：「如果大家同意，便抽籤決定，公平得很！」

馮道說道：「如果說公平，小皇子也該放入其中。」

胡三冷聲道：「你什麼意思？」

馮道肅容道：「在馮某心中，任何性命都是寶貴的，不因皇子、庶民而有貴賤之分！」

郭小燕問道：「馮郎堅決不肯交孩子，是不是有什麼妙計？」

馮道搖頭道：「沒有妙計，只能走一步算一步，但山林好躲藏，咱們先躲個幾日……」

胡三忍不住提高聲音道：「你既沒有法子，為何不交出一個嬰兒？難道一輩子躲在山林中？他們放火燒山又該如何？」

馮道好言安撫道：「大家集思廣益，總能想出法子的……」

胡三怒道：「馮道！放下你的書呆氣！睜眼看看現實，梁軍為了逼出我們，鬧得滿城風雨！我們六人只有逃跑功夫，連朱友珪、馮廷諤之流都對付不了，更何況還有楊師厚和這麼多兵馬追著我們？犧牲一個嬰兒換來滿城……不！換九州蒼生平安，很值得！」

馮道說道：「隨便交一個嬰兒，朱全忠能相信嚒？你要如何證明他就是小皇子？」

胡三見馮道態度強硬，轉問眾宦：「你們說呢？」

眾宦原本十分敬重胡三，以他的命令為主，但馮道奇計百出，讓他們油然佩服，生出寄望，不禁個個低了頭，沒有答話。

胡三氣得臉色倏白，喝問：「說話啊！你們都啞了嚒？」

郭小燕怯懦地道：「我們實在捨不得孩子……」

郭小雀接口道：「馮郎博學多聞，或許真有法子帶我們逃出去……」

胡三怒道：「因為他堅持走荊襄，才讓我們落入進退兩難、前後無路的困境，如今他兩手一攤，說沒法子，你們竟還指望他！」

眾宦嚇得噤了口，眼巴巴望著他，卻還是沒出聲贊成。胡三見眾宦信任馮道勝過自己，實在失望透頂，「碰！」一聲重重拍了桌子，別有深意地望了馮道一眼，便出門而去。

眾宦見胡三忿然離去，心中惶惶內疚，過了好一會兒，郭小雀才輕聲安慰馮道：「馮郎別介意，胡大夫平時不是這樣的。」

郭小燕忐忑道：「他從沒發過這麼大的火，這該如何是好？」

馮道安慰眾宦：「天無絕人之路，我們總能想出辦法的。」

眾宦感激無已，拱手道：「從來沒人這麼顧惜我們的性命……」「多謝馮郎不放棄我們，不放棄我們的孩兒……」說著說著又是淚眼汪汪。

馮道與張承業相處過，知道這些公公心靈脆弱，動不動就哭個沒完沒了，連連揮手：「別……別！大家別急著哭，咱們還有許多事要做，先好好歇息吧，接下來還有一場惡戰。」

眾宦聽到還有惡戰，紛紛問道：「什麼惡戰？」「咱們要怎麼做？」「什麼時候動手？」

馮道見他們收了淚，鬆了一口氣，道：「等朱全忠軍令一到，楊師厚回去準備軍事，無暇他顧，我們就出發。我們只有幾人，行動肯定快過楊師厚的大軍，我們搶先趕去通知趙匡凝，讓他有所防備，他感激之餘，也會盡力護送我們去鄂州。」

眾宦聽他說得有理，心中不再擔憂，齊聲道：「一切都依馮郎指示。」

馮道說道：「既然如此，大家先歇息吧。」

眾宦逃命許久，終於可歇息，疲累之下，盡呼呼大睡，只有馮道一人獨自坐在屋外，一邊觀察四周動靜，一邊苦苦思索，想了一會兒，屋內傳出小皇子的嚶嚶哭聲，他便回去懷抱小皇子睡覺，見這小臉圓嘟嘟地十分可愛，心中頓時生了溫馨柔情，輕聲哄道：「小皇子、小祖宗，這麼多人愛護你，你千萬要爭氣，要好好活著，臣一定會帶你安全出去。」又想：「倘若我和妹妹也生這麼一個胖娃娃，就太幸福了，下回遇見她，跟她提提！」想到赭寒依肯定會嬌羞無已，假裝氣呼呼地擰自己耳朵，不禁暗暗好笑，想著想著，心中一放鬆，也沉沉睡去。

隔日一早，胡三已然回來，卻不進屋，一臉深沉地坐在木屋外的樹下，眾宦紛紛過去好言相勸：「胡大夫，您別生氣，大家可以一起想想法子……」「馮郎昨晚想了一夜，或許會有法子，您不妨先聽聽，若真的不行，咱們還是依您的主意……」

胡三沉沉地瞄了馮道一眼，冷聲道：「我打聽到楊師厚已得到軍令，整軍十日，就會前往荊襄，一旦大軍離開，我們就可以越過伏牛山。」頓了頓，又道：「但就算這樣又如何？荊襄馬上就要戰爭了，我們一去，只是自投羅網。」

馮道摸了摸腦袋瓜子，尷尬陪笑道：「胡大哥說得對，楊師厚那人確實很厲害，我一時還想不出法子……」胡三冷冷一哼，別過頭去，顯然不想再聽他廢話，馮道硬著頭皮又道：「所以我決定接受胡大哥的提議──抽籤！」

眾宦未料馮道會答應抽籤，都「啊」了一聲，心中一沉，怯怯問道：「馮郎也贊成抽籤？」

馮道點點頭，道：「昨晚我細細回想楊師厚和朱友貞的對話，發現有件事不大對勁……」

胡三聽他願意抽籤，口氣稍軟，問道：「有什麼不對勁？」

馮道斂了臉上笑容，目光冷冷盯著胡三，道：「朱全忠想併吞荊襄，可以找任何藉口，甚至可設局栽贓趙匡凝，為何要用我們當藉口？除非他一早就知道我們幾人打算取道荊襄……」

胡三驀地回過頭來，與馮道精光對視，道：「你什麼意思？」

馮道堅定道：「胡大哥這麼聰明，必定懂得我的意思。」

郭小燕忍不住問道：「這究竟是什麼意思？」

三小宦也點頭如搗蒜，紛紛問道：「是啊！這是什麼意思？」

胡三冷哼道：「他意思是我們當中有內奸！」

眾宦「啊」了一聲，驚呼道：「有內奸？這……」眾宦漸漸信任馮道，幾乎到了深信不疑的地步，此刻聽他這麼說，不禁面面相覷，滿臉狐疑，彷彿在問著彼此：「你是不是內奸？」

馮道說道：「原本你們打算走水路，是遇上我之後，才決定改走荊襄古道的次路驛，此後我們幾人都是形影不離，只有一個人時時離開，看似去打探消息，實則可以去通知任何人。」

眾小宦越聽越吃驚，都問道：「誰？」

郭小燕思慮較清楚，首先想通，吃驚道：「難道是……」目光不由自主地望向胡三，眾宦這下也明白了，齊齊望向胡三，卻顫抖著口，不敢問出。

胡三冷哼道：「如果真有內奸，只怕把我們送往荊襄，既害小皇子，又害趙匡凝的人才是內奸！」

眾宦心中一驚，又齊齊轉望馮道，臉上寫滿了疑惑：「是你出賣我們麼？」

馮道沒有正面回答，只道：「既然沒人肯承認自己是內賊，我只想問一句，此刻你們還想不計任何代價，保護小皇子的安全麼？還是想把孩子交出去？」

眾宦垂首許久，郭小燕脹紅了臉，鼓了勇氣道：「我……小燕子……雖然沒什麼大本事，可還是想保護小皇子！」

郭小雀毅然道：「我小雀子也沒什麼本事，但不想辜負聖上的信任！」

戚小順哽咽道：「我……我看到這些孩子，就想到自己……可憐的身世，我實在不忍心……」

王小序也脹紅了臉，囁嚅道：「我小序子也是一樣的……」

馮道說道：「大家都願意死命效忠小皇子，胡大哥你呢？」

胡三冷哼道：「你真有法子讓大家安全穿越荊襄、抵達淮南，再說吧！」

馮道說道：「時間緊迫，我確實沒法子查出誰是內奸，但再這麼走下去，大家都會陪葬，因此我贊成抽籤，但必須改變方式。」

眾宦齊聲問道：「怎麼改變？」

馮道指了躺成一列的小嬰孩，道：「這裡有五個嬰孩，大家輪流抽籤，抽到哪一號，便是抱那個孩子各自逃命，如此一來，誰也不知道誰抱了哪個孩子，往哪裡去。能不能活下來，是各憑本事、各安天命，就算有內奸，也不會知道小皇子的行蹤，其他人也可分散追兵，這樣雖不能保證小皇子一定安全，總比直接交在內奸的手裡好！胡大哥，你以為如何？」

胡三見馮道讓步，也不再堅持，冷冷道：「事情既定，大家再休息一晚，明早抽籤行動。」說罷又逕自出去打探消息。

馮道仔細交代眾宦該如何準備，才能增加活命機會，眾宦一邊用心牢記，一邊想到明天就要交換嬰兒，與同伴分離，獨自逃命，心中都感到惆悵惶惑，天涯路茫茫，不知該往何處安生？更不捨連日照顧的孩子，便仔細餵食、照顧，又逗弄到半夜，才抱著孩子入睡。

馮道心想必需好好歇息，才有力氣逃命，也抱著小皇子沉沉睡去，睡至半夜，忽然感到懷中空虛，一時清醒過來，左右看看，發現小皇子不見了，驚得翻身坐起，趕緊叫醒眾宦：「小皇子不見了，恐怕有敵人來了！」

眾宦齊聲驚呼：「小皇子不見了？」

郭小燕道：「胡大夫呢？」眾人這才發現胡三一直沒有回來。

馮道臉色一沉，道：「你們一邊準備包袱，我一邊幫你們易容！」便拿出黃泥在自己和眾宦臉上快速揉捏，時間緊迫，他隨意為眾宦造形，只求和真面目不一樣，但把自己改扮成大鬧九錫的通緝犯模樣，又吩咐眾宦：「你們帶上孩子，大家一起出去找找，都緊跟著我，千萬小心！」

眾宦趕緊揹了孩子，跟著馮道悄悄出去，見遠處山林有一道瘦小身影，匆匆走向懸崖邊，行止鬼祟，不停地左張右望，似乎怕人發現，眾宦看得清楚，那人正是胡三，他手中果然抱著一個襁褓。郭小燕指著胡三身影，呼喊道：「胡……」馮道一把摀住他的口，將人拖進樹叢裡，又向眾宦搖手，示意他們噤聲，三小宦見狀，也趕緊躲入草叢。

片刻之後，一隊龍虎軍出現在山坡，領頭的兩人緩緩走向胡三，正是朱友珪和馮廷諤。眾宦只覺得全身汗毛都豎了起來，一動也不敢動地瑟縮著。

胡三戰戰兢兢地站在懸崖邊，一見到朱友珪，立刻堆出滿臉笑意，那神情既討好又畏懼，眾宦怎麼也想不到最敬重的胡大夫竟會出賣他們，神情還如此不堪，不由得心裡發寒，不知該如何是好。

朱友珪對胡三微笑道：「你把孩子抛過來，就可以走了。」

胡三緊緊抱著小皇子，瘦小的身子縮了縮，忐忑道：「你得言而有信，從此不再追殺我們。」

朱友珪笑道：「你對我忠心耿耿，又向父王獻上大禮，賞賜你都來不及了，為何要追殺？」對身旁的馮廷諤道：「把賞銀給他。」馮廷諤拿了一包銀兩，緩緩走向懸崖，漸漸逼近胡三。

馮道見朱友珪露出狡猾的笑容，馮廷諤目露凶光，左手雖拿著銀袋，右手卻按在腰間的劍鞘上，心想：「朱友珪想殺人滅口！」眼看胡三就要交出小皇子，他心中實是萬分緊張，然而身邊有許多人要照顧，不得不強自鎮定，低聲對眾宦道：「你們信不信我？」

眾宦心想馮道一路帶他們越過重重險阻，無論如何也不放棄，便點頭如搗蒜，低聲道：「我們相信馮郎。」

馮道說道：「你們聽好了，我去要回小皇子！你們趁他們不注意，趕緊悄悄退出去，自行越過伏牛山，能逃多遠便多遠，從此隱姓埋名，找個地方好好過日子！」說罷深深一呼吸，便衝了出去，叫道：「慢著！」

胡三想不到馮道會出來阻攔，心知他口舌伶俐、詭計多端，立刻高舉嬰兒對著懸崖，叫道：「別過來！否則我摔死小皇子！」

朱友珪英眉一蹙，對馮廷諤低聲道：「你去殺了那小子，別讓他搗亂！」馮廷諤正要移步過去，胡三又高聲叫道：「你們誰都別動！否則我摔死他！」

朱友珪瞄了馮廷諤一眼，示意他暫時別動，冷笑道：「你一路留下線索，暗中通知本公子，事到如今，難道想反悔？」

胡三高舉著嬰兒，大聲道：「二公子也答應放我們一條生路，馮廷諤卻握著劍鞘，難道想反悔？」

朱友珪蹙眉道：「你把孩子拋過來，我便放你們離去。」

馮道想不到事情竟會如此變化，不敢再往前一步，不甘心地大喊：「為什麼？我們腳下踏的是大唐江山，自詡是忠心良臣，你難道忘了皇帝的託付嚒？你為什麼要這麼做？」

胡三聽到「皇帝託付」，頓時紅了眼眶，大聲道：「什麼忠心良臣？我們一路像野狗般被追殺！皇帝已經死了，大唐早就沒救了，天下到處都是大梁的旗幟，我只不過是想在新朝中活下來的人！我不想再逃命，更不想為了一個嬰兒，連累滿城百姓！」

朱友珪不耐道：「別再囉嗦了！快把嬰兒丟過來！」

馮道也紅了眼眶，哽咽道：「這是皇帝最後的骨血，我們不是說好了分路而行，你也答應了，你怎能辜負大家的信任？」

胡三伸手一抹淚水，恨聲道：「今日你說要分路而行，我便知道沒有機會帶出小皇子了，只好通知二公子前來接應，可是你偏偏來搗亂，你這麼一鬧，全天下的人都知道我胡三是賣主求生的人了……」他臉色蒼白，望了朱友珪一眼，慘然道：「反正梁王只是要小皇子死而已，他怎麼死，有什麼關係？」說罷便把襁褓大力拋下懸崖！

眾人見到這一幕，都驚得呆了，只有馮廷諤反應最快，飛撲向懸崖，足尖勾住崖邊樹藤，身子連樹藤盪出最大弧度，手臂伸至最長，卻仍然抓了個空，眼睜睜看著小皇子的襁褓滑過他的指尖，墜落萬丈深淵！

眾宦躲在一旁草叢裡，忍不住驚呼出聲，郭小燕顫抖道：「懸崖這麼高，下邊都是尖石，河水又這麼冰寒，小皇子那麼小，這一掉下去，還有命嚒？」郭小雀毅然道：「不管怎麼樣，咱們都爬下山崖去找！」戚小順哭道：「等咱們下去，孩子都死了！」王小序一邊抹著淚，一邊抽泣道：「就算死了，也要好好安葬他……」

郭小燕罵道：「這馮廷諤武功不是挺高的？怎麼抓不住一個小嬰兒？」郭小雀也罵道：「不錯！都是馮賊武功太差，才害死小皇子！」戚小順哭道：「小雀子，你這一罵，可罵錯人了，咱們的馮郎無端遭了你的罵！」王小序咕噥道：「馮郎的武功其實也挺差的！」眾小宦又齊聲道：「總之都是那個馮廷諤不好……」一口氣還沒罵完，卻見馮廷諤足尖點踏樹藤，返身飛回崖頂，長劍疾使一招「飛燕啣影」，無聲無息地刺向站在崖邊的胡三！

胡三猝不及防下，險些中招，幸好憑著巧妙輕功，向旁飛移，總算躲了過去，但馮廷諤豈容他逃脫？「唰唰唰！」一口氣刺出三劍，劍劍輕妙如飛燕，他武功勝出許多，胡三又站在崖邊，可移動的地方實在不多，冷不防足下踏了個空，身子驀地往下墜落，口中猶不甘心地大喊：「朱友珪！你說話不算話……」餘下一串迴音隨他消逝的身影嫋嫋遠去。

眾小宦驚得目瞪口呆，只感一陣頭暈目眩，過了半晌，才嚎啕大哭起來：「小皇子死了，連胡大夫也……」不料還有更糟的事，才哭了兩句，韓勍已帶著龍虎軍把四周包圍起來，喝道：「你們這幫逆賊，還不快滾出來！」

眾小宦大吃一驚，只好哭哭啼啼地出來：「馮郎教我們逃走，我們只顧著哭，這下誰也走不掉了！」

馮廷諤逼死胡三後，回到朱友珪身邊，朱友珪沉著臉道：「你快帶一隊龍虎軍下山崖尋找，一定要找到屍體，驗明正身——」壓低了聲音道：「胡三說那孩子背後有玉龍子烙下的九龍圖騰！」

馮廷諤領命之後，便挑了十多名身手矯捷的士兵攀崖而下。

韓勍押著四小宦出來，朱友珪見眾宦手中都抱著一個嬰兒，冷笑道：「原來還有這麼多孩子！」

馮道聽見胡三把小皇子的印記說得如此清楚，又見眾宦被抓住，心中大叫糟糕：「我得設法解救他們……」只好硬著頭皮走近前來，朱友珪冷冷瞄了他一眼，道：「他們是你的同夥吧？」

馮道點點頭，好言求懇道：「這些孩子只是我們這些無後的宦官收養的孤兒，用來作伴的，求將軍可憐可憐我們，放我們一條生路。」

朱友珪冷笑道：「你們殺了皇帝，又殺了小皇子，你說我能不能放了你們？」

眾宦心中一涼，都垂下了頭，嚶嚶哭泣：「小皇子死了、胡大夫也死了，現在就連我們都活不了，不只辜負聖上的託付，還連累這麼多孩子……」

馮道好言道：「皇帝明明是氏叔琮、蔣玄暉殺的，梁王也已經處死他們，這事情天下皆知，跟我們有什麼關係？梁王根本不知道我們是誰，你只要找幾具死屍就能交代。」

朱友珪殘忍一笑：「我喜歡殺人，何必費力找死屍！」

馮道壓低了聲音，故作神祕道：「如果你肯放過我們，我便告訴你一個天大的祕密！」

朱友珪冷笑道：「你這個小黃門，能有什麼值錢的祕密？」

馮道悄聲道：「這祕密事關梁王……」

朱友珪但覺這小子瘋了，笑道：「我父王的祕密，竟然你知道，我卻不知道？你說我相不相信？」

馮道更壓低了聲音，道：「我是說事關梁王的不老神功……」朱友珪聽見「不老神功」四字，不由得虎目放光，「咦」了一聲，問道：「你且說來，我再看值不值得放人？」

馮道知道他動了心，微笑道：「你放了他們，我就告訴你！」

朱友珪臉色一擰，提起長劍猛刺向馮道的肩頭：「本公子最恨受人要脅！」

馮道痛得哇哇大叫：「唉喲！你別刺別刺——」

朱友珪劍尖一轉，倏地收回，哈哈大笑：「原來這麼怕死啊？這可好辦了！」

馮道摀著肩頭傷口，咬牙道：「你不放他們，我一個字也不會說。」

「我也不必殺你——」朱友珪以指尖擦拭劍身上的鮮血，殘忍一笑：「我問一句，你只要敢閉口不言，我便斬斷你一個同伴的大腿，我問第二句，你若還閉口，我再砍一個嬰兒的大腿，這裡有四大四小，我可以慢慢凌遲，問你幾百句口訣，到八個人都砍了幾百刀，最後再剝下你們的衣衫，一個個吊在城門口，讓你們掃盡顏面、貽羞萬年。」

馮道心知朱友珪性情焦躁殘暴，說得出做得到，吞了吞口水，勉強哈哈一笑：「吊城頭、羞萬年？我們只是沒沒無名的小卒子，就算吊成人乾，也沒人看一眼。」

眾宦卻已嚇得臉色慘白、雙腿發軟，幾乎站立不住，顫聲道：「馮郎，咱們一刀死了乾脆，絕不想受那凌遲酷刑……」

馮道高聲喊道：「反正活不成了，不如大家一起吞下毒藥，免得多受折磨！」

眾宦不明所以，都想：「哪來的毒藥？」

朱友珪卻已按捺不住，搶先喊道：「慢著！」

馮道冷笑道：「怎麼？二公子改變主意了？你方才口口聲聲要殺死我們，現在又捨不得了？」

朱友珪臉色一擰，道：「我怎知你不會騙我？」

馮道嘆道：「這樣吧，我就大方些，透露一點口風，你若聽得滿意，便得放走他們，不可再為難。」

朱友珪點點頭，又把其他人支開得遠些，道：「你說吧。」

馮道低聲道：「我曾在李克用手下當差，無意中聽見張承業說皇室裡藏著一本《安天下》秘笈，可厲害了，裡面記載各式祕訣……」

朱友珪的確聽父親提過大唐皇室流傳著「安天下」之秘，還嘲笑說：「皇室想依靠一道破傳說支撐江山，簡直是癡人作夢！還不如我的不老神功來得厲害，如今我憑著雙拳已打遍大半江山，那『安天下』又安了什麼天下？」沉聲問道：「那秘笈究竟說了什麼？」

馮道笑道：「我也很好奇，便想偷取這本祕笈來瞧瞧，於是我回到長安，混入宮裡當差，又刻意和這幾位公公交往……就是他們，」他呶呶嘴，指向郭小燕等人：「他們說皇帝臨危之際，把書交給一個小傢伙，那傢伙不學無術，得了寶書，已過二、三年，卻始終成不了大事，實在辜負皇帝所託，皇帝一氣之下，把書收回去，拿火燒了！」他這番話其實是自嘲，語氣中頗有幾分感慨，卻聽得朱友珪吃了一驚：「書燒了？」

馮道故作誇張道：「我也吃了一驚，便等皇帝走開，悄悄去火炭堆裡尋找，想不到那裡真有幾片殘篇沒有燒全，正好與梁王有關……」

朱友珪大喜道：「是不老神功祕笈？」一把勒緊馮道頸項，喝道：「你快老老實實招來！」

馮道被勒得滿臉通紅，呼呼喘氣，連連揮手：「你……」

朱友珪微微鬆開手，道：「你究竟看到什麼？若不好好說來，我便一一宰了他們。」

馮道拍拍胸口，喘了幾口氣道：「二公子急什麼？那書中所說，比勞什子祕笈還厲害得多！」

朱友珪隱隱歡喜，卻又不怎麼相信，疑道：「比神功秘訣還厲害？怎麼可能？若真有此事，李曄早派人殺了我父王，又何必落得如此下場？」

馮道嘆道：「二公子，您可想得天真了！」朱友珪臉色一擰，正想發作，馮道已道：「絕頂神功並非人人練得，若沒有天賦異稟，再怎麼練，也只是半吊子。」

朱友珪不耐道：「你究竟想說什麼？」

馮道說道：「在下說了，你可不准生氣。」

朱友珪怒道：「再不說，信不信我擰斷你脖子？」

馮道也不害怕，悠然道：「我的意思是任誰得了不老神功秘笈，再怎麼練，也練不過梁王……」他偷眼瞄去，見朱友珪雙眸沉閉，咬緊牙關，沉浸在自己的遺憾之中，卻沒有出言反駁，便繼續說道：「《安天下》秘笈既是安定天下，裡頭寫的便不是打打殺殺的東西，而是怎麼鎮定那幫打打殺殺的傢伙！」

朱友珪雙眸忽地一睜，精光湛射，道：「你是說鎮定藩帥？怎麼可能？」抓馮道頸項的手卻已放下。

馮道聽出他聲音微有一絲顫抖，笑了笑道：「有些祕密越少人知道越好……」又呶了呶嘴指向郭小燕等人，道：「二公子大人大量，放走他們吧。」

朱友珪猶豫不決，馮道慫恿道：「你大可慢慢折騰，但朱友貞快來了，這個祕密你一定不想和別人分享。」

朱友珪暗想：「那個大鬧九錫的小賊，並沒人知道他長什麼模樣，至於他帶走的嬰兒，說是小皇子，也只是猜測，又有誰證實了？這年頭逆賊比牛毛還多，我逼這小子交出《安天下》秘笈獻給父王，必能立下大功，比抓到任何逆賊都有用！」精眸一閉，痛下決心，道：「我要檢查這些孩子，若沒有問題，便放他們走。」

馮道說道：「小幼兒很細嫩，你可要輕手輕腳一些，若他們掉了一根胎毛，有什麼內傷暗傷，那秘笈也會少個一句、兩句的。」

朱友珪呸道：「少廢話！」呼喚韓勍把四小宦連同四個小嬰兒一起帶來，眾宦戰戰兢兢把孩子抱過去，朱友珪看了幾眼，覺得很普通，便揮揮手，道：「快走！快走！趁本公子改變主意之前，快滾！」

眾宦死裡逃生，雖萬分感念馮道，但要棄他而去，心中又自不安，一時去留不決，馮道微笑道：「放心吧！二公子心地善良，想招攬賢才，他會招待我好吃好喝的，像貴賓一樣。」

眾宦心中驚愕：「原來馮郎也投靠了朱賊！」便頭也不回地跑了。

馮道見他們走遠了，已看不見身影，才斂了笑容，肅聲道：「二公子，我要跟你說的事十分機密，千萬不能洩露半句，要是傳入梁王耳裡，你我都要大禍臨頭，你真敢聽嚒？」

朱友珪出身低下卻野心勃勃，內心糾結怨恨，又長年處在權力鬥爭之中，聽馮道這麼說，如何按捺得住？眼中閃過一絲精光，道：「我有什麼不敢聽？」

馮道故意壓低聲音道：「這祕密就是如何破解不老神功！」

朱友珪登時雙目放光，不老神功的厲害，他從小就深深領會，那是永遠不可能攀越的高山，也無法探究的深淵，父親保護如至寶，就連身為親兒的他們也無法得知。

馮道知道他上了鈎，又道：「我猜想啊，其他篇寫的就是如何破解『鳳翔九天』、『江南輕雨』、『烏影寒鴉槍』……可惜啊可惜，其他都燒毀了，只留下破解不老神功的方法！」

這幾句話只聽得朱友珪暗暗驚懼：「此事一了，非殺他滅口不可。」勉強笑了笑：「你快快道出，我便放了你。」

韓勍忽然走近，附在朱友珪耳邊道：「三公子帶著大隊人馬往這邊來了。」

馮道知道自己一旦說完，朱友珪便會殺人滅口，但趙匡凝領地就在眼前，只要跨躍過去，求生機會便大增，就算遇上兩軍交戰，朱友珪會以二公子的身分保護自己，便道：「三公子快來了，你總不希望他知道吧，咱們最好找個隱密的地方待著，我才能靜下心，好好回想秘笈內容。」

朱友珪沉吟自語：「去哪兒好？」

馮道說道：「有個地方很不錯，但你一定不敢去。」

朱友珪濃眉一揚，「嘿」一聲冷笑：「這世上有什麼地方本公子不敢去？」

馮道難以置信地望著他，懷疑道：「你真敢越過伏牛山？你要知道，一旦出了汴梁地界，可沒人保護尊貴的二公子了！」

朱友珪哼道：「我還以為是什麼龍潭虎穴？不過是進入荊襄而已，本公子武藝高強，難道還怕了趙匡凝那條膽小狗？」

馮道說道：「趙匡凝自然沒什麼可怕，可怕的是楊師厚！他已率領大軍駐守在伏牛山另一邊。」

朱友珪呸道：「我以為什麼呢？旁人怕楊師厚，我可不怕他，他再厲害，也是我父王手下的一條狗！」

馮道慘然一笑：「可是小馮子怕得很，胡大夫也怕得很，若不是楊師厚要攻打荊襄，阻了我們的去路，胡大夫又何必賣主求生？」

朱友珪道：「若是遇上楊師厚，我自會保著你。」

馮道說道：「多謝二公子啦！」話中稱謝，語氣卻不怎麼歡喜，忍不住低聲咕噥：「既然你不怕楊師厚，我便吐吐怨氣也無妨！本來我們要越過伏牛山，胡大夫輕功好，便先去探路，誰知探到一個大祕密……」他抿了抿唇，故意不往下說。

朱友珪冷笑道：「你的祕密可真不少！」

馮道聳聳肩道：「對我們來說是祕密，但二公子想必早已知情，就是楊師厚為愛徒出了一條殺嬰令，好逼我們越過伏牛山，他就可以名正言順地攻打荊襄。」

朱友珪面上不動聲色，心裡卻實在吃驚：「原來楊師厚率大軍偷偷駐守在這裡，是奉了父王的命令，準備攻打荊襄，這事我竟然不知道……」見馮道似乎知道什麼隱情，又道：「楊師厚哪有什麼愛徒？」

馮道驚詫道：「二公子不知道麼？」

朱友珪稍一轉思，恍然想起朱友貞曾提議殺嬰令，心中既震驚又氣忿：「三弟竟私下拜楊師厚為師！他究竟是何意？難道這小子也有爭王之心？」

馮道瞄了朱友珪糾成一團的臉，悠悠然道：「所以啊！二公子還是不要得罪楊師厚了，免得他聯合三公子去梁王面前告狀，讓您吃不了兜著走……」

「少廢話！」朱友珪一把抓了馮道，往伏牛山方向而去。

九〇五・一　兵戈猶在眼・儒術豈謀身

楊師厚攻下唐、鄧、復、郢、隨、均、房七州，朱全忠軍於漢北。九月，辛酉，命師厚作浮梁於陰谷口，癸亥，引兵渡漢。甲子，趙匡凝將兵二萬陳於漢濱，師厚與戰，大破之，遂傅其城下。是夕，匡凝焚府城，帥其族及麾下士沿漢奔廣陵。乙丑，師厚入襄陽；丙寅，全忠繼至。《資治通鑑・卷二六五》

朱友珪點了馮道的穴道，將他五花大綁垂掛在馬背上，自己則騎了另一匹馬，用繩索拖住馮道的馬鞍，讓兩匹馬並肩而行。

馮道全身動彈不得，頭臉朝下，馬兒一路奔跑，濺得他滿臉泥沙，難受至極，忽想起褚寒依也曾這麼折磨自己：「美人兒打罵是情趣，就算撒潑發狠也是賞心悅目，並不會真要了我性命，哪像這小珪子一臉橫肉，既不好看，還動不動就要砍人手腳！」想到當時佳人相伴，風光何等旖旎，今日卻是橫刀架頸、生死頃刻，不由得嘆道：「我怎可將妹妹與這粗暴人相比？簡直是褻瀆！」

兩人一路南行，地勢越來越高，馮道被顛得頭昏腦脹，連連作嘔，忍不住道：「山谷樹林交錯，馬兒難行，咱們下馬走路吧。」

朱友珪喝道：「你別想逃走。」馮道說道：「我顛得暈頭轉向，便什麼都忘了！」

朱友珪只好躍下馬背，鬆開馮道的雙腿，仍綁住他的雙手，拖著他一路往山林深處走去。

朱友珪有意避開楊師厚，盡量取道荒山野嶺，馮道雙手雖被縛綁，口舌還是能動，有時奉承討好，有時威脅利誘，有時透露一點祕密，但不把話說透，總適時留下一點懸疑，朱友珪心中好奇連連，又覺得他言語有趣，便暫時放下殺意，兩人漸漸越過伏牛山，一路上倒也相安無事，到了下坡處，果然遇見銀槍效節都軍，只不過人數少了大半，楊師厚已帶大軍出發，只留下小校王舜賢率領一小撥兵馬駐紮在山谷裡。

王舜賢見朱友珪忽然來到，心中驚詫，暗想朱友裕死了，王位繼承者未定，不能隨意得罪人，恭謹問道：「二公子怎麼來了？」

「我手下逃了幾名士兵！」朱友珪用力一扯縛綁馮道的繩索，表示他是其中一名逃兵，沉聲道：「我要越過伏牛山去追捕他的同夥！」

王舜賢心想戰事一觸即發，不能讓朱友珪捲入其中，好言勸道：「二公子身分尊貴，若是為了捉拿逃兵，傷及自身，可划不來！不如末將派幾名士兵去為您捉拿可好？」

朱友珪見他態度丕變，比從前恭敬許多，冷笑道：「不必了！我喜歡自己殺人！」

王舜賢見他說得狠厲，心中一跳，暗暗回想自己有沒有得罪過他，也不敢再勸阻，更恭謹道：「最近荊襄一帶不太安穩，二公子千萬小心。」

朱友珪是從馮道口中知道楊師厚要攻打荊襄，對於自己被隱瞞，心中頗是不悅，見王舜賢吞吞吐吐，便故意道：「楊師厚都去攻打荊襄了，你為何還留在這兒？」

王舜賢心想：「看來他什麼都知道，梁王果然是器重他的！」不敢再隱瞞，坦言道：「末將奉命留守在這兒，等候梁王大駕。您千萬不要越過邊界，免得壞了梁王大計！」

朱友珪、馮道乍聽見朱全忠要來，都吃了一驚，馮道心中思索：「朱全忠來伏牛山做什麼？千萬不能遇上他，否則小馮子的把戲肯定一下子就被拆穿了。」低聲道：「二公子，您不如放了我，自個兒待在這裡迎接梁王，好好盡孝道，梁王心中一歡喜，說不定就傳你不老神功，你也不必大費周章，非要知道破功法門不可……」

朱友珪私自跑到邊境，自然不想遇上朱全忠，聽馮道這麼一說，心想：「只要得到破功法門，那不老神功又有什麼了不起？」便對王舜賢道：「本公子急著追人，你快幫我備好酒水，不要囉嗦了！」王舜賢不敢違逆，連忙吩咐下屬為朱友珪備上酒水乾糧，恭敬地放人通行。

朱友珪拿了滿袋酒水乾糧，拖著馮道快速離開伏牛山，又走了兩日，終於抵達漢水河畔，對岸便是趙匡凝的領地，他不想越過邊界招惹麻煩，便停了腳步。

馮道心想：「攻打荊襄的行動已經展開，我得盡快通知趙匡凝！」好言說道：「二公子，這裡是河邊，萬一水漲上來，可太危險了，不如咱們再往前走一點……」一句話還沒說完，朱友珪忽警覺到他別有居心，大力拽住他拖往河邊一座荒廢木屋，把人丟進去，喝道：「就是這兒了！你快快寫完，我快快放人！」

馮道高舉被綁的雙手大力搖晃，道：「你綁著我，怎麼寫？」

朱友珪先用繩索綁住他雙腿，再解開雙手繩索，拔出長劍架在他頸項上，威脅道：「你快快寫好，錯一句、慢一點，我便砍你一根腳趾、刺你一個窟窿！」

馮道急著去找趙匡凝，連忙從懷裡取出筆墨袋子，將墨粉倒入石硯中，隨手撿了塊石頭將墨粉、清水研磨成墨水，再以筆沾墨，懸肘書寫於紙上。他運筆如飛，不過一個時辰，便寫完祕訣交給朱友珪，道：「我可以走了吧？」

朱友珪見馮道臉上閃過一抹詭笑，不禁心中生疑：「他說要找一個僻靜地方慢慢回想，怎麼輕易就寫完了？這小子古古怪怪，說不定故意寫了假秘笈，騙我上當！」冷笑道：「待本公子看完，確認無誤，才放了你。」

馮道嘆道：「二公子目光如炬，只要瞧上一眼，真偽立判，小人怎敢欺騙你？你若不放心，便慢慢看吧，只盼你看完後，真能放我一條生路。」朱友珪冷笑一聲，不置可否，只急著觀閱。

馮道所寫乃是破解不老神功的法門，雖東添西加寫了好大一篇，卻是句句真實，沒有半點欺騙，因為他心中有一盤算，朱友珪得到這法門，肯定會和張曦一起研究，以兩人的功力也研究不出什麼，張曦只好轉去給煙雨樓主，那人詭計多端，得到這法門，還不設法殺了朱全忠？

當時他沒有把不老神功的奧祕直接告訴張曦，一來是怕煙雨樓主逼問張曦祕訣出處，會為自己招來禍事，二來是希望張曦可以回心轉意，離開汴梁，但這段日子下來，張曦始終沒有回頭，馮道便知道她不達目的絕不罷休，為今之計，也只有繞個彎，透過朱友珪去幫助她。

形勢所逼，他一次次做著違背聖賢道理的事，心中頗是無奈：「小馮子，你讀了許多聖賢書，不光明正大地安治天下，幾時也學會借刀殺人這陰暗手段了？但兵戈猶在眼，儒術豈謀身？我這麼做，既是為聖上和張姑娘報仇，更是替民除害！」

朱友珪仔仔細細看了大半時辰，但覺篇中所寫句句符合不老神功的特性，真是越看越震驚：「父王絕對想不到《安天下》秘笈裡，竟隱藏著他稱霸天下的不老神功的破法，難怪皇室將所有希望寄託於此。」他一抿雙唇，掩飾心中焦灼的喜悅：「這事如今只有我一人知道，我絕不能讓這小子活著！」長劍一閃，倏往馮道刺去！

馮道趁他專心閱讀時，悄悄解了腿上繩索，見他一劍刺來，往後大步一躍，轉身便往外奔逃，朱友珪豈會輕易饒過他？身影一晃，已擋住門口，長劍如靈蛇閃動，招招對準馮道要害！

馮道雖憑著「節義」身法閃過幾劍，但朱友珪劍法高超，他還是被逼得連連後退，眼看劍光如一道閃電猛刺向心口，他背心已貼上牆面，再退無可退，只能將「交結」之氣滿佈胸膛，口中大聲疾呼：「一、二、三……」

朱友珪不知他唸什麼，一心只想殺人滅口，劍尖倏地刺破馮道胸前衣服、入肉半分，下一瞬間，就要破開心口，馮道忽露了一抹調皮微笑：「倒！」

朱友珪頓時感到一陣暈眩，手腳也酸軟無力，長劍「咚！」一聲落下，他勉強以手臂去撐持地面，仍支撐不住，終於癱倒在地。原來馮道趁朱友珪不注意時，將「傾城傾國香」倒在紙張上，又故意露出一抹詭笑，好讓朱友珪以為有詐而慢慢研究，一旦他琢磨祕訣越久，便中毒越多。

馮道怕他快速恢復功力，又來追殺自己，一邊拾起原本綑綁自己的繩索，將朱友珪五花大綁成貢奉豬公的模樣，一邊道：「原本說好只要我吐露破功秘笈，大家就各走各路，兩不相干，想不到你竟然無信無義，要殺我滅口？珪公子，你說我該怎麼處置你才好？」

朱友珪頭昏腦脹，勉強以內力撐住意志，咬牙道：「你最好殺了我，否則我絕對饒不了你！」

馮道心想：「我不能教張姑娘做了寡婦，人是殺不得的。」但要輕易放過這心狠手辣的惡漢，又覺得太過便宜，一時調皮心起：「我且嚇他一嚇！」笑道：「珪公子，你說你什麼名字不好取，竟喚做小烏龜？難道你父王早就知道你是個言而無信的龜兒子，才為你取這名字？」

朱友珪憤恨道：「我是玉圭的珪，不是烏龜的龜！」

馮道笑道：「咱倆相伴一段時日，也算親近，我就不嫌棄，喚你一聲小龜子！」又拾起地上長劍，在朱友珪臉上比劃來比劃去，笑道：「小龜子，你說，我是砍了你的四肢，教你做隻縮頭縮足的小烏龜好？還是在你臉上刻兩隻活靈活現的小龜子好？」

朱友珪生怕他真會下狠手，忍不住微微顫抖，喘氣道：「你敢動我一根毫髮，我……我父王定會將你……碎屍萬段！」他渾身漸漸虛軟，就連口舌也使不上力，只呼呼喘氣，語音一片含混。

馮道又道：「你父王喜歡在逃兵臉上做記號，我也來有樣學樣，把這記號還給他兒子！」

朱友珪已說不出半句話，只睜大虎眼惡狠狠地瞪著馮道，恨不能用精光將他大卸八塊。馮道卻不理會他，仍是興沖沖地拿起毛筆，在朱友珪兩頰上各畫一隻小烏龜，笑道：「我先描個圖樣，等會兒刻畫起來才漂亮，不會刻成歪烏龜！」

朱友珪原本頭暈腦脹，這般羞辱簡直比殺了他還難受，一時氣沖腦門，兩眼發黑，便暈了過去。馮道心想自己總不能真在他臉上刻烏龜，教張曦一輩子受人嘲笑，便以劍尖在他頰上描了又描，但力道控制得恰到好處，只刺得微微紅腫，並未破皮出血、留下傷痕。朱友珪感到陣陣刺痛，清醒過來，見馮道笑盈盈地盯著自己的臉，以為真被刻了烏龜，心中一涼：「我臉上刺著……這東西，日後如何見人？」

馮道越看越滿意，忍不住哈哈大笑：「這兩隻烏龜刻畫得好極！頗有名家風範，該取個好名字相襯，待我想想……有了！就叫做『龜王父子、一家老小』！」

朱友珪從小受盡嘲笑，已是滿懷悲憤，想到日後還要遭受無止無盡的羞辱，父王、貞娘都會厭惡自己，這世上更不會有烏龜臉帝王，一瞬間，所有的宏圖美夢全然破碎，所有的努力盡成泡影，不禁萬念俱灰，氣得嘔出一大口鮮血來。

馮道輕拍朱友珪的臉頰道：「雖然你心狠手辣，屢屢想殺我，但本公子心胸寬大，不只饒你一命，還免費贈送兩隻小烏龜，你可千萬要記得我的恩情！」說罷拾起破解不老神功的紙頁，碎成飛花，隨意往空中一灑，哈哈大笑地走出門外：「小珪子趴成豬公，小馮子逃之匆匆！快走不送！」

「我殺了你……我……殺了你……」朱友珪不停口喝罵，偏偏全身虛弱，連罵人也氣喘吁吁，更別說掙脫繩索了。

馮道剛走出木屋，便見到馮廷諤快馬奔來，幸好他有「明鑒」雙眼，才能及時躲入樹叢裡，馮廷諤能半點無誤地找到朱友珪所在，顯然兩人之間有著特殊的聯絡暗號。

「二公子！」馮廷諤見到朱友珪狼狽的模樣，實在驚詫，連忙解開繩索，道：「幸好卑職及時趕到，要是遇上壞人，後果不堪設想。」

朱友珪還昏昏沉沉，用盡全身力氣呼斥：「我要……殺了他！你……快給我追上，我定要將他剁……剁成肉醬……」馮廷諤雖知道小賊還未走遠，卻不能放著昏沉的朱友珪不管，因此並未起身追人。朱友珪罵了幾句，身子更虛弱，喘氣道：「你……你瞧瞧我臉上有沒有什麼記號？」

馮廷諤見那是兩隻烏龜，濃眉一蹙，道：「是……用筆墨畫了一點圖……」又趕緊道：「卑職去拿清水來為您清洗。」朱友珪不敢置信，驚疑道：「只是用筆墨畫的？」馮廷諤點頭道：「是！只是筆墨畫的！」朱友珪大大吁了口氣，又道：「快把那些紙花……都撿起來，一張……都不能少……」馮廷諤一邊撿拾碎紙，朱友珪心情稍稍平復，問道：「小皇子呢？」

「找到了！」馮廷諤道：「被樹枝刺穿，掛死在懸崖邊，卑職查驗過，他身上包著皇室被服，懷中有御用玩物，最重要的是那孩子的眉目依稀有先帝樣貌，背上也有玉龍子的九龍圖騰，應該不會錯！卑職已將屍身交給韓勍，讓他呈給大王。」

朱友珪聽到這好消息，總算吐了一口鬱氣，道：「幹得好！」

馮道聽見小皇子屍身被找到，心中一陣悵然：「不知他們找到胡三沒有……」但他不敢停留，一步步悄悄後退，想趁朱友珪還未恢復盡快逃走，他見距離拉得夠遠了，馮廷諤應該不會發現自己，這才轉身一路狂奔：「我得搶在楊師厚佈署好軍陣前，早一步通知趙匡凝！」他乘舟渡過漢水，買了一匹馬，日夜不休地趕路。

數日之後，荊襄府城已在三里外，馮道更快馬加鞭，後方忽然飛來一道劍光橫削過他頭頸，幸好他感應靈敏，及時彎身閃過，才沒被斬首，但馬兒正往前衝，他下彎力道又太猛，整個人摔馬滾落，跌得十分狼狽。

突襲那人於空中翻一個觔斗，穩穩落在前方，攔住他的去路，喝道：「小賊，還想逃！」正是朱友珪循線追上，他的僕從馮廷諤也緊緊跟隨，形成前後包夾之勢。

馮道只能硬著頭皮，拍拍衣衫站起，咧嘴一笑：「二公子，你是來報我的不殺之恩麼？」

朱友珪長劍一揚，恨聲道：「我殺了你！」

馮道驚呼：「真命天子！」

朱友珪聽見「真命天子」四字，劍勢不由得一頓，劍光厲厲指著他，叫道：「你又想說什麼廢話？」

馮道鬆了口氣，道：「你有沒有想過，我為什麼要告訴你神功奧祕，卻不告訴朱友貞？還有，當時我大可殺了你，卻饒你一命？那是因為我們是朋友，不是敵人！」

朱友珪斥吼道：「你是什麼狗東西？憑什麼跟本公子當朋友？」

馮道一斂嘻皮笑臉，沉聲道：「憑我知道你是真命天子！」

朱友珪見他說得如此鄭重，心中不禁生疑：「從前世人都瞧我不起，只有貞娘說我是真龍命格，我原本還不敢奢望，誰想張惠和大哥真的死了，讓我撿個大便宜！這小子如何知道？難道他也識得貞娘……」這事除了張曦、李振、韓勍、馮廷諤之外，沒有其他人知道，朱友珪一想到眼前小子極可能識得心愛的女人，一股猜忌、嫉恨之火沖上心頭：「他二人究竟是什麼關係？」

馮道見他劍尖顫動，神色陰晴不定，雖不知他想到了齷齪念頭，但想：「我得讓小珪子相信那張破功法門是真的。」便道：「《安天下》裡既然寫了破功法門，再寫些別的，也不足為奇！」

朱友珪聞言，頓時消了妒火，喜上心頭，問道：「難道《安天下》裡還寫了誰能繼承大統？」

馮道哈哈一笑，大力讚道：「二公子您可太聰明了！我敢肯定您一定是梁王諸多孩子裡最最聰明、最最優秀的那一個！難怪啊難怪，《安天下》裡說您才是真正繼承梁王大統之人！」

朱友珪雙目一亮，臉上不自禁露出喜色，馮道微笑道：「今日你殺了我，將來必定後悔！」

馮廷諤低聲提醒：「這小子來歷不明，卻知道太多祕密，留不得。」

朱友珪臉色一擰，沉喝道：「不錯！」長劍再度提起。

馮道心想他們任何一個武功都遠勝自己：「這兩人心狠手辣、毫無顧忌，聯起手來，比李克用、耶律阿保機還難應付！」被這麼前後夾擊，實在沒有半分生機，生死關頭，他一邊大叫：「趙節帥！救命啊！」一邊全力甩出五爪鋼鍊，往朱友珪掃去！

朱友珪長劍「嗤！」一聲，精準刺向鋼爪，將鋼鍊震得拋甩出去，馮道趁這機會轉身奔逃，馮廷諤的長劍卻已劃過長空，猛刺過來，那點點炫閃的劍芒使馮道目光恍惚，看不清劍勢：「見鬼了！明明是一把劍，怎變成滿空星雨？究竟是怎麼變的？這人難道是戲班子出身的？」幸好他感應十分敏銳，知道那奇幻莫測的劍尖看似刺往左肩，實則刺向右胸，奮力向左一躍，閃開馮廷諤的絕招「飛燕爍影」！

下一刻，朱友珪的沉厲劍勁已緊跟而上，猛刺向馮道背心，同時間，馮廷諤已迴過長劍，再度刺向他心口，這兩劍配合得天衣無縫，任何一刺都足以斃命，就算馮道身法再奇妙、感應再靈敏，也無法躲避。

生死瞬間，馮道薄瘦的身子斜斜一倒，從兩道劍尖縫隙間滑出丈餘，只有衣衫前後各被劃破一道長口子，倘若再慢了半分，他就是破身而亡。

事起突然，朱友珪、馮廷諤都收勢不及，劍尖衝刺向彼此，不由得相顧駭然，下一剎那，才看清是一位錦衣老儒翩然而至，兩指探向馮道的衣領，輕輕一引，就將他抽離險地，兩指再分別點向兩把兵刃，便加重雙方衝刺的力道！

朱友珪、馮廷諤所使乃是完全相反的高明劍法，一剛猛沉厚、一奇幻如影，那老儒隨手一點，便能左右兩人的劍勢，其武藝奇妙高深，自不是尋常人，乃是荊襄節度使趙匡凝！

馮廷諤拼命往後拉退，長劍想用力外移，卻抵不過全速衝刺的力道，朱友珪眼睜睜看著劍尖刺來，避無可避，大叫：「你敢！」他其實知道馮廷諤身不由己，這一吼叫只是不甘心而已。

猛然間，馮廷諤手掌一鬆，硬生生放掉所有內力，任朱友珪的劍尖刺入自己腰間，這一劍刺入頗深，他受傷沉重，登時右膝一沉，跪倒在地，卻連一聲也沒吭。

馮道暗讚：「這傢伙雖凶狠，卻是不折不扣的好漢子，若換成小馮子受這一劍，肯定哇哇大叫！」

朱友珪心知遇上大敵，再顧不得馮廷諤死活，長劍猛力一抽，迴劍刺向趙匡凝，剎那間，馮廷諤傷口鮮血狂噴，不由得昏暈過去。

趙匡凝武功雖不如朱全忠、李克用、李茂貞三大高手，但能成為一方豪強，自有獨到之處，對付朱友珪還是綽綽有餘，口中喝斥：「哪來的跳梁小丑，也敢來趙某地盤鬧事，還不快滾？」雙掌翻飛，幾個起落便劈退了朱友珪。

馮道大叫：「不能滾！趙節帥，快抓住他！」

朱友珪害怕自己會被抓住，丟下受重傷的馮廷諤轉身就跑，趙匡凝雖弄不清楚狀況，但想：「先抓住人，再問清楚。」飛身而上，大掌一探，抓向朱友珪衣領，朱友珪不禁頭皮發麻，頓時為自己曾瞧不起趙匡凝，感到萬分後悔。

「二哥，我來幫你！」前方忽然衝來三道飛馳的身影，卻是朱友貞帶著袁象先、趙岩出現，唰唰唰三響，三人同時拔出長劍，躍離馬背，撲刺向趙匡凝！

趙匡凝不得不放棄朱友珪，收掌回護自身。袁象先劍尖飄飄，看似軟棉無力，其實已暗伏凌厲殺招，趙岩手中長劍細軟如腰帶，手腕一抖，劍光瞬間暴長，掃刺趙匡凝七八處要害，勁敵當前，兩人一出手都是畢生精華，朱友貞武功雖最弱，但初戰大敵，十分興奮，憑著一股少年意氣往前衝，毫無膽怯。

朱友珪見來了幫手，心想：「除掉趙匡凝可是大功一件，我絕不能讓三弟獨佔這功勞！」便回身挺劍再衝上。

這地方離帥府還有二里路遠，趙匡凝原本是獨自外出散心，思索皇帝死後自己的應對之策，回程時撞見兩名汴梁少將圍攻一名青年，聽青年口口聲聲喊著：「趙節帥救命。」心中激起意氣：「梁軍竟敢到我帥府門前撒野，也太不像話了！」這才出手相幫，想不到竟會惹來四名汴梁少將圍攻，此時他與朱全忠的關係正陷入膠著，心中猶豫要不要下狠手：「這幫梁將聯手殺我，究竟是受命於梁王，還是碰巧遇上？」

朱友貞那方可就沒這麼多顧慮，人人搶著立頭功，個個出手毫不留情。趙匡凝武功雖勝過他們任何一個，要以一敵四也不可能，馮道不禁感到擔心：「我把他們引過來，卻來不及趕到府城，這下可害慘趙匡凝！」

卻見趙匡凝東一指、西一點，身影瀟灑地穿梭在四人之間，這四人的兵器竟東彎西轉地刺向自己人，原來他「劍指江山」的絕招，並不是與對手硬拼的功夫，而是利用四兩撥千斤的巧妙，點在對方兵器上，改變攻擊方向。

朱友珪見眾人聯手仍不敵趙匡凝，不想再纏鬥下去，邊打邊退，漸漸留給朱友貞三人抵擋，趁機扶了馮廷諤打算開溜，趙匡凝心中卻記得馮道的提醒，哪容得他逃走？身影一轉，又探手去抓他。

朱友貞鬥得興起，一心想在兄弟面前炫耀武功，喝道：「看招！」一劍刺入趙匡凝抓朱友珪的指掌縫隙間，逼得趙匡凝不得不縮手退後，朱友貞一招逼退大敵，心中得意，更奮勇衝殺，一劍接一劍刺去，擋下趙匡凝的去路。

趙匡凝眼看朱友珪趁機退出，不禁有些懊惱：「那青年叫我抓他，必有緣故，我錯失良機了！」

朱友貞武功最差，這幾劍卻是精妙異常，馮道赫然發現那劍法是從不老神功化簡而來，心念一轉，已然明白：「朱全忠可真是偏心！」立刻改口，指了朱友貞叫道：「抓這個！這個才是朱全忠的愛子，那個走了無妨！」

趙匡凝心中一驚：「朱全忠的兒子怎麼來了？」又想：「今日糊裡糊塗打這一架，已經得罪梁王，得做下防範才是……」當下不再遲疑，反手一探，抓向朱友貞胸口，想拿他當人質。朱友貞嚇了一跳，足尖一點，向後滑退，袁象先、趙岩同時飛撲過來，喝道：「三公子快走！我們斷後！」雙劍分刺趙匡凝兩脅，好掩護朱友貞逃走。

趙匡凝雙臂一揚，右手指尖點向袁象先的劍身，用力一滑，袁象先頓時感到一股奇怪扭力牽引劍身，竟不由自主地刺向朱友貞胸口！

朱友貞實戰經驗不多，見自己人忽然殺來，一時手忙腳亂，唰唰唰連出三劍，招招刺向對手要害。袁象先出於本能抵擋，速度比他快上幾籌，兩人三擋三刺，袁象先劍尖始終指向朱友貞胸口，朱友貞被逼得連連後退，但他退掠的速度不及袁象先的快劍，眼看下一刻就要被刺身亡，不禁嚇出一身冷汗。

袁象先也好不到哪兒，看似占了上風，心中卻更加害怕，手中長劍一而再、再而三地追殺朱友貞，眼看就要闖下禍事，他一咬牙，猛運真氣至手臂，硬是繃斷自己的手筋，兩人互攻之勢才緩了下來。

趙匡凝的左手指尖同時點向趙岩的劍身，細長帶劍被震得繞了大半圈，刺向朱友貞側腰。朱友貞還忙著應付袁象先，眼看劍光如帶影，旋刺向自己，已來不及應變，驚得大叫出聲。趙岩雖拼命後退，但力道全操在趙匡凝手裡，實在無計可施。

千鈞一髮間，一道劍光猛刺過來，卻是朱友珪聽了馮道喊話，心中激盪、憤恨至極，一時腦袋沖燒，竟閃過荒謬念頭：「父王一向偏心，若是我被抓了，他又會如何？」遂大力拋開馮廷諤，不顧一切地衝殺過去。

趙匡凝見朱友珪狀似拼命，顧不得抓捕朱友貞，豁地飛身而起，雙足尖分踢趙岩、朱友珪的劍尖，趙岩的長帶劍一個急速旋轉，絞扭住朱友珪的劍身，喀喀兩聲，雙劍齊斷！以兩人的武功造詣，趙匡凝原本不可能一踢而斷，但兩人正豁盡全力，趙匡凝於是借用他們自己的力量互相絞砍，這才斷了兵刃。

趙匡凝身子還未落下，雙足尖於空中再一個旋踢，將兩把噴飛的斷劍分射向朱友珪、趙岩，兩人急得拆開絞住的劍身，再奮力格擋飛來的劍尖，趙匡凝趁這瞬間，身影一落，雙掌分劈，將兩人同時擊昏。

朱友貞不敢再逞強，趁趙匡凝對付其他人時，飛身退出戰圈，施展輕功疾奔向馬兒，正要翻身上馬，馮道飛甩出五爪鋼鍊，緊緊攫住他腳踝，硬是將他拖下馬來。朱友貞武功原本勝過馮道，只是受了驚嚇才會失足，他大叫一聲，反身揮劍撲向馮道，同時間，袁象先叫道：「三公子快走！」拼著臂傷，改以左手持劍飛撲向馮道！

馮道一時遭遇兩人夾擊，若不放開鋼鍊，就會被刺身亡，若是放開，朱友貞一跑，所有計劃都將落空，他不禁陷入萬分掙扎，幸好趙匡凝及時趕到，左右一掌，又將袁象先、朱友貞各自劈昏。

馮道見五人終於被制伏，鬆了口氣，拍手笑道：「趙節帥神功無敵，總算大功告成了！」

趙匡凝聽他聲音頗為熟悉，奇道：「你究竟是誰？」

馮道雙掌往臉上一陣搓抹，黃泥簌簌掉落，露出本來面貌，趙匡凝發現他竟是熟人，愕然道：「馮小兄，原來是你！」

馮道拱手道：「晚生見過趙節帥。」見趙匡凝衣飾依然精緻講究，神色卻憔悴許多，已不復昔日的傲氣，顯然心力交瘁、煎熬多時，關心道：「先帝駕崩，天下臣民同感悲慟，但您是大唐砥柱，千萬要保重。」

趙匡凝黯然道：「無論我再怎麼努力，也無力挽救，大唐終究是氣數盡了！」他仰天長長一嘆，盡吐胸中鬱氣，怔然許久，才問道：「你怎麼扮成這副模樣，還遭遇梁將追殺？」

馮道說道：「晚生趕來這裡，是有件大事要通知您，楊師厚大軍快到了！」

趙匡凝心中一震，道：「你說什麼？」他不是沒聽清楚，只是太過震驚，隨即又道：「怎麼可能？我已經投降朱全忠了……不可能！不可能！」

馮道說道：「無論您信不信我，都必須盡快做準備。」

趙匡凝想到梁軍氣勢壯盛，一時心神茫然，喃喃自語：「梁王若真想攻打荊襄，我又如何能抵擋？」

馮道安慰道：「所以晚生給您送來救命符！」

趙匡凝不相信道：「連皇帝都命喪他手，天下間又有什麼救命符能抵擋梁王？」

馮道分別指向朱友珪、朱友貞道：「這個是朱全忠次子，年輕那個是朱全忠最疼愛的兒子，抓到他們，您就有籌碼跟他談判了。」尷尬一笑，又道：「我原本是想引他們去荊襄府城，可惜我逃得不夠快，還差二里路，幾乎功虧一簣，幸好您及時出現，又神功無敵，一舉制伏這幫臭小子，否則就太危險了！」

趙匡凝恍然明白馮道拚命逃到這裡，是故意引誘朱氏兄弟進入荊襄，好讓自己抓他們做人質，感激道：「馮小兄，真是多謝你了，可是梁王還未攻來，我這麼扣著他的寶貝兒子，豈不是自招麻煩？這事不大妥當……」

馮道還未答話，卻見副節度使王筠神色驚惶地從帥府方向趕馬過來，大叫道：「節帥！」

趙匡凝心知王筠是沉穩之人，他如此急躁，必有大事發生，急問：「發生何事？」

王筠飛快下馬，拱手稟報道：「剛才探子匆匆來報，說梁王向新帝上表節帥的罪狀！」

趙匡凝自認行事謹慎，不可能落下什麼把柄，眉目一沉，冷哼道：「我對聖上忠心耿耿，又有什麼罪狀可誣衊？」

王筠道：「梁王說您包庇弒殺先帝的逆賊，逼小皇帝下詔削您官位，收回兵權，隨後就派了武寧節度使楊師厚率大軍前來！」

趙匡凝原本還心存僥倖，盼馮道的消息錯誤，聞言心中一沉，道：「看來馮小兄是對的，朱全忠已容不下我了！」便偕同馮道、王筠帶著一班人質回去帥府。

趙匡凝回到帥府，立刻召集眾將商量對策：「楊師厚大軍到哪裡了？」

王筠道：「根據探子所報，汴梁大軍兵分八路，日行百里，看來是早有準備。」

「八路？」趙匡凝一時懵了，迭聲問道：「楊師厚為何兵分八路？他究竟帶了多少兵馬，竟能分成八路？」一想到汴梁大軍不知有多少，只覺得一陣寒意直逼心頭，又問：「楊師厚大軍南下，居然不是直攻鄧、唐兩州，而是分成八路，你們說說，他究竟想做什麼？」

眾將被汴梁大軍的氣勢給嚇著了，一時沒了主意，皆垂首不語。

趙匡凝指了地圖上鄧州、唐州，道：「既然猜不出對方戰略，我們兵少，不能太分散，這兩處是漢水以北的防線，首當其衝，務必守緊，絕不能讓楊師厚跨過漢水，否則就糟了！另外派人通知荊南留後，務必守住房州、均州。」

荊南留後是他的親弟趙匡明，荊南、襄州兩城互為犄角，在戰略位置上，既可彼此供應，又可互相幫助，牽制敵軍佈防。

馮道插口道：「既然兵少，就把所有士兵都撤回來，以漢水為屏障，背水一戰。」

趙匡凝愕然道：「你是說放棄領地？我荊襄地小人稀，已無力對抗汴梁大軍，還要把領地白白讓出？這是什麼蠢主意！」

馮道說道：「荊襄兵少力弱，一旦分散多處，很容易被各個擊破，到最後，再沒有兵力守住漢水這最後一道屏障。」

趙匡凝搖頭道：「每一分兵力、每一寸土地都可形成防禦工事，哪有自削骨肉去餵豺狼的道理？」

馮道勸道：「如今敵我懸殊，對方行軍又快，已來不及築城防禦了！」

趙匡凝毅然道：「鄧、唐、房、均四州都是要塞，一旦放棄，襄州肯定門戶大開，絕對不行！」

馮道說道：「敢問趙節帥，荊襄軍力比起河東、鳳翔如何？」

趙匡凝心知自己遠遠不如，一時沉了臉，不作回答。

馮道續道：「晉陽之戰，氏叔琮率六路大軍分進合擊，將河東外方駐軍各個擊破，險些滅了河東；鳳翔之戰，汴梁又以地方包圍中央，將鳳翔圍成一座孤城，逼到兵盡糧絕。汴梁憑藉強大軍力，一向採取分進合擊、包圍中央的戰略，河東能撐至最後不至覆沒，是因為李克用緊急調回所有軍力，全力守住晉陽，撐持到大雨洪水來臨，憑著天候逼退敵軍，這才留下一線生機！」

趙匡凝博覽群書，骨子裡有一份傲氣，雖看重馮道，卻不覺得這個後生小輩真能提出什麼軍事策略，冷聲道：「馮小兄，你不懂打戰！」

馮道不肯放棄，又道：「打仗講究天時、地利、人和，荊襄的人數比不上汴梁，但地利有漢水大塹，至於天時──老天也的確賜了一條生路，只要能守到寒冬十月，必有轉機。」

趙匡凝問道：「為何寒冬十月就會有轉機？」

馮道不知該如何跟趙匡凝解釋，只好道：「人人都說漢水『五、六月常怕旱，八、九月常怕霖』，只要等到一場暴雨造成洪水，就能阻止汴梁軍前進的速度，到了十月寒冬，天下雪粉，雨雪濕滑，河面結薄冰，大軍無法步行於河面，行船又受薄冰所阻，我們便可趁機殲滅敵軍。」

趙匡凝板了臉教訓道：「馮小兄，打仗憑的是真刀、真槍、真本事！你卻要我去等那不可預知的天候？你莫再妄發議論擾亂軍心，否則我也留不得你了！」便不再理會他，轉而吩咐副將王筠去調度兵馬。

馮道既著急又沮喪：「有捨才有得，趙匡凝連一寸土地也不肯失去，到最後只會被各個擊破，時間緊迫，他又不肯聽我的勸，這該如何是好？」

「報！」城樓外已傳來號角聲，荊襄府城大門開啟，一匹駿馬疾馳而入，大叫：「啟稟節帥，楊師厚已取下唐州！」

荊襄軍將一片嘩然，馮道愕然道：「楊師厚速度之快，比我想得還可怕！」

趙匡凝臉色鐵青，道：「楊師厚的其他七軍呢？往哪裡去了？」

探子垂首道：「如今還不知道，需等下次回報。」

馮道插口道：「晚生想了幾日，終於明白楊師厚兵分八路的用意，您瞧瞧這地圖，」指了圖上八個地方，道：「除了直取府城襄州外，另外七路應是開往唐、鄧、複、郢、隨、均，房七州，這七個地方剛好環繞住您所在的襄州，他是要圍堵死襄州，讓您……」他原本想說「讓您逃生無路，朱全忠不只要取荊襄，更是一定要取您性命！」但看趙匡凝臉色越來越蒼白，宛如死人般，便把話吞了進去，不忍說出。

趙匡凝如何不懂他吞進去的話，臉色一片灰白，顯然被朱全忠的狠厲嚇著了，好半晌才回過神來，道：「如今只能派使者去跟梁王謝罪了！」

馮道勸道：「求和無用，朱全忠是鐵了心要取荊襄！」

趙匡凝頹然搖頭道：「我們兵少，實在不能抵擋汴梁大軍！依我看，趕緊派使者去向梁王求和才是！」

馮道又勸：「既然兵少，就集中兵力守漢水，荊襄唯一的優勢是水軍，倚漢水為戰，才有機會。」

趙匡凝心情煩躁，不悅道：「這麼嚴兵列陣，豈不更顯得我想造反？我從前幾次向梁王求和，他都既往不究，這次我依然好言解釋，再奉送厚禮，他應該也會聽得進去。」英眉一蹙，望向馮道沉聲道：「倒是朱氏兄弟，無緣無故囚禁了他們，若是放人回去，這兩兄弟心中懷恨，肯定會慫恿梁王報仇，若是殺了他們，梁王事後查出，更不會放過荊襄，這兩人成燙手山芋了！」話中頗是責怪馮道不該把朱氏兄弟引來。

馮道好言道：「如果求和能讓汴梁退軍，我絕不會請節帥對抗到底，可朱全忠是鐵了心要滅荊襄，請立刻調回兵馬，嚴守漢水，再向外尋求救兵，只要能守到寒冬十月，就有轉機。」

趙匡凝一句也聽不進去，揮了揮手，嘆道：「馮小兄，這回我真是被你害死了！」

他堅持派使者去求和，滿心等待朱全忠的回覆，時間一分一分過去，汴梁大軍也抓緊機會一路一路逼進，彷彿朱全忠根本沒得到任何求和信，這一日，終於等到了回音，卻是惡耗連連：「梁王扣住我們派去的使者，不肯遣還！」

「楊師厚陸續攻拔鄧、複、郢、隨，大軍快要圍住襄州。」

「戎昭節度使馮行襲的兒子馮勖率水軍前往房、均兩州，與汴梁軍會合。」

趙匡凝驚愕道：「戎昭水軍也出動了？看來梁王是真要取我性命，一點餘地也不留了！」他不得不認清現實，緊急召回散諸各地的軍隊，然而為時已晚，各地不是城破盡滅，就是兵敗投降，只收回兩萬殘兵，副使王筠集中軍力佈列在漢水河畔，全力防守。

趙匡凝見情況不善，決定派探子去荊南求救，弟弟趙匡明一接到訊息，也立刻派牙將王建武率援軍過來，不料到了半途，卻遭遇楊師厚率軍攔截，雙方大戰於谷城西童山，荊南援軍慘敗，牙將王建武投降。

原本弱少的兵力再受損失，援軍又斷絕，襄州眾將個個面色凝重、相顧無言，趙匡凝憂愁更甚，不得不詢問馮道：「馮小兄，你曾說堅守到十月便有轉機，是真的麼？」

馮道心想前面浪費太多時間，兵力一分分消耗、領地一寸寸失去，趙匡凝已錯失良機，無力回天了，只好坦言道：「請節帥尋求退路，保住性命，以待復興。」

趙匡凝驚愕道：「你是說襄州守不住了？」馮道嘆道：「退出是唯一的法子！」

趙匡凝怔然許久，道：「好！我們退往荊南，集中兵力防守。」

馮道連忙道：「我的意思是退往淮南……」

趙匡凝英眉一蹙，沉聲道：「我兄弟還佔著荊南，哪有放棄自己的勢力，去向他人乞憐的道理？」遂派使者再往荊南江陵府通知趙匡明，說襄州軍準備南撤，讓他準備接應。

那使者才出發不久，卻遇見趙匡明派兒子趙承規前來，兩人便一起快馬趕回襄州府城，趙承規向趙匡凝行了子侄之禮，急道：「房、均兩州已經失守，荊南情況危急，請伯父盡快派兵支援！」

汴梁軍勢如破竹、銳不可擋，趙匡凝已是苦思無策，如今又聽見兄弟也陷入苦戰，後路斷絕，一時全身顫抖、面色青白，說不出半句話。

趙承規心中著急，又不敢催問，馮道便道：「請告訴留後，襄州也守不住了，我們要投奔淮南。」

趙匡凝錯愕地望了馮道一眼，卻也無力反對，只沉沉一嘆，對趙承規道：「告訴你父親，如果襄州守不下去，我就會投奔吳王，讓他做好準備，和我一起去吧！」

趙承規想了想，道：「昔日諸葛兄弟分仕三國，如果伯父和父親一起去淮南，說不定楊行密會懷疑你們想擁兵自立。我會勸父親前往西川投奔王建，這樣萬一發生什麼事，也不致家族一起覆沒。」

趙匡凝點點頭，道：「你說得甚是，大家各自珍重。」趙承規便告辭離去。

趙匡凝有些不悅，道：「馮小兄，你一直說十月會有轉機，方才為何自作主張，說我們要投奔淮南？」

馮道拱手道：「以朱全忠的習性，守軍越是頑強抵抗，他破城之後，屠殺百姓越烈，晚生懇求您為襄州百姓著想，盡快放手退出。」

趙匡凝想不到馮道說的退路是教他拱手讓出荊襄，亡命天涯，毅然道：「不行！不到最後，怎能輕易放棄？」

馮道知道他性情驕傲，越是和他說道理，越觸怒他心裡，便閉口不再相勸，心中卻萬分焦急。

趙匡凝其實也知道荊襄城破是早晚之事，但一去淮南，不只手中軍權盡失，又寄人籬下，從此生死由人、朝不保夕，亂世之中，降將最易惹人疑忌，往往沒有好下場，思想一整夜，始終下不了決心。

將近黎明時分，遠方傳來嗚嗚號角聲，聲聲淒厲，宛如催魂奪命，一名在漢水作戰的荊襄士兵滿身殘破地趕了回來，在兩名府城衛兵夾扶下，蹣跚進入帥府，顫抖道：「節帥！楊師厚在陰谷口造浮橋，我們雖試圖破壞，但軍力懸殊，實在擋不住對方攻勢！如今……汴梁大軍已渡過浮橋，俘斬我軍萬餘人……」

趙匡凝臉色倏地慘白，急問：「副帥的兵馬呢？他應該會守住漢水！」

「副帥……」探子垂了頭，抹淚哽咽道：「副帥兵敗，寧死不屈，已經自殺身亡了！如今只剩節帥守的這一邊水路，還沒攻破……」

趙匡凝聽見王筠自殺，心中震駭，一時茫然失神，頹然坐倒，只緊握雙拳強行忍抑。那探子顫聲道：「還有……」趙匡凝喘氣急問：「還有什麼？快說！」探子顫抖道：「楊師厚只是先鋒軍，梁王親率中軍後繼！」

趙匡凝震驚道：「梁王親自出馬？」頓時鬥志盡喪，胸中一口鬱氣哽在喉間，幾乎喘不過來。

馮道也是震驚：「八軍齊發，楊師厚已勝券在握，朱全忠為何還要率大軍親征？」他細細回想，恍然明白當時朱全忠前往伏牛山，就是準備親自督戰，但對付一個早已投降的荊襄，何必費這麼大力氣？心念一轉，終於想通朱全忠的全盤打算：「汴梁軍追殺小皇子，以此取荊襄、殺趙匡凝，其實都是次要的，他真正目的是直取淮南，一舉剷除楊行密這大敵，打從他逼我們攔小皇子逃往荊襄，就已經盤算好先取荊襄，後取淮南，才會發動如此大的軍力！」

趙匡凝想到手中江山盡丟失，忠心下屬盡喪命，不禁眼眶泛紅，浮了淚水，有氣無力地道：「馮小兄，咱們真有生路嚒？」

馮道搖頭嘆道：「先機已失，晚生人力有限，已經保不住荊襄，只能設法為節帥拼出一線生機，請節帥為荊襄百姓著想，快做下決定吧，再晚就來不及了。」

趙匡凝雖是武將，骨子裡仍有一份士人情懷，想到鳳翔、青州兵敗後的慘況，頹然道：「我可以退，但你必須保住我們的性命，不是保我一人，而是保我親族、親軍千百條性命！」

馮道說道：「楊行密與節帥是知交，只要把朱氏兄弟獻給楊行密，他一定會派兵來接應。」

毀。」

趙匡凝贊同道：「這主意不錯，但梁軍八方包圍，已擋住所有出路，這麼多人如何遷出？」

馮道躊躇道：「晚生已想好法子，但怕人微言輕，節帥不肯聽從……」

趙匡凝心神恍惚，已經沒了主意，嘆道：「情況惡劣至此，只要有法子便好，還倔強什麼？」

馮道說道：「請節帥盡快撤退漢水江邊的百姓，再把江邊的府城、屋舍、停泊的戰船全數焚毀。」

趙匡凝再次驚愕：「要把府城、戰船全燒盡？但府城有我先祖留傳的千卷藏書！」

亂世之中還能保有千卷藏書，是何等寶藏！馮道可以輕權勢、棄富貴，唯獨這藏書卻是他的軟肋，心中萬分不捨，怔想半晌，嘆道：「書冊沉重，輕舟絕對載不了，只好送給朱全忠了！」

趙匡凝怒道：「怎能送給那個老匹夫？他害我城破家亡，還送寶藏給他？我寧可一把火燒盡，也不給他！」

馮道卻是寧可送給朱全忠，也捨不得燒書，但他知道趙匡凝肯定不答應，只好變個說法相勸：「不是平白送他的，送書是為了救趙氏一族。」

趙匡凝不解道：「這又是為何？」

馮道答道：「朱全忠不會顧惜趙岩、袁象先、馮廷諤的性命，帶他們走只是累贅，所以我們把三人和藏書一起搬到一個顯眼處，讓楊師厚一進襄州最先看到他們，他必須花時間救治三人，又要把藏書搬回汴梁，如此一來，我們便有更多的時間逃走了。」

趙匡凝垂然一嘆：「白白便宜那沒學問的老賊！」

馮道鬆了口氣，安慰道：「書冊的紙張墨字固然是珍寶，但最珍貴的還是書中學問，也就是老祖宗流傳下來的智慧！朱賊既無學問，就算有書冊在手，也看不到其中智慧，他將書冊搬去，不過是擺著裝飾罷了，如何便宜得到他？咱們只是把書冊暫時借放在那裡，來日再設法取回便是。」笑了笑道：「他奪你地盤，你借他一塊地方放祖宗寶書，小小回敬一下。」

趙匡凝聽馮道這麼說，心中抒解不少，苦笑道：「不錯！來日我再將藏書取回來。」

馮道又道；「但戰船絕對必須焚毀！」

趙匡凝蹙眉道：「萬萬不行！戰船一燒，我親族許多老弱婦孺怎麼逃走？我絕不能撇棄他們！」

馮道說道：「如果坐戰船走，立刻會成為追擊目標。焚燒府城、戰船，一方面可讓火勢阻擋追兵，以濃煙掩護我們的行蹤，另方面也會讓楊師厚誤以為節帥兵敗自殺，燒死在府城中，拖延一段時間，等他查不見屍身，再發兵追來，我們已經乘小舟走遠了。」

趙匡凝並非頭腦不清楚，只是捨不得，他每一步都錯失在「不捨」，如今到了這步田地，也無法再堅持，頹然嘆道：「全照你的意思辦吧！」便吩咐府城衛兵聽從馮道安排。

這段期間，馮道早將退路計劃思索好幾遍，也在自己能力範圍內，盡量準備一切，終於等到趙匡凝點頭，便以最快速度籌辦此事。他準備了百多艘輕舟，每二十名府城親衛保護五名趙氏家族共乘一舟，再將昏迷的朱氏兄弟綁好，押解到趙匡凝所在的輕舟上，至於受傷的馮廷諤、趙岩、袁象先，就依計劃將他們迷昏，再和藏書一起搬到安全的地方，他知道汴梁士兵如果只發現藏書，必然不會理睬，說不定還會放火燒了，但如果有趙岩三人同在，就會稟報楊師厚，他相信楊師厚是個識貨人，會將這些寶藏搬回汴梁，待一切準備就緒，便去通知趙匡凝。

趙匡凝拿著火把站在府城門前怔怔癡想，怎麼也下不了手，馮道連聲催促：「楊師厚已快兵臨城下，節帥快走吧！再不走就來不及了！」見他戀戀不捨，乾脆另外拿了火把，直接點燃襄州府城前的火油柴堆。

「你……唉！」趙匡凝看著滔天大火將自己一生心血燃為灰燼，胸中哽著千萬感慨，卻吐不出一句話，只化為沉沉一嘆：「走吧！」當下藉著火勢、濃煙掩蔽，率妻兒、族人、麾下親軍分乘小舟悄悄突圍，沿漢水往淮南方向而去。

「碰！」一顆顆巨石砲彈無情地轟毀襄州的城牆、屋舍，滿天都是火箭燒城的咻咻聲響，楊師厚率領汴梁軍氣勢囂張地大舉入侵襄州，首先找到趙家豐富的藏書和昏迷的趙岩三人，他命士兵將藏書搬回汴梁，又叫檢校病兒官（軍醫）來醫治三人，他等不及三人甦醒，就帶大隊兵馬入城到處搜尋，幾乎把府城內外翻個透，始終不見趙匡凝身影，他氣極之下，揚起長節棍左揮右甩，將奔逃擋路的百姓沿路掃飛出去，一個個活生生的人撞在牆上，摔成了爛泥，一列列粗壯可怖的軍漢也跟著沿街殺掠，苦命的百姓四處亂竄，沿街慘叫：「梁軍來了！大家快跑啊！」卻不知該奔往何方。

馮道隨趙匡凝坐上輕舟，漸漸遠離苦難之地，望著岸邊愴惶奔逃的人影，宛如渺小螻蟻般惶惶掙扎，找不到生路，他不禁紅了眼眶，心中湧上萬千苦澀，自己何其幸運坐上逃生船，又何其無奈不能挽救千萬生靈，一時間，錢鏐的話語不斷迴響在耳畔：「當時楚國敗亡，百姓生存艱難，茫茫不知所措，倘若這時有人挺身而出，帶領前路，他們便有了生存的希望與勇氣……倘若你真的憐惜百姓，會為了他們保守自身，留住底氣，就算屈身侍敵也在所不惜。」一時間他胸中激盪翻湧，久久不能平靜。

濃煙烈火瘋狂吞噬著大唐殘存的希望，滄茫的月色、百姓的鮮血，將漢水交映成一片滔滔東流的血色歲月，無止無盡……

九〇五・二

有客雖安命・衰容豈壯夫

冬，十月，丙戌朔，以朱全忠為諸道兵馬元帥，別開幕府。是日，全忠部署將士，將歸大梁，忽變計，欲乘勝擊淮南。敬翔諫曰：「今出師未逾月，平兩大鎮，闢地數千里，遠近聞之，莫不震懾。此威望可惜，不若且歸息兵，俟釁而動。」不聽。《資治通鑑・卷二六五》

寒冬十月，星月無光、夜風呼嘯，滿天沉沉烏雲壓得人透不過氣來，數十艘汴梁鬥艦浩浩蕩蕩地航行於漢水，統帥楊師厚站在防禦嚴密的高層戰台上，堅定地指揮眾船加速前進，心中實在想不透趙匡凝怎會逃了出去？

他自統軍以來，能一路百戰百勝，除了武功高強之外，最重要的是他粗中藏細、胸有方略，作戰前總會摸清對方主帥的性情，知己知彼地制定戰略計劃。他知道趙匡凝表面是武將，骨子裡卻是詩文風雅、儒士情懷之人，用度雖稱不上揮霍豪奢，卻是養尊處優，極講究品味，府城中更珍藏許多書卷古玩，這種人自視甚高、重情愛物，最是難捨難斷，因此他一直認為趙匡凝最後不是兵敗投降，就是玉石俱焚，怎麼也想不到趙匡凝竟捨得燒毀府城做掩護，還放棄戰力高、速度快的戰船，冒險以輕舟出逃，這實在是一個大膽果斷的決定，即使自己常領軍勝戰，也不見得能如此決斷，心中不由得生出一絲佩服。

但朱全忠已下了必殺令，務要滅盡趙氏一族，他卻失誤讓人逃走，如今只能亡羊補牢，全力追擊，他留下大批兵馬駐守襄州，自己領一隊精銳盡快折返漢水，調動水軍鬥艦急追而下：「我必須趕在趙匡凝進入淮南水域前滅了他，絕不能讓楊行密再添助力！」

鬥艦雖不如樓船高大，但速度快，攻擊力強，一船能容納數百軍兵，還能裝備強弩、抛石等大形武器，楊師厚這一率隊出發，不只是追殺逃亡的荊襄軍，更是把自己當做攻打淮南的先鋒軍。

鬥艦乃是以士兵雙腿踏轉輪形槳作為前進動力，數百梁軍奮力踩踏，速度遠勝二十名荊襄軍用雙手划槳的輕舟，不過二日，雙方已拉近距離，楊師厚昂立船首眺望，見荊襄輕舟多逾百艘，每舟乘坐二十多人，呈扇形分散漂流，速度雖不快，但拋石不易擊中，還是射箭最適合，便教士兵排成一列，搭弓挽箭地瞄準輕舟。

趙匡凝的座船排在眾輕舟的最後方，即扇形尾端處，以便隨時掌握敵情。馮道也在同一艘船上，他怕朱氏兄弟記下自己真實的樣貌，日後讓朱全忠來報仇，因此仍易容成大鬧九錫典禮的通緝犯，與趙匡凝併肩站在船尾處，一起關注汴梁軍的動靜，眼看敵船漸漸追近，已在半里內，趙匡凝連忙提功大喝：「大家快躲好！」傳令兵才嗚嗚吹起號角，百多支利箭已如飛雨灑來！

輕舟無法裝設什麼攻防武器，荊襄軍稍可遮蔽的只有手中鐵盾，幸好馮道事先教他們在船身兩側立滿稻草人，稻草是蓬鬆輕物，既可用小舟裝載，又能抵擋飛箭，眾人便躲在草人、鐵盾後方，一時安然無恙，馮道心想：「幸好《奇道》書裡記載了諸葛師祖曾用草船向曹操借箭這段往事，我這小隱龍才可以效法先賢，來個『草人擋箭』，雖沒有借箭這麼厲害，也算擋得及時！」

楊師厚見飛箭無法奏效，立刻改換策略，呼喝道：「準備火箭！」汴梁軍將箭矢沾了火油，只待楊師厚下令，便要射出。火箭一燃，稻草、寒風助長火勢，瞬間就能將小舟燒個精光，船上之人若不想命喪火海，就只能跳水凍死。

「住手！」趙匡凝見情勢危急，決定拿出殺手鐗，將昏迷的朱氏兄弟綁在木桿上，推到船尾處，揚聲大喝：「楊師厚，你瞧瞧這是什麼？」

楊師厚功聚雙目，驚見朱友珪、朱友貞兄弟，連忙呼喝：「快收箭！」汴梁軍聽到命令，暫停攻擊，荊襄軍卻是趁機加速前進。

楊師厚心想不能放任兩位公子進入淮南，又指揮眾軍快快追上，趙匡凝見敵船追得緊，急喝道：「楊師厚！快停船，否則我殺了他們！」

楊師厚朗聲道：「只要你殺他們兩刀，楊某一定奉還你趙氏家族數百刀！」

趙匡凝心想：「他說得不錯，我殺了朱氏兄弟後，保命符就沒了，又如何對付汴梁軍，保住其他人？」既不能下手殺人，只好教士兵盡快划船，但輕舟速度怎麼也比不上戰船，雙方距離一分分拉近。

楊師厚仔細觀察形勢，心中盤算如何才能把人安全救回：「那小舟又窄又薄，擠不下許多士兵，我必須親自上船搶人……」但一邊要對付功力不相伯仲的趙匡凝，一邊要預防左右兩側輕舟上的士兵射發飛箭，還得照顧朱友貞的安危，肯定不能全力施展武功，思及此處，恍然明白：「趙匡凝以小舟出走，看似愴惶逃命，其實小舟最難救人，這是引我孤身入甕的毒計！」一旦主帥喪命，其他汴梁士兵見兩位公子在敵人手中，哪還敢強行進攻？唯有退兵一途。

楊師厚暗驚：「這老匹夫好深的心機，我險些就中了計！」但覺趙匡凝行事作風丕變，與往日全然不同，每每出乎意料，才會突生許多波折，又想：「這老匹夫一向心高氣傲，行事不知曲折，因此連連敗仗，幾時也有這麼多奇巧心思？」卻不知這一切都是馮道安排。

馮道見楊師厚遲遲不肯上船搶人，心中暗喜：「這楊師厚果然厲害，已經看出要救人，就必須單獨前來，他怕小舟上有埋伏，因此不肯犯險。這樣最好，再拖延下去，我們就可進入淮南，到時候有淮南大軍擋著，汴梁還是得退兵！」

卻不知楊師厚心中冷笑：「這點小把戲就想阻止本將軍？待我先滅了左右援軍，再上船痛宰那個老匹夫！」呼喝道：「避開兩位公子所在的船，分向敵方兩翼射火箭！」只見兩艘鬥艦分別馳往左右兩方，弓箭手在船側排成一列，射向兩側輕舟，被射中的輕舟剎那間燃成一團團火球，舟上的人不斷悽厲哀嚎，一個個滾落寒冷的江水，情狀慘烈，令人不忍卒睹。

趙匡凝眼看親族、親軍一個個慘死，卻無法過去援救，心中怒火沖到了頂點：「我明明已經投降，朱全忠卻派兵奪我荊襄、讓我背負弒君惡名，還要趕盡殺絕，不留一條活路！」忿然拔起身邊士兵的長刀，狠狠劃了朱友珪手臂一刀，氣吼道：「楊師厚，你不停手，我一刀一刀宰了他！」

朱友珪吃痛，也硬著脾氣破口大罵：「老賊，你有膽就殺了我，我父王定會……」一句話還沒罵完，趙匡凝又狠狠劃了一刀，大喝道：「楊師厚，你要殺我趙氏數百刀，我便先將朱賊兒子凌遲數百刀，大家也兩不相欠了！」

朱友珪聽他要凌遲自己數百刀，到口邊的話頓時哽住，不敢再出聲，只睜大眼瞪著厲厲刀鋒，生怕再往自己砍來。

馮道心想：「楊師厚想借刀殺人，讓趙匡凝除去朱友珪，好扶持朱友貞繼位，又怎會停手？」果然楊師厚心腸剛硬，行事果決，絲毫不受威脅，仍繼續攻擊，趙匡凝氣極之下，舉起長刀，二話不說，對準朱友珪腦袋狠狠劈下！

馮道見他雙眼血紅，顯然已被逼至極處，生怕他會不顧一切殺了朱友珪，連忙大叫：「慢著！」

「嗤——」趙匡凝手中長刀一滯，恰恰觸到朱友珪頸上的皮毛，冷厲的刀風將脆弱的皮膚刺激出一道鮮血，朱友珪嚇得魂飛魄散，張口瞪眼，卻說不出一句話，只全身抖得像篩糠，馮道連忙道：「節帥，這人殺不得！」

趙匡凝恨聲道：「怎麼殺不得？」刀尖一指朱友貞，道：「殺了這個，還有那個！我不下狠手，楊師厚不會相信我是玩真的！」

馮道附在趙匡凝耳邊悄聲道：「節帥若想逞一時之快，大可殺了他，但若想真正為聖上、親族報仇，為天下除害，就得留著他……」又說了一陣悄悄話。

趙匡凝眉目一揚，道：「此話當真？」馮道點頭道：「千真萬確。」

趙匡凝咬牙道：「但楊師厚不肯停手，怎麼辦？」

朱友珪這時才回過神來，只聽見趙匡凝最後一句話，連忙道：「趙……趙節帥，你殺我是沒用的，我弟弟才是我父王的心頭寶，你殺他，才能威脅到楊師厚！」

趙匡凝想起馮道確實這麼說過，刀鋒一轉，改劃朱友貞一刀。朱友珪見他轉移目標，大大鬆了口氣，朱友貞原本昏迷，忽然受了一刀，卻是痛得驚醒，本能地大叫：「你做什麼？」

趙匡凝大喝道：「楊師厚，你再不退，我就一刀一刀凌遲，讓他受盡千刀萬剮之苦，教他求生不能、求死不得！」

朱友貞自幼養尊處優、萬人寵愛，幾時受過這麼可怕的威脅折磨，嚇得連連大叫：「楊師厚，你快停手！快停手！」

楊師厚眼看快進入淮南領域，心想：「若不將兩旁的荊襄軍清除乾淨，我一旦上船救人，必會陷入左右掣肘，只好讓三公子暫吃些苦頭……」仍狠下心繼續攻擊。

朱友貞眼看趙匡凝長刀再度劃來，只嚇得臉色蒼白，全身發抖，慘聲哭嚎：「楊師厚，你快停手！你不停手，我讓父王斬了你！」到後來已哭得滿臉淚水、語音不清。

朱友珪見這個弟弟如此懦弱，十分鄙夷，反倒是趙匡凝見朱友貞只是個十多歲的孩子，心中有些不忍：「我本是一介英雄好漢，從不做卑鄙殘狠之事，也不欺凌幼弱，今日卻被逼到要靠宰殺一個手無寸鐵的孩子來保命，當真是可恥……但這奪城滅族之仇不可不報，朱全忠，是你逼得我！」

一咬牙，又狠狠劃了朱友貞一刀，呼喝道：「楊師厚，你退不退！」他下刀極為精準，那傷口又薄又長，不傷筋骨，只及皮肉，一時要不了性命，確實可凌遲許久。

楊師厚一咬牙，又射爆一艘荊襄小舟，朱友貞見他不顧自己的死活，心急之下，衝口道：「你忘了生死關嚒？」

楊師厚心中一凜：「我為救他性命才下狠手，這小子卻不明白我的苦心，日後若記起仇來，不肯告訴我生死關，那可不成！」終於下令停止攻擊，把船速緩下來，卻也不肯退去。

朱友貞原本不如朱友珪強壯，驚怕之下又流血甚多，幾乎昏暈過去，趙匡凝見他臉色近乎死白，怕真弄死他，丟了保命符，也不敢再下手。

雙方軍船保持等速行進，一時僵持不下，馮道眼看快進入淮南水域，稍稍鬆了口氣，貼近朱友珪臉頰，打量好一會兒，逗趣道：「珪兒子，哦！不！我是說珪公子！我又救你一回，讓你弟弟替你挨了好幾刀，你說該怎麼回報我？」

此時馮道仍是通緝犯模樣，朱友珪想到就是這人引誘自己落入趙匡凝手中，真是越看越上火，但人在刀鋒下，不得不低頭，咬牙道：「將來你入落本公子手裡，我可以饒你一次！」

馮道笑嘻嘻道：「沒那麼便宜！我越看越覺得你真有皇帝相，將來你登基後，記得賞我一個小官做。」他故意在朱友貞面前說這番話，意在挑起兩兄弟爭王的心結，令汴梁承嗣大亂，卻想不到因此點燃朱友珪心中的野火，使他日後真幹下一件驚天動地的大事。

雙方軍船越來越近淮南水域，楊師厚暗忖：「這已是最後機會了，再不上船搶人，就要失去三公子了！」

趙匡凝也是忐忑不安：「當初我派人送求救信去淮南，還來不及等到回信，就棄城而逃，這一路行來，驚險重重，始終不見半個淮南軍前來救援，楊行密到底存了什麼心思？」

馮道忽然大聲歡呼：「淮南軍來了！援軍到了！」

趙匡凝回身看去，見江面一片漆黑，什麼也瞧不見，著急道：「此話當真？馮小兄，你可別騙我！」此時他身繫千百條性命，實是惶惶不安，不敢相信。

漆黑夜幕之中，數十艘拍艦張大船帆在夜幕中緩緩現身，巍巍矗立，宛如巨山擋路，船桿上飄飄飛揚著淮南旌旗，船內傳出一道溫潤幽遠的聲音：「來者何人，竟敢擅闖淮南水域？」那聲音飄越江河，在寒風呼嘯、船聲鼎沸之中，竟是清清楚楚。

楊師厚未料淮南軍會越過邊界接應，心想汴梁幾度南攻都功敗垂成，就是因為楊行密身邊有不少能人，今日倒不知是誰領軍，遂大喝道：「汴梁楊師厚，在此候教！」他自信聲名遠揚，即使南方將領也聽過自己的威名。

淮南軍船內走出一位頭戴黑色垂翅幞帽、身穿灰綠色圓領襴袍，腰束黑色革帶，足蹬黑皮靴，文臣打扮的中年男子站到了船頭上，微笑道：「在下淮南右衙指揮使徐溫。」

馮道心中一震：「徐溫？他怎麼來了？」因為多年前受煙雨樓主一掌，墜入冰河，才捲入藩鎮之爭，他忍不住想道：「徐溫真是煙雨樓主嚒？妹妹自幼受他教導，此刻卻音訊全無，究竟發生什麼事了？」想到這人遠在南方，卻一直牽扯著自己的命運，今日兩人終於要正面相對了，一時心神怔然，忐忑難已。

楊師厚也是驚詫：「徐溫乃是淮南頭號軍師，一向隱居揚州衙署出謀劃策，從不親自領軍作戰，怎會來到邊界？」又想：「此人最擅謀略，今日既出，必已設下埋伏，我需小心應付。」

徐溫卻是一派悠然：「今日是什麼好風，把楊大將軍吹入淮南？」

楊師厚朗聲道：「楊某率軍前來，乃是奉聖命擒拿逆賊趙匡凝兄弟！」

趙匡凝怒道：「這裡沒有逆賊趙氏兄弟，只有逆賊朱氏兄弟！」又對徐溫道：「荊襄節度使趙匡凝不願背棄恩主，奉朱賊為帝，卻無力擒賊，今日特意攜帶厚禮來投奔吳王，共圖復唐大業！」

徐溫微笑道：「趙節帥公忠體國，舉世皆知，今日光駕，徐某謹代表吳王致上萬分歡迎之意！」一下令部屬將船分開一道，讓荊襄輕舟循序進入。

趙匡凝一路提心吊膽，不停揣測楊行密的心意，直到此刻心中的大石總算放下一半，立刻指揮眾小船駛入淮南軍的包護之中。

徐溫又吩咐船尾的一位少年將軍：「趙節帥一路風塵僕僕，受盡奸賊逼迫，彭奴，快把貴客迎上船來，並安頓趙節帥的親族好好歇息。」

「是！」徐知誥從船尾走到船側，指揮士兵放下船板，親自迎接趙匡凝及小舟上的人，又指揮各船將領把所有輕舟上的荊襄軍都接上大船歇息，待安排妥當，即為趙匡凝領路與徐溫相見，馮道因為易容，徐知誥並沒有認出他，只以為是趙匡凝的隨從，三人一起來到船頭，徐溫、趙匡凝一陣寒暄，互表久仰之情，馮道只靜默不語，不想惹人注意。

楊師厚眼睜睜看著趙匡凝、朱氏兄弟上了淮南軍船，到手的獵物就這麼飛了，實在不甘心，怒道：「吳王一向以忠臣自居，尊奉唐室為主，不似其他藩鎮欺侮聖上。今日楊某乃是奉了聖旨前來，淮南卻刻意刁難，莫非是因為先帝去世，吳王認為新帝幼弱可欺，就不遵行他的旨意？」

徐溫蹙眉道：「徐某奉吳王之命，前來迎接幾位忠臣義士，想不到竟招來豺狼追逐，一開口便咬我們欺侮新帝？」

徐知誥朗聲答道：「義父，孩兒聽說北方豺狼遍佈，最近又陷害無數忠良，咱們需把事情問問清楚，別急著交人。」

徐溫微讚許道：「彭奴長大了，懂得分辨是非忠奸，很好！」

徐知誥道：「這都是義父教導有方，孩兒萬萬不敢行差踏錯，做弒君背義之徒，免得落下千古罵名。」

徐溫道：「你可知道豺狼和人最大的分別是什麼？」

徐知誥道：「孩兒不知，還請義父賜教。」

徐溫道：「人有忠義是非之心，可是豺狼沒有，牠們看到獵物便想掠奪，你說咱們應該如何對付？」

徐知誥道：「自然是保衛家國，拼死抵禦豺狼，不能讓他們放肆囂張。」

徐溫微笑道：「豺狼是要殺的，拼死倒不必，牠們再霸道十倍，也不過是陸地禽獸，哪裡經得起水戰詭計？」

徐知誥道：「義父說得極是！豺狼若不知好歹，真要硬拼硬幹，那也無妨，這漢水大塹早已佈下我淮南千萬好漢，定能給他們狠狠教訓！孩兒這就先去溫一壺紹興，相信酒水暖了，仗也打完了，孩兒正好陪您與貴客一起品酒慶祝。」

徐溫哈哈笑道：「還是你最懂義父的心，一邊欣賞江水月色，一邊數算賊敵人頭，一口酒、一顆頭，好不痛快！」

趙匡凝一路被楊師厚追殺，聽到徐溫父子刻意羞辱他，但覺吐了一口鬱氣，也跟著哈哈大笑。

馮道卻想：「楊師厚絕不會輕易放棄，今日有好戲瞧了！」場中所有人只他知道今日之戰，不僅是汴梁與淮南的正面對峙，更是朱全忠的王儲之爭！徐溫是朱友珪的幕後軍師，楊師厚則是朱友貞的幕後師父，這一錯綜複雜的關係，就連幾個當事人都不知曉，他心中實在好奇今日這一場較量，究竟孰高孰低。

楊師厚自統軍以來，從未遭遇如此輕視，便是朱全忠也十分倚重他，這對父子竟全然無視自己，今日若不大展神威，日後還如何領軍？他心中惱怒非常，殺意熾烈，面上卻不動聲色，只朗聲道：「早聞吳王身邊有一位超凡人物，徐指揮神機妙算、武功高絕，今有幸相會，正好請你指教一二。」

徐溫卻不理會他，笑了笑道：「北方兵馬倥傯，大將軍任務繁忙，想是沒時間盤桓了，徐某不好擔誤你的時間，這就請便吧。」說罷命徐知誥將朱氏兄弟搬到大船的前頭，向汴梁軍示威。

楊師厚投鼠忌器，不敢妄動，心想：「三公子這一去，若有什麼死傷，所有圖謀盡成空！」喝道：「徐指揮這就把人劫走了麼？」

徐溫微笑道：「難道留下來陪你喝酒賞月？」

楊師厚心中盤算：「大王急欲取下淮南，已發動這麼大的兵力，絕不肯空手而回，但兩位公子在船上，不能用砲彈、火油強攻，只能上船搶人……」又想：「我一人對上徐溫、趙匡凝聯手，並沒有勝算，為今之計，只有拖延時間，等大王親自前來收拾這幫人。在這之前，必須先救回三公子，免得在爭鬥中誤傷了他，至於二公子……」心念一轉，已有計較，喊道：「慢著！」

徐溫微笑道：「將軍還有什麼吩咐？」

楊師厚朗聲道：「還請徐指揮放兩位公子回來，否則楊某救不回公子，恐怕會被梁王處死，也只好全力一戰，搏個活命機會，這一戰，雙方勝負猶未可知，卻必是兩敗俱傷！」

徐溫凜然道：「吳王本來愛惜將士性命，不希望他們無故犧牲，但將軍若執意一戰，淮南也不懼怕！只不過，你若想上船搶人，敵得過我和趙節帥聯手麼？」

楊師厚道：「我親自上船救人，已是竭盡所能，盡了臣子之義，救不救得回來，只能各憑天命，梁王也怨不得我！倒是徐指揮執意違背聖命，挑起戰事，吳王苦心維持的忠君保唐、愛護將士的賢名，恐怕要毀在你手裡了！」

徐溫心知楊行密極愛惜名聲，只好道：「倘若我放人回去，你卻不肯退軍，又該如何是好？」

楊師厚道：「楊某承了這份情，自然不好再大動干戈。」

徐溫微笑道：「這種口頭承諾只能欺哄三歲孩童罷了，徐某可不會相信！不如貴方先退去，我再遣送兩位公子回去。」

楊師厚道：「我大軍一退，你若不肯放人又如何？既然誰也不相信對方，乾脆各讓一步！」

徐溫問道：「將軍有什麼好主意？」

楊師厚道：「你們先放一位公子，我大軍退出二十里，你再送另一位公子回來。」

「公平！」徐溫微微一笑：「我放一人回去，你至少可以向梁王交差，說你拼死救了一名公子，而我手中還有一人質，先行二十里，你便追不上了。」

楊師厚道：「既然徐指揮同意，便依約而行吧，請先放貞公子過來！」

徐溫心中盤算：「曦兒已掌握朱友珪，郭誓卻還沒送進朱友貞府中，我還是先放朱友珪回去。」道：「長者先，我便讓珪公子回去。」

楊師厚想不到徐溫要扣住朱友貞，道：「貞公子身子薄弱，又受了重傷，再這麼失血下去，恐怕支撐不了多久，倒是珪公子勇冠沙場，泰山崩於前也不亂，兄長愛護弟弟，讓年幼者先脫險，也是應該。」笑了笑，又道：「說一句大白話，貞公子文弱，放他回來，日後對你們不會造成威脅，但他若少了一根寒毛，梁王肯定會派大軍踏平淮南，不死不休。」

徐溫心想朱友貞從小嬌生慣養，經不起風浪，先放他回去也無妨，反正郭誓也快送進王府了，日後還是能慢慢掌握他，自己若堅持先放朱友珪，恐怕會讓楊師厚疑心他和朱友珪的關係。

在徐知誥的安排下，朱友貞獨自乘坐一葉小舟回去，他流血甚多、身子虛弱，為盡快逃離死關，憑著一股求生意志拼命往前划行，楊師厚也親自乘小船出去接應，朱友貞見師父前來，更用力划槳，眼看差了數丈距離就可觸到對方，淮南軍忽然發出一枚石砲，落在小舟左側，激起一篷大水柱，弄得小舟劇烈搖晃，幾乎要翻覆，朱友貞嚇得驚聲大叫：「救命啊！救命啊！師父快救救我！」淮南軍見這位貞公子如此軟弱，都哈哈大笑，出聲嘲弄，朱友珪暗罵：「丟盡我汴梁臉面！真不知父王喜歡他什麼？」

楊師厚見小舟危險，長聲喝道：「徐指揮不守約定，不讓三公子好好回來嚒？」

徐溫微笑道：「人送出去了，將軍接不接得下，就看有沒有真本事了！」說罷又投擲一枚砲彈，落在小舟後方，小舟被水浪大力往前一衝，朱友貞整個人被激得拋飛出去，在空中劃了一個大弧度，頭下腳上地墜向河面，他全身傷痕累累，氣力不繼，這一墜河，勢必傷上加傷。

千鈞一髮間，楊師厚縱身躍起，飛甩出銀槍效節棍，槍尖精準刺中正墜河的朱友貞飄飛的衣帶，將人挑了起來，同時間，徐溫一聲喝令：「射！」淮南軍百箭齊射，竟是要趁楊師厚救人，緩不出手來時，一舉殺了兩人！

汴梁軍看得一顆心幾乎從口中跳出來，楊師厚卻是早有防備，冷哼一聲，左手持盾遮擋在前方，右手銀槍效節棍挑起朱友貞，大力向後一甩，拋回汴梁軍船，汴梁軍連忙張開一張漁網，穩穩接住空中墜落的朱友貞！

楊師厚這一躍、一挑、一甩，剎那間便救回了人，但自己還凌空於千箭射殺的危境中，他以渾厚內力貫入銀槍效節棍，飛舞成一條條銀白巨龍迴護在身周，「唰唰唰！」利箭遇上他的節棍，爆如碎粉，同時間，另一撥汴梁軍齊力甩出一條長繩索，向楊師厚飛去，楊師厚落下時，足尖精準點在繩索上輕輕一蹬，便在粉塵迷霧中，安然退回汴梁軍船。

楊師厚露這一手功夫，不僅汴梁軍大聲歡呼，就連淮南軍也是心中讚嘆，驚佩不已，趙匡凝雙眉微蹙，心想若是正面對戰，自己也沒有把握勝過楊師厚，今日就算逃得一命，也無力對抗朱全忠，此生豈不是報仇無望，只能寄人籬下，渾渾度日了？念想及此，心中更不勝愁煩。

徐溫臉上無喜無怒，卻隱藏另一番高深莫測的神情，馮道始終看不透他的想法，內心隱隱升起一絲不安：「汴梁軍是明擺的敵人，還易對付，這徐溫卻是教人扎心，卻還找不到刺在哪裡？」

朱友貞終於脫出險境，被士兵安放在船艙裡，見到楊師厚進來，呼道：「師父，你好狠心……竟不管我的死活！」一緊繃的情緒一鬆，便昏了過去。

楊師厚見他滿身鮮血，看似情狀可怖，其實都是皮肉傷，只是受了驚嚇才會昏厥，心想：「大戰在即，我可不能為他耗損功力。」一只吩咐檢校病兒官過來醫治朱友貞。

檢校病兒官見傷口大多在手臂、大腿，並無大礙，便先清理傷口、小心敷藥，朱友貞痛得清醒過來，叫道：「你做什麼？快痛死了！」一檢校病兒官好言道：「卑職必須先幫您止血……」

朱友貞又罵：「這麼多血沾著，渾身都不舒服，你怎不換了乾淨衣服，仔細處理？」

檢校病兒官還未回答，楊師厚已出言喝斥：「不必理他！」朱友貞一口惡氣無處發作，又想罵人，楊師厚冷冷道：「大王佈局許久，才能名正言順地殺趙匡凝、攻取荊襄，你兄弟倆卻只顧爭功，還蠢到上人家的當，落進人家手裡，幾乎壞了大事，自己好好想想吧！」

朱友貞頓然清醒過來，想起師父的確說過父王要攻打荊襄的事，還交代追捕逆賊一事必須小心處理，但當時他一聽見朱友珪抓到通緝犯、得到小皇子的消息，急怒之下，便將所有叮嚀全拋諸腦後，只顧著帶趙岩、袁象先一路追趕，想搶回通緝犯，這才落入趙匡凝手中，不由得顫聲道：「師父，你說我們是上了賊子的當？這……這該怎麼辦？父王會不會責罰我？」又自我安慰：「不會！不會！看在娘親的面子上，他肯定會饒我這一次。」

楊師厚沉聲道：「衣服不能換，得留著給你父王看！」

朱友貞恍然大悟，連聲道：「是！是！我明白了！」終於不再吵鬧。

楊師厚見他懂事了，道：「你好好歇息。」這才走到船頭指揮眾軍。

徐溫朗聲道：「人已經放回去了，請將軍依約而行，退出二十里！」

楊師厚飽提內力，將聲音遠傳出去：「眾軍聽令！架上拋石機，準備進攻，殲滅所有逆賊！」

淮南眾人想不到楊師厚竟要發動攻擊，徐溫蹙眉道：「原來汴梁將軍盡是背信無恥之徒！」

楊師厚沉聲道：「兵不厭詐。」

趙匡凝對朱全忠、楊師厚恨之入骨，提刀架在朱友珪頸上，喝道：「楊師厚，你就不怕我殺了朱友珪嚒？」

楊師厚道：「梁王只交代楊某追擊逆賊，為聖上收回領地，若有任何攔阻，格殺無論！」

徐溫道：「楊師厚，今日這許多雙眼睛都瞧見，你明明可救朱友珪，卻故意不救，要是傳了出去，只怕會惹來汴梁軍士議論，梁王心中懷疑！」

楊師厚卻是鐵石不動，堅持道：「王命不可違！聖上既下了旨意，梁王也下了軍令，楊某只能將個人生死、名譽都置之度外，全力以赴地完成任務，旁人有什麼可議論的？待我滅了逆賊，立下戰功，梁王只會歡喜，又有什麼好疑心的？倒是淮南執意包庇逆賊，楊某只好一併處理了！」

徐溫英眉一蹙，道：「你真不怕梁王怪罪嚒？」

楊師厚道：「你有膽量不顧皇命，陷吳王於不義，就快快動手吧！」

馮道心中不禁好笑：「現在是怎麼回事？押人質的拼命要送出人質，救人質的卻想弄死人質，這可真是天下奇聞，比母牛下蛋、逼老公當老公還稀奇！」這一句「逼老公當老公」，自是懷念起褚寒依逼他當公公的趣事了。

朱友珪見楊師厚竟不顧自己的死活，咬牙暗恨：「父王為了取下荊襄、淮南，什麼都不顧了，否則楊師厚哪敢這麼大膽？不！不對！三弟被救回去了，父王是愛惜他的，只有我被拋棄……」抬眼望去，見朱友貞已平安回歸，只剩自己孤伶伶地落在敵軍手中，無人聞問，一股自幼就感受的落寞、酸楚、恐懼沖湧上心頭：「同樣是他的親兒，從小三弟錦衣玉食，受盡寵愛，我卻必須百般忍辱，出生入死地立戰功，如今還要冤死在這裡，命運為何如此不公？」此刻他雖氣憤趙匡凝、馮道，卻更恨朱友貞、楊師厚，但最恨的卻是父親朱全忠，埋藏已久的屈辱再度燃成熊熊烈火，心中瘋狂吶喊：「這一切的一切，全是你造成的！」

馮道見朱友珪一雙滿佈血絲的眼睛如要噴出火來，憤恨得咬牙切齒，心想：「這珪公子也真是可憐，到哪兒都不受歡迎，只有小馮子憐惜你，只好再做一回善事，救你一命。」便對趙匡凝低聲道：「趙節帥，楊師厚執意發動攻擊，想趁機殺了朱友珪，這可不利咱們的計劃。」

趙匡凝咬牙道：「我恨不能殺了朱全忠的兒子，卻也知道必須保住他，你說該怎麼辦？」

馮道低聲道：「你照我的話對楊師厚說。」便附在趙匡凝耳畔咕嚕咕嚕說了。

趙匡凝點點頭，朗聲道：「楊師厚！梁王下攻擊令，是因為他不知道孩兒落入敵軍手裡，將軍為了立戰功，當然可以無視珪公子，只要把我們的船轟個精光，就死無對證，梁王也不能治你的罪，但日後每見你一面，就想起你害死他孩兒，那苦恨一時雖不發作，卻會時時絞在心尖，有朝一日，還不找個藉口殺了你？」

這番話說得楊師厚心中起了一陣寒意，驟然想起氏叔琮的下場，幾乎吐出的攻擊令頓時哽在喉間，卻仍不肯退去，雙方一時僵持。

馮道心想：「楊師厚要保朱友貞，是為了將來可以掌控大梁，但再怎麼樣，也不能這麼明目張膽地置朱友珪於死地，難道真不怕朱全忠怪罪嚒？他不肯退兵，還有恃無恐，為什麼？」微一轉思，恍然明白：「楊師厚在拖延時間，他在等朱全忠到來！」不禁仰首望向天空，暗暗掐指數算：「以行軍速度來看，此時朱全忠大軍才剛抵達棗陽，若是遇上大雨，還得耽擱好一陣子，沒這麼快到，楊師厚的如意算盤恐怕是打錯了！」

他忽然察覺到徐溫和自己做同一動作，兩人不約而同地互望一眼，徐溫眼色微微一沉，心中生了狐疑，馮道伸指比向天空，嘻嘻一笑：「天色這麼陰沉，好像快下雨了！你們還是快快把事情談好，免得淋濕了！」

淮南軍正全神警戒，準備隨時開戰，聽馮道冒出這麼沒頭沒腦的一句話，都笑不出來，只有徐溫英眉一蹙，似乎有些明白他的意思，卻又不是那麼確定，沉吟半會兒，忽然回了一句旁人同樣不理解的話：「這邊剛剛有些烏雲，棗陽那邊肯定已是傾盆大雨了！」

馮道聳聳肩，佯裝不懂徐溫的意思，道：「棗陽下不下雨，與咱們有什麼關係？倒是這楊師厚囉哩囉嗦，嘮叨個沒完。徐指揮你本事大，這些麻煩事就交給你了！」他舉起雙臂，伸了個大大的懶腰，朝趙匡凝一笑：「逃了這許久，總算可以好好睡覺，晚生先進去歇息，待你們收拾完殘局，打算大吃一頓好酒好菜，再喚醒我吧！」說罷即轉身走向荊襄軍歇息的艙房裡，隨意倒頭就睡。

「碰！」一聲大響，撞得船身大力傾蕩，這突如其來的變故，震得馮道在艙裡飛拋了一圈，他驚魂甫定，聽見外面傳來淮南軍的驚聲呼喝，馮道連滾帶爬地出了船艙，往外看去，只見朱全忠宛如一座無可撼動的高山昂立在汴梁軍船上，渾身張揚著天下第一、唯我獨尊的霸氣，一雙厲眼狂傲地俯瞰螻蟻般的眾生！

淮南軍見朱全忠現身，人人精神緊繃，一副如臨大敵的姿態，馮道也是萬分震驚：「朱全忠怎麼來了？依他的行軍速度，此刻應該還在棗陽，然後遇上滂沱大雨，被圍困得動彈不得，難道我推算有誤？就算小馮子功夫不到家，號稱神機妙算的徐軍師難道也出錯了？」不禁望向徐溫，見他神色也有些驚詫，但驚詫之中又透著一股耐人尋味的笑意，實讓人看不穿他究竟在盤算什麼。

徐溫呼喝道：「快把朱友珪移到後方！」徐知誥立刻以劍刃壓著朱友珪頸項，將他大力拖到後方船艙邊，又讓十多名士兵排在兩人前方，作為防護。

當時朱全忠大軍剛抵達棗陽，就收到急報說兒子落入趙匡凝手中，他著實吃了一驚，心想愛妻才去世不久，如果連朱友貞都保不住，如何對得起她？他擔心趙匡凝與楊行密聯手，又滿心想取下淮南，根本等不及大軍慢慢發動，便自己帶著敬翔一馬當先地趕來。

朱全忠剛剛上船，見朱友貞安好，心中大石放下一大半，冷斥楊師厚：「你拖延什麼？怎不快快滅了他們？」

楊師厚拱手道：「啟稟大王，方才兩位公子都在對方手中，末將費了一點勁才救回三公子，但二公子仍在船上。」

此時朱友貞已包紮好傷口，原本坐在一旁，見父親到來，連忙叫傔人把自己扶起，朱全忠見他滿身傷血，胸中怒氣頓時消滅大半，生了憐惜之情，蹙眉道：「坐著說吧！」

朱友貞卻不敢坐著，仍是起身，顫巍巍地跪倒，叩首道：「父王，都是孩兒不好！」

朱全忠沉聲問道：「究竟發生何事？」

朱友貞哽咽道：「當初孩兒奉命捉拿逆賊，二哥一直想要幫忙，他聽說逆賊逃到襄州，便追過邊界，孩兒曾勸他行事必須謹慎，不可擾了父王的計劃，但他說大哥去世了，就是二哥為長，孩兒和弟弟們都該聽他吩咐……」

朱全忠怒道：「聽誰吩咐？本王還沒死，他就急著當老大了！」

朱友貞不敢答話，頭垂得更低了：「趙匡凝有意造反，便捉住二哥想要威脅父王，孩兒得到消息，帶了趙岩、袁象先趕去搶救，卻是不敵……」他重重磕了一個頭，道：「只怪孩兒年幼言輕，沒能勸住他，又本事不濟，才給父王惹了麻煩！」

朱全忠越聽越怒，厲光一湛，咬牙道：「這孽子！」又對朱友貞道：「起來吧！」

朱友貞又叩首道：「多謝父王不怪罪。」這才讓傔人攙扶著坐回座椅。

朱全忠見朱友貞衣服滿是鮮血，沉聲問道：「你二哥傷得如何，支撐得住麼？」

朱友貞低聲道：「父王不必擔心，我雖然傷得重，但二哥暫時沒什麼危險……」

朱全忠怒道：「為何你傷得重，你二哥卻無恙？他沒保護你麼？」

朱友貞一抿唇，又垂下頭去，並未答話，朱全忠強忍的怒氣又沖起，斥道：「男子漢大丈夫，答個話也這麼吞吞吐吐，簡直是膽小如鼠！你以後不要領軍了，還是回去讀書吧！」

朱友貞惶恐道：「父王息怒！孩兒實話說了！」微微吞了口水，鼓起勇氣道：「趙匡凝身邊有一個貼身侍從，對了！就是大鬧九錫的那個傢伙，他跟二哥交換條件說……二哥是真命天子……」

朱全忠心中一刺：「什麼真命天子？」

朱友貞囁嚅道：「他說將來二哥能登基當皇帝，只要二哥承諾大業功成時，賞他們大官做，他們就不傷害二哥，只傷我……」

楊師厚插口道：「三公子，這等大逆不道的言語，今後莫再說了，免得傳出去又惹來是非。」

朱友貞低聲道：「我原本也不敢說，是父王……」見朱全忠臉色鐵青，連忙住口，垂下頭去。

朱全忠強忍的怒氣終於爆發，再不管朱友珪還在船上，怒吼道：「給我轟！」汴梁軍隨即發射一枚拋石彈，對準徐溫所在的軍船，狠狠下一個馬威。

淮南軍船被這麼一震，顛得厲害，站在船側的士兵都拋飛出去，馮道也從船艙滾爬出來。徐知誥連忙指揮淮南軍穩定船身。徐溫見朱全忠親臨，大聲喝道：「眾將士搭箭！」淮南軍立刻彎弓搭箭，嚴陣以待，一股肅殺氣氛瀰漫在漢水上，雙方戰事一觸即發。

敬翔心想朱全忠登基在即，若是為了奪取淮南，不顧親兒死活，日後傳揚出去，必會受天下人非議，說他殘暴不仁，爾後朱全忠回想起自己的作為，也會心痛後悔，便勸道：「大王，二公子還在敵人手裡，這麼直接攻打淮南軍船，實在不妥……」

朱全忠口裡罵道：「留那孽子做什麼？」但被敬翔這麼一勸，也念起了父子情份，強壓下滿腔怒火，問楊師厚：「船上情況如何？」

楊師厚道：「淮南由徐溫領軍，他那人心思詭詐，又與趙匡凝聯手，著實有些麻煩。」

朱全忠知道楊師厚對付不了兩人聯手，也怪他不得，但想徐溫是淮南頭號軍師，其重要性有如張惠之於自己，一旦剷除他，便是斷去楊行密最重要的臂膀，這大好機會絕不能錯過，毅然道：「我親自上船搶人！這兩個宵小，本王還不放在眼底，一旦搶到人，不必等我們離開，你直接發砲進攻，把船轟碎！」

敬翔在一旁觀察形勢許久，忍不住勸道：「這裡是淮南地盤，徐溫又詭計多端，肯定有埋伏，我們大軍未至，萬一雙方大戰，只怕不易對付……」

朱全忠冷斥道：「怕什麼？再過半日，大軍就可抵達。既然已經開轟了，本王就領你們做先鋒，打他們一個落花流水！」

敬翔知道再說下去會惹怒朱全忠，但心中實在不安，一咬牙又勸：「我軍出師不到一個月，先後平了襄州、荊南兩大藩鎮，辟地數千里，遠近聞之，莫不震懾，大王應該保住這份威望，用來服軍鎮敵，今日不如暫且歸息偃兵，等大軍齊備，再伺機而動。」

朱全忠目光一沉，道：「你意思是本王取不下淮南，會打敗仗，自墜名聲？」

敬翔垂首道：「臣不敢！大王自是威風凜凜，但士兵連取兩藩，已經疲憊，需要休息，臣擔心士兵作戰不力，會連累大王的威名。」

朱全忠冷笑道：「我就要乘勝追擊，一鼓作氣地取下淮南，令南方的愚蠢懦夫一聽到本王名聲就心驚膽裂！」

楊師厚知道朱全忠有多麼渴望取下淮南，朗聲道：「大王必揚威南方，一統天下。」

汴梁軍士氣正盛，又見大王到來，立刻跟著激動歡呼：「大王揚威南方，一統天下！」敬翔知道勸諫不得，只好閉口，心中卻甚是擔憂。

朱全忠見軍心振奮，大喝一聲，拉著船繩縱身飛起，借繩索擺盪之力，如雄鷹般猛撲向淮南軍船。徐溫見強敵壓境，一邊呼喝：「射箭！」一邊從腰間取下革帶往空中一揚，「唰！」一聲，成了一條烏光漆黑、似鞭似劍的「黑雲長劍」。

朱全忠面對滿天飛箭，絲毫不懼，大喝一聲：「去！」他有心震懾敵軍，雙臂連環揮掃，轉出一圈圈龐大的氣勁旋風，那飛箭登時倒飛，射倒一片淮南士兵。後方的士兵蜂湧上來，朱全忠雙臂左揮右擊，一拳一個，站在船頭附近的淮南士兵不是被轟爆腦袋，就是被餘勁掃到，震得拋飛出去，掉落水中，不多時已清出一片空地，朱全忠宛如天神降世般，威風凜凜地昂立船頭！

馮道見死敵到來，連忙躲回船艙裡，只探出一顆腦袋來觀看，朱友珪卻是激動大叫：「父王！」徐知誥臉色無喜無怒，只以劍刃壓緊他的頸項，低喝道：「閉嘴！」

朱友珪咬緊牙關，不再說話，心中卻是又喜又怕，喜的是父親沒有拋棄自己，還冒著天大危險前來營救，但害怕什麼，卻說不上來，只瞪大雙眼、伸張脖子，拼命從團護的人群縫隙中觀看父親的身影，他比從前任何一個時刻都更想看清不老神功的招式，除了印證那張破功秘訣是否真實，更有一種蠱惑念頭在腦中蠢蠢欲動，但那究竟是什麼意念，一時還模模糊糊，不甚清晰。

朱全忠卻連看他一眼也沒有，目光冷冷一掃徐溫和趙匡凝，道：「不必讓這些小兵枉死，你們倆個快快動手，一起上吧！」

徐溫與趙匡凝並肩而立，對望一眼，各自施展絕招，一左一右同步竄上，剎那間，三人大打出手！

九〇五・三

無由睹雄略・大樹日蕭蕭

辛卯，朱全忠發襄州。壬辰，至棗陽，遇大雨。自申州抵光州，道險狹塗潦，人馬疲乏，士卒尚未冬服，多逃。《資治通鑑．卷二六五》

當初三十六英雄起義，便是人人手持黑雲長劍，形成一股黑色旋風，橫掃許多山頭，在南方奠下根基，後來他們各自學了武功、使用不同兵器，從此分出高下。楊行密領先群雄，被奉為首領，他掌軍之後，更將這套劍法形成戰陣，教導士兵上場殺敵。雖然三十六英雄已很少使用這套劍法，但這是他們的功底，人人精擅，因此徐溫今日對付強敵，便使出最熟悉的看家本領，他攻守有度、不急不躁，一把黑雲長劍在他手中變幻莫測，宛如十七、八條毒蛇不斷從黑洞突竄出來，咬嚙敵人。

趙匡凝則使出絕招「劍指江山」，身影飄忽，指勁凌厲，每一招都是制敵要害，彷彿要將心中積恨全爆發開來。

三人都是頂尖高手，出招速度又快又強，淮南士兵看不清他們的舉動，只見到三團快速飄移的影子、聽見轟轟呼嘯的勁風，卻不知誰勝誰負，心中都十分緊張。

三人鬥了一陣，漸漸分出高下，雖然徐溫的劍法狠辣難測，但面對朱全忠這剛猛絕頂的高手，往往劍尖才靠近敵身，就被強悍的氣石震得手臂酸麻，屢屢刺偏，鬥到後來，有幾次長劍更險險脫飛，他必須奮盡全力才能握住劍柄，抵擋對方的攻擊，更遑論還出一招。

趙匡凝的「劍指江山」是以巧妙指勁改變敵人的攻擊方向，在沙場上應付群戰很管用，能教武功弱的敵兵互砍，達到以寡擊眾的效果，這也是他能夠成為一方之霸的原因，但今日面對的是內力更強、速度更快的朱全忠，他根本移動不了對方的拳勁腿力，漸漸地，只淪為擾敵之用，再難發揮實質功效。

朱全忠卻是越打越起勁，一團團巨石氣勁飛撞來去，莫說一般士兵根本近不了身，就連徐知誥站在後方，也能感受到勁風威力，被拂得衣衫飄飄，心中實在驚詫：「想不到老賊的武功這麼高強，我實力相差太遠，幫不了忙，不必冒險加入戰局！」便安立不動，只凝神觀戰。

朱友珪見父親大展神威，內心沖湧起一股莫名感受，欣喜之中夾雜著萬分沮喪，自己與父親相差何止十萬八千里？就算拿到了破功秘訣，又有什麼用？但他為什麼要因為無法勝過父親而感到頹喪？一股油然而生的震悸令他全身都顫慄了起來，他急切地想壓下那惱人的思緒，但就像著了魔般，那思緒天旋地轉，無邊無際地擴張，似乎混亂，卻又更加清晰：有朝一日，不擇任何手段、不惜犧牲一切，他也要勝過父親，證明自己的價值！

朱全忠以一敵二，仍遊刃有餘，趙匡凝心中憤恨難當，已顧不得高傲的身段，指力盡點向眼、咽喉、下身等人身弱處，朱全忠見他出手無賴，冷笑道：「什麼時候你趙某人已變得如此不堪？」趙匡凝被他這麼一說，老臉微紅、出手微滯，登時中了一拳，被震得退後幾步，朱全忠口中說話，絲毫不影響氣息，趁這剎那，大掌一迴，重重拍向獨立支撐的徐溫！

「碰！」徐溫被一掌打得飛退出去，跌到了徐知誥前方不遠處，朱友珪被震得清醒過來，方才膨脹的志氣瞬間消洩無蹤，就像惡魔見到日光，匆匆躲回黑暗深處，一時頹喪無已。

馮道也嚇了一跳，他想不到徐溫如此不濟，怕被殃及，更縮身入船艙裡，只露出一雙眼睛窺看：「徐溫不是高人嚒？怎麼一下子就倒了，與煙雨樓主的身手差得遠了，也不用寒江針，他真是煙雨樓主嚒？」他心中暗暗祝禱朱全忠不會發現自己，斜眼望去，只見徐知誥面沉如水，未現半點急怒之色，劍鋒緊緊壓住朱友珪的頸項，指尖連顫也沒顫一下，馮道不禁暗暗佩服：「小徐子年紀輕輕，比趙匡凝還沉得住氣，這般隱忍鎮靜的功夫，真是世上第一把好手。」他這轉念不過瞬間，朱全忠身影一閃，已欺近徐溫面前，大掌就要轟下，馮道又想：「倘若徐溫隱藏實力，朱全忠來這一下，他非全力抵擋不可！」

徐知誥眼看義父萬分危險，已來不及搶救，他當機立斷地提起手中劍刃，「嗤！」一聲狠狠刺入朱友珪的右肩。朱友珪正全神貫注地觀看父親飄動的拳影，冷不防被刺一劍，痛得呼出聲音。朱全忠抬眼望去，趁這瞬間，徐溫已從他掌下滾了出去，甩出長劍反撲回來，趙匡凝的指勁也同時點向朱全忠的背心，形成前後夾攻之勢。

朱全忠氣惱朱友珪讓自己錯失殺死徐溫的機會，一邊對抗兩人，一邊怒罵：「男子漢大丈夫，一點痛也不能忍，別對人說你是我兒子！」

徐知誥跟著又是一劍，刺向朱友珪的小腿，朱友珪腿上劇痛，幾乎跪倒，但方才被父親一頓斥罵，也激起意氣，硬是咬牙撐住，不再呼出半點聲音。

徐知誥冷聲道：「快叫梁王停手，否則我將你大卸八塊！」

朱全忠不在場時，朱友珪可以低聲下氣地跟趙匡凝求饒、出賣弟弟，但只要父親站到了面前，天大的痛苦也能忍住，絕不肯顯示一絲軟弱，讓他看輕自己，聽徐知誥這麼說，不由得哈哈大笑：「別說大卸八塊！你就是將我斬成八十段，我父王也不會有半點在乎！」他狂放的笑聲比哭聲還淒厲，更透著一股悲憤自憐，徐知誥聽在耳裡，刺在心裡，頓時想起身為孤兒的辛酸苦楚，尤其被收養後，楊行密、徐溫諸子的百般刁難，令他對朱友珪忽生出同病相憐之慨，原本要刺落的劍尖微微一頓，但他生性隱忍堅毅，隨即壓下那感傷，轉成不屑：「我豈能與你這莽夫相同？」一咬牙又狠狠刺落。

朱友珪也實在硬氣，雖劇痛難當，但在父親面前，就是不肯出聲。但朱全忠已注意到兩人動靜，他倒不是多心疼朱友珪，只是氣憤徐知誥竟敢當自己的面斬殺兒子，簡直是莫大羞辱，他怒火沖起，雙拳連出，喝道：「小子你有膽再殺一刀，我便將你轟成肉末！」話聲未盡，已擊退徐溫、趙匡凝的夾殺，如一團黑影般撲向徐知誥，前方的士兵根本不堪一擊，還未出劍，就被轟得四散飛去。

徐知誥早已全神戒備，猛感到一股強大的壓力迫來，本能地將朱友珪往前一推，去抵擋朱全忠的大掌，虎毒不食子，朱全忠掌力不由得微微一頓！

汴梁軍船上，楊師厚遠遠見到朱全忠所向披靡，如入無人之境，就連徐溫、趙匡凝聯手也無法相敵，他打從心底生出一股敬服強者的痛快感，深深覺得自己沒有追隨錯人，這天下間唯一能令他甘心臣服者，唯朱全忠而已！他也深深相信朱全忠就是開創帝國的霸主，只要取下淮南，天下一統便指日可待，而自己將是汴梁第一功臣，將名留千古，傳頌不朽功勳！

他欣喜之餘，眼看朱全忠已快救到朱友珪，便下令眾軍準備發動攻擊，趁士兵們架砲瞄準時，拍了拍敬翔的肩笑道：「子振，這回你可錯了！你瞧，大王的本事厲害到難以測度，天下間已無人可敵，你真是杞人憂天了！」

敬翔微微鬆了口氣，道：「我自然希望大王一舉功成，只是夫人已不在了，凡事更要謹慎些。」

楊師厚道：「夫人去世後，你變得太過拘謹了，夫人也說大王是真命天子，不是嚒？既有天命，就該放手而為！」

敬翔苦笑道：「我沒有夫人通曉天機的本事，只是從形勢分析，總覺得不大妥當。」

楊師厚道：「方才他們押著二公子，我動手也不是，不動手又違令，實在為難，幸好大王及時趕到，正好可一舉殲滅淮南軍，那便是把握天機了。」笑了笑，又道：「對了！你們怎會這麼快趕到？」

敬翔愕然道：「不是你派了探子通知大王，說兩位公子落入敵軍手中嚒？」

楊師厚不解道：「你說什麼？我幾時派人通知？」當時趙匡凝逃了，他想趕在朱全忠得到消息前彌補錯失，便緊急率領水軍出發追捕，免得被扣失職之罪，怎可能派人通知？

敬翔又道：「夫人離世，三公子可是大王的心頭寶，一聽到消息，自是飛快趕來！」

楊師厚越聽越不對，道：「雖然我讓襄州將領通知大王說我已率水軍當先鋒，準備攻打淮南，但我是來到這裡，人已在江面上，才知道兩位公子失陷，怎可能通知你們？」

兩人都是心思細密之人，談到這裡，不由得互望一眼，低呼：「不好！」

卻說淮南軍船上，朱全忠見到兒子被徐知誥當成肉盾，推到自己的厲掌前方，不得不掌勢微頓，緊急收回力道，豈料這內力一收，「嗤嗤嗤！」竟有數十道細小氣勁從旁邊的船艙激射而出，就像天灑針雨般細密凌厲，直刺向他左半身！

朱全忠這麼急速收回內力，稍有不慎，就會後挫傷了自己，又遭逢高手突襲，已來不及再發掌勁環護自身，他不禁呼吸頓止，一陣顫慄直竄心頭，因為他已意識到天下間只有一人能將自身氣息收束到寂靜如死、毫無破綻的地步，連他都察覺不到，那就是南方第一高手楊行密！

朱全忠驚覺危險，硬是收拳退身，後方卻還有徐溫、趙匡凝同時逼來，阻住他的退路！

楊行密知道良機稍縱即逝，剎那間破開船艙，飛身而出，雙袖連舞、十指連彈，「嗤嗤嗤嗤！」火力全開地灑射千百擊，氣勁宛如煙雨紛飛，不斷穿破朱全忠道道拳勁的縫隙，這一招「江南輕雨」，一旦被射中，朱全忠輕則身如蜂窩，氣血快速流失，重則大穴破功，再無法凝聚內力，顯然也是楊行密百般研究，專門用來對付不老神功的絕招。

但朱全忠不愧是天下第一霸主，面對三大高手、三種絕招逼殺，他反應極快，足尖重重一頓，底下甲板「轟！」一聲爆炸，身子直墜入下層艙房，木屑粉碎四散噴飛，阻止了三人的追擊。

楊行密竟隱身船艙內，連馮道都感到意外，他恍然明白方才徐溫看見朱全忠，為什麼露出一抹高深笑意：「看來我們把擒獲朱氏兄弟的消息傳給楊行密，他就以朱子為誘餌，勾引朱全忠親自前來，再施偷襲之計。想當初朱全忠曾經捉了李廷鸞誘殺李克用，這報應來得真快！」不禁側首望向徐溫，這一看，但覺事情更撲朔迷離了，徐溫臉上又露了一抹高深笑意，馮道一時搞不清狀況：「這人滿肚子詭計，究竟在想什麼，難道他還有後招？」念頭才轉完，冷不防耳邊響起一陣轟隆隆的聲音，身子直往下掉落，不由得驚呼出聲。

原來朱全忠這一踏垮甲板，不只自己往下墜，四周的人連同馮道、徐知誥、朱友珪和附近的士兵都跟著往下掉落至底層的船艙，滾了一地，朱友珪雖趁機大力掙扎，徐知誥仍緊緊拽著他，半點也不放鬆。

馮道心想：「糟了！大魔頭肯定會發現我！」此時他雖戴著通緝犯的面具，卻一點也不管用，因為無論是通緝犯還是真面目，都是朱全忠欲除之而後快的眼中釘，他在一片混亂中，連忙雙手沾泥，把易了容的臉皮再塗黑，又抱頭縮身，藏在角落裡。朱全忠卻根本沒空理會他。

此時夜色深沉，船底下一片黑暗，卻有五條黑色人影突竄出來，迅速無倫地撲向朱全忠，手中幽光閃動，揮舞通體黝黑、如鞭如帶的長劍，分別捲向朱全忠的頸項、雙手腕、雙足踝，從四面八方鎖住他的身影，還有一人伏在上方的樑柱，隨著甲板崩垮時，順勢從空中落下，劍尖疾刺向朱全忠頂心！

同時間，楊行密、徐溫、趙匡凝三人已經躍下，從劍陣外各發奇招，「江南輕雨」的針雨氣勁、寒江針、「劍指江山」的指勁，穿過劍陣空隙密密麻麻地射入！

馮道恍然明白這是淮南針對朱全忠設下的一場必殺局！也看見徐溫終於使出寒江針！

方才徐溫不敢使出寒江針，是怕被朱全忠的拳勁轟回來，反傷自身，遂以黑雲長劍對敵，但此刻眾人聯手圍殺，能穿過劍陣縫隙的，也只有寒江針，在這關鍵時刻，便狠狠射出。

朱全忠正全力防備上方的楊行密三人，未料下層會有高手偷襲，黑暗中只覺得千針萬刃、氣勁颯然，分不清何處還有生機，在這逼命時刻，朱全忠憑著聽風辨形的本能，右掌往上一抓，將頭頂那名劍客翻了下來，以他的身軀當成肉盾，抵擋前方的各式氣勁，同時身子往後一仰，避開割喉利刃，左拳轟向後方劍客，那劍客急往後退，仍被餘勁轟得吐血身亡，朱全忠足尖一點，身子疾向後射出，試圖從那缺口突破出去。徐溫卻是反應極快，長劍一揚，已彎刺向他的背心！

朱全忠化去後方危機，正全力後退，雙手還忙著擋架前方的劍鞭和氣勁，陡然間，感到背心冰寒透骨，他身子硬是向旁側一個扭轉，「嗤！」的一聲響，徐溫的劍尖已劃破他後背衣衫，險險就是利劍穿身之禍。

朱全忠這一招之失，前方便露出些許空隙，雙臂受了楊行密不少氣勁，那氣勁直透入骨，他一用力便劇痛難當，更糟的是徐溫已快速補上空位，徐知誥見陣式還少一人，手起指落，點昏朱友珪，將他踢到角落處，掣了長劍補上空位，六人一陣移形換位，再度將朱全忠緊緊包圍。

徐溫武功高明許多，又精熟五行生剋之理，立刻帶動劍陣飛快轉了起來，六人依著「右廂前軍」、「右廂右軍」、「右虞侯軍」、「左虞侯軍」、「左廂左軍」和「左廂後軍」六個陣位不停移轉，馮道心中暗讚：「這徐溫果然狡猾得很，知道大魔頭不懂陣法，便用劍陣圍死他！」回想起徐知誥也曾用黑雲軍圍攻自己：「幸好當時的黑雲軍不如這幾個厲害，我又精通陣法，利用樹林破解，否則十個小馮子也不夠死！但不知大魔頭死不死？」

朱全忠以為只是單純的六人圍攻，見這幫劍客身手平庸，心中很瞧不起，他最氣恨徐知誥，見小子自動送上門來，瞬間飽提內力重重轟去，滿心以為一拳就可解決，豈料拳眼才對準徐知誥，另五道劍刃已指向他五處要害，逼得他不得不回臂自救，「碰碰碰碰碰！」他一口氣連出五拳，劍客們見拳勁厲害，紛紛撤劍退後，朱全忠又向徐知誥急攻七拳，徐知誥左閃右避，仍被逼得騰騰騰地連退三大步，眼看只要再退一步，就會脫離陣位，陣形也會隨之崩潰，千鈞一髮間，三條劍鞭已如一堵尖牆阻擋在前，另兩道劍鞭和楊行密的氣勁從後方攻來，朱全忠再度被逼得回拳自救！

朱全忠滿心想殺死徐知誥，卻一再被阻擾，一股怒氣直沖腦門，更不顧一切往外突衝，當他以為逼退前方劍手時，冷不防兩條劍鞭從背後無聲無息地繞向他腰間，欲齊力將他割斬成兩半，這突襲事先無半點徵兆，直到他感到身周氣流有異，才驚覺不對，不得不著地一滾，以狼狽的姿勢避開攻擊，兩道冷厲的劍風從他鼻尖上方橫削而過，刮得他面上一陣疼痛，實是生死瞬間，出手之人正是徐溫與徐知誥。

朱全忠才滾出丈餘，瞬間一道筆直劍尖已刺向胸口，他左手一翻，將那胸前那道劍尖擊開，又是三條劍鞭分從上下纏向他頸項、雙腿，楊行密的針雨氣勁宛如疾風般再度射來，這氣勁若是中了，當場便是千創百孔、氣血急失。朱全忠雙拳連出，震退劍鞭，又側身避讓，還是被數十道氣勁打中身上，噴出十數道血柱！

朱全忠雖吃了虧，但他藝高膽大，偏不信邪，雙拳越打越快，硬是要破出一條生路，豈料那六名劍客移形換位也越來越快，一時間劍鞭交錯縱橫，彷彿地獄鬼刃殺人於無形；劍身激蕩氣流，不斷發出嗚嗚嘯聲，彷彿鬼哭狼嚎，實是詭異恐怖到了極點。

朱全忠自習成不老神功以來，除了蒲縣高坡與十三太保那一戰，從未遭遇如此強勁的殺局，不由得暗暗心驚：「我難道要冤死在這裡？」想到自己曾三番兩次暗算李克用，今日卻遭楊行密用同樣的方法暗算，還被困在陣法中脫身不得，當真是氣沖牛斗，一邊抵擋四面八方的劍尖，一邊喝罵：「堂堂十國第一人，沒膽與本王光明正大對決一場，竟躲在暗處使下流手段！」

楊行密一邊對準劍陣空隙灑去氣勁，一邊冷笑道：「本王好好在自家船艙歇息，卻有人侵門踏戶、大開殺戒，還反咬一口，指責本王不該教訓賊人，天下焉有這等道理？」

馮道不禁好笑：「楊行密真好樣的，暗算人還能說得堂堂皇皇，反斥責對方一頓，這一招我非學起來不可！」又想：「徐溫這人真是深藏不露！他內力雖不是最強大、武功也不是最高明，卻能駕馭劍陣，與之渾融成一體，不露絲毫破綻，可見其功力精純，心思空明，遠勝許多黷武莽夫。」

徐溫為了今日這一戰，確實費了一番苦功，因為船艙狹小陰暗，無法站立三十六人，他便精挑細選出六名親軍，行使簡化後的劍陣，更讓他們矇眼苦苦訓練，好熟悉黑暗的環境，眾人已練到在黑暗之中心意相通、劍式合一的境界，足以交織成一張密密黑網，不求能擊殺朱全忠，只求能困住他一時片刻，好讓楊行密擊殺他。

朱全忠身處黑暗之中，感受四面八方的劍風、劍氣，只覺得如墜入濤濤黑雲裡，一時分不清劍指何方，橫衝亂撞幾回，非但突破不了僵局，還險些被刺中雙眼、咽喉，不由得更加氣惱：「我若死在這幫庸夫手裡，豈不笑掉天下人的大牙？」心思一浮亂，不小心又中了楊行密數十道氣勁，他每一用力出拳，身上無數細小血柱便是齊齊噴發、劇痛難當，他忍不住怒罵：「偽君子！只會躲在外邊，以多勝少！」

楊行密冷笑道：「沙場作戰，哪一次不是以多勝少？」

趁朱全忠受創、分心說話的剎那，六條劍鞭再度無聲無息地竄了過來，但朱全忠已知這是個精巧劍陣，暗想：「破陣破心眼、擒賊先擒王！」心念一轉，已有主意，當下雙臂連揮，震開上方二條劍鞭，一個縱身躍起，雙足點向下方兩道劍尖，身隨勁起，咻地一聲，直脫出陰暗的船底，想沖升至上層，使耳目能看清楚劍陣變化，卻不想四條劍鞭筆直沖天，有如張牙舞爪的墨龍從空中籠罩而來，朱全忠不得不身子一沉，從四條劍鞭的夾縫中急墜下來，但他著實了得，雙足尚未著地，凌空身子一轉，向主陣的徐溫撲去，左拳猛地轟向徐溫胸口。

徐溫一個巧妙轉身，從「右廂前軍」退至「左虞侯軍」位置，避開拳勁，便在此時，徐知誥的劍鞭已經捲到。朱全忠身子一側，左掌猛力打了過去，徐知誥退去，其他四人的劍鞭抖動，轉成四個圓圈，再度捲向朱全忠！

朱全忠見擊殺徐溫不成，反惹來圍殺，當下先憑著快拳圍護住身周，嚴密守禦，再沉定心思，另謀對策。

此時淮南好似佔了上風，圍得朱全忠不能動彈，馮道卻看出事情有些不對勁：「楊行密的氣勁或黑雲劍陣任何一個都殺不了朱全忠，徐溫才會令兩者相輔相成，這做法固然精妙，但楊行密和趙匡凝只能在外圍射發勁力，為了避開劍客，那氣勁還得小心穿過流轉快速的劍刃縫隙，無法全力施展，雙方反而互相掣肘，形成進退不得的僵局。」

他再凝目看去，發現有幾名劍手嘴角滲血，劍刃微微顫抖，不禁暗暗擔憂：「六人之中只有徐溫、徐知誥的武功較高明，其他人並沒有十三太保的功力，根本不堪朱全忠連續重擊，長久下去，必有人支撐不住，只要朱全忠打垮一人，就會破陣而出！」

朱全忠性情好強暴躁，一開始想炫燿本事，又想除去心頭恨，一意追殺最厲害的徐溫、徐知誥，但吃了幾次虧後，不得不承認這個劍陣確實厲害，實在不能急躁行事，當他收斂了高傲之心，沉靜下來，目光立刻變得澄澈清晰，看出真正的破口是其他四人，立刻改了主意，他身如飛箭，避開四面交錯的劍圈，一掌劈向徐知誥，楊行密見愛將危險，數十道輕雨氣勁立刻灑到，豈料這只是一個虛招，朱全忠一個返身，抓準其他四人的位置，「碰碰碰碰！」剎那間連出四拳，對準另四名劍客轟去，那四人抵擋不住，朝不同方向各自退了幾步，劍陣一時混亂，這一招連徐溫也是意外，他身影疾轉，連踏幾步方位，硬是將陣法救回來。

朱全忠見此法奏效，拳風越打越快，盡朝弱處打去，徐溫飛奔來去，努力穩住陣法，但那四人替補移位、揚劍甩殺的速度實在不如朱全忠的拳頭快，退後的步數、方向更是各自不同，徐溫雖拼命挽救，但救了這個的移位，另一個便錯移更多，一時被逼得手忙腳亂、疲於奔命。

馮道眼看劍陣岌岌可危，朱全忠隨時會破出，著急無已：「萬一劍陣破了，楊行密絕對擋不住朱全忠，我必須趕在劍陣崩垮前想出辦法！」又想：「李茂貞可以接戰不老神功千拳，李克用高明些，可接戰三千拳，但兩人都殺不了朱全忠，楊行密的武功細密軟綿、氣若遊絲，究竟要如何才能殺了大魔頭？細密軟綿、氣若虛無……細密軟綿、氣若虛無……」他心思急轉，忽然間，靈光一閃，已有了對策，但這對策卻必須吐露不老神功的祕密，如此一來，無疑是將自己擁有「安天下」

之秘一事攤在眾高手面前，他不禁陷入萬分掙扎：「師父教我不可招搖，否則會惹來殺身之禍，但這是除去大魔頭千載難逢的好機會，豈能錯過？」

他心中快速分析：「汴梁基礎雄厚，已穩控三分之二的江山，還有皇帝在手，就算朱全忠死了，也不會一下子崩垮，只會便宜楊師厚……楊師厚雖厲害，楊行密卻是有機會殺他的！至於楊行密這人，他愛惜名聲，又一直打著仁義的旗號，由他統一天下，應會繼續尊崇小皇帝，就算他自己要當皇帝，也會善待小皇帝和天下百姓，和其他梟雄相比，就如妹妹說的，楊行密還是比較妥當的，我以前怎麼想不通這一點？罷了！罷了！只要能盡快結束戰爭，讓百姓不再受苦就好，我必須說出不老神功的祕密，就算楊行密、大小徐子要殺我，也只好認了……」想到鳳翔、青州的慘狀，他一咬牙，下定決心，喊道：「不老神功能不斷回收內力，只有更小、更小的氣勁才能殺他！」他思索雖多，其實不過瞬息之間，但就這點時間，朱全忠又已攻出上百拳，劍陣更加混亂了！

「更小的氣勁？」楊行密鑽研不老神功許久，聽見這樣的提醒，恍然大悟，但他沒有任何的動作，馮道心中著急：「難道他不能用更小的氣勁？」他不知道楊行密功力如何，能不能做到更小的氣勁，但玄幻島上楊行密曾將氣勁收束至連鸝鳥都不察覺，只能抱著一線希望，不斷喊道：「必須更小的氣勁！」

朱全忠雙手左撥右帶，一捲一纏，將四道劍鞭纏捲在一起，那四名劍客吃了一驚，急得用力回扯，下一剎那，朱全忠大掌一撤，內力順著劍鞭而出，「碰碰碰碰！」四名劍客抵擋不住從劍鞭上傳來的磅礡暴力，慘呼一聲，拋飛出去，當場斃命，眼看劍陣已垮，再無人擋得住朱全忠，千鈞一髮間，楊行密趁朱全忠一舉打退四人，必須回補內力的剎那，他猛然飽提內力，使出終極絕招「落霞飛鶩」，所有細雨般的氣針頓時蒸成煙霧，散化向朱全忠！

馮道恍然明白楊行密是刻意犧牲那四名手下，由此製造朱全忠回收內力的良機：「有捨才有得，楊行密顯然也看出劍陣存在，反而阻擋了他氣勁的運作，才下決心犧牲劍陣中的人……」這一瞬間，他不禁想起老婆子曾說楊行密和徐溫之間的較量，或許楊行密想犧牲的不只那四人：「倘若朱全忠這一掌是打向徐溫，就必須回收更多內力，楊行密的煙霞氣勁會入體更多，成功的機會才是最大，只不過那四人首先撐不住，劍陣已破，楊行密再不能遲疑，必須立刻使出絕招……」這麼一想，不禁起了一陣寒意：「難道楊行密一直在等著犧牲徐溫？朱全忠一死，徐溫存在的價值就變得小了……」

同時間他感應到楊行密的氣勁比針尖還細、比雨滴還柔潤，真如煙霞雲霧，更覺萬分驚駭，全身寒毛都豎了起來：「這武功確實是天地間唯一可破不老神功的絕招！原來……原來楊行密才是朱全忠的剋星！這大魔頭要死了……終於要死了……」眼看千千百百細如雲霧的氣勁順著朱全忠回收內力的流向，就要鑽入他全身細孔，形成爆發，馮道心中激動萬分、感慨萬千，回想起一路艱辛，李曄臨死前的叮嚀，不由得紅了眼眶：「聖上，臣終於為你報仇了……」

「碰！」一聲轟隆巨響！

卻說楊師厚與敬翔交談一陣，已知事有蹊蹺，他決定親自過去支援，與朱全忠合力剿滅淮南主將，成就大業，遂交代副將劉知俊聽命敬翔調度攻擊之事，此時卻有一艘汴梁走舸疾速衝來，船未至，船上軍兵已大喊：「將軍，大事不好！」

楊師厚見領頭人是心腹小校王舜賢，他曾經奉命待在伏牛山迎接朱全忠，此刻應與大軍一起前往光州，怎會來這裡？又見滿船士兵全身泥濘，情狀狼狽，沉聲喝問：「你們怎麼來了？何事慌慌張張？」

王舜賢還來不及登船，便哭喪著臉大聲道：「我們原本從申州出發，要前往光州，經過棗陽時卻出大事了！」他報了惡訊，只聽得楊師厚、敬翔臉色劇變，楊師厚當機立斷，大喝：「發砲！」「碰！」一枚石砲轟了過去，將淮南軍船右前角擊破一個大洞，頓時船破人飛，船身搖晃得十分厲害，楊行密全力發出的「落霞飛鶩」，竟因此打偏了！

徐溫、趙匡凝、徐知誥全被震散，馮道也被震得滾到另一邊，腦袋撞得七暈八素，心中一陣唏哩呼嚕地暗罵：「這天殺的楊師厚，早不發砲、晚不發砲，偏偏這時來攪局！」

楊行密方才提盡全力使出大絕招，一時丹田氣空，聚氣不及，朱全忠卻剛好回收完內力，豈能放過這大好機會？立刻將全身力氣聚到雙臂，對準楊行密轟出毀天滅地的一拳！

楊行密一口氣還未緩過來，無論如何也接不下這勁道，只能飛身疾退，足尖一點，從甲板破孔沖升直上，他左足穩穩站在桅桿上，右足勾住一根船繩上，隨風擺盪，看似居高臨下、身影飄逸，一副泰然自若的神態，其實為化解朱全忠這一拳勁，他已耗盡全力，此刻藉著船繩擺盪，暗中調和體內紊亂的真氣，是不想被對方看出自己的丹田已經空虛。

馮道把不老神功的祕訣當眾說出，已是豁命一搏，竟還功虧一簣，心中扼腕至極：「大魔頭命不該絕，小馮子早晚死矣！」只盼一陣混亂中，沒人分得清是他喊出破功法門。

下一剎那，朱全忠已沖飛而出，辨明楊行密的位置，「碰碰碰！」拳勁飛石般轟砸而至，眨眼間，雙方交接數十招，楊行密武功以輕巧詭異見長，硬拼內力，原本就吃虧，再加上絕招出盡、丹田內空，一個接擋不過，瞬間被打得拋落甲板，「碰！」一聲，那甲板被卸了力氣，硬生生爆破開來，楊行密更是五內翻湧，吐出鮮血，顯然受傷不輕！

朱全忠冷笑一聲，對準楊行密直接轟去，「碰碰碰！」生死瞬間，只聽得轟隆隆聲響，數枚石炮接連轟至，這巨砲威震如雷，當真是驚心動魄，朱全忠再強悍，也是拳勁打偏，被震得連退幾步，才站穩身子，楊行密被震得拋飛而起，卻藉機在半空中翻了個斛斗，退到了船桅上，拉開距離，總算逃過一死劫。

此時趙匡凝也已經搶到，硬是提盡全身功力與朱全忠大打出手，趙匡凝雖不敵朱全忠，但瘋狂拼命，朱全忠一時也收拾不下，接著徐溫、徐知誥也趕到，楊行密也趁機調穩氣息，再度形成四對一的僵持局面。

汴梁軍船上，楊師厚發號施令：「投石！放箭！掩護我過去！」幾艘汴梁軍船立刻形成一字形，左右掩護楊師厚的主船，一邊發動連環攻擊，一邊快速航向淮南軍船。

淮南主艦不停傾斜，士兵相顧駭然，幾位大人物不是受了傷，就是鬥得激烈，徐知誥眼看汴梁軍艦不停攻擊，決定負起指揮之責，便退出戰圈，一邊教眾軍搶救破損的船身，將落海之人救起，一邊發動武器對抗：「豎起鐵板！」

傳令兵聽他號令，立刻吹角擂鼓，教眾船在船側兩邊豎起擋箭鐵板，抵擋對方的火箭攻擊。徐知誥見楊師厚率汴梁軍不斷逼近，又呼喝：「發砲！」淮南軍船立刻不甘示弱地發射石砲回擊。

兩邊軍船你來我往地一陣轟擊，楊師厚終究還是靠近了淮南主艦，見距離拉得夠近了，便施展輕功飛身上船，穿過眾士兵的攔阻，趕到朱全忠身邊相助，接過徐溫的攻擊。

朱全忠見來了強援，大喜道：「你來得正好，快一起收拾他們！」

楊師厚卻低聲道：「大王，事情不好，快退！」

朱全忠一愣，雖不知發生何事，但知道楊師厚謹慎沉穩猶勝自己，絕沒什麼事能令他顯露一絲慌張，此刻卻想臨陣退縮、違背軍令，必有大事發生，見楊行密已受傷，心想只要再過上千招，便可一舉殺了三大高手，實不甘心就這麼退去。

楊師厚見他仍戰意高昂，以低促的聲音道：「大軍在棗陽遇到暴雨，道狹途險，人馬疲乏，都逃了！」

「都……逃了？」朱全忠心中震驚，一個不慎，各中了楊行密、趙匡凝兩種氣勁，不由得退後一步，但身體的創傷實比不過心中的驚駭，不肯置信地又問：「真的全軍皆逃？」楊師厚沉重地點了一下頭。

全軍皆逃，這是汴梁成軍以來從未有過的事，朱全忠心中湧上一股強烈的不安，有如前方層層壓迫江面的烏雲般沉重！

忽然間東方射出一道曙光，穿破層層厚重的烏雲，微微照亮了江面，但在朱全忠眼中卻似看見晴天霹靂，不知何時，浩蕩的漢水上，已聚集了千百艘艨艟、鬥艦，旌旗層層疊疊，迎風飛舞，宛如雲霓漫天，淮南大軍的號角聲在廣闊的江面上陡然揚起，不停激盪。

楊師厚急勸：「大王，淮南大軍來了，快走吧！」

朱全忠見三人已受創，實在不甘心退去，道：「殺了他們再走，耽擱不了多少時間！」

楊師厚還想再勸，突然間砲聲隆隆，淮南軍發動巨石砲，打向楊師厚駛來的船艦，顯然是要斷去兩人的退路，楊師厚的聲音幾乎被砲聲掩蓋：「敵軍太多，這樣我們會全軍覆沒！」

朱全忠咬牙道：「錯過今日機會，便殺不了楊行密，你給我盯著，除非只剩最後一艘船，否則別再說了！」說罷不待楊師厚回答，已衝身過去，與楊行密、徐溫、趙匡凝再度大打出手，楊師厚只得跟過去併肩作戰，一邊注意江上動靜。

「降下風帆，衝過去！」淮南大軍在主將王茂章的號令下，數百艘拍艦立刻落下風帆，同時船側兩邊露出巨大的掣棹孔，左右各伸出一排長槳，槳起槳落，全速衝向汴梁軍船。

汴梁士兵見到淮南大軍出現，都嚇得心驚膽顫，副將劉知俊急問敬翔：「軍師，我們該怎麼辦？」

敬翔也是驚駭到全身發冷，但想朱全忠還未回來，怎麼也不能棄主而逃，一咬牙，握拳道：「全力防守！」

面對這麼懸殊的狀況，劉知俊實不知怎麼全力防守，見淮南軍衝了過來，猜想他們可能要近戰搏殺，搶奪軍船，只能硬著頭皮下令：「眾軍聽令，發石砲、火箭，防敵軍搶船！」汴梁軍都拔出長刀，準備應付肉博戰。

淮南主將王茂章卻下令：「啟動石錘，攻！」

這一回他們有備而來，在行動快速的車船上裝備了恐怖絞盤，融合拍艦的戰鬥力，不只行動敏捷、進退靈活，不怕被船大木堅的汴梁鬥艦撞沉，船上更裝載了拋石機，可從上空轟出拋石，但最厲害的是他們在船頭也垂掛一顆巨型大石，以絞盤呼嘯揮出大石，就像船身左右不停揮出重拳，打擊敵船側身，如此由上、左、右三方將敵船一頓暴錘，拍碎敵船，既快又狠，反倒是汴梁軍船，以拋石機發動，每發一枚還需重新裝填，攻擊速度就比不上了！

只見一艘艘汴梁軍船的腹側被暴打破碎，失去動力，無法閃躲，淮南軍隨即射發大批火箭，船一旦著火，汴梁兵無路可逃，只能棄船跳入海中，被燒死淹死的不計其數。

楊師厚一邊打鬥，一邊關注江上動靜，眼看己方船隻一艘艘被擊沉，士兵慘嚎不止，火焰一蓬蓬沖升，濃煙瀰漫天空，江水盡被染成血紅，情況越來越危急，朱全忠仍不肯退，心中真是憂急如焚：「十八……十三……十、九……」

另一端的敬翔看著對方攻勢猛烈，己方一片潰亂，也急如火燒，劉知俊更是頻頻催促：「大王恐怕是回不來了，再這麼下去，只怕連我們這艘船也保不住了，船上還有三公子，咱們還是護著他離開吧。」

敬翔想到朱全忠的賞識之恩，不只提拔自己位極人臣，更讓滿腹理想、一身才華有施展之處，心中沖湧起一股「士為知己者死」的豪情，肅容道：「食主祿、報主恩，不等到大王回來，我絕不退！我已決定與他共存亡，你護三公子先走吧！」劉知俊得令，立刻帶朱友貞乘另一艘船離開。

敬翔見朱友貞已安全遠離，索性教士兵把船往前開，冒險靠近淮南主艦去接應朱全忠，僅餘的七艘船艦迎著淮南猛烈的火箭、石砲、石錘，左穿右繞地冒死前進，「碰碰碰！」一路上又被擊沉四艘船。

楊師厚眼看只剩三艘船，心想不能再拖延，當機立斷地喊道：「不行了！節師，快走！只剩一艘船了！」

朱全忠專心應付強敵，並不知船隻數目，聽楊師厚這麼喊話，再不甘心，也知道非退不可，忽然想起自己是來救兒子的，道：「遙喜呢？」

楊師厚尚未回答，「碰！」一聲，又一艘汴梁軍船被擊沉！

朱全忠臉色驟變：「沒船了！」一咬牙道：「那就殺光他們，搶下這艘船！」豈料話才說完，突然間隆隆聲響，空中拋來一塊巨石砲，撞向淮南主艦船腹，這船原本就受了幾砲，再承受不住這一重擊，從腹側一路破碎開來，漸漸傾倒。

朱全忠想不到生路全被斷絕，氣得大發雷霆，怒轟數拳，忽聽左方不遠處傳來汴梁士兵齊聲喊叫：「汴梁軍威，遍傳天下！」原來是敬翔冒死來到，轟了淮南主艦的船側。

朱全忠大喜，對楊師厚喊道：「你看錯了，還有兩艘船！」

楊師厚怕他又想耽擱，急勸：「大王快走吧！二公子只能來日再救，淮南押著他，不會輕易殺了，只會用來換條件！」

朱全忠也知道形勢險惡至極，這兩艘船在大軍包圍之中，輕易會被殲滅，這時雖不見兒子，也實在顧不得了，一咬牙道：「走吧！」雙拳連出，「碰碰碰！」轟垮一片船桿，淮南士兵不是被顛得東倒西歪，就是被大片船帆蓋得昏天暗地，朱全忠趁亂往後飛掠，與楊師厚並肩退出淮南軍包圍，這兩人聯手，就是天皇老子也留不住人，更遑論楊行密等人已受了創傷。

但楊行密籌謀許久，怎甘心放朱全忠逃走，大喝一聲：「快發砲！將汴梁軍船全數殲滅，一個不留！」

朱全忠、楊師厚才飛身落至敬翔駛來的軍船，只見一顆巨石砲迎面轟來，朱全忠心想這船無論如何不能被擊沉，瞬間將全身功力聚於雙拳，用力轟至石砲邊緣，他力道再強，也不可能移動這千萬斤重的巨石砲，只不過是讓它稍稍偏移，轉了一點方向而已，「碰！」一聲巨響，那石砲卻落到了另一艘汴梁軍船上，將船身砸破一個大洞，朱全忠見那船救不得了，下令道：「掩護撤退！」

那船的汴梁士兵成了斷後的犧牲品，在烏雲、曦光、夜色渾融成一片的灰濛濛之中，以砲筒沖撒出大量石灰粉，順著江風形成大團大團的迷牆，遮蔽住淮南追兵的視線，同一時間火箭、飛石齊發，狂轟追至近處的敵船，掩護朱全忠的船撤離。

猝不及防下，淮南士兵被石灰滲入雙眼，灼熱難當，慘叫聲此起彼落，閉眼奔逃者，又遭漫天火箭射殺，一時被阻了追勢，但一船畢竟難敵眾船，那艘汴梁軍船最終被射成火球，壯烈犧牲，只留下一團衝天火光與漂泊江上的英魂。

朱全忠的船則在灰粉、濃煙、火矢的掩護下，九死一生地逃出重圍，急速遁入長草叢生的狹窄彎道裡，消失無蹤。

此戰楊行密雖然受了創傷，但得到趙匡凝和他最精猛的荊襄軍，又把死敵朱全忠打得狼狽而逃，心中十分得意，見淮南主艦漸漸傾斜沉沒，吩咐徐知誥安排眾人退到另一艘船上，便歡喜地拉著趙匡凝先行登上另一艘船，徐溫也跟隨在後。

淮南士兵眼看船要沉了，都急著前往另一艘船，只有馮道記掛朱友珪還暈在底艙角落裡：「這船再沉下去，朱友珪肯定會被淹死，朱全忠只顧自己逃命，連兒子都不帶走，真是給小馮子找麻煩！」便趁眾人忙亂時，悄悄潛游入底艙，見朱友珪半身泡在水裡，水勢快淹到口鼻，他已經清醒，但穴道未解，全身仍不得動彈，幽深的眼瞳充滿悲憤、毀滅、不甘，又有一些絕望、空茫。

馮道不由得一嘆：「他是張姑娘的心上人，張姑娘一定還苦苦盼望他回去，說不得，只好再救他一回。」一拍拍朱友珪的臉頰，道：「珪公子，別害怕，我來救你了！」

朱友珪怎麼也想不到會有人來救自己，轉了眼瞳盯望他一會兒，漸漸拉回渙散的精神，目光終於微微發亮。

馮道一邊用力將人拖出，一邊說道：「我早說我是你的朋友，不是敵人，你瞧，我又救了你一次，下回再見到我，千萬別打打殺殺了！」

他揹著朱友珪游了一小段路，找到一艘救生小舟，將朱友珪放入舟裡，心中頓時起了猶豫：

「我說出不老神功的祕密，肯定會惹來麻煩，不如這就走了吧。」但想：「不行！妹妹還在煙雨樓裡，就算淮南真是龍潭虎穴，我也得去探個究竟，再怎麼說，我是跟著趙匡凝前去，就算楊行密有什麼心思，總得顧忌著他，我也算有個保護。」

他下定決心要前往淮南帶走褚寒依，道：「珪公子，咱們就此別過啦，後會無期！」說罷點開朱友珪的穴道，自行跳下水，游回淮南軍船，隨著荊襄軍一起移到另一艘軍船裡。

淮南軍這回打了個勝仗，將數十艘汴梁軍船幾乎殲滅，己方卻損失甚少，人人興高采烈，待移軍完成，便歡天喜地的啟程回航。

朱友珪隨舟漂流一會兒，手腳漸漸能動，連忙起身划船往晉水方向而去，他原本受傷失血，又沒日沒夜地划了兩日，實在餓得氣虛力乏，到後來只癱倒在小舟裡，幸好朱全忠為防淮南軍趁虛攻來，派出數艘遊艇沿著江水四處偵察敵情，汴梁士兵發現奄奄一息的二公子，自是立刻救人回去。

朱友珪回到汴梁軍船上，原以為能得到照顧休養，卻遇上朱全忠滿腔怒火無處發洩，一見到他頓時怒火爆發，當著眾軍面前狠狠打了朱友珪一巴掌，罵道：「孽子！全是你惹的禍，你怎不隨你母親一起死去！」

朱友珪原已受傷，受父親這一掌，頓時飛了出去，撞到船桿才落下來，他痛得爬不起身，只能緊抱肚腹、蜷縮著身子，血水、淚水模糊雙眼，無力抬頭、無法爭辯，但覺士兵都用嘲笑的目光看著自己，激動憤恨之下便暈了過去，隱約間只聽得大船起航，轟轟撤退的聲音。

九〇五・四

恨無匡復姿・聊欲從此逝

馮道在荊襄軍的船艙裡睡了個飽，起身時暮色已深，他倚在船側望著蒼茫茫的江水，回想起前一夜的大戰：「寒冬十月……棗陽一場大雨，就令朱全忠束手無策，不得不退兵，就算是天下最強的霸主、就算能橫掃群雄，終究是鬥不過老天爺，上回在晉陽是這樣，今日仍是這樣！」

他抬頭望了望天色，見星子稀疏、月色陰鬱，又想：「亂世之中，要能逐鹿中原，成就帝王格局，必需天時、地利、人和三者齊備，從前張惠為朱全忠卜天時、善人和，朱全忠再憑著自己的絕頂武藝打下大片江山，佔盡地利，如今張惠一死，無人卜算天時，朱全忠便屢犯天候、出兵無狀，以他的瘋狂暴躁，卻沒有人約束，很快地，也會失盡人和……難怪煙雨樓主說他開始由盛轉衰了！」

經過萬般設計，卻還殺不了朱全忠，反而為自己招來不可預知的禍事，想到這一節，他不由自主地回首望去，這才發現徐溫不知何時已悄悄出現在身後，唇角噙著一抹高深莫測的微笑，目光看似溫和，實則有說不盡的深意，徐知誥也陪在他的身側。

徐溫目光凝視著馮道的背影，遙想當年隨楊行密起義，為了掌握軍機，他開始精研古今道術、天地之秘，並暗中成立煙雨樓打探消息，深入各方勢力。當時他功力尚淺，以致一手培養的張惠出了差錯，竟轉投朱全忠，反過來與自己為敵，他費盡心力才彌補了往昔的錯誤，如今他自信已貫通天人之道，就連最強大的汴梁軍也在掌握之中，絕不會再出差錯。

唯獨一件事始終沉在他心裡，就是張惠的受創身亡，其實是緣於馮道的奇計，這小子究竟是從哪裡冒出來的？又有什麼奇能？一顆忽然冒出的奇棋，會不會打亂了天下棋局？張惠死了，也算間接死在眼前的鄉下小子手裡，這個想法令他產生很大的樂趣。

馮道耳朵雖靈敏，但船上士兵來來去去、各行其事，他又以為徐溫父子正陪著楊行密、趙匡凝在另一艘船上，因此即使感到後方有人站著，也想不到是他們。

徐知誥英眉一揚，冷笑道：「馮道，你來淮南，怎不敢以真面目示人？」

馮道摸了摸嘴上的鼠鬍，笑道：「我覺得這面目挺威武的，一時也捨不得換下了，倒是你目光銳利，認出我來了！」

徐知誥微笑道：「鼠輩藏得再好，但那一身鬼祟陰霉味，只要稍稍現個影兒，就會吸引眾人爭相追打，馮郎君不管到哪裡，都能引來追殺，豈不好認？」

馮道心想：「肯定是趙匡凝說出我的身分，偏偏被小徐子搶白一頓！」他也不生氣，反而嘻嘻一笑，拱手道：「在下聽說淮南有大小徐子坐鎮，安全得像銅牆鐵壁，便打算來這兒長住，今後可要勞煩兩位多多照顧了！」

徐溫揮揮手，示意徐知誥讓其他士兵退下，自己則緩緩走向馮道身側，與之並肩而立，他仰首望向灰濛迷離的夜空，問道：「你懂星象麼？」

馮道搖搖頭道：「不懂。」

「不懂？」徐溫有些意外，但聽馮道口氣誠實、眼神真誠，不由得脫口道：「難道你不是那個人？」

馮道心中奇怪：「這人講話也不講個透，總喜歡高來高去，弄得旁人迷迷糊糊！」問道：「先生以為我是什麼人？」

「懂『天星棋局』的人！」徐溫微微側過頭來，一雙眸光亮如燈火，炯炯地望著他，彷彿只要他有一絲虛幌閃爍，都能映個一清二楚。

馮道一時沒聽清，愕然道：「你說什麼天……什麼棋星？」

徐溫雙眸凝聚了精光，宛如兩道冰刃直刺入馮道眼底，一字一句道：「天星棋局！」

馮道這次不只聽清了，也已經聯想到所謂的「天星棋局」，很可能就是《天相》書裡最奧妙的「星象篇」，不由得暗暗吃驚：「他懷疑我手中握有『安天下』之秘，這事可是比洩露不老神功的破功祕訣還危險！」

徐溫精光盯著他，緩緩道：「馮小兄是最後陪在先帝身邊的人，難道先帝沒把這事告訴你，任它淹沒了？」

他每一句話都是徐徐溫潤，聲如其名，可每一個問題都像利刃般，直指《天相》書裡最深奧的祕密，令馮道不由得頭皮發麻，根本不知如何回答，心中更是轉了一百個問號：「他怎麼知道皇帝最後見的人是我？這世上只有真正的隱龍才有機緣見到最完整的《天相》、《奇道》秘笈，連我都還未看到『星象篇』，他是如何知曉？」

消除對方疑心最好的方法，便是倒轉過來主動出擊，馮道臉上浮現滿滿好奇，迭聲追問：「那天什麼棋星的，究竟是什麼東西？你不妨多說一些，或許我可想起來。」

徐溫透露「天星棋局」這麼大的祕密，原本是想放一個大餌勾引馮道說出「安天下」之秘，未料這小子竟會如此反應，暗想：「難道他真不知情？」

馮道也真是好奇，見徐溫沉吟不語，不死心地追問：「你這樣的高人會如此緊張，可見一定是很厲害的東西，或許先帝真的告訴過我，只是我這陣子太忙亂，一時忘了，你多說一點，或許我就想起來了。」

徐溫心中暗笑：「這小子明明不知天星棋局，卻假裝聽過，想反過來套我的話，人人都說他十分滑頭，果然不錯！我且再試他一試。」他揚起手臂，遙指東北方一顆迷濛小星，道：「說給你聽也無妨，你可知那是什麼星宿？」

馮道搖搖頭道：「晚生不知，還請先生指教。」

徐溫道：「上宰。」

馮道笑道：「這名字倒像是官名！」

徐溫道：「你說得不錯！太史局正是以官位名稱為天上星宿命名。」頓了頓，道：「天有日月星辰、地有文武百官，星宿運行猶如世局變化，萬星紛呈便是象徵著萬民蒼生！有些星子暗弱至肉眼不見，就是碌碌無為之人，那些特別閃耀的星宿便是對應著當代的英雄豪傑！」

馮道露出一個難以置信的驚詫表情，道：「先生是說笑吧！天上的星星那麼遙遠，地上的人兒那麼多，怎可能有關聯？」聳聳肩笑道：「晚生雖是個鄉下小子，腹笥淺薄，也知道這事不可能，是江湖術士的謊言！」

徐溫微微一笑，道：「這不是市井傳說，而是唐皇室傳出的密言，是由則天女皇流傳給後世的。」

馮道心中一愣：「師父留下《天相》、《奇道》給後世隱龍，曾提到他與則天女皇相對而立，各行奇事，但詳細情況卻不曾細說，原來是與天星棋局有關！」又想：「我的秘笈是師父撰寫的，徐溫卻是從則天女皇那條線索傳下來的，但不知他了解多少？我也來打聽看看！」說道：「既然則天女皇都傳給你知曉了，你怎麼還來問我？」

徐溫臉色微微一滯，似乎不知該怎麼回答，馮道恍然明白，笑道：「原來你也不全然知曉，只是聽人家傳來傳去，便輕易相信了！我就說星子的明滅怎麼可能成為棋局？還與地上人兒有關？太匪夷所思了！」

徐溫微微一笑，道：「不稀奇！所有研究星相占卜之人都知道，天際生奇象，世間必有大事發生，而且往往與朝廷顛覆、戰爭禍亂有關，因此君王會反省政事闕失，命太史局監察天象，進行推占，看究竟有何災禍？

貞觀二十一年，天空接連七日出現太白金星，後來就發生天道陰陽逆轉、女主武王崛起、大唐國祚中斷之事！

今歲三月，北方天際出現彗星橫空，柳璨那奸臣向朱全忠獻計說：『三月乙丑，彗星竟長天！這表示君臣都會有大災禍，梁王應該大殺朝臣，回應上天的預警，以化解災禍。』李振也勸說：『唐朝舊臣輕浮淺薄、法紀紊亂，梁王心中想圖謀大事，留下這幫人，只會給新朝添亂，應該把他們都殺了，以回應天命。這些官僚自命不凡，總說自己是清流，不如殺了他們，投屍入河，讓他們永遠成為濁流！』」

馮道心中感慨：「柳璨教唆朱全忠殺害那麼多忠臣，他自己也被捉起來，很快就活不成了！至於李振，卻一直深得朱賊喜歡，不知何時才有報應？」

徐溫悵然道：「三個月後，朱全忠就大肆貶逐朝臣，先在『白馬驛』斬殺三十餘位忠貞大臣，將他們投屍入河，見維護朝廷的重要力量都消滅了，便在九曲池擺酒設宴，逼九位皇子飲下絕命酒，再將他們全部勒死，丟入池中！」

這段時間，馮道一直在逃難，不知洛陽發生「白馬驛之禍」，雖然早已預知眾皇子的下場，但聽到他們被勒斃慘死，仍是悲慟難忍，咬牙道：「這朱賊……只恨昨日未殺了他！」又氣憤道：

「你不是高人嚒？怎不設置一個更厲害的陷阱除滅他？」

徐溫嘆道：「朱全忠有真龍之格，原本就命不該絕，徐某能做的只是殲滅汴梁犯軍，給朱賊一個警告，保我淮南康泰而已。」

「命不該絕？」馮道一愕，心中頓時感到有些不對勁：「你早知朱全忠命不該絕？那昨夜大家打得唏哩呼嚕，又為了什麼？殲滅來犯的汴梁軍是真，但說什麼給對方警告，就未免太矯情了，難道你給這點警告，朱全忠下回就不打了嚒？這分明是推托之辭！」忍不住抬眼望了徐溫，見他唇角微微露了一抹高深莫測的笑意，馮道心中怵然一驚：「每回他這麼笑，必有事情發生，他究竟在盤算什麼？」

徐溫遙指天空，續道：「星羅棋佈、明滅變化，形成一場又一場的天星棋局，預告著天下運勢的轉動，只不過世人都不明瞭其中的奧秘罷了！本朝創立之初，那天星棋局曾出現『天刑六星』之局；則天女皇創立武周時，也出現過『眾星拱帝』之局。」❶

馮道越聽越是一頭霧水，忍不住問道：「天星棋局究竟是什麼東西？」

「據說那是一張對照表——」徐溫道：「每一顆星子升隕、明暗對應著當代人物崛起、衰亡的圖表！」

馮道心中一震，恍然明白徐溫為何急切想知道這神祕的「天星棋局」，此時群雄崛起，誰能掌握天星明滅的奧祕，無疑就是掌握群雄的興衰、天下的運勢！

徐溫微笑地盯望著他，道：「如今馮小兄可明白了？」

馮道卻像聽到了什麼滑稽怪談，忍不住哈哈一笑，笑罷又摸了摸腦袋，歉疚道：「先生別見怪，我真是忍俊不住了！我的意思是……」他微微吸了口氣，努力憋住笑意，道：「先生其實是對牛彈琴！晚生資質有限，你說得越清楚，我卻聽得越模糊，天上星子時時在變化，如何會是一張圖表？」

徐溫微然搖首，遺憾道：「我也未曾親眼目睹，只是聽說罷了！」

馮道板了臉，故作認真道：「這麼玄奇的事，一般人真是無法想像，必須像你這樣的高人才能勘透，至少也得像小徐子……我是說徐軍使那樣資質的人，才可能聽得明白。你若是閒得發慌，有滿腹奇想忍不住要對人說，又怕人家笑話，倒不如和他談談，他一定很樂意聽你傾訴，至少他不會笑話你，就算他心裡真笑翻了，面上也一定不會顯露出來！」

徐溫雙眼一直緊盯著馮道，見他臉上神色不斷微微變化，有惶惑、有擔憂、有思索、有嘲諷，但隱藏其中的茫然卻是真實的，心中不禁悵然：「看來他是真不知情！」

馮道心知像徐溫這樣的人，只要有一點說謊的眼神都會被識破，看見徐溫眼底有一絲悵然、有一絲放鬆，知道他終於相信了自己，不禁暗暗慶幸：「幸好師父沒把『星象篇』傳給我，否則他忽然提起，我一定會露出龍尾巴，小命就不保了！」

正當徐溫陷入思索時，天際忽然出現璀璨亮光，兩人不約而同地抬眼望去，只見一道長尾彗星橫空劃過，滿天星月被那華麗的光芒一照，盡黯淡無光，馮道難得見到這奇象，驚詫之餘，十分興奮，一回頭，見徐溫臉色陰沉、眼神鬱鬱，彷彿被什麼妖物給震懾了，心中奇怪：「這人只要使個計謀就能翻雲覆雨，就連朱全忠都被他逼得落荒而逃，楊行密也未必制得住他，現在是怎麼了？一道星光就嚇成這樣？」問道：「先生是害怕什麼？」

「大唐……」徐溫雙眼一閉，無限長嘆，良久良久，才哽咽道：「真的結束了！」

這熟悉的惆悵聲令馮道再次感到震悸，他實在不願接受輝煌的王朝就這麼結束了，衝口道：

「僅憑一道亮光，先生怎能輕易說大唐結束了？」

徐溫悵然道：「徐某淺懂天機，見了妖星降臨，才忍不住發出喟嘆，否則身為臣子，又怎敢妄發議論說本朝保不住了？」嘆了口氣，又道：「這彗星雖不如三月那個壯觀，但必然又是一場災禍，如今宮中只剩太后和小皇帝，你說今夜的彗星是應了誰的劫？」

馮道說道：「天機星相我不懂，我只知道先帝雖然去世，但新帝已在洛陽登基，只要吳王肯費心維護聖上，就有希望保住大唐命脈，即使命懸一線，也是一線生機。」

徐溫道：「馮小兄不相信天機奧妙，我們就以現今時局作評論，朱全忠野心勃勃，一個年輕識淺、孤立無援的小皇帝，又能支撐多久？」

馮道說道：「世事難料，將來的命運誰也說不準，我始終相信大唐仍有希望！」

「難道那個傳言是真的？」徐溫英眉一挑，饒有興味地望著他：「傳說先帝還有一個剛出生的皇幼子，被人救了出去，難道馮小兄說的大唐希望，指的是那個小皇子？」

馮道心中一愣：「朱全忠一向隱瞞小皇子的存在，他怎會知道？」此刻最好的回應是裝傻，遂佯裝迷糊，道：「什麼小皇子？你是指新帝嚒？他不是被朱全忠困在洛陽城裡，幾時被人救了出去？」

徐溫不理會他的假裝，冷笑道：「聖上便是聖上、皇子便是皇子，怎能混為一談？」頓了頓，更進一步逼問：「大家都說小皇子死了，馮小兄，你說呢？」

馮道又是一愣：「他怎會這麼快就得到小皇子身亡的消息？」只好硬著頭皮繼續裝傻，搖搖頭道：「我不知道！這世上如果還有一個皇子，朱全忠也一定會斬草除根！」

徐溫微微一笑，道：「只要你說小皇子死了，我便相信。」

馮道笑道：「先生也太看重我了！怎麼我一句話就能決定小皇子的生死？」

徐溫沉聲道：「因為你是最後一個見到先帝的人，也是帶走小皇子之人，只有你說的話才算數！」

兩人對談間，馮道腦中轉過無數念頭，已將各條線索連繫起來：朱全忠雖隱瞞了小皇子的存在，但張曦從朱友珪口裡知道有人揹著嬰兒大鬧九錫，接著小皇子墜崖身亡，便將消息傳回給徐溫，而趙匡凝又說出馮道從洛陽前來投奔他，徐溫由此推論出馮道就是那個揹著小皇子大鬧九錫之人，更推測皇帝能將遺孤交給馮道，他必是最後一個見到皇帝之人。馮道眼看無法再假裝，暗吸一口氣，鎮定了心神，反問道：「先生既然認定我帶著小皇子逃亡，淮南為何不發兵來救？」

徐溫微微一笑，道：「如果我說只有小皇子身死、唐室滅亡，你走頭無路，才會真正效忠淮南，你打算如何？」

馮道想不到徐溫這麼直白，一陣寒意直竄心頭，面上仍勉強維持笑容，道：「原來在先生心中，在下比小皇子更有價值？」

徐溫微笑道：「一個死皇子和一個大活人相比，自然是大活人有用多了！」

馮道沉聲道：「我以為淮南是真忠臣，想不到為了逼迫晚生效忠，聽見小皇子存在的消息，並不積極查證，聽說小皇子遇難，也不派兵來救，而這些話竟是從徐先生的口中說出，真教人匪夷所思，難道吳王不想當忠臣了？」

徐溫肅容道：「我淮南本是真忠臣，只不過新帝再活不了多久，李唐子嗣全覆滅，我縱有滿腔丹心，又要向誰盡忠去？除非馮小兄親口說一句，這世上還有李唐子嗣！」

馮道心中一沉：「他是在逼問我小皇子的下落！」

徐溫緩緩道：「這世上如果只有一個人知道小皇子的生死，那個人都說小皇子死了，又或者那個人自己也死了，便沒有人可以證明小皇子還存在！將來若有人再拿小皇子的名義出來，那都是假的，是招搖撞騙的，你懂了嚒？」

馮道心中一震：「我自以為天衣無縫的計劃，竟是糟糕透頂！」

想不到當初為了取信朱全忠，與胡三合演一場戲，將小皇子的死做得十分逼真，竟會被徐溫一眼看穿，更成了大唐中興的絆腳石，他只好硬著頭皮道：「小皇子生死如何，我不知道，但只要眾臣齊心輔佐當今聖上，未必不可中興。」

徐溫精光一湛，沉聲道：「如今你在我淮南船上，只要我輕輕出手，你便結束了，一個手無縛雞之力的小子談什麼中興大業？」

馮道不由得倒抽一口涼氣：「難道他想殺我滅口，好徹底結束大唐……我今日真是誤上賊船了！」

徐溫斂了精光，微笑道：「我再問一次，馮小兄認為世上真有小皇子嚒？又或者說，世上還有小皇子嚒？事關皇子性命、朝代興亡，你可要小心回答了！」

如果回答小皇子沒死，非但徐溫會殺自己滅口，之前所佈下的一切都前功盡棄，天下又將掀起無止盡的皇子爭奪戰，小皇子在各方追殺下，有可能存活嚒？

如果回答小皇子死了，雖然能保命，也能保住小皇子的命，但將來任何人、包括自己都不能再拿小皇子作為復興李唐的招牌，是親口斷絕大唐的中興之路！

馮道一向心思敏捷、口舌便利，此時竟被逼得進退兩難、張口結舌，答不出一個字。

「所以無論你的答案是什麼，」徐溫唇角浮了一抹深沉笑意：「大唐都結束了！你明白了麼？」

馮道只覺得腦袋有千斤重，沉沉地點了頭，徐溫滿意地一笑，又提起手臂遙指天際星空，道：「大唐棋局已經結束，新的棋局即將開啟，你猜猜新的天星棋局是何種局面？」

馮道每次拜會這些殺人不眨眼的大節帥，都有一種在刀鋒上滾脖子，一不小心就會滾掉了腦袋的恐懼，這一次踏上淮南，明明楊行密最和善，也有意提拔他，可不知為何，他心裡卻有一種說不出來的顫慄，比以往拜會李克用、李茂貞更害怕，是一種「明槍易躲、暗箭難防」的不安，忍不住衝口道：「我不懂什麼星相！我只想求先生一件事。」

徐溫道：「什麼事？」

馮道說道：「我想向你求親，我要迎娶寒依妹妹。」

徐溫哈哈大笑：「你在這時候向我求親？你不擔心自己的生死，還有興致求親？」

馮道說道：「正因為我擔心小命不保，才要快快提出。」

徐溫沉聲道：「你想讓寒依當你的護身符？」

馮道說道：「那倒不是！我答應過寒依妹妹要向你提親，好證明我對她的一片心意，我見先生對付人的手段實在厲害，也不知何時會動手殺我，只好一見面就快快提出，以免失信於她，讓她失望難過。」

徐知誥忽然插口道：「你真喜歡她，無論她做過什麼，你都喜歡她？」

馮道回過頭去，咧嘴一笑：「是！」

徐知誥沉聲道：「就算她曾經出賣你，將來還會利用你，甚至可能死在她手裡，你也不改變？」

馮道堅定道：「是。」

「為什麼？」徐知誥想起自己自幼失怙，一次次被收養，一次次被出賣，他越用心討好養父母，越遭義兄弟嫉恨，到最後無論他多努力、多能幹，也敵不過他們的骨肉親情，他永遠是被犧牲、被掃地出門的那一個，以至於一次次輾轉流離。

馮道認真道：「我剛認識她時，她只是一個十三歲的小姑娘，小女孩很容易受奸人利用、欺騙、逼迫，以至於犯了錯，只要將來我以聖賢道理循循善誘，相信她必能分辨是非、改過自新。」

那句「受奸人利用、欺騙、逼迫」分明是暗罵徐溫，徐知誥插口道：「義父，這人滿口詭辯，對我淮南也不忠心，不能把寒江堂主輕易交給他……」

徐溫一揮手阻了徐知誥的話，又對馮道說道：「寒依雖是我義女，我一直視她如己出，悉心栽培，怎能隨意交給一個庸碌之輩？你文無官職、武無功名，總得拿出什麼本事，才能迎娶我的寶貝女兒。」頓了頓道：「我的條件也不難，只要三個月內，你能爭取一份官階，比得上徐軍使，我便答應你們的婚事。」

「一言為定！」馮道聽徐溫答應得如此乾脆，安心不少：「得個官階還不容易？大徐子為了拉攏我，好繼續探聽天星棋局的祕密，便有意成全我和妹妹，連條件也說得輕易了！」心想只要握有這祕密，就能保住小命，日後且行且看。

淮南軍船航行了兩日，終於抵達揚州府城，馮道從未到過南方，見處處小橋流水、楊柳拂雪，渡船頭上舟楫來來去去，漕運興盛繁忙，一踏入揚州城中，「東關大街」上人丁興旺、市井熱鬧，沿途景物精緻有趣、明媚秀麗，與河北的寒凍乾旱全然不同，也與洛陽、晉陽的開闊大器不一樣，一時間，他滿身疲憊盡放鬆下來，就連心中陰霾也被融化了，不由得暗暗稱讚：「楊行密把淮南治理得當真不錯，難怪這兒有『東南第一商埠』之稱！看來他是個不錯的主兒，除了淮南，我也沒別的去處，既來之、則安之，索性我就好好輔佐他。」

眾軍回到了淮南，徐知誥正忙著安排荊襄軍前往軍營安歇，心腹下屬卻趕來密報，說徐溫長子徐知訓貪色好鬥，又與人起爭執。

徐知誥冷冷一笑，低聲吩咐：「讓他們再吵鬧一陣，才好好處理。」

那下屬心知肚明，這是要讓眾人都知道徐知訓的惡名，但事情又必須妥善處理，才能顯示徐知誥的精明能幹、寬宏大度，便道：「卑職明白，就依往常慣例。」

徐知誥微笑地點點頭，便去尋找義父徐溫，他一踏進右衙指揮使府，只見徐溫負手踱來踱去，臉色有一絲難得的憂怒，徐知誥連忙上前，拱手道：「義父！」

徐溫見他來了，微微吁了口氣，坐回座椅，道：「你也坐吧。」

徐知誥恭謹道：「義父可是為了三郎的事煩憂，孩兒已派人排解。」

徐溫道：「三郎那點小事還煩不著我，義父相信你會妥善處理！」拍拍他的肩，道：「我所有親兒加起來都不如你一個！」

徐知誥自懂事以來，便需不斷地為楊行密、徐溫的兒子闖的禍善後，即使費盡心力，仍受盡眾公子冷眼，但他從來不顯露一絲怨懟，永遠只有一句回答：「大王、義父恩情如天，孩兒盡心盡孝、分憂解勞都是應該。」又問：「那義父煩憂什麼？」

徐溫眉目一沉，問道：「荊襄軍到來，你可看出什麼形勢？」

徐知誥道：「趙匡凝和荊襄軍加入，我淮南多添一份助力，大王很是歡喜。」他說「大王很歡喜」，意思即是「有人不歡喜」。

「你說得不錯！」徐溫道：「趙匡凝率軍來投，大王很歡喜，說要為他大肆舉行盛宴，氣一氣朱全忠，我擔心這做法太過招搖，朱全忠一怒之下會率大軍來攻，但勸說得多了，又是忠言逆耳，只會惹得大王和趙匡凝不快。」

徐知誥道：「義父為大王出謀劃策、屢建奇功，說得又是忠言諍諫，大王怎能為了一個新來的降將與舊臣疏遠？」

徐溫嘆道：「功臣如妻妾，舊不如新！大王是寧可相信外人，也不再信任兄弟！當年劉威、陶雅、田頵、安仁義、李神福、朱延壽、王茂章、李遇和我一起追隨大王起兵，三十六兄弟乃是同甘共苦、生死患難，可如今還有幾人安在？田兄弟戰功卓著，安兄弟智勇雙全，都是功高震主，被逼得造反，李神福去年病逝，算是逃過一劫，王茂章、李遇自恃戰功，對世子傲慢無禮，大王心中不滿，他二人只怕也禍難不遠，卻不自知！

當年大王想殺朱延壽，又怕他武功高強，難以對付，便探問我意見，我心裡實在不想誅殺兄弟，但為了表明忠心，只好讓門下賓客嚴可求為大王出策。嚴可求教大王假裝眼睛受傷，不能視物，以鬆懈朱延壽的戒心，再施突襲，事成之後，大王卻將嚴可求收為己用，成為心腹謀士，這擺明是想用嚴可求取代我！如今大王身邊文有嚴可求，武有張顥，再加上朱瑾、趙匡凝這幫降將，漸漸聯成一氣，只怕三十六英雄乃至我們父子，都沒有立足之地了！」

徐知誥微一思索，已然明白，道：「義父是擔心大王聯合趙匡凝對付我們？」

徐溫悵然道：「若大王只是容不下我一人，那也罷了！主要臣死，臣不得不死，但我怕家族盡受牽連，連你都逃不過！更怕淮南眾臣寒心、分崩離析，如此一來，朱賊要取下淮南，就更容易了，朱賊對我們痛恨入骨，攻城之後必會大肆殺掠，淮南百姓何辜？」

徐知誥感同身受地道：「義父總是把淮南蒼生懸於第一位，偏偏外有汴梁威逼、內有降將掣肘……」微微一頓，道：「孩兒有一想法，雖是大膽，卻能破釜沉舟，一舉解去內憂外患。」

徐溫微然蹙眉，道：「只要能解了百姓之苦，你有什麼想法，便大膽說出。」

徐知誥低聲道：「既然招惹內憂外患之人是趙匡凝，咱們何不取下他的人頭，送給聖上，如此一來，朱賊便出師無名，再也不能興兵犯事了！」

徐溫沉吟半晌，道：「這事實在太冒險了！無論事情成不成，都是麻煩！趙匡凝才來到淮南，就遭遇橫禍，大王一定會追究凶手，好安撫眾降將，只怕有人得出面扛罪！」

徐知誥道：「義父放心，孩兒會把事情處理得乾乾淨淨，不留一絲痕跡，若真要扛罪，也不會連累義父。」

徐溫雙目一閉，下定決心，道：「你辦事我一向放心，你若真有把握，便去做吧！這手段雖不光明，但咱們這麼做，也是為了淮南百姓，只是你行事務必萬分小心，義父絕不想失去你這個好兒子。」

徐知誥道：「義父放心，孩兒還要留著性命孝敬您。」微微施禮，告辭道：「孩兒這就去辦事了。」他轉身走了兩步，徐溫忽然喚道：「彭奴，你今日來找我，有什麼事？總不是為了三郎的事吧！」

徐知誥腳步微微一頓，沒有回答，徐溫又道：「你是為了姓馮的小子？有什麼話就直說吧，咱父子有什麼事不能說的，要這般吞吞吐吐？」

徐知誥深吸一口氣，轉過身來，恭敬道：「馮道是個很特別的人，學識淵博、心思奇巧，表面謙虛退讓，實則胸有成竹；看似庸俗膽小，卻常常辦成大事，孩兒和他交手幾回，都未佔到便宜，實在慚愧得很！」

徐溫微微一笑，道：「我以為你會笑他淺薄，趁機反對婚事，想不到你句句中肯，很好！」拍了拍他的肩，道：「你眼光犀利、胸能容人，這才是做大事的氣度，很好！」

徐知誥道：「多謝義父誇讚，在義父面前，孩兒絕不敢胡言。馮道確實是個人才，只不過旁人很難看出他真正的心思，他與趙匡凝一向親厚，義父許他一個條件，只要大王提拔他，便允了寒江堂主的婚事，義父不怕養虎為患嚒？」

「養虎為患？」徐溫饒有深意地打量他一眼，淡淡道：「彭奴，你自己呢？」

徐知誥吃了一驚，連忙垂首道：「孩兒絕不敢有貳心！」

「剝！」燭芯忽然爆裂，熄滅了滿室溫馨，僅餘一盞燭火微光映得父子倆臉色各自深沉，看不清彼此的真面目。

徐知誥一邊走向木櫃尋找新的燭臺，一邊轉移話題道：「前夜天現彗星，義父曾對馮道說：『如今朝廷只餘太后、新帝，這彗星橫空，不知是應了誰的劫？』當時馮道聽不明白，義父也未說出答案，孩兒心中很是好奇，想請義父指教。」

徐溫沉沉一笑：「那彗星墜落淮南漢水，並非洛陽沉星，你說呢？」

徐知誥驚愕道：「原來是我淮南有變！」

徐溫微微一笑：「亂世詭局、混暗不清，世人因此難辨道路，總在驚濤駭浪中被淹沒，倘若你懂得天機奧妙，便不會走錯了路、跟錯了人。」

徐知誥走過去挑亮了燭芯，道：「一點分明值萬金，開時惟怕冷風侵。主人若也勤挑撥，敢向

尊前不盡心。」❷

徐溫聽他以詩句表明忠誠之心，滿意一笑，溫言道：「那小子原本與趙匡凝親厚，只有他和寒依成了親，才會真正成為我們自己人。你們一個是我的好兒子，一個是我的好女婿，共同扶持義父振興淮南，讓百姓過上富足安樂的日子，豈不甚好？你莫要和他置氣了！」

「是，孩兒會謹記義父的訓誨。」徐知誥想了想，又道：「殺趙匡凝一事，孩兒會祕密進行，絕不會讓他知曉，以免影響了他對義父的忠誠。」

徐溫微笑道：「這幾日你也累了，先回去歇息吧，養足精神好好準備盛宴。」

「是，孩兒告辭。」徐知誥退出了右衙指揮使府，一路行去，心中緩緩梳理局勢：「義父擔心趙匡凝會影響他的地位，便想先下手為強地除去姓趙的，卻不想自己沾手，又怕我心中以大王為重，便兜了大圈子逼我表態，我為了上表忠心，自是得替他動手……看來雙方已到了正面決戰的時刻，我必須下定決心，擇良木而棲，他二人究竟誰是良木，能容得下我這頭大鵬暫時棲息，以待來日展翅高飛？」又想：「義父逼我動手殺人，萬一出事，也要我揹鍋，卻要提拔姓馮的小子，甚至要把寒依嫁給他……」

「徐軍使！」遠方傳來一聲呼喚，打斷徐知誥的思緒，乃是楊行密的心腹謀士嚴可求來傳話：「大王讓你過去一趟。」

「是。」徐知誥心想：「大王召我，只需派一名小兵傳話即可，竟讓嚴先生親自過來，可見他有要事交代，又不想讓旁人知曉。」便快步前往吳王府邸，才到府院門口，就有僕從領他進入內院，只見楊行密獨自坐在書房深處，臉色蒼白、神情凝重，徐知誥快步進入，小心翼翼關上房門，拱手道：「大王深夜召喚末將，不知有何吩咐？」

楊行密沉沉地望了他一眼，道：「本王交代你接收煙雨樓之事，進行得如何了？」

徐知誥心想：「果然大王也準備要除掉義父了！只不知他何時要下手？」恭敬道：「末將不負使命，五年前順利取得義父信任，得到少樓主之位，這幾年更是不敢鬆懈，如今已幾乎全面接收煙雨樓的勢力。」

「很好！」楊行密微微一笑，讚許道：「千軍易得、一將難求！本王一直相信你的才能遠勝你義父，甚至勝過我手底下任何將軍，只要你好好跟著本王，忠心不渝，我絕不會埋沒你，會讓你一展鴻圖抱負，切記，莫要跟錯了人！」

徐知誥誠懇道：「當年我流落壕州，在開元寺當個小和尚化緣乞討，被淮南軍所擄，原以為小命將絕，想不到大王竟然收養了我，後來我雖沒有福氣留在王府，但這份收養大恩是任何人都比不上的。待我年紀稍長，知道淮南軍不像其他軍隊燒殺搶掠，心中更敬佩大王的仁德，當時便立下志願，要以大王為榜樣，只有大王才是我追隨的目標，這一點，從不曾改變。」

「很好！咳……」楊行密心情歡喜，一時牽動胸口傷勢，忍不住咳了起來，徐知誥關心道：「大王傷勢如何了？」

楊行密揮了揮手，道：「無妨！朱賊屈屈幾掌還要不了我的命！只不過這些日子我受了創傷，思來想去，覺得人無萬年長安，所以我打算派王茂章去接管宣州，讓世子回來衙署學習，在歡迎荊襄軍的慶功宴上，當眾宣佈他就是王位繼承人，你以為如何？」

楊行密有四個兒子，因為生長於富貴之家，都是紈褲子弟的作派，尤其長子楊渥性情浮躁、驕奢淫逸，令眾臣十分不滿，楊行密只好派他前往宣州，擔任宣歙觀察使好好歷練。

徐知誥知道王茂章性情勇悍，自恃戰功彪柄，一言不合，就對楊渥直接怒罵，楊行密這麼做，不只是把世子調回來接位，也是把王茂章調走，恭敬答道：「雖然老臣們對世子有些意見，但宴會上有趙匡凝、朱瑾支持，煙雨樓又已被末將掌握，此刻確實是宣佈世子承嗣的最佳時機。」目光微微一沉，又道：「大王有此打算，原本極好，但近日得到三道消息，要請您特別留意。」

自從田頵、安仁義暗投朱全忠，舉兵反叛後，楊行密疑心日甚，對手握軍權的老將處處提防，但他想維持君子風範，最好的法子就是讓煙雨樓暗中監視眾臣，聽徐知誥這麼一說，心中登時響起警訊，道：「什麼消息？」

徐知誥道：「其一是周隱暗中聯合廬州刺史劉威，想阻止世子接位，恐怕會謀反……」周隱是淮南重臣節度判官，性情中正耿直，頗具聲望，已經向楊行密進言無數次，反對楊渥接位；劉威則是三十六英雄之一的老將，忠懇樸實，甚得軍心，兩人一文一武聯合起來，確實有可能煽動大批文臣武將一起廢除楊渥。

楊行密原本不懷疑這兩人，但想此刻自己受傷，劉威若聽人慫恿，真蠻幹起來，事情可有些棘手，英眉微微一蹙，道：「最近汴梁軍可能會報復，宴會那日，讓朱瑾去協助劉威防守邊境！」這意思是派朱瑾去盯著劉威，不讓他進城破壞宴會。

徐知誥自是明白其中含意：「是，我會把您的命令妥善傳給朱將軍。」

楊行密問道：「還有什麼壞消息？」

徐知誥道：「左指揮使張顥派人去汴梁行賄，恐怕是有意投靠朱全忠。」

「咳咳！」楊行密聽見心腹張顥竟暗中聯絡死敵朱全忠，心情一時激動，牽扯傷勢，忍不住劇咳起來。

徐知誥勸道：「大王莫要動氣，養好身子為先，只有恢復功力，才能收拾叛逆。」

楊行密揉了揉胸口、順了順氣，哼道：「這幫狼崽子一個個都不安好心，見本王受傷，便各自打算，想分吃我淮南，簡直是做夢！」心想自己才受了傷，就有兩批人馬蠢蠢欲動，只好把處置徐溫一事往後拖延，但要壓制其他悍將，趙匡凝成了最重要的關鍵，忍不住問道：「你覺得趙匡凝如何？他可靠麼？」

徐知誥道：「此人性情高傲，頗有才學，從前他向朝廷貢賦不絕，可見其人光明磊落、重情重義，如今他走投無路，蒙大王不計前嫌地收留，必會感念您的大恩，荊襄親軍也只剩一千多人，護衛大王足矣，要想興風作浪，還不夠力量，大王不必擔心。」拱手道：「恭喜大王得一忠貞志士！」

楊行密讚許道：「說得不錯，你說的與本王想的全然一致！趙匡凝雖然有些愚頑驕傲，但性情忠義，遠勝一些心思彎曲、奸詐奇巧之人！」目光微微一睨徐知誥，又道：「君子之交坦坦蕩蕩，本王實在厭惡一直與人搏心機！」

徐知誥心知他說的是徐溫，道：「末將對大王之心，也是天地可鑑、日月可表。」

楊行密嘆道：「可是有時忠孝不能兩全！」

徐知誥道：「君君、臣臣、父父、子子，人倫之中，自是『先君臣後父子』。」

楊行密笑道：「好一個『先君臣後父子』，倘若有朝一日……」

徐知誥不待楊行密說罷，便起身跪下，叩首道：「大王要求末將辦什麼，我本該全數照辦，不該有半分猶豫，但倘若那件任務十分困難，我只盼大王答應我一個請求，那麼無論是上刀山、下油鍋，我都會全力以赴，在所不辭！」

楊行密聽他有所求，笑問：「你有什麼願望就直說吧。」

徐知誥低垂著頭，戰戰兢兢地道：「我說出願望……還請大王不要笑話。」

「哦？」楊行密微笑道：「難得見到你這般模樣，有什麼事大膽說出來，本王絕不笑話你。」

徐知誥道：「自從掌管煙雨樓以來，我便十分心儀寒江堂主，想請大王賜婚！」

楊行密目光微微一亮，心中暗喜：「這小子一向把自己守護得嚴密周謹、毫無弱點，已經越來越難掌握，今日總算露出個空隙來！年輕小伙一遇美人就把持不住了，難怪徐溫要豢養那麼多美人來圈住各路英雄！」哈哈一笑，道：「原來如此啊！想不到本王讓你掌握煙雨樓，倒還促成一段良緣！但既是煙雨樓的姑娘，怎不教你義父許給你？」

徐知誥目光一沉，微微咬了牙，道：「所有煙雨樓的姑娘都會被義父當做工具送出去，不只清白難守，往往連性命也保不住，我也曾向義父爭取，但他斥責我以私害公，只重私情、不顧大局，非英雄好漢所為，義父教訓，我本該好好反省，但我……我實在捨不得寒江堂主遭害，只好忝顏懇求大王成全。」

楊行密冷哼道：「犧牲弱女子便是英雄好漢？你義父做的醜事，總有一日會燒到我的名頭，讓我背了罵名！這也是我要你接收煙雨樓的原因！」拍拍他的肩，道：「放心吧，你的婚事本王包辦了，我就在盛宴上向徐指揮提親，成全你的心願！」

徐知誥忐忑道：「但我擔心義父不肯答允……」

「本王當眾提婚，他敢不答允，便是存心跟我作對了！他們不知道……」楊行密目光微微一沉，露出一絲精狡利光：「只要再休養半個月，我就恢復七成功力，到時與趙匡凝聯手，還怕了誰？我偏要在宴會上宣佈世子承嗣，絕了周隱那班老賊的心思，也要徐溫答允你的婚事，我就看看有誰敢反對？你且好好準備！」

徐知誥想起楊行密曾假裝瞎子暗算朱延壽，大喜道：「這幾日我看大王受傷不輕，好生擔心，原來您是想重施故技，假裝受了朱全忠重創，讓那些有意反叛的人原形畢露，再一網打盡！」

楊行密微笑地點點頭，道：「你果然最懂我的心思！」

徐知誥毅然道：「我必會做好萬全準備，完成扶持世子的任務，絕不讓奸佞得逞。」想了想，忽舉手立誓道：「我若得大王賜婚，順利娶回美嬌娘，我徐家世世代代都會效忠楊氏，生死無悔，若違此誓，後世子孫必屈辱至死、三代而亡！」又叩了三個響頭，這才站起。

楊行密聽他立下毒誓，十分滿意，哈哈一笑，道：「你我雖無緣成為父子，但我一直視你如己出，你的婚事本王絕不食言！坐下陪我喝一杯吧，這是新送來的瓊花露酒，你也嚐嚐。」

徐知誥陪坐一旁，小心翼翼地為兩人斟滿了酒，微笑道：「瓊花露酒是我揚州名產，有許多人私藏，四季都可品嚐，但大王偏愛荷花露酒，寒冬時分，無荷花可採，釀的人又少，實在無處可買，才用瓊花露酒聊以慰藉。」

楊行密哈哈一笑，道：「本王真沒白疼你！我那幾個兔崽子只顧著玩樂，幾時留意過他們阿爺喜歡什麼？自從五年前我喝過一口余人雙的荷花露酒，從此愛上了，偏偏又喝不到，這才耿耿於懷。」

徐知誥道：「余老闆的荷花露酒五年才出一罈，自是珍貴難得，這時節也差不多到了出酒的時候！」

楊行密「哦」了一聲，喜道：「你倒是有心，竟留意到佳釀要出世了。」

徐知誥微微一笑：「不只如此，我還打聽到余老闆最近會經過揚州，已派人前去傳話，說大王要重金購買他那一罈佳釀，好在歡迎荊襄軍的盛宴上，與趙匡凝痛飲一番。」

楊行密雙目放光，歡喜道：「好！好極了！余人雙釀的荷花露酒乃是世上第一好酒，用來招待嘴刁的趙匡凝剛剛好，但余人雙行蹤飄忽不定，五年前匆匆一別，便消失不見，你怎知他快來到這裡？」

徐知誥微微一笑，道：「有心自能知道。」

楊行密笑道：「好一個『有心自能知道』！」舉杯示意徐知誥一起喝酒，徐知誥連忙舉杯相敬，楊行密歡喜之餘，拿酒杯一口飲盡，卻劇咳起來。

徐知誥自責道：「我真不該陪您飲酒！縱然會惹得您不快，也應該勸阻才是。」伸手出去，輕輕取走楊行密手中酒杯：「大王聽我一句勸，少飲些酒，才能養好身子。」

楊行密見他關心情切，心中感動，便任由他拿去，嘆道：「倘若你是我親兒，該有多好！如今卻連義兒也收不成，我可是萬分後悔！」

徐知誥堅定道：「我人雖是待在義父身邊，心卻是為大王做事！」

（註❶：「天星棋局」之「天刑六星」、「眾星拱帝」，請參考拙作《武唐》。）

（註❷：「一點分明值萬金……敢向尊前不盡心。」出自徐知誥（李昪）詩作《詠燈》。）

九〇五・五 不願論簪笏·悠悠滄海情

寒冬深夜、霧鎖江南，將揚州城蒙上一層詭譎危險的迷紗，讓人捉摸不清局勢。

荊襄軍前途未卜，趙匡凝命所有人都安靜待在軍營裡，切勿隨意走動，以免惹出不必要的紛爭，趙匡凝有自己的府邸，馮道便住在其中一間小閣，他夜夜憑窗而坐，思索著徐溫的話語，更以「明鑒」雙眼努力探究蒼穹星迷，始終不得其解：「這星星一團糊塗，迷迷茫茫，東邊像長了角的羊，北方像一個舀水的勺子，怎麼也看不出它們有什麼牽連，還能形成什麼局……那個天星棋局究竟是什麼玩意兒？」

這夜他看得累了，揉揉雙眼，索性放棄，轉而想道：「妹妹如今不知在哪兒？她知道我來江南嚒？咫尺天涯，卻不得見，這相思之情當真難捱！我必須想個好法子，在盛宴上哄得楊行密歡心，賜下官位，再順勢請他當媒人，向徐溫當眾提親，那大徐子就不能再使詭計要脅我。可我究竟要怎麼做，才能讓楊行密一口氣提拔我比得上小徐子？我得跟趙匡凝打聲招呼，讓他替我美言兩句！」

正當他滿腦子胡思亂想，心中七上八下，窗外忽然飄來一縷柔美歌聲：「廣陵城中饒花光，廣陵城外花為牆。高樓重重宿雲雨，野水灩灩飛鴛鴦。」歌聲嬌甜迷魅、曲意纏綿繾綣，宛如少女含羞帶怯地勾引著情郎。❶

「妹妹！」馮道驚喜得幾乎跳了起來，連忙抓了外衫，一邊穿衣一邊奔向門外，只見煙水迷茫的河面上，一艘小舟輕盪而來，船側點綴著一盞朱紗燈籠，幽幽紅火映照著舟上佳人如夢似幻，這情景宛如兩人初相遇，馮道目光凝注著舟上倩影，一時意醉神迷，竟是癡了：「妹妹，妳終於來見我了……」

褚寒依微微一笑，嬌聲喚道：「書呆子！楞什麼？還不快上來！」

馮道見小舟越飄越遠，才回過神來，歡喜得拔腿疾追，喊道：「妳等等我！我有許多話……」

褚寒依卻不理會他，嬌嗔道：「你追得上再說吧！」說罷故意用力一撐長篙，將小舟盪得更遠了，馮道奮起直追，喊道：「妹妹，等等我！」眼看小舟就要遁入樹林裡，心中一急，再顧不得落水的危險，將全身力氣運至雙腿，猛力一躍，終於躍上船頭。

褚寒依優雅地倚坐船側，芳顏紅若流霞、膚白勝似凝雪，上衣穿著貼身窄袖交領短衫，緊束的繡花抹胸幾乎掩不住那日漸豐滿的圓潤，肩上披著飄逸的「四合如意帔帛」，柳腰繫著細長絲帶，下身以絲帶緊束一襲高腰至胸的寬鬆長裙，裙裾飄飄、迤邐數尺，將她的身形襯得更加修長窈窕、玲瓏有致。

馮道望著久違的俏佳人，那遙遠的印象恍然浮現，兩人初見時，她只十三歲，雖明妍嬌麗、故作姿態，仍藏不住少女的率性稚氣，如今她已出落得亭亭大方，青春燦爛依舊，渾身更散發著嫵媚多嬌、娉婷婀娜的韻味，令任何男子都會癡心入迷，馮道自認謹守聖賢禮數，但此時月光皎皎，映得佳人宛如天上仙女，他不由得雙目放光、意醉魂迷，心中怦怦然。

褚寒依美眸一勾，嫣然道：「書呆子，你追得這麼緊，是不是有話對我說？」見他怔怔望著自己，半聲不吭，又道：「看什麼看直了眼，竟不說話了？」

「我……」馮道心中千言萬語，被她這麼一瞧，彷彿魂魄都被勾了去，一時不知該撿哪句先說，好半晌才道：「妹妹，我好生惦記妳，惦得腦子都昏了，說不出話！」

褚寒依噗哧一笑，道：「你眼目精利，快過來幫我瞧瞧這畫繡得好不好？」

兩人許久不見、生死未知，馮道有滿肚子的話想傾訴，想不到褚寒依一見面，並沒有像往昔那般撲入自己懷裡捶打一番，傾訴相思之情，也沒有拉扯自己的耳朵，罵自己遲遲不來相見，只若無其事地教自己觀賞繡畫，他不禁心中直搗鼓：「妹妹怎麼轉性了？」小心翼翼地問道：「妹妹，妳……妳難道沒什麼話對我說？」

「那你呢？」褚寒依也不回答，一邊刺繡，一邊柔聲道：「你有沒有什麼話對我說？」她十指纖纖，輕捻著細針，帶著一道道滑膩柔韌的彩色繡線穿梭來去，點點落在繡花布上，宛如一場華麗豔妙的指尖之舞，月光、燈火流轉在她白脂肌膚上，與繡布的豔彩交相暉映，彷彿霞光映白雪，綺麗而夢幻。

馮道見到美人兒的嬌態，只覺得頭昏耳熱、口乾舌燥，什麼話也說不出，但見她不理睬自己，只顧刺繡，心中一急，道：「有了！有了！我想到一句話！」

「什麼？」褚寒依美眸微微一抬，見馮道五官緊憋，滿臉紅通通，雙拳握得用力，關心道：「你怎麼啦？肚子痛麼？」

馮道聽到這句話，鼓了半天的勇氣頓時消洩無蹤，支支吾吾地蹦出一句：「妳……妳……願不願意做我馮家的媳婦兒？就是個鄉下媳婦兒？」

褚寒依笑得險些岔了氣，啐道：「書呆子！」

馮道急問：「妹妹，妳別笑話我！妳這算答應還是不答應？」

褚寒依也不回答，只抿嘴一笑，柔聲道：「好哥哥，你過來瞧一眼，瞧瞧這些繡畫你喜不喜歡？」

馮道聽得那句「好哥哥」，心中一酥，便似失了意志的傀儡般，乖乖地探頭過去觀賞，只見繡布上是一幅栩栩如生的鴛鴦戲荷圖，明明是以細致精巧的絲線織就，整幅畫構圖層次清晰、色彩雅致柔和，意態隨興瀟灑，竟有如彩墨潑染般，展現出虛、實、濃、淡的韻味。馮道不知繡線為何能織到如此地步，一時嘖嘖稱奇：「用針線刺出來的東西，竟能像水墨畫般，這以針代筆、以線代墨的功夫實在厲害！」

褚寒依微微一笑，驕傲道：「我揚州刺繡劈絲精細，針法疏密有致，疏而不散、密而不亂，素有『針畫』之美譽，可是與蘇州刺繡並稱天下雙絕呢！」

馮道喜道：「原來妹妹還有這手藝，我卻不知道。」

褚寒依羞怯道：「你瞧瞧這繡畫有什麼特別？」

馮道仔細看去，道：「這些絲線色彩、粗細各自不同，有些絲線之細，甚至只有髮絲的四十八分之一！」

褚寒依顯然不滿意，道：「還有呢？」

馮道博學多聞，唯獨對姑娘家這些玩意兒實在不懂，瞧來瞧去，實在看不出名堂，嘆道：「難道妹妹要考較我繡畫，才肯做馮家的媳婦兒，那我可真的不行！」

褚寒依嬌嗔道：「誰考較你繡畫啦？」纖指點向繡布上的圖案，道：「這花叫『千瓣荷』，是荷中珍品，極為難得，一般荷花都是一柄一花，它最珍貴之處是可以一托雙花，有時是三品荷，甚至是四花、五花共生，綻開時外瓣層層謝薄，內層的小花瓣還能生生不息，花瓣最多可長至三千瓣……」

「一托多花？」馮道恍然想道：「原來妹妹擔心我倆分別之後，我娶了三妻四妾，才用繡畫警告我……」連忙舉手道：「我沒有一托多花，我是一托一花的！」

褚寒依噗哧一笑：「這一托雙花的千瓣荷其實有另一個名字……」粉臉一紅，含羞嗔道：「唉喲！你這個書呆子！不同你說了，你自己查考書籍去！」

馮道央求道：「好妹妹，妳究竟賣什麼關子，咱們一年不見，我怎麼越來越不懂妳的心思了？」

褚寒依嬌嗔道：「我揚州刺繡有一絕，是雙面繡，你自己瞧吧！你再瞧不出，我也不理睬你了！」

馮道一愣：「雙面繡？有什麼玄機？」連忙搶過繡布翻面瞧去，只見正面原是鴛鴦戲荷，背面竟然成了一首詩：「采蓮君子新求偶，詠雪佳人夙締緣，春風笑引比翼鳥，紅雨催開並蒂蓮。」❷

馮道不懂刺繡，論到詩詞可就最拿手，一見「佳人締緣」、「比翼鳥」、「並蒂蓮」，立刻知道是女兒心事，不由得雙臂大展，歡喜地撲上去，緊緊抱了褚寒依，笑道：「好妹妹！妳知道妳義父允了咱倆的婚事啦？」

褚寒依羞得不敢望他，嗔道：「你這個呆子！若非義父允許，我才不來見你！」

馮道笑道：「徐指揮若不答應，妳真捨得不見我？我可不相信。」

褚寒依嘴硬道：「在家從父，他不答允，我自然不見你！」

馮道笑道：「再過不久，妳便要出嫁從夫了！」

褚寒依嬌哼道：「這事還說不準呢！」馮道急問：「怎麼不準？」

褚寒依道：「你忘了義父還有一個條件。」

馮道心想：「妹妹平日凶巴巴，對我總是不假辭色，說到婚事卻是害羞答答，還用個繡圖來左彎右繞，讓人猜謎，這小姑娘也太可愛了！」忍不住調侃道：「原來妹妹想嫁我做媳婦兒，卻擔心我達不到條件，就趕來提醒我，放心吧！小馮公子聰明伶俐，定能達成徐指揮的條件，讓妳嫁到如意郎君。」

褚寒依羞紅了臉，嬌嗔道：「誰急著嫁你啦！只不過義父指婚，做女兒的不得不遵從罷了！」

馮道微笑道：「幸好大徐子把妳調教得如此孝順，他讓妳嫁我，妳便乖乖聽話，妳要是悖逆些，我豈不是要一輩子打光棍，娶不到好老婆了？說起來，我真該好好感謝他！」

褚寒依啐道：「什麼大徐子、小徐子？滿口胡言，以後你得改一改口……」

馮道嘻嘻一笑，道：「娘子吩咐，我自當遵命，以後就稱呼他父親大人！」

褚寒依嗔道：「你總是笑話我，我不和你說了！」

馮道摟緊了她，笑道：「咱們的婚事妳不和我說，又要和誰說去？」

褚寒依倚偎在他懷裡，認真道：「從前你對義父心懷成見，今日總知道自己錯了吧？爾後他不只是我義父，也是你義父，咱們都要好好孝敬他。」

馮道搖頭道：「這妳可說錯了！他是妳義父，卻不是我義父。」

褚寒依焦急道：「他怎麼不是你義父？難道你還想一直與他作對？」

馮道取笑道：「瞧妳急呼呼的！小娘子想嫁人也想得太心急了……」褚寒依粉拳輕捶，嗔道：「你還使壞！」馮道一把抓了她的小手，笑道：「別急！別急！我是說他不是我義父，是我岳父！」一低頭便要去親吻自己的新娘子，褚寒依卻伸了纖指擋住他湊過來的口，羞赧道：「別！等成親之後，我自是你的人了，但今夜咱們有一件大事要辦。」

馮道愕然道：「妹妹深夜領我辦大事？這可稀奇了！」

褚寒依輕輕推開他，站起身子，撐著竹篙緩緩前行，輕聲說道：「大王一向喜歡荷花露酒，五年前嚐過一口余人雙釀製的荷花露酒，從此念念不忘，但余老闆浪跡江湖、神出鬼沒，大王一直求不到他的酒，心裡很是遺憾，我聽說這幾日余老闆途經揚州，便帶你過來向他買酒，只要能以他的荷花露酒獻給大王，那麼……」

馮道這才明白小姑娘心中的「大事」其實就是兩人的婚事，歡喜得接口道：「那麼我便可討得楊行密的歡心，讓他賜我一個官位，從此和妹妹花開並蒂、比翼雙飛，在淮南逍遙快活、恩愛白頭！」

小舟一路輕巧穿過小橋流水，轉過幾折彎道、行過幾個渡頭，馮道雙眼欣賞著江南風光、佳人絕色，雙耳聆聽兩岸風雪細語、佳人清唱，想到心願即將得償，但覺人生幸事，莫過於此，不禁暗罵自己為何不早一點來淮南？

月光沉沉、星子迷濛，小舟順著運河進入一汪碧湖，湖岸有一道九曲橋連通湖心涼亭，亭中有一位頭戴方巾、身穿青袍的酒商倚著欄杆，瞇著雙眼凝望濛濛煙水，圓嘟嘟的臉上滿是笑意。褚寒依把小舟緩緩靠過去，將船繩掛在橋桅上，嬌聲喚道：「余老闆！」

余人雙連忙吩咐隨行的僕人：「貴客來了，你們快把酒抬出來。」

馮道攜著褚寒依快步登上九曲橋，一路行去，只見千百酒罈夾道並列，陣陣清雅幽冽的酒香撲鼻而來，一時薰薰然，心情都舒悅了起來。

余人雙喜道：「你們可是徐軍使派來買酒的？」

馮道心想：「原來小徐子也想買酒討好楊行密，這可有些麻煩！」與褚寒依互望一眼，褚寒依低聲道：「咱們趁他還未到，早早買酒離開吧，免得多生事端。」

「余老闆！」江邊傳來徐知誥的聲音，卻是他率了幾名士兵乘船而至。

馮道心中暗呼：「這小徐子真是陰魂不散！每次我和妹妹有好事，他都能橫插一手。」趁著徐知誥還未上橋，搶先拱手道：「余老闆，晚生想買下你所有的荷花露酒，煩請開個價。」

余老闆笑道：「這可不行，這些酒徐軍使已經訂下，我不能一酒兩賣。」

馮道問道：「徐軍使已付了全部酒錢？或者余老闆可讓出一半的酒？」

余老闆道：「他一毛錢也沒付，只是派人來傳話，說今夜要來選酒。」

馮道笑道：「這就對了！先來後到，我們先到，自可先買。」

徐知誥施展輕功，一個翩然落入亭中，見褚寒依陪在馮道身邊，目光微微一沉，便向余老闆拱手道：「本軍使買這酒是要獻給大王，願以千金沽酒。」說罷以嘲笑的目光瞥了馮道一眼。

馮道心想：「好個小徐子，竟來個威逼利誘！一方面以楊行密的名頭壓人，另方面又表示他可出高價，那眼神分明是嘲笑我沒銀兩，說不得，今日為了妹妹只能拼了！」便拿出一片金葉子，道：「晚生買酒是為了娶媳婦用的，君子有成人之美，還請余老闆成全！」說罷深深一揖。

一個威逼利誘、一個好禮求懇，余人雙感受自有不同，微笑道：「徐軍使，咱們雖有約定，但你並未付半點酒錢，這位郎君也是為了人生大事，我總不能阻人姻緣，他既然比你早一步來，也算有緣。我的荷花酒千金不賣，只賣有緣人。」

徐知誥冷聲道：「信字當前頭，買賣才長久，余老闆已經答應我，怎能出爾反爾，將酒賣給旁人？這事傳了出去，只怕有損你的招牌。」

余人雙想了想，道：「這樣吧，余某出三道試題，你們誰能勝出，我就把酒賣給他，算是結個善緣！」

徐知誥一口答應：「好！文試武比，請余老闆任意出題，就看馮兄敢不敢接招？」

馮道心想：「若是比武，我可勝不了，但今日為了妹妹，就算拼卻一條小命也不能退縮，絕不能讓小徐子看笑話。」微笑道：「三題兩勝，一言為定。」

余人雙笑道：「好！第一題請仔細聽了，我賣的既是荷花酒，便請兩位各以『荷』、『酒』兩字，即興吟個詩對。」

徐知誥冷笑道：「吟詩作對是馮兄的拿手戲，余老闆這是優厚他了！」

馮道微笑道：「我也不佔你便宜，就先吟一首，讓你有較多的時間準備。」不等徐知誥回答，已然吟道：「我非好弈亦登樓，看六朝勝局殘棋，青山葬盡英雄骨；客為求緣來賣酒，醉千里平湖皓月，荷花照出美人魂。」這詩是表示自己來到江南，無意與人爭鬥，只是一名閒散看客，暗示徐知誥別老是找自己麻煩；余老闆希望把好酒賣給有緣人，請他成全自己的姻緣。❸

徐知誥微笑道：「徐某不擅吟詩作對，便小試一首，請余老闆多多指教！」

余人雙笑道：「徐軍使文武雙全，誰人不知，你是過謙了。」

徐知誥仰望遠方山光水色，長吟道：「兒女憶前朝，金湯幾易，居然人地齊名，縱吾情、行吾樂，便時時詩酒留連，六代風騷難盡興；英雄爭先著，勝負無常，却又輸贏有定，際其盛、底其衰，看歲歲荷花榮落，千秋世局總如斯！」❹

「好詩！」余人雙和馮道忍不住齊聲喝采，互望一眼，余人雙笑問：「馮郎君也覺得徐軍使的詩好？」

馮道一愣，心知若回答「是」，無疑是承認自己輸了一局，但他愛詩書成癡，見到好詩，讚賞都來不及，豈能違心批評？不得不嘆服：「是！」

褚寒依芳心一揪，不由得瞄了徐知誥一眼，正好他也望了過來，那目光彷彿在說：「我連文采也勝過他！」褚寒依不禁微微低垂了玉首，避開他目光。

余人雙笑道：「兩位郎君都是文采過人，兩首詩都極好，但我既是主判，便挑自己喜歡的，馮郎君的詩作圍繞著兒女私情，視英雄霸業如過眼雲煙，雖然淡泊，格局卻小了。徐軍使的詩縱橫開闊，滿懷瀟灑豪情，就詩意來說，余某更偏愛徐軍使一些；再者，馮郎君把『荷』、『酒』二字，都放在下聯裡，而徐軍使上聯有『酒』字，下聯以『荷』字相應，對得極為工整，就詩對來說，仍是徐軍使高出半籌，馮郎君你說是不是？」

「是我輸了！」這麼高明的詩句，實在不像半晌之間做出來的，馮道心中頓覺不妙：「小徐子是有備而來，我實在太大意了！」這一局原本最有把握，應該奪得好頭采，想不到竟然輸了，接下來兩題必須全數勝出，才能贏得佳釀，面對徐知誥這樣的對手，談何容易？馮道不禁有些擔心。

余人雙問道：「你們可知我的荷花露酒為什麼與眾不同？」

徐知誥道：「余老闆的荷花露酒釀工十分精細，先用三分淡鹽水洗淨荷花，研磨成漿液，再加入白酒攪拌均勻，密封五至七天，直到荷葉香與酒香融合一起，酒色呈清亮綠色，才算大功告成。」

余人雙微笑道：「不錯！徐軍使對荷花露酒頗有研究，但那只是一般釀法，我真正的高明處是別人都用一般荷花，只有我用——」

「千瓣荷！」褚寒依搶答道：「余老闆用的是荷中極品千瓣荷！」

「不錯！」余人雙哈哈一笑，道：「但這並不是第二道試題，我的問題是每回我要採摘千瓣荷時，我娘子總是十分惋惜，說這麼稀少美麗的花朵，我竟破壞它。我告訴娘子，我若不採摘，既不能釀酒，那花將來也要謝落，可她總是不聽，要吵鬧許久，我每採一朵千瓣荷，她便要吵鬧一回，說我不懂她的心痛！你們說說，這不是無理取鬧嚒？我又該如何是好？」目光望向兩位男子，道：「誰能想出法子，既解我夫人煩憂，又不會斷絕我賣酒的財源，就是第二題！」

徐知誥性子剛毅冷硬，但覺女子這種惜花之情皆是無病呻吟，若非為了搶酒，根本不屑費這些心思，道：「美人最怕遲暮，豔花想必也是如此，余老闆不妨告訴夫人，你讓荷中之王生時燦爛，不待謝落便化為陳酒，永留清香，那千瓣荷若有靈性，定會萬分感謝你們才是。」

馮道原本也想這麼安慰余老闆，但被徐知誥搶了先，一時竟無話可答，心中暗呼糟糕：「連輸兩場，我的酒沒了！」

「女人總是不講道理，這法子我試過了，娘子並不肯聽勸！」余人雙搖頭嘆道：「她愛喝上好的荷花露酒，又愛穿戴金飾，卻怪我摧殘好花、釀酒去賣，你們說說，我不釀酒賣酒，如何供她花用，是不是不講道理？」

馮道暗想：「唯女子與小人難養也！」心中急急轉思，卻也沒有更好的說辭。

褚寒依忽然道：「女子不愛講道理，只愛惜花憐花人！」拿出方才繡好的鴛鴦戲荷圖，道：「妾有一幅千瓣荷繡圖，請余老闆拿回去送給夫人，告訴她這是你的心意。」

余人雙接過繡畫，見圖中的千瓣荷繽紛靈秀、搖曳生姿，在月光照耀下，不同角度都能煥發出不同豔彩，比真花更動人，不由得驚喜讚嘆：「揚州刺繡天下聞名，相較我的荷花露酒一點也不遜色，余某額外得到這一幅刺繡，真是賺得滿盆滿缽了！我娘子肯定萬分喜愛，再沒心思去欣賞真的荷花了！」

褚寒依微笑道：「最重要的是這朵千瓣荷永不凋謝，也代表了余老闆對夫人永不凋逝的情意，相信夫人觀賞一輩子也不厭膩！」

余人雙翻過繡畫一看，見背面繡著：「采蓮君子新求偶，詠雪佳人夙締緣，春風笑引比翼鳥，紅雨催開並蒂蓮。」哈哈大笑：「小姑娘說得不錯，我娘子肯定再也不會責怪我了！小姑娘，多謝妳啦！」

褚寒依嫣然一笑，道：「我心中但願天下眷侶都恩愛白頭，今日能解了余老闆的煩愁，我也很歡喜。」

余人雙笑讚：「馮郎君，你何其幸運，得到一位好娘子！」

馮道想不到褚寒依為自己解了第二題，更是歡喜難言，笑道：「所以晚生拼了命也要買到酒，才能把好娘子娶回家。」

倘若不是有言在先，余人雙幾乎要把酒賣給馮道了，成全他二人的美事，徐知誥如何看不出他的心意，臉色一沉，插口道：「三題兩勝，如今是平分秋色，還請余老闆賜下第三題。」

余人雙道：「是！是！徐軍使放心吧，我出題就像賣酒，絕對公道，童叟無欺！」轉對褚寒依道：「小姑娘，妳人這麼好，余某一定幫妳選一個最愛花惜花的夫君！」

褚寒依聽他話中之意，似乎看出徐知誥也對自己有意，臉色微微一赧，羞嗔道：「他們是競爭買你的荷花露酒，與我有什麼關係？」

余人雙會意一笑，道：「好！好！沒關係！他們是生是死也與妳沒多大關係了？」

褚寒依一愕，不明白那一句「生死沒關係」是何意？只見余人雙拿出一罈酒，分別倒入五個酒杯，微笑道：「兩位郎君仔細聽好了，這五杯酒裡有一杯染了鴆毒，無色無味、見血封喉，你們誰能喝到最後不死，我便把酒賣給他！」

三人聞言，臉色不由得劇變，褚寒依想不到自己送出一幅珍貴的繡圖，竟換來如此結果，更想不到他說的挑選夫君，是用毒酒試心意，輕輕拉了馮道的衣袖，低聲道：「咱們別比了！」

馮道心中卻是盤算：「如果只一杯有毒，我早一點喝，中毒的機會便小一些。」趕緊伸手出去，搶過一杯，一口氣喝下！

褚寒依心中一驚，急道：「你怎麼喝下了？」

馮道慘然一笑，道：「今日我非把酒帶回去不可。」他雙手緊緊按著肚子，似乎在忍耐什麼，臉色漸漸轉紅，額上也沁出滴滴冷水。徐知誥見馮道臉色有些不對勁，心中暗喜，便不肯拿酒，想等他毒發身亡。褚寒依越看越驚，扶著馮道憂急道：「你如何了，要不要緊？」馮道摀著肚子，漸漸彎下了腰，張了口，卻答不出話。

余人雙微笑道：「徐軍使，你也選一杯吧。」

徐知誥見馮道沒有立刻倒下，一時分不清他有沒有中毒，怔怔望著那四個杯子，始終下不了決定，過了半晌，馮道忽然直起身子，臉色漸漸恢復正常，笑道：「好酒！」

徐知誥一時由喜轉怒，斥道：「既然無毒，你鬧什麼玄虛？」

馮道嘻嘻一笑：「我不習慣這烈酒罷了！」

余人雙催促道：「徐軍使，該你了。」

徐知誥目光幽幽望向褚寒依，那神情彷彿在說：「我也是為了妳拼命，妳為何總是看不見？」

褚寒依心中一驚，避過他目光，連忙勸道：「一杯就夠了，你們別再比了！」

徐知誥一咬牙伸出手去，指尖從第一杯游移到第二杯，又移到第三杯，最後到第四杯，卻始終下不了決定該取哪一杯。

余人雙微笑道：「徐軍使一直不喝酒，是想放棄嚒？」

馮道見徐知誥猶豫，心想：「桌上還有四杯酒，我不如大方點再選一杯，中毒機會便只有四分之一。」忽然出手，搶過其中一杯大口喝下。

褚寒依吃驚道：「你怎麼又喝了？」

馮道緊緊按著肚子，彎了腰忍著肚痛，逞強道：「為了妹妹，我一定會堅持下去。」

余人雙笑道：「馮郎君對小姑娘可真是癡心啊！」又轉對徐知誥道：「徐軍使，你到底喝不喝？」

馮道連搶兩杯酒，如今桌上只剩三杯酒，喪命機會有三分之二，徐知誥如何肯拿酒？一心只想等馮道的結果。

馮道咬牙道：「徐軍使不肯喝，是想等我死，還是想放棄？」說罷再度站直了身子，笑道：「可惜這回我又死不了！」

徐知誥見馮道屢屢戲弄自己，一咬牙，恨聲道：「瘋子！」即轉身大步離開九曲橋，躍回自己的舟船，憤憤離去。

余人雙哈哈一笑：「徐軍使文武雙全，馮郎君卻憑著一片癡心逼退他，真是令人感動！你二人堪稱一時瑜亮，只不過誰是瑜、誰是亮，便未可知了！」

馮道微微一笑，道：「在下僥倖勝得兩局，一局是好娘子相助，另一局卻是余老闆相助，此番成全之情，馮某必謹記在心。」拿出兩片金葉子，恭敬呈上，道：「請余老闆笑納酒錢。」

余人雙心照不宣地神祕一笑：「小姑娘解了我夫妻危機，讓我耳根子從此清淨，我自要成全你們！」指了地上一罈用黃泥緊緊密封的酒罈，道：「這一罈就是最珍貴的千瓣荷花露酒，世間僅此一罈，別無分號，留給你們了。」

「後會有期。」雙方互相作揖後，余人雙便命僕從抬了其他酒罈上船，歡喜離去。

馮道拼命贏得荷花露酒，想到婚事有望，歡喜得擁住褚寒依，笑道：「我輸了第一局，幸好妹妹設想周到，預備了千瓣荷繡圖，這才扳回一城，真是我的好娘子！」

褚寒依道：「我無意間聽說余老闆是用千瓣荷釀酒，又知道大王愛極了他的酒，便想帶你來採買，想著想著，不知不覺就繡了一幅鴛鴦戲荷圖，原本是為了……」雙頰一紅，羞赧道：「為了做嫁衣的圖案……」

馮道笑道：「原來妹妹日夜想念我啊！」褚寒依嬌嗔道：「你又取笑我，我不理你了！」使勁要把馮道推開，馮道緊緊摟了她，抿緊唇角，道：「我不取笑妳。」

褚寒依跺足道：「你明明滿臉笑意，還說不是笑話我？」

馮道笑道：「妹妹誤會了，我笑是因為歡喜，歡喜得魂都飛了！」

褚寒依心中甜蜜，關心道：「你身子如何了？你方才究竟有沒有中毒？最後一局，余老闆又是如何相助？」

馮道微笑道：「當時我喝下酒，痛如火燒是真的，我也不是故意戲弄小徐子，過了一陣後，肚痛便自緩解，我猜那五杯都是烈酒，沒有一杯是毒酒，但小徐子不敢賭，他愛惜自己才輸了。」

褚寒依輕敲他額頭一個爆栗，道：「你真是嚇壞我了！買不到酒，咱們再想別的法子便是，怎能拿命去賭？」

馮道認真道：「第一局我輸了，第二局是妹妹相幫才勝出，倘若我不能憑自己的本事勝出一局，哪有臉面娶妳？」

褚寒依又敲他一個爆栗，道：「傻子！喝毒酒算什麼本事？」

馮道笑道：「喝毒酒自然不算本事，連喝兩杯還不死，就是本事！」

褚寒依越想越後怕，雙眸不禁浮了淚水，柔聲道：「你對我的心意，我心裡明白，下次可不准再這麼冒險了！倘若你有個什麼，我……我……總之，以後你去哪裡，我也去哪裡，天上地下，永不分離。」

馮道聽出她的意思是「自己若有個萬一，她便生死相隨」，心中萬分感動，道：「我有時想，妳這麼美的姑娘，應匹配一個文武雙全、前程遠大的豪傑，就像小徐子那樣。」

褚寒依搖搖頭，道：「不知怎麼，我總是有些害怕他。」

馮道說道：「就算妳不喜歡他，但妳跟著我這無功無名的窮小子，實在是受苦了！」

褚寒依倚在他懷裡輕聲道：「和你在一起，我只覺得歡喜！以你的才能，又有義父支持、大王提拔，將來必會飛黃騰達，我怎會受苦？」

馮道心想自己是隱龍，這一生不會有什麼好日子過，但這話不能說出口，只好道：「妳不明白，就算我將來飛黃騰達，只要我有一分力氣，便要用來救助天下百姓，若有一分銀兩，便要用來賙濟窮苦，妳跟著我，是過不上好日子的。」

褚寒依學著馮道平時掉書袋的口氣，搖頭晃腦道：「子曰：一簞食，一瓢飲，在陋巷，人不堪其憂，小馮子不改其樂，寒依也夫……」她原本想取笑馮道，說到後來自己卻害羞了，聲音細若蚊嗚。馮道問道：「妹妹，妳說什麼？」褚寒依囁嚅道：「那個夫……那個……隨……」馮道趕緊提了「聞達」玄功仔細聽，從斷斷續續兩個字，終於猜出意思，笑道：「原來是夫唱婦隨啊！也幸好我多讀兩年書，否則就不明白妹妹的心意了。」褚寒依嬌嗔道：「你又來取笑我！」

馮道輕撫她的青絲，柔聲道：「妹妹對我如此，我心中感激都來不及，怎會笑話？」

在這顛沛流離、人各有志的亂世裡，只要稍有能力者，無不想欺壓弱者、追逐權貴，這一句「夫唱婦隨」是何其難得，需要多大的勇氣、多大的捨棄，他由衷感激褚寒依願相伴自己為苦難蒼生奔走，望著眼前如此純真的容顏，他心中激蕩，不由得輕輕放開她，雙膝下跪，舉手向天道：「蒼天在上，我馮道不是英雄豪傑，也不是達官顯貴，沒有遠大志向，也無意爭霸天下，或許一生庸庸碌碌，無所能為，但我今日對天立誓，此生只有褚寒依一個妻子，生死不欺、永不相負。」

褚寒依見他信誓旦旦，不像從前嘻皮笑臉，柔聲問道：「你可是真心話？」

馮道把手放在心口，鄭重道：「此番誓言乃是刻於玉版，藏於金匱，歷之春秋，紀之後世，永不磨滅！」

褚寒依心中歡喜感動，也跪到他身旁，舉手向天立誓，輕輕道：「天上星、亮晶晶，寒江月、玉盈盈，為我二人證分明，小馮子最真心，小寒依長相依，兩人兩心永相結，一生一世不分離。」

馮道以指尖端起她美麗的容顏，柔聲道：「今日我倆許下誓言，天地為證，便是恩愛夫妻了！」一說罷輕輕低了頭，褚寒依纖軀微微一顫，雙眼緊閉，嬌顏羞如紅霞，兩人情生意動，終在月光灑照下輕輕擁吻。

（註❶：「廣陵城中饒花光……野水灩灩飛鴛鴦。」出自趙瑕詩作《廣陵》。廣陵即是揚州，隋唐時期，兩名稱時常互換，最後於肅宗乾元元年以揚州定名，爾後延用，因此小說以揚州書寫，但許多史料、作品上，兩名稱常混淆不清，其實是同一地方。）

（註❷：「采蓮君子新求偶……紅雨催開並蒂蓮。」出自婚慶對聯。）

（註❸：「我非好弈亦登樓……荷花照出美人魂。」借用南京莫愁湖湖心亭對聯，原作下聯首、二兩句原為「客為消閒來打槳，喜千里平湖皓月」，為符合小說，稍作修改，特此說明。）

（註❹：「兒女憶前朝……千秋世局總如斯！」借用南京勝棋樓，來亦顛之作。）

九〇五・六　君看隨陽雁・各有稻粱謀

匡凝至廣陵，楊行密戲之曰：「君在鎮，歲以金帛輸朱全忠，今敗，乃歸我乎？」匡凝曰：「諸侯事天子，歲輸貢賦乃其職也，豈輸賊乎！今日歸公，正以不從賊故耳。」行密厚遇之。《資治通鑑．卷二六五》

數日之後，揚州子城、節度使官邸的迎賓殿上，正大肆舉行慶功宴，楊行密讓趙匡凝坐在自己身邊，以示親厚，淮南節度判官周隱、左牙指揮使張顥等大臣依序坐在下首，徐知誥坐在最末位，同時眼觀八方、耳聽四方地負責宴會安全進行，大將劉威、朱瑾、王茂章仍駐守各地，並未參與宴席，徐溫、嚴可求也未出現。

楊行密先為眾臣介紹趙匡凝，大家都知道兩人是舊識，紛紛祝賀楊行密又得一猛將，氣氛十分熱絡，酒過三巡，楊行密心中歡喜，便不再那麼拘謹，忍不住揶揄趙匡凝：「光儀啊！咱們相交多年，你手握藩鎮時，年年以金帛貢奉給朱全忠，怎麼今日敗了，卻跑來投靠我？」

朱全忠掌握朝廷多年，雖會撥銀賞賜投靠的臣子，卻也吞吃不少地方貢賦，因此許多藩鎮寧可留著銀兩壯大自己，也不再上貢朝廷，只有趙氏兄弟年年貢奉不絕，楊行密這話分明是嘲笑趙匡凝是傻子，平白養肥朱全忠來攻打荊襄。

趙匡凝臉色一沉，肅容道：「我年年貢奉朝廷，乃是諸侯事奉天子的職責，哪裡是送銀兩給朱賊？趙某正是因為不屑與逆賊為伍，才遭到攻打，也因為相信吳王忠貞高義，一心事奉天子，才會前來投靠！」

楊行密聽他說得義正嚴詞，但覺自己玩笑說過了頭，也斂了笑意，道：「本王失言，光儀乃是亂世真忠臣！」

趙匡凝拱手道：「吳王一向有『玄德』美名，趙某今日就把跟隨我出生入死的弟兄交在你手裡，你如何待我不要緊，但請善待我的弟兄，他們都是忠勇的好漢子！」

楊行密朗聲道：「光儀這是哪裡話？你前來淮南，我不知多歡喜，放心吧！今日我當眾軍面前立言，只要有我楊行密在的一天，就有你和荊襄兄弟安生的一天！」

趙匡凝見楊行密如此誠意，一顆忐忑的心終於放下，微笑道：「有大王這句話，匡凝總算可以跟兄弟們交代了！這番救命大恩，我無以名之，只有鞠躬盡瘁，以死報之。」他從「吳王」改稱「大王」，便是認了下屬的位份。

楊行密歡喜道：「本王知道你是忠義之人，得一忠義士，勝過結交十個暗鬼！」

眾臣心想：「大王口中的暗鬼是指誰？這結交二字說的豈不是三十六英雄？」

此時僕人開始端上酒菜，楊行密微笑道：「本王知道你最講究品味，特別命人準備『三頭宴』為你接風洗塵。」

趙匡凝喜道：「揚州三頭宴？可不是清蒸蟹粉獅子頭、扒燒整猪頭、拆燴鰱魚頭？」

楊行密笑道：「正是！我揚州有好酒好菜，絕不比你的荊襄差，以後你就把這兒當做安身地，將過去那些不快都忘了吧！」

趙匡凝道：「大王說的是，今後趙某一心只為淮南。」他吃了幾道菜，口中嘖嘖讚賞，心中記掛馮道的託付，道：「這三頭宴色香俱全，唯獨少了一味，總有些不對勁。」

楊行密「哦」了一聲，道：「光儀有什麼高見？是哪一頭烹煮得不好？」

趙匡凝微笑道：「這三頭都好極，只是與瓊花露酒相配，似乎有些不對味！」

楊行密笑道：「光儀的嘴果然刁得緊！」嘆了口氣道：「我原本讓人準備最好的荷花露酒，要與你痛飲一番，可惜出了差池，沒有買成，這才有些缺憾。」

趙匡凝故作驚疑：「原來三頭宴要配荷花露酒啊？」又道：「我有位小兄弟正好有一罈荷花露酒，是用最珍貴的千瓣荷釀造的，世間僅此一罈，大王要不要嚐嚐？」

楊行密聽到最珍貴的荷花露酒，不由得雙目放光：「難道是……」隨即心生不悅：「原來彭奴沒買到余人雙的酒，是被趙匡凝的下屬給攔截了？趙匡凝這是給我下馬威，說他的人更能幹嚒？」目光一沉，望向宴會末位的徐知誥，只見他臉色有些尷尬，楊行密又想：「能在彭奴手中搶下荷花露酒，這人肯定不簡單，我得好好瞧瞧！」

趙匡凝微笑道：「我這位小兄弟十分有才，又對大王萬分欽仰，荊襄危難之際，是他力勸我投奔淮南，趙某才有機會來到這裡，輔佐大王共襄大事，今日趁著酒興，趙某想為他討一個前程。」

楊行密聽趙匡凝這話說得謙虛有禮，並不像下馬威，又聽說那人一心投靠，遂去了疑心，喜道：「原來光儀是給我引薦人才？只要真有本事，本王定會重用！」

趙匡凝笑道：「這小子也算舊識，定不會教你失望的。」說罷朗聲喚道：「馮小兄，進來吧！大王已應允你一個位子，你可要盡心盡力，不能教他失望。」他這話故意喊得大聲，要讓宴會上的人都聽到，教楊行密不能反口。

馮道一直等候在門外，一聽趙匡凝呼喚，立刻捧著那罈最珍貴的荷花露酒走進殿中，先把酒罈放在地上，再深深一揖，道：「天下豺狼橫行，亂世芻狗無處安生，晚生心儀吳王堅貞忠義，因此來到淮南，願日後能追隨您共抗朱賊。」

楊行密早有意收攬馮道，一見是他，不由得滿心歡暢：「原來是馮小兄啊！難怪！難怪！」又對徐知誥道：「徐軍使，馮小兄確實是個人才，你這酒失得並不冤枉！」

徐知誥拱手道：「是！淮南多添一位賢良，末將真心為大王歡喜，日後還要請馮兄多多指教，好一起為大王辦事。」他臉上掛著笑意，目光卻是冷如刀鋒地盯著馮道。

楊行密微微一笑，道：「既然來了，便好好待下吧。」

馮道見他沒有直接許下官位，又道：「晚生前來投效，自不能兩手空空，聽聞大王最喜歡余老闆的荷花露酒，便設法買來，為酒宴助興。」

楊行密笑道：「你把酒帶過來。」

馮道捧起酒罈走到楊行密面前三步之距，楊行密見罈外有一層厚厚黃泥，被烈火凝固成一朵荷花形狀，完整地包覆著酒罈，花心底處烙印著一個極為特殊的「余」字印記，這麼奇特的包覆酒罈的方式，一看便知是余人雙獨門技藝造出的荷花酒罈，而且可確認從未被拆封，楊行密頓覺垂涎欲滴，恨不能立即享受這罈瓊漿玉液，但此刻他還有一件更重要的事，又道：「馮小兄，你再走近些。」

馮道有些不解，便把酒罈放在桌上，再往前走近兩步，與楊行密只有一尺之距，楊行密沉沉一笑，貼近馮道耳邊低聲說道：「本王與朱全忠大戰時，是你說出不老神功的破解法子吧？」

馮道怵然一驚，不由得臉色微變，退後一大步，眾臣見到馮道反應奇怪，都抬眼望去，心中生疑：「大王不是喜歡這小子麼？怎麼了？」

楊行密微微一笑，低聲道：「你別害怕，你今日帶了荷花露酒來，不就是想向本王討賞麼？只要你跟本王說實話，你如何知道不老神功的奧祕，我便封你一個高位，讓你心願得償！」

馮道聽到官位即將到手，喜上眉梢，往前一步，低聲道：「是朱友珪說的！他被拘在荊襄時，晚生設法套了他的話，也不知是真是假，那日在船上，我瞧朱賊太強悍，便死馬當活馬醫，姑且一試。」

楊行密點點頭，道：「原來如此！本王還以為你知道……」

馮道知道他懷疑自己握有「安天下」的祕密，佯做不解道：「吳王以為晚生知道什麼？」

楊行密搖搖頭，道：「罷了！」又笑道：「你一向是福星！既來到本王麾下，就把這福氣帶到淮南了！」

「是。」馮道抬眼看去，忽覺有些不對勁：「楊行密怎麼……」這段日子他一直沒見著楊行密，此時咫尺之距，才看清楊行密印堂黑青、氣色如敗葉焦枯，似有暗疾，又似劫厄當頭，忍不住問道：「大王一切可好？」

楊行密不想讓人知道自己創傷未癒，笑道：「今日喜事臨門，自是好得不得了！來！你打開酒罈，替我和光儀都倒一杯，讓他好好嚐嚐這五年一出的佳釀，免得他說我揚州沒有好酒。」

馮道小心翼翼地剝開封泥，為兩人的酒杯斟滿了酒，楊行密一聞酒香濃郁芬芳，就快忍受不住，舉了酒杯對趙匡凝笑道：「五年來，我念念不忘，你一定要嚐嚐。」兩人同時仰首飲盡杯中酒，楊行密但覺爽快至極，哈哈笑道：「沒錯！就是這一味！」

趙匡凝笑道：「入口醇厚甜潤、柔和不烈，回味純綿悠長，果然是好酒！馮小兄解了你的相思愁，你一定要好好賞他！」

楊行密笑道：「那是自然！」轉問馮道：「就封你一個軍使如何？」

馮道一聽與徐知誥官階相當，已達成徐溫的條件，大喜道：「多謝大王提拔。」想了想，又道：「在下還有一個請求。」

楊行密蹙眉道：「怎麼？你這小子得寸進尺，如此貪心？」

馮道連忙為兩人再添了酒，道：「今日淮南雙喜臨門，一是荊襄軍投靠淮南，二是大王喜得良將，何妨再添一件小喜事？」

楊行密再喝了酒，笑道：「既是喜事，本王自然要成全，你說吧？」

馮道連忙為他斟滿第三杯酒，朗聲道：「晚生與徐指揮的義女寒依姑娘乃是自幼訂親，還請大王作主，向徐指揮提親，為我倆主婚。」

楊行密心中一愣：「徐指揮的義女？那不是彭奴喜歡的女子麼？我剛才當眾答應太快，這該如何是好？」不由得望望徐知誥，見他臉色深沉，顯然十分不悅，便對馮道說道：「既是徐指揮的義女，這事得等他回來商量。」見徐溫不在席上，轉問徐知誥：「徐指揮前去迎接世子，還未回來？」他原本打算趁著宴會之中有趙匡凝支持，要宣佈楊渥是王位繼承人，但擔心劉威會中途攔阻，因此特別派了徐溫和嚴可求一起去接楊渥回來，但左等右等，始終不見人影，不免有些焦急，擔心兒子出了意外。

徐知誥恭敬答道：「或許中途有些耽擱，末將派人去探探。」他話說得輕淡，其實是提醒楊行密事情可能有變。

楊行密心中一沉，舉酒向眾臣道：「本王幸得諸公扶持，這一生富貴豐足、毫無所缺，若說心中還有遺憾，便是幾個兒子性情愚魯，不曉大計，本王在此向各位敬上一杯，還望諸公答應日後都要盡心輔佐教導他們。」

周隱性情耿直，舉杯回酒時，忍不住哼道：「世子喜歡玩樂，又輕信讒言，老臣忠言，他也聽不進去，如何教導？」

趙匡凝心中正感念楊行密的恩情，見此人不敬，豁地站起，舉酒道：「為人臣子，為主公盡忠盡力，本是應該，豈能非議公子性情？大王放心，只要有趙某人在的一天，必不負所託，會竭盡全力照護諸位公子。」

「好！」楊行密哈哈一笑，道：「本王要與忠臣同甘共味，杯酒交心。」與趙匡凝對杯飲盡，其他臣子見狀，連忙飲盡手中酒，以示忠誠。

楊行密道：「再斟酒！本王要與忠臣連喝三杯！」

馮道連忙為兩人斟滿酒杯，楊行密一飲而盡，馮道又再斟酒，楊行密笑道：「你……」忽然間，他聽不到自己的聲音，口舌麻痺得動不了，甚至咽喉也似被緊束般不能呼吸，他不由得右手握住自己的頸項，左手指向馮道嗚嗚呼喝：「你……你……」

趙匡凝大吃一驚，連忙上前扶住楊行密，急道：「大王，你怎麼了？」

眾臣見到楊行密滿臉通紅，情狀不對，轟得一聲站起，驚叫道：「大王！」

「封鎖殿門，誰也不准出去！」徐知誥衝到宴會前方，扶著楊行密，關心道：「大王！你如何了？」指著馮道悲怒喊道：「惡賊，你竟敢在眾目睽睽之下殺害大王！」又對眾臣大聲道：「此人乃是朱全忠的細作，故意隨趙匡凝潛入淮南，博取大王信任，再用毒酒殺害大王！」

馮道怎麼也想不到拼命搶來的荷花露酒，竟會毒害楊行密，吃驚得倒退一大步：「我……沒有……」自從贏得荷花露酒，他生怕被徐知誥派人盜走，就片刻不離身地保護著，直到宴會才拿出來，整個酒罈更是被黃泥密密包裹住，從未開封，酒水也經楊行密確認無誤，連嘴刁的趙匡凝都稱讚這是萬中無一的好酒，這樣名貴的酒怎會出差錯？又是何時被人動手腳？為何趙匡凝一樣喝了酒，卻半點無恙？

趙匡凝忍不住道：「那酒我也喝了幾杯，並沒有……」馮道連忙向趙匡凝微微搖首，示意他別替自己說話，免得捲入風暴之中，趙匡凝見眾人目光如劍地射向自己，一咬牙，改口道：「馮小兄，我好意帶你來淮南，你究竟做了什麼？你想陷我於不義嚒？」

張顥喊道：「將人拿下！」又道：「快傳張食醫、李疾醫過來！」❶

惡況發生得太突然，馮道甚至來不及想清楚發生何事，就被眾人壓制住，用力拖往大牢，他心中生出從未有過的恐懼：「這是有人計殺楊行密，拿我當墊背了！」但他百口莫辯，逃不出重重圍困，只能一邊掙扎一邊大叫：「我沒有毒殺吳王！荷花露酒是佘人雙的，你們為何不去問他？」他這麼喊叫，是為了提醒趙匡凝盡快去找佘人雙探出真相。

楊行密雖以內力壓抑毒素蔓延，但這毒素十分凶猛，隨著酒氣四處竄走，他又創傷未癒，怎麼也無法聚力排出毒物，想到今日參與宴席的眾臣，周隱、張顥早已心懷不軌，原本想倚靠趙匡凝，偏偏下毒之人竟是趙匡凝帶來的，他睜大雙眼環目望去，但覺殿上鬼影幢幢，人人都想謀害自己搶奪基業，勉強吐出一句：「彭奴，我只相信你，快扶我回去寢殿，我須專心運功，才能排出毒物……」

「是。」徐知誥連忙揹起楊行密，施展輕功往內殿快步奔去，一邊呼喝親衛：「大王要療傷，你們快快護持，不准任何人過來打擾！」守在內殿長廊的黑雲親軍立刻趕過來，層層排列。

事出突然，宴會廳上的眾臣一時來不及反應，待回過神，急急追上，卻被黑雲親軍阻擋在外，眾臣心中焦急，卻不得其門而入，一時不知如何是好，便有人跑去請楊夫人和幾位小公子。

徐知誥奔了一小段路，見眾臣已被攔阻在外，微微鬆了一口氣，正要轉入通往寢殿的長廊，背後卻傳來楊行密虛弱的聲音：「去紫極宮、玄宗畫像前！」

徐知誥立刻改道，轉了幾個彎，趕到紫極宮，將楊行密安放在唐玄宗的畫像前，楊行密喘氣道：「把門關上。」便盤膝而坐，全力排解毒素。

不一會兒，門外傳來一陣軍靴雜遝聲，徐知誥提劍守在門口，從窗隙看去，憂急道：「大王，左指揮闖過黑雲親軍的守衛，快要過來了！」

「別開門！」楊行密想到張顥想投靠朱全忠，擔心一開門，張顥會直接下毒手，將自己的人頭賣給朱全忠，咬牙道：「別讓任何人進來……」說罷大吐一口血，又道：「世子回來了嚒？」

徐知誥又從窗隙看去，道：「沒有見到世子，恐怕是被劉威攔在外頭了！」

楊行密心中一涼，閉目道：「等世子到了，你設法接他進來。」

徐知誥蹙眉道：「若是不開門，我無法迎接世子。」

楊行密道：「你拖延一段時間，我設法排出毒素。」

「是。」徐知誥提劍守在門邊，全身緊繃，半點也不敢鬆懈。

過了一會兒，張顥、周隱等人已經來到門口，「碰碰碰！」張顥大力拍門，喚道：「醫師來了！徐軍使，你快開門！」

徐知誥道：「大王正在運功療毒，不能打擾，請諸公稍等。」

張顥卻沒有耐心，拍門更急，道：「先讓兩位醫師進去，看能不能相助。」

楊行密聽那拍門聲宛如催命鼓聲，冷笑道：「他當真是一刻也不讓我活！」

徐知誥對門外張顥道：「大王運功已到了關頭，你再吵鬧，萬一他走岔了氣，你擔得起責任嚒？」眾臣聞言，雖心急如焚，也只好安靜等待。

楊行密幾度提功壓抑毒性、幾度潰敗，喘氣道：「彭奴，你過來幫幫我。」

徐知誥來到他身邊，道：「我要如何相幫？」

楊行密道：「有一團毒血堵在我督脈的『命門穴』上，你運氣輸入，助我將那毒血一股作氣逼出，先解決這大問題，打通了任督二脈，其餘的毒血便能慢慢疏通出去。」

「是。」徐知誥盤膝坐到了楊行密背後，以掌心貼住他的「命門穴」，緩緩輸入內力，但那毒性極為古怪，徐知誥內力一輸入，立即被吞沒無蹤，幾回之後，那毒素就像獵物嗅到了血腥般，瘋狂吞食內力，徐知誥實在有些吃不消，道：「不行！我一輸入內力，便似泥牛入海，一去不回。」豈料他這麼一收手，那毒素好似被養大了胃口，卻忽然失去食物，猛地爆發開來，瘋狂尋找獵物，不過一瞬間，那絲絲毒素就像是吞沒巨樹的菟絲花般，不停蔓延，不斷吞沒楊行密的生機，即使楊行密拼命以內力抵抗，仍是壓制不住，到了後來，他已提不起半分力氣，想到外邊虎狼環伺，驚怒攻心之下，不由得吐出一大口、一大口的鮮血，終於軟軟倒落。

徐知誥大吃一驚，焦急道：「大王！還是讓醫師進來，或許有法子助您驅毒！」

「不行！」楊行密道：「他們一進來，定會取我性命！」

徐知誥連忙跪到他身側，急道：「那該怎麼辦？不如我幫您把毒血吸出來。」

「不……」楊行密聽他願為自己吸毒，心中感動，虛弱道：「來不及了！那毒素已充滿我全身，吸不出來了……彭奴，你聽我說……」

徐知誥聽他似要交代遺言，不禁紅了眼眶，哽咽道：「大王有何吩咐？彭奴一定為你做到。」

楊行密怎麼也想不到自己正當盛年，前些時候才風風光光地擊敗朱全忠，只因受了創傷，竟對付不了這毒素，壯志未酬，實是憾恨無已：「王茂章、李遇、張顥、徐溫、劉威都虎視眈眈，我只恨來不及剷除這幫老賊，為渥兒開路！」他緊緊抓住徐知誥的手，道：「彭奴，看在我帶你回來的份上，幫我護住我的孩兒……我把他們託付給你了……」

徐知誥以袖拭了淚水，堅定道：「保護幾位公子原本就是末將的職責，就算大王不吩咐，我也會全力以赴，只是我人小力弱，實在對付不了他們，只能拼卻一身性命，盡力而為了！」

楊行密知道他所言不假：「不錯！你對付不了他們……你功力不夠，必須增進功力，才能助我驅毒……」一咬牙，決定拿出最後法寶：「你撥開玄宗畫像，後面有一個石匣，你將匣上的鎖鑰向左轉三圈，再向右轉一圈，就能打開匣門，裡面有一個密盒，你把它拿出來。」

徐知誥連忙放下楊行密，起身到玄宗畫像前，依照指示取出後面的密盒，打開一看，這才知道為何楊行密每日必來敬拜玄宗，原來密盒裡藏著「落霞飛鶩」的秘笈！

徐知誥心中一震：「這就是天地間唯一能殺死朱全忠的武功！」

楊行密虛弱道：「你翻到第十頁，那裡有個法子能短暫增進功力……你試著照那法子為我驅毒……」

徐知誥站在畫像前，仔細翻閱秘笈，楊行密喘氣道：「那秘笈……我是要傳給世子！你別看，只要看第十頁！你快過來……」

徐知誥對那垂危的呼救聲充耳不聞，只專心觀看秘笈，臉上漸漸露出一抹邪冷笑意。

楊行密一股惡氣衝了上來，怒道：「你再不過來，我便不為你求娶褚姑娘……」即使這威脅毫無作用，他性命垂危之下，也已經昏了頭，只暴怒地衝口而出。

「你說什麼？不為我求娶寒江堂主？」徐知誥將秘笈收入懷中，緩緩回過身來，露出一抹嘲笑的神情：「我告訴你，我潘正倫想得到什麼、想娶誰，全有辦法憑自己本事得到，根本不須誰准允！我求你賜婚，是故意讓你掌握我的弱點，這樣你才會得意忘形，完全地相信我。」

「你……」楊行密聽他自稱「潘正倫」，丟棄了徐溫取的名字，心中不由得生了一絲寒意，但他位居高位已久，早已忘了害怕，只勃然大怒道：「你忘了你的毒誓嚒？你說要護持我的孩兒，否則……」

徐知誥屈蹲到楊行密身邊，咨意地欣賞他強忍劇毒的痛苦，微笑道：「當初我是以徐家子孫立誓，可不是潘氏子孫，更何況，你又沒替我辦好婚事，那毒誓自然不作數了！」

楊行密驚怒道：「我明白了！根本不是馮道下的毒！」

徐知誥微笑道：「讓你死得明白也無妨！五年前你喝下余人雙的荷花露酒時，這個局已經設下了！」從懷中拿出一只翠玉小瓶，道：「你武功太高，若是下尋常的毒，很容易被你識破驅除，所以我必須培養一種極特別的東西，才能對付你！我耗費數年時間，終於用大量荷花餵養出『血菟絲』，又把血菟絲煉製成無色無味的粉末，五年來一點一滴地散佈在你的飲食之中，它原本無毒，只會累積在你身子裡，所以你絲毫不覺。」

楊行密雙目一閉，沉嘆道：「這次你見我受了創傷，便借馮小兒的手把荷花露酒帶到我的面前。」

「不錯！」徐知誥冷笑道：「血菟絲無毒，荷花露酒也無毒，但血菟絲遇到了最愛的荷花漿液，立刻甦醒過來，到處吞吃荷汁的同時，也吞噬了你的生息！」

楊行密道：「周隱和劉威也沒有要造反，是你故意設計調走朱瑾，至於張顥……嘿！這究竟是你的主意，還是你義父的？」

「是誰的主意有什麼要緊？重要的是你快死了！」徐知誥微笑道：「我這個人一向恩怨分明，我知道你一直想除掉徐溫，我會設法完成你的心願，也算報答你的恩情！」

楊行密一直忙於剷除恃權而驕的老將，對付外邊的虎狼，卻忽略了身邊的獵狗，以為徐知誥羽翼未豐，不足為懼，嘆道：「想不到我會栽在你手裡！」

「你想不到的事可多了，你還想不到……」徐知誥目光一沉，拍了拍楊行密的臉頰，冷笑道：「我要怎麼對付你的孩子！」

楊行密心中一寒，驚恐道：「你想做什麼？本王救你回來，視你如親，大力栽培提拔你，你……你竟恩將仇報？」

徐知誥哈哈一笑，道：「恩將仇報？我為你賣命多年，在你心中，不只比不上你那一群蠢材兒子，也比不上一個外來小子！」他目光漸漸幽深，彷彿往昔那一幕幕不堪的場景再度浮現：「當年你帶我回家，我滿懷感激，本想用一生回報你，可是你的孩兒容不下我，尤其是楊渥，時常夥同一群公子打我、罵我，我都忍了，只為還報你的恩情，只求有一塊地方安生，可他們越來越惡劣，甚至放蛇咬我、放火燒我，還時時把我塞在糞桶裡，爭相嘲笑羞辱，你明明知道，卻視而不見！有一次，他們痛揍我一頓之後，脫光我的衣服，把我吊掛在樹上，要教過路的人羞辱我，甚至讓野獸吃掉我，到了深夜，我全身虛脫無力，已經快要死去，只有茵兒……」

他身子微微抽搐了一下，雙拳緊握，極力壓抑著內心巨大的痛苦：「她那麼美麗，那麼溫柔善良，是世上最好、最好的姑娘，也是我在世上唯一的溫暖希望……她見我受苦，拿水給我喝，想解開繩索放我下來，可是被你的畜牲兒子發現了，他們……那幫畜牲……竟在我面前……生生地將她凌辱致死……無論我怎麼求饒，他們也不肯停手，還嘲笑得越大聲、下手越凶狠，我就這麼看著、聽著……她的慘烈哀嚎日日夜夜糾纏著我，而你——」他全身顫抖至說不出話，臉上一片青白，又似全身燃燒著熊熊火焰，忽然間，他伸出手去，緊緊扼住楊行密的頸項，恨聲道：「當時茵兒還有一口氣，我求你救她，你非但不肯，還讓人一劍了結她……」

楊行密用力掙扎，喉間發出嗚嗚怒吼：「她受傷太重，根本活不了……我……是幫她結束痛苦……」

「不！你怕你兒子的醜事傳出去，才要殺了她！」徐知誥手上更加用力催緊楊行密的咽喉，悲怒道：「我和茵兒出身貧苦，就活該任你們這些權貴玩弄？你這個假仁假義的偽君子！說什麼嚴禁士兵欺辱良民，可一旦犯法的是你兒子，你就只輕輕責備兩句，還把我送去徐溫那裡！做錯事的是他們，為什麼被丟出去的是我？」

楊行密掙扎喘氣道：「當時我送你走，是為了保住你性命，你莫要誤會了……」

徐知誥見他兩眼翻白，快要窒息，終於放開手，將掌心的血跡擦拭在楊行密的衣衫上，冷哼道：「你已中毒不治，犯不著髒了我的手！」

楊行密一生征戰，不知遇過多少生死難關，卻從來沒有像此刻這樣的恐懼，是比自己將死更加恐懼，他想到徐知誥一直事己至孝，不露半點痕跡，這份隱忍心機是何等可怖，自己的孩兒驕縱放蕩，不知天高地厚，又如何是對手？望著眼前化身復仇厲鬼的少年，他不由得顫慄了起來，雙目一閉，求懇道：「我的孩兒豬狗不如，求你高抬貴手，放過他們……」

徐知皓哈哈一笑：「我真喜歡你求饒的聲音！你可以多求幾聲，或許我會有些心軟。」

「哈哈！」楊行密卻沒有再求饒，反而笑了起來，這一笑，便不可抑止，笑得越來越歡暢，到後來不停地呼呼喘氣，徐知誥蹙眉道：「你死到臨頭，還笑什麼？」

楊行密喘氣笑道：「別人不認識你徐知誥，或許會被騙了，可你是我一手栽培，我又怎會不瞭解你那點小心思？那位茵兒確實可憐，生前要為你擋災，連死後都不得安寧，還得成為你野心謀權的藉口！」

徐知誥被戳中了內心深處，再度伸手緊扼住楊行密的咽喉，怒道：「你胡說什麼？」

楊行密知道難逃一死，索性豁了出去，一邊用盡力氣扳開他的手掌，一邊大聲道：「不錯！我兒子是傷了你、害了一位弱女子，可我楊行密非但沒有對不起你，還對你有教養大恩，你今日這般害我，真是恩怨分明，對得起天地良心？」

徐知誥聽見這話，五指微微鬆開了些，楊行密喘著氣，冷笑道：「你冷血無情、重利無義，只要有利益在前，就算要認賊作父，也會毫不猶豫地下跪叩頭，你幾時會把一個弱女子的死活掛在心上？你妄想成為權貴，又愛好名聲，所以把自己打扮得衣冠楚楚，高舉復仇公義當大旗，來掩飾你的狼子野心！你說我是偽君子，別忘了，你是我和徐溫一手調教出來，你偽君子的本事只怕是青出於藍、更甚於藍，比我們都厲害百倍、千倍！」

徐知誥五指加劇力道，雙眼射出狠戾的精光，猙獰道：「無論如何，你孩兒加諸在我身上的痛苦、羞辱，日後我定會千倍百倍地還給你楊氏子孫！有朝一日我大權在握，定要教他們生如禽獸、交相奸淫，死淪惡鬼、生生世世！」

「你……你……」楊行密從來不知他內心如此陰狠可怖，萬分震驚、恐懼，一時氣急攻心，全身生氣盡失，睜大了銅眼望著卑鄙小人，卻已經吐不出一個字。

徐知誥怕真弄死他，只得放手，冷笑道：「我不妨告訴你，讓你有個安慰，徐溫比你聰明些，他的孩子也打我、罵我，但徐溫從來不縱容太過，所以我才待了下來，後來我長大許多，人更聰明，心也變得狠了，懂得暗暗還擊，教徐知訓他們吃啞巴虧，大家既然有來有往，將來我會給徐知訓那幫畜牲一刀痛快，算是兩清了！」

「彭奴！快開門！」門外傳來徐溫的拍門聲，徐知誥確定楊行密已吐不出字了，卻還未完全斷氣，便打開門，哽咽道：「義父！你快進來！大王不行了！」

楊行密的妻妾、楊渥及三個弟弟都已經趕到，和眾臣一起衝了進來，跪在楊行密身邊哭成一團，楊行密奄奄一息，口中呼呼喘氣：「渥……渥……」卻說不出一句完整的話。

周隱心想：「大王口中說『渥』，是要傳位給世子的意思，得趁他還有意識，勸他改了主意。」一連忙勸道：「世子驕奢淫逸，整日只會擊球飲酒，遲早會敗光淮南基業，並非繼位保家之人，其他公子年紀還幼小，也不能駕馭諸將，請大王命廬州刺史劉威權領軍府，等二公子長大，再把大權交還給他，劉刺史少時便跟隨大王一起打天下，必不會辜負託付。」

楊行密雙眼瞪如銅鈴，滿面青筋暴突，臉色通紅，不能言語，眼神中充滿忿怒恐懼，徐溫排開眾人，拉著楊渥的手交在楊行密的手裡，大聲道：「淮南的基業乃是大王一生心血，是他出生入死地為子孫拼戰回來的，怎能交給旁人？」

楊行密見到徐溫及時帶回楊渥，又當眾承諾會扶持楊氏子孫，不由得滿心悵然：「我原本打算除掉徐溫，今日竟要倚靠他保護我的子孫免受毒害……」想到徐溫懂得天機卜算，絕不會放任徐知誥坐大，日後這對虛情假意的父子將有一場不死不休的對決，或許自己的孩子真能漁翁得利，在夾縫中生存下來，心中稍覺安慰，終於闔眼而逝。

「南朝三十六英雄，角逐興亡盡此中。有國有家皆是夢，為龍為虎亦成空。殘花舊宅悲江令，落日青山吊謝公。止竟霸圖何物在，石麟無主臥秋風。」

徐溫仰望窗外飄飄落雪，長長一嘆：「我少時就跟著大王打天下，當年我們三十六英雄攻入揚州時，城中一片廢墟，骨肉相食、人命相賤，四周還有強敵環伺，許多人因此膽怯，想要退出，大王卻發下豪語：『謝公之後唯楊公！』兄弟們心中佩服，誓死相隨，從此並肩作戰，闖過一道又一道的難關，好不容易開創淮南的的繁榮景象，三十六英雄卻一個一個凋逝，如今竟連楊公也歿了！」他倏地轉過身來，長劍「嗤！」地一聲，有如鬼影般，直接刺向侍立在後方的徐知誥！

徐知誥吃了一驚，倒退一大步，雙膝迅速跪下，顫聲道：「孩兒做錯什麼，還請義父告知，好讓孩兒死得瞑目！」

徐溫深深望著他，劍尖抵著他額心半寸之距，冷冷道：「如果你連我為什麼殺你，都不明白，就未免讓我失望了！」

徐知誥顫聲道：「義父想除去趙匡凝，可是事情出了差錯，大王意外死了……」

徐溫沉聲道：「我想除去趙匡凝，是因為他會為淮南帶來兵禍，我想不到你這麼大膽……」揚起手中黑雲長劍，對準徐知誥狠狠掃去！

徐知誥不由得心生恐懼：「難道他要殺我滅口？」他自小經歷許多磨難，什麼痛苦都能忍，唯有死亡是他不能承受的，然而這一剎那，他硬是緊閉雙眼，不閃不避，一口氣道：「孩兒任務出錯，自該受死，但事已至此，請義父留著孩兒性命將功贖過！」

「唰！」那劍刃在他手臂長長掃過，徐知誥疼痛至半身麻木，以為自己失去一條手臂，他英眉微蹙、咬緊牙關，不吭一聲，半晌之後，才感到那是一道極長的傷口，皮肉雖疼痛，卻不傷筋骨。

徐溫冷聲道：「這一劍是給你一個教訓！你說得不錯，事已至此，再殺你也無用，我們只有好好扶持少主，才不辜負大王的期望，但日後你若再出錯，當心你的小命！」

徐知誥扶著幾乎廢去的左臂，戰兢道：「是！孩兒必嚴守義父命令，不敢有違。」

徐溫對他願意為自己殺了楊行密，心中很滿意，這才收回長劍，流露一抹淡淡微笑。

徐知誥鬆了口氣，知道自己押對寶了，徐溫本來就想殺楊行密，只是不想留下弒主惡名，才藉口說要殺趙匡凝。如果趙匡凝橫死，楊行密必會追究到底，惹來無止無盡的麻煩，只有殺了楊行密，才能一勞永逸地將所有大權抓在手裡，因為徐溫早已掌握了楊渥！

他深吸一口氣，定了定心神，道：「大王去世，雖令人沉痛，但藉由這件事，我們剛好試試『血菟絲』的威力，知道張曦對付朱全忠究竟有幾分勝算。」

徐溫曾將一瓶「血菟絲」交給張曦，要她設法除去朱全忠，讚許道：「你的血菟絲確實培植得不錯！」頓了頓，又叮囑道：「大王的死因，就向天下人公佈說他是積戰成病、傷勞而亡，不要提及中毒之事，免得外敵以為我淮南內部不和，趁機興風作浪，萬一朱全忠細查原由，對血菟絲有了提防，可就功虧一簣了！」

徐知誥恭謹道：「是！義父交代之事，孩兒絕對會辦好。」

「是嘛？」徐溫冷聲道：「那小子呢？我要留著他，你卻把罪責推到他身上，不要以為我不知道你在打什麼主意！」

徐知誥一凜，連忙叩首道：「義父明鑒，那小子太厲害，曾經勝過張惠，褚堂主又一直探不出祕密，只有殺了他，才不會威脅到義父。更何況，大王的死必須有人扛罪，那小子既是趙匡凝帶來的，只要引誘趙匡凝去救他，便可一箭雙鵰，明正言順地殺了兩人。」

徐溫冷冷一笑：「你的手段真是越來越厲害了！」

徐知誥頭垂得更低了：「孩兒再怎麼耍弄手段，也脫不出義父的神機妙算！」

徐溫道：「罷了！你已經證明自己的本事勝過馮道，比他更有留下來的價值，那便好好辦事吧！至於馮道，他身上有些祕密，需好好探問一番，不要太快處死了。」

徐知誥道：「就算義父心慈，想留他一條小命，世子、張顥他們都不會同意，等大王七日之祭，必要凶手償命。」

徐溫道：「那就讓寒依去試試，也算給他最後一個活命機會。」

徐知誥恭敬稱是，又道：「孩兒有一請求，還望義父答允。」徐溫道：「什麼事？」

徐知誥道：「孩兒自幼跟在義父身邊，受您庇蔭，才無風無雨地走到今天，如今孩兒已經成年，想去外邊看看不同的風景，義父也不必擔心，只要您想念孩兒了，隨時召喚一聲，孩兒必會立刻回來服侍您。」他知道自己露了這麼一手，必會惹起徐溫猜忌，遂自請外調，遠離中央，好消除徐溫的疑心。

徐溫對他的確有些頭疼，自己少不了這個得力幫手，又怕他心思太過機巧，聽他自願請調，微微一笑，道：「前幾日與朱全忠大戰時，我瞧你搶救船艦，幾個命令下得很不錯，你便去昇州治理戰艦，當個樓船副使吧！」

昇州說遠不遠，說近又已離開府城，這意思是讓徐知誥無法參與中央奪權，又不會離開自己的眼皮底下。至於樓船副使，明著是提升徐知誥的軍階，獎勵他在楊行密一事上處理得十分妥貼，但管理船艦卻只是一些器械雜事，很難培養自己的勢力。

徐知誥想到昔日在中央費心培養的心腹都被切割開來，到昇州後又只能管理軍艦雜事，心中一沉，但臉上不動聲色，道：「謝義父。」

徐溫見他並不歡喜，拍拍他的肩道：「你莫要小看這樓船副使，大王身亡的消息一旦散播出去，朱全忠、海龍王很可能趁機來攻，我淮南最強的就是水軍，督管船艦一職萬分重要，義父不能把這重責大任隨便交給旁人，我只信任你。」

徐知誥道：「孩兒明白，只不過大王剛去世，孩兒擔心張顥糾眾鬧事，您內憂外患，肩頭的擔子更重了！」

徐溫聽他提起張顥，蹙眉道：「你說得不錯！大王一死，淮南恐怕要亂一陣子，張顥這人刑罰酷濫，縱容親兵剽奪市里，我已經跟嚴可求談定了，要一起立法度、禁強暴、舉大綱，推行善政，使軍民安之，不能任張顥胡來，我們要把一切爭鬥控制在不傷民、不傷本的狀況下，免得外敵有機可趁。」

徐知誥喜道：「嚴先生已答應支持您了？」

徐溫微微一笑：「他性情機智忠耿，原本就是我的門客，大王去世了，世子又倚靠著我，他自然也要回歸我門下了！」

徐知誥拱手道：「恭喜義父得回一大助力！孩兒此去昇州，必會把船艦整理妥當，隨時準備作戰，讓義父處理內憂時，少些外患之慮。」頓了頓又道：「孩兒還有一心願，想請義父成全。」

徐溫「咦」了一聲，道：「什麼心願？」

徐知誥道：「孩兒想在離開之前，與寒江堂主完婚。」

徐溫微微一笑，道：「我還以為你不會提起！你知道，寒依是個死心眼的孩子……」他忽然伸手用力抓住徐知誥受傷的臂膀，徐知誥冷不防被這麼一抓，痛得幾乎昏去，鮮血流淌得更凶了，他臉色已至青白，卻仍不吭一聲，徐溫微笑道：「這一劍固然是給你警告，也是為你製造機會，端看你如何把握了！」

徐知誥強忍住疼痛，咬緊牙關道：「原來義父為孩兒設想得如此周到……」

徐溫道：「你是我看重的孩兒，原本你的婚禮應該風風光光，但大王剛去世，只能低調些，在百日內完成。」

「謝義父成全。」徐知誥深深一叩首，才起身告辭離去，剛走至門口時，徐溫忽然喚道：「等等！」徐知誥回身恭敬問道：「義父還有什麼吩咐？」

徐溫蹙眉道：「世子不大懂事，恐怕有人借機興亂，你還是先留下來吧，等張顥的事處理完畢，再去昇州，到時候多加個防遏使吧！」

徐知誥盤算徐溫正當用人之際，實在少不了自己，他自願請調出去，果然重新贏回信任，大喜道：「多謝義父提拔！」

（註❶：唐朝統稱醫者為「醫師」，「食醫」主治藥膳、食物中毒，「疾醫」則主治內科。）

九〇六・一　哀哉兩決絕・不復同苦辛

這幾日馮道與褚寒依濃情蜜意，滿心沉浸在婚事的喜悅中，以至於失去了所有的敏銳，想不到一剎之間，他就從天境的快樂墜入地獄般的黑牢！

「連環局！」經過半日的靜心思索，馮道終於明白朱全忠與楊行密對戰時，徐溫為什麼一再露出高深笑意：「我將擒獲朱氏兄弟的消息傳到淮南，引誘朱全忠、楊師厚深入險地救人，原本是想讓徐溫設法除去他們，徐溫這老狐狸果然不負期望，的確設下一個圈套，但他自始至終都知道朱全忠命不該絕，他要對付的人其實是楊行密！

楊行密為人謹慎多疑，心知自己敵不過朱全忠，絕不肯以身犯險，於是徐溫為他提供一個萬全之策，一邊精心訓練黑雲劍陣，用來圍殺不懂陣法的朱全忠，另一邊用大量拍艦殲滅來犯的汴梁軍船。

為了取信楊行密，徐溫甚至讓他躲在船艙裡，自己先和趙匡凝聯手對付朱全忠，好讓楊行密掌握頭號大敵的武功狀況，待時機成熟，他再出手偷襲，倘若能殺了朱全忠最好，若是失敗，接下來楊行密也只須站在劍陣外圍出手，再不濟，他也能快速登上別的船艦一走了之，並不會有任何危險。

楊行密心動了，卻想不到朱全忠的修為遠超乎想像，更沒想到這計劃最大的破綻就是他與劍陣扞格不入！班超曾說：『不入虎穴，不得虎子』，楊行密不肯冒險進入劍陣，就無法殺了陣心的朱全忠，等朱全忠破陣而出，自是以殺楊行密為首要。楊行密受了創傷，無法逼出劇毒，終於殞命！

從頭到尾，余人雙的荷花露酒就是殺害楊行密，陷我於不義的局！余人雙……其實就是一個『徐』字！他是徐溫的人！但荷花露酒是妹妹告訴我的，也是她帶我去找余人雙，因為這樣，我才會沒有半點提防……妹妹究竟知不知情？有沒有參與？」他不敢再往下想，只盡力回憶兩人甜蜜時光，不斷告訴自己：「妹妹對我一片真心，我絕不能懷疑她！」

他知道這一次入獄和從前在鳳翔、河東的黑牢都不同，淮南上下沒有一個人會放過自己，心中不禁生出從未有過的恐懼：「我一定得逃出去……」可這間牢房漆黑一片，滿室都是血腥味、死屍的臭霉氣，連個窗戶也沒有，是最黑暗的死囚牢房，牆壁、地面都是一塊塊硬石砌成，外面更有重重守衛，憑自己的功力，就算逃得出牢房，也衝不出包圍，最糟糕的是他雙手雙腳都被鎖上鐵鍊銬鐐，鐵鍊的另一端被牢牢拴在石壁上，他根本走不出十步，於此絕境，只能寄望趙匡凝在最短時間內找到余人雙，從他口中探出解決的方法。

「得得……」牢房外傳來一串腳步聲，即使逃命機會渺茫，馮道仍是凝聚耳力仔細聆聽，好瞭解地牢情況，他聽出來了兩個人，並沒什麼高深武功，其中一人手中帶著一大串鐵鎖匙，開了外邊的鐵門，關上，走過一條長長的甬道，又是開鐵門、關鐵門，馮道努力數算、記憶兩人的步伐：「十步、左轉、二十步……到門口了，開門！」

只見兩個獄卒走了進來，一個雙手端了一盆炭火和鐵烙，另一個手中拿著長鞭，甩得虎虎威風，喝罵：「臭小子！竟敢到我們地盤行刺，說！你受了誰的指使？是不是趙匡凝？」說著長鞭已夾頭夾腦地狠狠打下，馮道雙手都被鐵鍊拷住，無法擋架，登時滿臉鮮血、面目全非，但他咬緊牙關不吭一聲，只心中擔憂：「楊行密一死，他們連趙匡凝也容不得了……」

施鞭的獄卒見馮道不肯招供，怒道：「小子不招是吧？」對同伴道：「徐軍使說這小子雖然可惡至極，還得留著性命，只要不弄死，任咱兄弟變著花樣玩他！」

拿鐵烙的獄卒壞笑道：「小子落到咱兄弟手裡，包管你後悔生出娘胎！」

「不錯！先嚐嚐我的厲害！」施鞭的獄卒說罷，立刻狠狠抽打起來，他手中的長鞭通體帶著細鈎，每一鞭重重打下時，都是熱辣辣地疼痛，揚起時連皮帶肉地扯起，更是撕心裂肺的痛苦，但馮道絕不肯誣陷趙匡凝，只能咬緊牙關拼命忍耐。

獄卒抽得累了，獰笑一聲，轉身提了一隻木桶，朝他當頭淋下，馮道從前住在鄉下，聞到這刺鼻的臭氣，便知道是糞水，隨即聯想到兩軍交戰時，士兵往往將箭矢沾了糞水，再射向敵人，好讓對方傷口發炎致死，心中不由得一沉：「好惡毒的心思，他們想讓我傷口潰爛不癒！」他身上傷口原已疼痛難當，一遇這腐臭的污水，更是痛得死去活來，兩獄卒見狀，樂得哈哈大笑，但受不了臭氣沖天，便暫時避開，到外面歇息睡覺。

馮道總算得了片刻喘息，連忙用「解厄」功訣療傷，但他全身上下盡是傷口，一個一個開始發炎潰爛，即使有「解厄」相助，也來不及應付。

不過三個時辰，兩獄卒已經回來，他們得到徐知誥的指示，用刑極為殘忍，一下子用木棍夾馮道雙腿，一下子拿烙火的鐵條擊打胸腹，打得他內傷沉重，不停嘔血，再也站立不住，只蜷縮在角落，以背心貼著牆面作為支撐，雙臂抱頭，將「交結」之氣盡量集中佈在前方抵擋，保護頭胸致命處。

馮道以為自己很快就會被處死，但日子一天天過去，他受盡折磨，每一種刑罰極盡殘酷，卻只傷及皮肉筋骨，並不會直接要命，他蹲過河東、鳳翔的黑牢，李存勖光明磊落，要殺便殺，爽快俐落，李茂貞雖用酷刑，也沒有這麼陰狠齷齪，只有這淮南黑牢的主事者，心思最惡毒，想教他受盡苦楚，慢慢磨死。

不過短短幾日，他全身淤青腫脹，破裂不堪，內傷越來越沉重，已無法用「交結」抵擋、「解厄」療傷，除了貼著牆面的後背受傷較少，還有一片完整肌膚，其他部位都是痛如火燒、劇烈難當，當真是求生不得、求死不能。

他心志不由得漸漸頹喪，唯一掛念的是褚寒依的安危：「不知道妹妹有沒有受到牽連？」事發至今，褚寒依完全沒有現身，他又不免有些失望：「妹妹終究是徐溫的義女，有時候真是身不由己，否則為何我去長安營救先帝時，妹妹回淮南搬救兵，卻消失無蹤？自楊行密身亡，我落入黑牢以來，她也完全不見……」

張曦曾提醒他要小心褚寒依，徐知誥也警告過：「就算她曾經出賣你，將來還會利用你，甚至可能死在她手裡，你也不改變？」當時他信心滿滿、充耳不聞，如今落到這等境地，想到煙雨樓女子最會迷惑人，更覺沮喪難過：「馮道啊馮道，你自以為學了《天相・人相篇》，就能看清一個人的真偽，因此對她毫無提防……」

這一日，他蜷躺在黑暗的角落裡，心想既然逃脫無望，何不自盡而死，才不用受這無止無盡的狠酷折磨，正當他心神恍惚、鬥志盡喪時，沉重的牢門終於緩緩開啟，在一片混濁之中射出一道昏黃亮光，馮道勉強睜開腫脹凝血至幾乎相連的眼皮，眼瞳微微一顫，才適應了光線，看清前方來了一名美貌少女，雪脂般的玉容已失去光采，成了黯淡青白，臉上依舊柔情楚楚，卻多了幾分滄桑，一雙美眸紅腫得似核桃，顯然已不知哭過多少回，原本靈動的神情更只剩一片茫然，彷彿失了魂魄，這美人兒自是令他朝思暮想、心痛如絞的褚寒依。

「妹……」馮道歡喜得幾乎要躍起，但他全身沒有半分力氣，只能以雙臂支撐，勉強坐起，下一剎那，聲音便哽在喉間，再發不出來，因為褚寒依身後之人，正是軍裝畢挺、相貌俊俏宛如貴公子的徐知誥。

褚寒依見馮道全身是傷，鮮血流淌不止，幾乎認不出人形，一抿唇，淚珠直滾了下來，又回頭望向徐知誥，眼中盡是求懇之情。徐知誥對獄卒道：「徐指揮派我來問話，你們到外面守著。」兩獄卒知道他是徐溫眼前的大紅人，便放下刑具，到牢房外等候，徐知誥也退到外邊，關上沉重的牢門，留二人獨處。

褚寒依走近馮道面前，蹲坐下來，好容易忍住的淚水又在眼眶裡打轉，顫聲道：「你……你怎麼受了這麼重的傷？他們折磨你？」

馮道見她神情憔悴，心中又是歡喜又是憐惜，關切道：「他們有沒有為難妳？」

褚寒依搖了搖頭，哽咽道：「我向義父求情，才能進來看你，可……可也只能來這一次……」

馮道微笑道：「死前能再見妳一面，也算好死了！」

褚寒依想替他包紮傷口，但進來之前必須搜身，無法帶任何藥草、包帶，情急之下，她撕下一條裙裾要為他包紮，卻見他身上大大小小傷口多不勝數，包了這裡，還有那裡，一時心痛難忍，臉色更加蒼白，朱唇咬得都要出血，實不知該如何處置才好。

馮道見她難過，安慰道：「我身上都是糞水，又髒又臭，別弄髒了妳的手吧！」

褚寒依輕輕握了他指尖，柔聲道：「你曾許誓要娶我為妻，還算不算數？」

馮道想不到此時她竟問出這話，心中萬分感動，道：「我一千一百個願意，可是我活不了了，又如何作數？」

褚寒依強顏一笑，柔聲道：「我也答應你要夫唱婦隨、生死不棄，是不是？」

馮道聽她語氣執著，忽然擔心起來，道：「妹妹，這事沒有波及妳，是再好不過了，妳千萬別做傻事。」

褚寒依理所當然道：「我當然不做傻事！你活著，我便活著；你不活，我便隨你去，我早就說過，天上地下，永不分離，在我心中，這一點也不是傻事，是最重要的事！」

馮道見她深情至此，對自己曾經懷疑她感到萬分羞愧，好言哄道：「妹妹，妳待我真好，我也捨不得與妳分離，但他們非要我死，我有什麼法子？妳可不一樣，妳千萬要活著，我在天上瞧著妳好，也會歡喜的，妳的情意我來世再還報妳，好不好？」

褚寒依道：「你不在我身邊，沒人讓我捏耳朵、捶胸膛，我心中不歡喜，一個人孤伶伶地活著，有什麼好？」她越說越傷心，眼中浮了淚水，自責道：「我不該讓你來淮南，倘若你能逃過這一劫，咱們便離開這裡，逃得遠遠的，找個地方隱居起來，再也不要管那些藩鎮誰打了誰、誰殺了誰……」

馮道嘆道：「各地都在戰亂，又能躲去哪裡？更何況我已活不了，還想什麼將來？」

褚寒依幾乎又要伸手去擰他耳朵，終是強忍住衝動，道：「你幾時變得這麼喪氣？這不是我認識的小馮子！」

馮道說道：「不是我喪氣，是他們的手段太厲害，我真是想不出法子了！妳想捏我的耳朵便捏吧，至少那裡沒有傷口，捏起來也不痛，妳今日不捏，日後只怕沒機會了！」

褚寒依氣惱道：「你明明有法子，卻不肯做！你曾說將來若飛黃騰達，要救助天下百姓、賙濟窮苦，你心中的志向、對我的誓言，全忘了嚒？」

馮道苦笑道：「我若有法子出去，怎會困在這裡？」

褚寒依一抿唇，吞吐道：「我想了一個主意救你出去……只怕你不肯答應……」

馮道原本已是絕望，聽褚寒依似有法子，忙道：「妹妹，妳想說什麼？」

褚寒依輕輕撫開他散亂的髮絲，柔聲道：「只要你肯說出『安天下』之祕，義父便答應放了我們，你想回景城，我便陪你回去，從此你種田、我織布；你寫詩、我彈琴，就算你真的行動不便，我也會照顧你一輩子，我們……我們生養一群小娃娃……教他們讀書識字，把你腹中學問全教給他們，好不好？」

看著眼前嬌美的容顏，馮道思緒彷彿飛回了河北的純樸農鄉，男耕女織、群娃相繞，一家和樂融融，這不是他夢寐以求的日子麼？

倘若「安天下」之祕只關係大唐國運，或許在這生死交關、痛苦萬狀的時刻，褚寒依的柔情勸說，美夢觸手可及，他真會不顧一切地說出，但此刻他已知道其中的《天相．星象篇》隱藏著群雄命運的奧祕，關係著千千萬萬百姓的生死，他絕不能將這祕密交出去，就算隨便寫一篇假秘訣也無用，因為徐溫並不是朱友珪，並不會輕易受騙，就算真上當了，也會殺人滅口，無論他怎麼做，都是活不了了，心中忽然浮起孟子的話：「富貴不能淫，貧賤不能移，威武不能屈，此之謂丈夫」不禁苦笑：「孟夫子這番話還須加上一句『情意不能迷』！」

褚寒依見他不肯答應，傷心道：「我想和你永遠在一起，你卻一意求死，你真忍心放我一個人？你若執意如此，我還是會隨你去……可是既有活路，你陪著我一起歡歡喜喜地過日子，不好麼？我求求你了！」

人在受盡折磨、瀕死之際，只要有希望脫出困境，無論是什麼卑鄙無恥的事都會答應，更何況馮道原本就不是什麼英雄豪傑，聽心上人苦苦相求、以死相脅，霎時之間，他心神恍惚：「我怎忍心連累妹妹陪我赴死？我不如說了出來，日後再設法彌補……」幾乎就要衝口答應，忽然間，牢房外傳來一陣沉重的呼吸聲，僅餘的一絲清明令他醒覺過來：「徐知誥一直站在門外！他們想逼我誣陷趙匡凝，說出『安天下』之祕，但我受盡酷刑，始終不吐一言，他們便派妹妹來說服我……妹妹究竟是真心待我，還是和他們一樣，只想套我的話？」這麼一想，不由得心中一酸，搖了搖頭，道：「妳說什麼『安天下』之秘，我全不知道！」

「咿軋——」一聲，鐵門開啟，徐知誥走了進來，溫言道：「寒依，時間差不多了！這裡是死囚牢房，原本是不許人探監的。要是被張顥他們知道了，肯定要大作文章，說義父是逆賊同黨。」

褚寒依心想這一離開，便是永訣，如何肯走，求懇道：「再一會兒就好。」

馮道見她對徐知誥如此低軟，沉聲道：「妳走吧！我已經成了一個廢人，就算活下來，只怕也是四肢癱瘓，沒有半點用處，非但給不了妳任何富貴，難道妳還想一輩子服侍我這個癱子？」

褚寒依聽他語意嘲諷，又見徐知誥催促，心中著急，忍不住道：「我不明白你為何那麼倔強？大唐已經滅了，『安天下』之祕已經無用，你苦苦持守，究竟是為了誰？若是沒了性命，你心中的抱負要如何實現？你真忍心留我一人傷心難過？還是要逼我為你殉情？你盡力了，沒有對不起誰，你只是一個小人物，扛不起整個天下，鬥不過那些有兵有權的大藩鎮，別再為難自己了！」

馮道心中悲恨，猛地抬起頭來，怒道：「別再說了！這些話究竟是誰教妳說的？是徐溫還是徐知誥？」

兩人相處以來，馮道總是好聲好氣，從未說過一句重話，褚寒依見他忽然暴怒，不由得吃了一驚，跌坐在地，一直強忍的淚水終於滑落下來：「沒有人……沒人教我，是我……我想和你一起……」她說得越真摯，馮道心中越掙扎痛苦，大聲道：「別說我什麼都不知道，就算真的知道，也絕不會告訴你們這幫偽君子！」

褚寒依心想他受盡折磨，又面臨死亡恐懼，才會滿心憤恨，自己絕不能放棄，一抿唇，又好言勸道：「罷了罷了！你不想說也不要緊，徐軍使已答應救你，你只要好好聽他的安排，他總能救你出去……」

馮道聞言更是惱怒，大聲道：「他恨不得我死，又怎會幫我？」

徐知誥插口道：「你說的不錯，我本來是不會幫你，但寒依的事就是我的事，我在淮南還算有幾分力量，必會盡力救你出去。」

馮道聽他短短幾句話中，既炫耀和褚寒依的情份，又炫耀自己的本事，還外帶施恩憐憫，要教褚寒依感激他一輩子，氣吼道：「我沒有殺害楊行密，妳為何要求他？就是他設計害我，妳竟相信他？」

褚寒依見他聲色俱厲、神情可怖，一時膽怯，好聲勸道：「你別生氣！你相信我，他真的會救你……現在淮南人人都想置你於死地，沒人敢幫忙，也沒人會幫忙，只有他……他答應了我……一定會設法的。」

馮道怒吼道：「我寧可死了，也不要他幫！」

褚寒依但覺萬般委屈，淚水忍不住滾滾而落：「你……你為什麼要這樣？我對你一心一意，你為什麼要利用我去殺害大王？你瞧瞧，你把自己害成什麼樣子了？」

馮道怒斥道：「明明是妳帶我去買荷花露酒，竟說我利用妳？這就是妳們煙雨樓陷害人的伎倆嚒？」

徐知誥冷怒道：「什麼叫『妳們煙雨樓的伎倆』？當年寒依為了助你，違背命令，幾乎受到重罰，後來因為探出張惠前去千川道的消息，這才將功抵罪，之後寒依仍不顧危險，選擇繼續留在你身邊，你卻這般冤枉她？」

褚寒依最怕這事被馮道知曉，想不到徐知誥為了替自己抱不平，竟當面揭穿，不由得心中劇震：「他肯定恨死我了……他這輩子都不會原諒我了……」

「原來……原來……鳳翔滅城之禍真是妳造成的！」馮道心中痛極，忍不住仰首哈哈大笑，淚水卻滑了下來。

褚寒依原本憔悴的容顏蒼白到幾乎沒有一絲血色，清瘦的身子忍不住瑟瑟顫抖，低聲道：「我……我不是故意的，我沒想到你和張惠談了條件，更不想鳳翔變成那樣……」見馮道笑得顛狂，似完全聽不見自己說話，心中又著急又害怕，顫聲道：「小馮子，你……你怎麼了？你別嚇我……」

馮道喘息道：「褚姑娘，我終於明白了！一直以來，妳刻意親近我，就是為了『安天下』之秘！請你轉告徐……隨妳喜歡告訴誰，馮某雖是個鄉下小子，鬥不過這些有兵有權的大藩鎮，卻也知道是非忠義！妳欺我感情、害我性命，我都不怪妳，但妳千不該、萬不該這般作賤自己，為了得到東西，竟不惜犧牲色相，假意討好我！還喪盡天良，害死千萬無辜百姓！」他說到心痛處，再按捺不住滿腔悲憤，厲吼道：「滾！」

褚寒依全身顫抖至說不出一句話，只淚如雨下，馮道見她哭得梨花帶雨，實是心痛如絞：「妹妹原本就是小貓，卻愛裝母老虎，她從前驕悍的模樣全是假裝，我……」他知道自己只要開口安慰，就再也捨不得了，捨不得生命早逝，更捨不得與她分開。他掙扎著轉過身子，面向牆壁，冷聲道：「妳這個虛偽的女人快滾吧！還想用眼淚騙我？別再讓我看見妳！」

徐知誥走上前輕輕握住褚寒依削瘦的雙肩，將她扶起，道：「走吧！這人不知好歹！」

馮道大聲道：「馮某這小人物出身低賤、本事低微，配不上妳這金枝玉葉，爾後你二人成親，我便預祝你們白首偕老、恩愛不渝，哈哈！哈哈！」說罷又大笑起來。

褚寒依雙目一閉，下定決心，道：「我還有幾句話對他說，說完便走。」她輕輕撥開徐知誥的手，走到馮道前方，馮道不願看她，冷聲道：「妳害得我還不夠麼？又想耍什麼詭計？」

褚寒依顫抖著拿出一幅鴛鴦戲荷繡圖，道：「你瞧瞧這是什麼？」

馮道緩緩回過頭來，心中一震：「這繡圖不是在余人雙手中麼？」

褚寒依一抿朱唇，顫聲道：「他已經死了！無法為你證明清白！趙匡凝也被眾人看守住，不得自由，沒有人可以幫你了，我看在過往的交情上，才求義父給你一條活路，你卻反過來冤枉我、羞辱我！我本來覺得對你有些歉意，可今日才發現，與你多說一句話都是愚蠢！既然你不知好歹，從此你我之間便有如這繡圖……」她使勁撕裂繡圖，道：「緣盡情絕、一刀兩斷！」說罷將幾乎撕成兩半的繡畫，朝馮道的頭頂狠狠丟了過去！

馮道雙手雙腳被銬住，無法閃躲，只能任她羞辱，看著兩人遠去的身影，聽著一次次開鎖、開門、關門、上鎖的聲音，心中想道：「妹妹，對不起，我只有這樣絕情，才能保住妳的性命……」自己身懷「安天下」之祕，又被設計牽扯上楊行密的凶案，這中間有太多人處心積慮，謀算著要從中獲取利益，必然會利用逼迫褚寒依，只有與她徹底切斷關係，才能保護她安全。

徐知誥和褚寒依一離開，兩獄卒又進來磨刀霍霍，準備大施酷刑，馮道只覺得身心俱空，蜷縮在角落裡，任他們折騰，因為身上再痛，都遠遠比不上心裡的痛。

褚寒依心神恍惚地走出囚牢，一個暈眩，幾乎摔倒，徐知誥連忙搶上一步，扶住佳人纖腰，溫言道：「小心！」褚寒依下意識抓住他手臂，整個人只覺得輕飄飄，虛弱至幾乎站立不住，只能倚著他慢慢往前走。

徐知誥道：「這人罪大惡極、死不悔改，今日妳也算看清他的真面目了，再不用覺得虧欠他。」

褚寒依心中一酸，頓時又浮了淚水：「義父讓我去套取『安天下』的祕密，我總是失敗，是不是因為這樣，他才非死不可？可義父明明已經答應我們的婚事，為什麼……為什麼……」

徐知誥安慰道：「自從張惠死後，義父就一直擔心馮兄弟本事太高，就算收為女婿，也掌握不住，今日已是最後一次機會，倘若馮兄弟肯交出『安天下』之祕，義父還可能饒他一命，他偏偏不肯說出，一個不要命的人，大羅神仙也難救，妳已經盡力了！」

褚寒依一時憂急，忍不住緊緊抓了徐知誥的手臂，道：「或許他真不知什麼『安天下』之祕，否則這生死關頭，哪能不說出？」忽覺得掌心一陣濕黏，低頭瞧去，這才發現他臂上滲血不止，嚇得連忙縮手，不敢再碰傷口，關心道：「你的手臂怎麼了，受這麼重的傷？」

徐知誥微微遲疑，才道：「我知道妳關心馮兄弟，因此去向義父求情，說用一個假凶犯替罪，成全你們悄悄遠走，義父非但沒有答應，還責罰我一頓，說他若輕饒真凶，怎對得起他和大王的兄弟之情、主臣之義？」

褚寒依顫聲道：「所以無論今日我有沒有問出『安天下』之祕，義父都不會饒了他，是嚒？」

徐知誥看了她一眼，沉重地點了頭：「義父覺得我顧念私情，因此狠狠處罰了我。」

褚寒依不解道：「你和馮郎哪有什麼私情？義父這是不分青紅皂白了……」忽見徐知誥深深望著自己，眼中滿是柔情，不由得心中一跳，低了首，輕聲道：「你……你……是為了我？」

徐知誥微笑道：「放心吧！我答應妳的事，必會做到，就算義父不肯出手，我也會偷天換日，設法救他出去。」

褚寒依輕聲道：「多謝你了！」雙膝一屈，就要跪下，徐知誥連忙扶住她，道：「妳別這樣！我為妳做什麼事，都是心甘情願的，只希望妳心中歡喜，別再愁眉不展了。」

褚寒依道：「只要能幫他逃得性命，你的大恩大德，我永誌不忘，今後再困難的任務，我都會拼死以赴，絕不會皺一下眉頭。」

徐知誥溫言道：「我從來不要妳報恩，更不想妳有什麼危險，我只是心疼妳、想幫妳，義父曾逼問我為何要替馮兄弟求情，我……」微微遲疑，又道：「我不得不坦承對妳的心意，但沒想到義父說要為我倆指婚……」

「指婚？」褚寒依驚愕地退了一步，與他拉開了些微距離。

徐知誥道：「我知道妳心中只有馮兄弟一人，我並不想勉強妳，後天晚上，我會餵他吃假死的藥，等他昏迷之後，讓獄卒把他拖出去埋了，再通知趙匡凝把他挖出來，到時候，妳隨他一起走吧，遠遠地離開淮南，再也不要回來了。」

褚寒依原本欣喜，轉念一想，又搖搖頭，頹然道：「我們一起離開，必會引起義父懷疑，一旦追查下來，就會知道是你放走我們。」

徐知誥苦笑道：「我放走馮兄弟，本來就是冒了大險，可我實在捨不得妳傷心，只好盡力一試了。」他說得越輕鬆真摯，褚寒依越覺得沉重，掙扎半晌，終於下定決心：「我不走！我不能這麼一走了之，倘若能救他出去，已是僥天之倖，我不能恩將仇報，害了你性命！」

徐知誥深深望著她，柔聲道：「妳若留下來，義父必會指婚，我知道忘記一個人並不容易……」輕輕握了她的手，道：「我會真心對妳，也會愛護妳一輩子，可我不想勉強妳，更不想成親之後，妳心中一直記掛其他男子。萬一馮兄弟脫險之後，又回淮南與妳牽扯，非但會惹人笑話，若是讓人知道是我放了他，我們三人都會十分危險。」

褚寒依含淚道：「我知道你處境艱難，世子、徐知訓他們處處為難你，我既然答應了婚事，就不會讓你受人恥笑。」一咬牙，又道：「今日我已和他說清，從此兩不相見！」

徐知誥手中提著一個竹籃，神態瀟灑地走了進來，滿面盡是春風得意：「再過不久，我就要和寒依成親了！」

「得得……」甬道又傳來一串腳步聲，馮道勉強聚了耳力，聽出是徐知誥去而復返，心中頓升起不祥之感：「他回來做什麼？」

馮道聽見徐知誥將娶褚寒依，她的後半生便有依靠，總算鬆了口氣，道：「我命不久矣，她是個好姑娘，請你一定要好好照顧她。」

徐知誥見他沒有半點嫉恨，心中升起一絲怒氣，眼底卻露出一抹狡獪笑意，道：「你口口聲聲說自己冤枉，沒有毒殺大王，我便給你一個機會，自證清白。」他將竹籃放在地上，從籃中取出一壺小酒瓶，拔開酒塞子，拿到馮道面前輕輕晃了一晃，道：「你認得出這是什麼嚒？」

瓶中特異的酒香飄了出來，沁入心脾，馮道心中一凜：「這是余人雙的荷花露酒，世上只有一罈！他要做什麼？」

徐知誥將酒水倒在一只小酒杯裡，道：「你說你沒有下毒，你敢不敢喝下去？」

馮道哼道：「那時酒裡沒毒，現在經過你的手，肯定有劇毒，我何必要喝？」

徐知誥哈哈一笑，道：「你這鄉下佬就是不懂！這麼金貴的酒只要加了一點雜物，香氣、味道必會改變，趙匡凝怎會喝不出異狀？楊行密又怎會毫無懷疑，一杯接一杯地下肚？」說著把杯中酒水一口喝下，嘖嘖讚道：「果然是好酒！」

他又倒了一杯酒水遞給馮道：「想不想嚐嚐？你這窮小子，一輩子都沒福氣嚐到這麼好的酒，你應該要珍惜機會才是，更要感謝我用這麼好的酒為你送行！」

馮道轉過臉，不想理會，徐知誥猛力抓起他的頭髮，向後一扳，捏開他的口，硬是灌入那杯荷花露酒，又從懷裡取出一翠綠藥瓶，將瓶中粉末全倒進去，馮道眼角餘光瞥見那瓶子與徐溫交給張曦的瓶子一樣，心中驚駭：「這毒藥是用來殺楊行密、朱全忠，肯定十分厲害，我命休矣！」

徐知誥甩開馮道的頭，拍了拍雙手的髒污，微笑道：「你不是很想知道楊行密是怎麼死的？等一會兒，你就知道了！只不過，楊行密體內的『血菟絲』是五年來一點一滴沾入的，而你一口氣吃了一瓶……嘖嘖嘖，只怕你全身氣血被急速吸乾，會比他難受些！」

馮道外傷累累，原已痛苦不堪，想不到這毒物一下肚，全身傷口被千萬毒絲從體內狠狠吸噬，更是痛上加痛，就像全身都浸在烈火之中，不得解脫，只能伏在地上不停扭動痙攣，口裡發出呼呼吼聲。

徐知誥微笑地欣賞著他痛苦的模樣：「你受的鞭刑、糞水、鐵杖，我以前都受過，那時候我常常想，為什麼我這麼痛苦，楊渥他們卻笑得這麼厲害？有一天……有一天，我一定要試試折磨人的滋味！可是要找誰下手呢？比我地位高的不行，跟我出生入死的兄弟也不行，只能找些死囚來折磨，我以前折磨過一、兩個，覺得沒什麼意思，可今日在你身上，我終於找到些許趣味，所以啊，我發現一件事，只有折磨仇人才有趣！

對了，還有一件事，今晚你的寒依妹妹就是我的人了！一個不肯順從我的賤人，我本來沒多大興趣，可是後來想想，娶來折磨也不錯，至於你，一個需要靠女人捨身相救的男人，活著也是窩囊！」

馮道原以為徐知誥對褚寒依至少是真心真意，想不到他只是想報復褚寒依的拒絕，心中一顫，整個醒覺過來。徐知誥悠然笑道：「你可能還不知道，煙雨樓如今是我掌管，那裡面的女子原本就是籠絡男人的工具！任你把她當成了寶，在我眼中，她就是個玩物！今夜她就會用她從煙雨樓學會的煙媚手段服侍我，好求我饒你一命……如果她服侍得妥貼，我還可以娶了她，折磨她一輩子，如果她敢使壞，我便把她丟入軍妓營，讓眾人欺凌，你又能耐我何？」

「你……是你逼她的！我殺了你！」馮道氣到胸肺欲裂，大吼一聲，往前衝去，卻被鐵鍊拉了回來，只能雙手亂舞，瘋狂地大吼大叫：「你敢傷害她，我殺了你！徐知誥，我作鬼也不會放過你……」他恨不能撲向徐知誥，但身上的氣力漸漸消失，虛弱的身體不停劇烈顫抖，他心中的痛楚比身上的折磨更痛苦百倍，越是用力掙扎，全身肌肉越是緊繃抽搐，一時間只面紅耳赤，喉間發出嗚嗚呼吼，卻說不出一個字來，漸漸地，他神志開始恍惚，雙耳嗡嗡作響，像是鐵鍊拉扯的錚錚響聲，又似徐知誥的大笑聲不停迴蕩。

徐知誥看著馮道的掙扎，回想起茵兒死前，自己也曾這麼掙扎大叫，他伸手一把抓住馮道的脖子，就像楊渥曾經這麼緊抓自己的頸子大聲嘲笑，他看著馮道臉色從紅轉紫，呼吸漸漸困難，卻還拼命呼吼罵他，那聲音糊成一團，就像對命運軟弱無力的控訴。

他漸漸加大扼頸的力道，從馮道身上回味著從前所受的欺辱，轉化為狠絕的意志、奮發向上的動力，他告訴自己絕不能再成為弱者，倘若不能登上最高峰，就只會像眼前可憐的螻蟻一般，任人踐踏、欺辱。

不知過了多久，馮道忽然不再掙扎，任徐知誥扼殺自己，彷彿全身的力氣都聚到一雙眼睛，平和地瞪看著對方。不知為何，徐知誥心中忽然冒起一絲涼意，終於放手，將他甩脫在地上。

「徐知誥，我快死了……」馮道伏在地上，呼呼喘氣地問道：「你可不可以回答我一個問題……你既不是真心喜歡寒依，我又從未得罪你，你……為什麼恨我？」

「你為什麼恨我？」徐知誥聞言，心中一愣，對褚寒依，他是有幾分喜愛的，但絕不會為一個女人亂了分寸，看著眼前被自己狠狠糟蹋的人，已經輸得徹底，甚至連命都快沒了，他卻還是渾身不舒服、不安心，非要用一番狠話教對方死後仍不安寧：「為什麼？」他一聲聲問著自己，就好像反覆問著楊渥：「你為什麼恨我？」

他一雙冷酷無情的眼直盯著地上可憐的人影，漸漸地，似乎有些明白了，是因為「害怕」！人對周遭的威脅有一種與生俱來的敏銳，他一直以為當年弱小無助的自己，應該害怕貴為世子的楊渥，此刻方知楊渥更加害怕，害怕他會奪走一切，而他會這麼痛恨馮道，自然也是因為害怕！兩人都出身卑微，身不由己地捲進權貴的爭鬥之中，他知道自己比不上那些貴公子，想存活下來，就該比別人更努力，於是他受盡欺辱、拼盡力氣、費盡心思，甚至不擇手段，終於得到楊行密和徐溫的賞識，攀到今日的地位，但他們始終不曾真心真意地信任過自己。

眼前這個人，只是一個鄉下小子，憑著一張嘻皮笑臉和些許好運，就輕鬆地周旋在群雄之間，人人賞識、競相爭取，但這些都不是最可惡的，最可恨的是自己天天緬懷昔日的痛苦，好激勵自己奮發向上，那滋味明明很苦，卻已上了癮，戒斷不了！

可這個鄉下小子一身樂天喜感，無論遭遇什麼，總是嘻嘻哈哈，彷彿天塌下來也能當被蓋，即使他出盡糗態，也不覺得羞恥，就算他卑躬屈膝，那些權貴也不輕視他，反而與他和樂融融；甚至他耍了手段，大家還是覺得他光明正大，可以信任！

憑什麼自己一直活在深淵，如履薄冰，馮道對所遭遇的痛苦卻毫不在意？如果自己意志如此堅強，都會被黑暗吞噬，憑什麼馮道一樣受盡羞辱，還是活在光明裡，歡喜快樂！

今日他終於發現馮道致命的弱點，就是心愛女子褚寒依！但單單搶走褚寒依，也激不起他的嫉恨，只有褚寒依受到極大的痛苦傷害，才能催毀他的意志，讓他與自己在黑暗地獄裡相伴而行。

不知何時，徐知誥已經走了，只留馮道一人沉淪在無盡的黑暗中。

馮道雖愛惜性命，但此時已失去心志，又承受不住全身氣血被吸食的痛苦，忍不住大叫一聲，就拿頭頂去撞石壁，想一求解脫，可憐他被折磨得身子虛弱，竟連求死也無力氣，這一撞，雖頭昏腦脹，微微暈了過去，但不久又痛苦得清醒過來，全身顫抖不止。

他想活，命運不允；他想死，折騰許久，也死不了，不禁更感絕望：「師父說我不能洩露隱龍之密，難道只因我說出朱全忠的破功祕訣，就要遭此大禍？既然如此，為什麼不讓我直接死了？」

他全身傷口不停發炎，引發了高燒，心中滿腔悲憤，再加上毒素放肆滋長，種種煎熬壓迫，終至心神狂亂，一次次掙扎著爬起身，一次次以頭撞牆，又一次次摔倒，幾度昏迷、幾度醒來，完全不知身在何處，過了許久，才漸漸感到後背最是疼痛，竟似要分裂開來，只好趴伏蜷縮在地，口中歇斯底里地亂吼亂叫，到最後，他全身肌肉都越來越緊，一絲絲氣息也吸不進了，終於倒在地上，再也不醒人事。

看守的獄卒見他長髮披散、雙眼血紅，全身青筋暴突如蛛網、皮肉卻絲絲凹陷、不停瘋狂大叫的樣子，也感到害怕，只守在門外，沒有再折磨他。

不知過了多久，他微微醒覺，昏昏茫茫中，似乎聽到兩名獄卒開門進來，竊竊私語：「徐軍使說這小子有些古怪，以防萬一，等他折磨夠了、斷了氣，就將他大卸八塊，丟進揚子江裡餵魚，絕不能讓他有一絲活命機會。」「不錯！膽敢來毒殺大王，活該他吞進魚肚裡，咱們先砍腦袋再分屍！」

「不行！我不能讓他傷害妹妹……我得出去……我一定得出去……」馮道心中記掛褚寒依，但傷勢太重，氣息奄奄，實在起不了身，恍惚間，似感到兩個獄卒拿起利斧對著自己頭頸砍下，他連一根手指也動不了，又如何閃躲？心中一急，再度暈了過去！

九〇六・二

欲浮江海去・此別意茫然

> 渥居喪，晝夜酣飲作樂，然十圍之燭以擊球，一燭費錢數萬。或單騎出遊，從者奔走道路，不知所之。《資治通鑑．卷二六六》

前方視線一片迷濛，馮道不知自己是不是已經死了，只覺得身子一片冰涼，不再高燒，大大小小的傷口似乎也痛得麻木了，不再劇烈難忍，肺腑因收縮而吸不到氣，斷斷續續地呻吟，那聲音像自己發出，又像是小鳥低鳴。

他微微睜開一絲細小眼縫，剛好看見碎裂成半的鴛鴦繡圖，想起與褚寒依在江畔指著繡圖談情說愛，但覺自己可笑至極：「我看見鴛鴦卿卿我我，耳中就聽出鳥叫聲，這是黑牢，哪來的鳥語？我肯定是想妹妹想得瘋了，盼望與她鴛鴦雙飛，這才出現死前幻影……」

黑牢之中似有一點閃亮，馮道眨了眨眼睛，再仔細看去，發現繡布裏面竟隱藏了兩根細針，必須撕裂繡布，才會顯露出來！

馮道頓覺奇怪：「以妹妹的繡工，絕不可能把針留在裡面，還是兩根？」他顫抖著伸出手將繡布拿近前來，小心翼翼地取出細針，只見兩根細針的針尾各自穿了一條絲線，連在繡畫的背面，絲線這麼抽出來，背面那首詩句就一點一滴改變了，馮道越看越驚奇，恍然明白：「妹妹故意留這繡畫給我，又撕裂開來，是要留消息給我……」連忙更快抽出，待全部抽完，只見原本「采蓮君子新求偶，詠雪佳人夙締緣，春風笑引比翼鳥，紅雨催開並蒂蓮。」的詩句，頓時變成了「針鑰，已卯，夜三更，瘦西湖水道，趙舟相應」！

馮道立刻明白褚寒依的意思：「這兩根繡花針可以當做鑰匙，打開鐵鎖，初九夜半三更，趙匡凝會準備小舟，等在瘦西湖水道接應。」

「原來妹妹是故意對我冷淡，才能把這東西留給我……」馮道想到自己惡言相向，是為了保全褚寒依，而她卻為了留下針鑰，才斷情絕義，兩人都是為了對方，才反目相向，當真是靈犀相通，他心中剛覺得甜蜜歡喜，下一剎那，又落入絕望裡：「我身中劇毒，就算逃出去，也活不了！更何況，我身子虛弱，連那兩個凶神惡煞的獄卒都對付不了……」微微抬眼看去，卻見到一幕驚人景象——兩個獄卒竟倒臥在不遠處，鮮血流了一地！

馮道心中驚駭：「這是一個黑牢，怎有人暗殺他們？」他伏趴在地，掙扎著爬近些，才看出他們喉間汩汩流出鮮血，不知被什麼利刃割殺，心想：「那傷口極細極利，幾乎是一瞬間取命，凶手是一個極狠厲的高手，但外面守衛重重，他是如何進出？淮南人人想殺我，他為何不殺我，反而殺了獄卒？倘若他是來救我，又為何不帶我出去？瞧這手法，並不像趙匡凝，妹妹也沒這本事……」

他心中三分欣喜七分害怕，不知那凶手會不會回頭來殺害自己？忽然間，他意識到自己居然還活著，興奮之餘更覺奇怪：「我吃的血菟絲比楊行密還多，楊行密的內力也比我高強，身子也比我健壯，都沒能排出毒素，我這奄奄一息的身子，怎抵得住劇毒？」

「解厄」本來就沒有排毒之效，他受傷太重，內力難聚，就連療傷都十分緩慢，怎可能排出讓楊行密半日斃命的劇毒？

這段日子他傷毒交加，一直渾渾噩噩，此時用心思索，腦子才漸漸清晰，驀地憶起周玄豹曾恩將仇報地下毒，但自己因為沒有毒發現象，還被褚寒依訓斥一頓，他不禁懷疑：「難道我是百毒不侵？」一念及此，連忙坐了起來，翻看身上各處，發現不只傷口不再潰爛，氣息也恢復許多，他越感受體內真氣，越覺得活命有望，連忙拿起繡花針細看，這才發現那不是兩枚尋常的繡花針！

原來煙雨樓女子常進入各地打探消息，因此發明許多細小工具，這兩枚繡花針就是其中一件巧物，它們一凸一凹，只要扭成相互契合的形狀，扣在一起，便能合成一把有勾齒的萬能鑰匙。

馮道試著把它們插入左手銬的鎖匙孔，左右搖晃、勾引、旋轉，試了一會兒，果然打開第一個鎖匙，有了經驗，右手、雙腳的鎖匙就快了許久，他雙手雙腳能自由活動，立刻挑選身材較相似的獄卒，將他的衣飾剝下，與自己交換，又拿了獄卒身上的一串鐵鎖匙，憑著先前的記憶，一路走出彎彎曲曲的牢房。

到了牢房外，只見烏雲蔽月、夜色森黑，面目原本難辨，馮道又拉低帽緣，以長髮微微遮臉，故意以「謗言」玄功學那獄卒的聲音、語氣，與門外守衛隨意招呼兩句，牢外守衛果然不疑有他，輕易放人離開。

馮道遠離了牢房範圍，抬頭望了望月色，心想：「徐知誥一旦發現獄卒死了，必會派人來追殺我，今天就是初九，趙匡凝已經在瘦西湖等我了，我不如先與他會合，離開淮南，等風聲過了，再潛回來找妹妹。」但徐知誥的話就像毒蛇般咬嚙著他的心，令他實在不安，正當他陷入掙扎究竟該去該留時，忽聽見幾位巡兵走了過來，便縮在一旁的樹叢裡，聆聽動靜。

只聽幾位巡兵迭聲抱怨：「明日就是徐軍使的婚期，咱們此去煙水閣，可得小心看護新娘子，不能出什麼差錯。」「大王剛剛過世，那些高官大將們個個忙著拉攏人馬，想在喪禮上爭權奪勢，小官小將又趕著參加徐軍使的婚禮，咱們這些小兵就是蠟燭兩頭燒，忙得沒空闔眼，累都累壞了！」「是啊！鐵打的身子也扛不住，一不小心跟錯了人，還可能掉腦袋！」「所以千萬得打起精神來，不能出差錯！」

馮道未料楊行密剛剛身亡，徐知誥就急著籌辦婚禮，心想：「不能再拖延了！我得盡快帶走妹妹！」待巡兵離開，他就趕回趙匡凝府邸，見屋外已無人看守，便悄悄潛入從前居室，拿了易容器物、五爪鋼鍊、銀兩、書卷等屬於自己的東西，即轉往褚寒依居住的煙水閣。

煙水閣外有一些士兵看守，馮道悄悄躲在樹叢裡，拿出「傾國傾城香」焚燒，過了一會兒，看顧樓閣的士兵、服侍的婢女全都暈了過去。馮道快步走出，剝下一名瘦小士兵的軍衣，翻過圍牆，來到褚寒依閨房門口，只聽得屋內傳來一聲聲低呼：「小馮子，小馮子，快跑！快跑！」語氣盡是無限溫柔、無盡深情，又有幾許輕嗔惱怒，馮道不由得心中一熱：「幸好我來了，否則可不知道妹妹有多掛念我。」再不顧一切推門進入，只見褚寒依臥床而眠，額上冷汗涔涔，臉頰紅撲撲，雙手緊緊抓著錦被，似乎在惡夢中掙扎，口中不停呼喚：「小馮子，快跑！別回來啦！」

馮道坐到床緣，輕輕撫開她額上秀髮，為她拭去汗水，柔聲喚道：「妹妹！」

褚寒依從夢中驚醒過來，朦朦朧朧地道：「小馮子！是你麼？我是在做夢麼？」忽又閉了眼，道：「不！你恨死我了，就算逃出來，也不原諒我，又怎會來看我？我是做夢吧？」

馮道心中湧起一陣愛憐，顫聲道：「真的是我！我逃出來啦！我從沒有怪過妳……」

褚寒依一驚，睜開眼盯望他半晌，忽然哇地一聲哭了出來，撲向他懷裡痛哭道：「謝天謝地，你果然活著，徐知誥沒有騙我！」兩人歷經生離死別的煎熬，重新相聚，心中歡喜難言，忍不住緊緊相擁，馮道激動道：「不！他騙了你，他用血菟絲毒殺我，是我福大命大，才活了下來！」

「血菟絲？」褚寒依猛然想起初見徐知誥時，那血菟絲將滿塘荷花吸食殆盡的景況，深深震撼了她，從此心中埋下陰影，一見到徐知誥就聯想到那可怖畫面，也連帶對徐知誥產生了疙瘩，她不由得起了一陣寒顫：「他明明說他會餵你假死的藥，讓獄卒埋了你之後，再讓趙匡凝將你挖出來帶走，可你說……他用毒物害你？」

馮道用力點點頭，關心道：「他有沒有欺侮妳？」

褚寒依看了馮道憔悴的模樣，氣憤道：「他想害死你，還欺騙我，就是欺侮我了！」

馮道暗暗吁了口氣：「看來徐知誥說要逼迫妹妹就範，只是嚇唬我罷了！」又道：「妳絕不能嫁給他！」

褚寒依微微望了馮道一眼，尷尬道：「你知道我們的婚事了？」

馮道點點頭，又道：「妳相信我，他對妳並非真心……」

褚寒依伸指放在他唇間，阻了他的口，怯怯地問：「鳳翔的事……你可原諒我了？」

馮道撫了她的秀髮，嘆道：「傻妹妹！戰爭禍亂，誰能保證自己從不犯錯？不會殺錯人？又有誰能一直忠貞不屈、不枉正義？亂世為人，真的太難了！更何況妳只是個小姑娘，又不知道我和張惠談好了條件，總之，先前我已猜到是妳，只是我不知道妳是有意還是無意，但無論如何，我都要帶妳走，絕不讓妳留在這裏受人擺佈。」

褚寒依破涕為笑，歡喜道：「你不怪我就好啦！我跟你走！」說著立刻起身下床，換了靴子，又從床底拿出一個包袱，道：「走吧！」

馮道這才注意到她竟穿著夜行黑衣臥眠，愕然道：「妳早準備好了？」

褚寒依道：「那是當然！等天一亮他就要來迎親，我只好趁夜逃走……」輕輕倚入馮道懷裡，低聲道：「我已經是馮家的鄉下媳婦兒，怎能再嫁給別人？」

馮道緊緊抱住她，感動道：「妳一個人逃命，可有多危險？」

褚寒依微笑道：「現在你來了，我就不是一個人了！」一邊拉了他的手，一邊往外走：「當時我也提防徐知誥對你不安好心，並沒有完全相信他，因此另外留了繡圖給你，又私下去找趙匡凝，他已經答應準備舟船等在瘦西湖水道接應，我們快走吧。」

馮道拉住她道：「不能去那裡！徐溫一心想陷趙匡凝入罪，卻撤了趙府的守衛，恐怕是欲擒故縱之計，他一定猜到我若想逃出淮南，必需有人接應，第一個去找的就是趙匡凝，所以趙匡凝身邊一定有暗探監視著，我們這一去，剛好給逮個正著，還害了趙匡凝！」

褚寒依想不到自己的計劃全看在義父眼底，心中一寒，道：「你說義父料準你會逃出來？」

馮道搖搖頭，道：「我不確定，但他能卜算天機，或許知道我命不該絕。但無論如何，這時候撤了趙府的守衛實在不尋常，分明是欲擒故縱。」

褚寒依始終相信徐溫仍有一絲善意，道：「或許義父是故意放開趙匡凝，讓他接應你出去。」

馮道嘆道：「妳義父心思太深，連我也猜不透，可徐知誥的心思卻是明明白白的，他非要我死不可，所以親自進入牢獄下劇毒，或許他也怕徐溫會出手救我！」

褚寒依憂急道：「不能去找趙匡凝，接應的路斷了，這該怎麼辦？」

馮道將那瘦小士兵的衣衫遞給她，道：「我已想好，天一亮，大家都會去徐府參加婚禮，我們改裝成士兵不動聲色地出去。等出了揚州府城，便去揚子津渡口，乘船走官塘，繞過太湖東岸，到杭州投奔海龍王。」❶

「好！」褚寒依改裝完成，兩人便從煙水閣出去，一路穿過子城，通過「作坊橋」，進入蜀崗下城羅城，經過東西十四大街、二十四橋，為免引人注意，兩人只安靜快走，不敢奔跑或騎馬，直走到天色微亮，離揚子津渡口還有幾里路。

後方忽傳來隱隱馬蹄聲，馮道豎耳傾聽，蹙眉道：「糟了！追兵來了！」褚寒依心中一驚，忙問：「在哪裡？」馮道說道：「三里之外，有數十人，徐知誥恐怕發現我們了。」話才說完，馬蹄聲已漸漸奔近，一列騎兵從通衢大道上衝近，速度極快，其中一人指著兩人蹤影，喝道：「在那裡！」眾兵立刻勒馬轉頭，追了過去。

褚寒依咬牙道：「糟了，他們騎馬追來了！」

馮道豎耳一聽，指了東方道：「那兒有馬廄！」拉了褚寒依轉了兩個街道，果然有座馬廄，兩人奔了過去，一個翻身，坐上兩匹駿馬，往前直衝。

群兵策馬奔來想要攔住通道，馮道喝道：「讓開！」以五爪鋼鍊將攔在前方的士兵都掃蕩出去，褚寒依也射出寒江針，眾兵一時滾跌成團，口中仍不停呼喝：「抓逆賊！快來人抓住逆賊！」兩人卻已趁機衝過夾縫，往江南運河的方向馳去。

群兵策馬疾追，又發出暗哨，聲氣相通，不一會兒，追趕的士兵越來越多，密密麻麻地布滿官道、官塘。馮道聽見通往江南運河的道路蹄聲最多，心想：「徐知誥實在聰明，一得到消息便判斷出我們要從官塘逃去杭州，尋求海龍王庇護，因此派了最多士兵將官塘前路都堵住。」他不得不改變主意，決定轉往其他道路。

兩人幾次轉入岔道，想將追兵撇下，但無論如何繞道轉彎，總能遇見追兵，褚寒依急道：「糟了！咱們走上岔路，離官塘越來越遠了！」兩人急不擇路，竟奔近「狼山」腳下，馮道一咬牙道：「只好躲進山裡了！」兩人棄了馬兒，奔進深山裡，後方追兵也放棄馬兒，徒步追近。

馮道見敵兵追得緊，只能拉了褚寒依一路往山頂奔去，前方忽然出現一道大溝壑，馮道一咬牙道：「妹妹，你抓緊我，我們用鋼鍊鉤住那樹幹，飛蕩出去！」

「好！」褚寒依一手向後方灑出寒江針，逼退最近的追兵，一手緊抱馮道的腰，馮道趁機甩出鋼鍊，眼看就要鉤住那樹幹，忽然間「噹！」一聲，山腰處竟有一支厲箭射出，將他的鋼鍊撞落下來，就這麼滯了一下，群兵再度湧上，發箭處同時傳來一聲憤怒咆哮：「沖散他們，殺了逆賊，把俘虜救回來！」他這意思是表示褚寒依是被馮道強逼擄掠的。

群兵立刻集中前鋒軍，不斷衝湧入兩人中間，褚寒依雙手連連射發寒江針，馮道也不停揮舞鋼鍊，仍擋不住群兵，雙方激戰許久，兩人一次次分合，最終仍被沖散開來，群兵立刻一湧而上，將兩人各自包圍住。

群兵不敢殺褚寒依，只將她圍得密不透風，對馮道卻是猛下殺手，一開始馮道憑著「節義」玄奇的步伐，仍有機會遁出重圍，自行逃命，但褚寒依被困在另一端，他絕不會一走了之，只能以鋼鍊拼命左掃右劃，希望突破過去與她會合。

時刻稍久，群兵見馮道武功不高，個個爭先恐後衝上，想搶立頭功，才一會兒，馮道身上已處處掛彩，肩上血流如注，手臂揮舞不再靈活，群兵就如聞到鮮血的群狼般，更瘋狂地圍上他。

馮道為保體力，只得收了鋼鍊，單憑「節義」步伐在道道劍光中穿梭來去，即使他步伐奇妙，能支撐一時，但群兵越圍越厚、越縮越緊，馮道容身處越來越小，漸漸地，連「節義」步伐也施展不開了。

褚寒依被隔在另一邊，幾度想衝過去，無奈敵人太多，實在靠近不了，心中萬分著急：「再這樣下去，馮郎肯定會被亂劍砍死，他原本可以離去，卻為了我回來，說什麼我也要與他一起……」再奮不顧一切往前衝，點點針光轉如滿天清光，那情景雖美，却是針針奪命，士兵們既不敢殺她，又害怕寒江針，終於被她衝出一道縫隙，她拼盡全力奔向馮道，一聲聲哭喊：「馮郎！馮郎！」

馮道心知求生無望，忽見褚寒依冒死奔向自己，哭喊得聲嘶力竭，心中既酸楚又歡喜：「妹妹待我如此，人生何憾？既然逃不了，我們便同生共死吧！」遂奮力撲了過去，一把抱住褚寒依，叫道：「妹妹，妹妹！」二人被沖散開來，好容易又相聚，一時忘情相擁，外邊的風暴都已不在意。

忽然間，馮道感到一股殺氣急速逼近，求生的本能讓他拉了褚寒依拼命往前奔，叫道：「快跑，快跑！」兩人聯手擊退群兵，開了一條路，奮力前奔，越奔越近山頂，褚寒依驚呼道：「糟了！前方是懸崖，再無去路！」

密林處忽然衝出一列騎兵，攔住前路，馮道當機立斷地甩出鋼鍊，打落最前方的一名士兵，將褚寒依甩到馬背上，那鋼鍊盪了回來，擊向馬臀，馬兒吃痛，立刻發瘋似地狂奔。

馮道奮起平生之力，衝入群兵之中，唰唰唰地以鋼鍊將周圍士兵掃成一團，好為褚寒依打開另一條下山的路，但才一忽兒，群兵已重新圍攏過來，拳打腳踢地全招呼到馮道身上，褚寒依見他捨命護自己走，兩人相離越來越遠，急得大哭：「我不走！我不走！」但馬兒顛跑得太凶，她怎麼拉扯韁繩，也控制不住。

「逃得了嚒？」不知何時，徐知誥已縱馬追到褚寒依身後，大掌抓向她的肩膀，生死關頭，褚寒依急生出一股大力，猛拉扯韁繩，連人帶馬向前飛縱而出，又向後灑出一把寒江針，徐知誥不得不縮手，摺扇大展，擋下那銀針，追截的速度就這麼滯了一滯，褚寒依已脫出他的魔掌，又控制住馬兒，立刻策馬回衝。

馮道大叫：「別回頭，妹妹快走！」褚寒依卻不管不顧，仍疾衝過來，俯身伸出長臂，將馮道抓起，放到自己身後，但兩人共騎一乘，實在奔跑不快，徐知誥再度追近前來，馬鞭揚出，疾刺馮道的背心，馮道回身甩出鋼鍊，噹的一聲，徐知誥的馬鞭精準地捲住了五爪鋼鍊，用力一扯，要將馮道扯下馬來，馮道的虎口被震得發麻，心中驚詫：「好強的內力！不過一小段日子，他武功怎變得如此之高？」徐知誥平時隱藏得很好，但極怒之下，難免露出端倪，別人或許看不出來，馮道卻能感受他的武功絕對不同往昔。

褚寒依見馮道身子一晃，就要被扯落下地，連忙往後灑去一把寒江針，徐知誥不得不放脫馬鞭，身向後仰，同時摺扇一掃，將銀針反掃向馮道，馮道側身閃避，那銀針似一陣利風般從他臉頰掠過，只相差毫釐之距。

褚寒依催馬急奔，徐知誥眼看兩人緊緊相依，怎麼也不肯分開，雙眼如鷹，流露難以言喻的陰鷙，縱身猛力一躍，宛如大鷹獵物般撲向馮道，手中摺扇對準他頸項狠狠劃去，要割下他首級。

馮道感到後方氣勁凌厲，知道自己絕對抵擋不過，將大部份力氣貫入右臂，回身甩出鋼鍊，他怕再被對方捲住，將鋼鍊甩成大大小小的圈子，徐知誥身在空中，應變極快，扇面一收，扇柄順著五爪鋼鍊的圈勁一圈圈而入，雙方兵器不停碰撞，噹噹噹急響，火花四散飛濺。

馮道的武功與徐知誥相差一大截，即使將所有力氣聚到手臂，對方的扇柄也節節攻入，眼看就要攻至握鍊的把柄，他只好將鋼鍊用力拋飛出去，以求脫身。

徐知誥見鋼鍊當頭劈甩而來，凌空的身子微微一扭，從鋼鍊側邊飛竄出去，左臂探出，抓住馮道後頸衣領，凌空提起，喝道：「逆賊，還想逃走！」右手摺扇劃出，白光閃動，便要將馮道腦袋割下。馮道身在半空，全無半分抗拒之力，暗恨：「難道我命中注定要栽在這小人手裡？幾番生死，仍是逃不出他手掌心？那又何必讓我逃出牢獄，受此羞辱？」

眼看徐知誥的摺扇已舉在半空，就要當頭劃下，褚寒依大叫一聲：「看針！」再度射去飛針，徐知誥抓人的手稍稍一鬆，馮道一股氣沖起，施展節義身法中「嫘祖養蠶」的怪異姿勢，雙膝縮向胸口，宛如球狀，再猛然一伸，足尖聚力點向徐知誥胸口，身子向後彈出，跌落在地。

馮道逃過一劫，才鬆了口氣，徐知誥已飛撲過來，手腕一振，那把鐵扇唰一聲，竟伸成一把長劍，向前刺出，正中馮道胸口！

劍鋒刺入胸口數分，馮道及時以「交結」之氣抵擋住，正慶幸保住一命，豈料徐知誥的劍尖卻透出一股無形無質、密密麻麻的煙霧陰氣，剎那間馮道感到好似萬針同刺，全身氣穴都被封住，心中震驚：「這氣勁……這氣勁好似楊行密的『落霞飛鷲』！想不到他竟得了神功……」若是朱全忠那樣的高手，自然不會被封閉住穴道，但馮道受傷累累、內力不足，全身氣孔忽然同受刺激，一時間竟無法動彈。

徐知誥正想一劍了結馮道，手肘的「曲池穴」倏然一麻，已被銀針刺入，他長劍微微一滯，下一剎那，大片銀光迎面灑至，他不得不抽起長劍舞成一片光屏，擋去褚寒依的寒江針，但聽得叮叮噹噹，針劍相交之聲密如雨珠，只一瞬之間，便已撞擊十多聲。

褚寒依連發飛針，雖然暫時阻止了徐知誥，但馮道氣息閉窒，無法逃離危地，她眼看寒江針快要用盡，徐知誥又會逞凶殺人，一咬牙拿出匕首指著自己的頸項，喝道：「住手！」

徐知皓想不到她以死相逼，怒意更生，冷斥道：「今日是妳我大婚之日，妳竟為了其他男子以死威脅？」

褚寒依毅然道：「只要你放他走，我願一生為奴為妾，好好服侍你，你若不答應，今日便是喜事成喪事，你只會得到一具死屍，從此落下笑柄！」

馮道驚道：「妹妹，妳別……他不會真心對妳，我絕不會任妳跳入火坑！」

褚寒依柔聲道：「馮郎，我曾答應他，只要你活著，我就永遠不再與你相見……事已至此，你快快走吧！」

徐知誥冷聲道：「我不受人威脅，殺害大王的凶手，更不能放過！現在妳只有一條路可走，就是好好坐回花轎、行完婚禮，成為我徐知誥的妻子，至於旁人死活，都不關妳的事！」

褚寒依求懇道：「你若殺了他，還想我跟你一輩子恩愛相敬嚒？」

徐知誥沉聲道：「妳若敬我愛我，我也會疼妳惜妳，妳若執意妄為，就不要怪我心狠手辣！」

褚寒依轉對馮道輕聲道：「馮郎，你曾說我們之間的誓言是刻於玉版、藏於金匱，歷之春秋，紀之後世，我已經心滿意足了，今生無緣，只盼我們來世再做恩愛夫妻，你好自珍重……」語氣中流露難以言喻的決絕與不捨。

馮道堅定道：「我不走！是生是死，我都要與妳一起！」

「你不走是嚒？」褚寒依忽然提起匕首劃過自己的臉龐，那天下最美麗的臉龐竟然裂開一條鮮紅血痕，從此毀了！

「妹妹，妳……」馮道一時驚得呆了，此時才意識到她對自己何等深情、何等癡心：「她自毀容貌，是為了逼我離開，救我性命……」不由得萬分心痛，激動道：「我娶妳！無論妳是醜了、老了、死了，我都會娶妳，妳是我馮道唯一的妻子！」

褚寒依淚水滾滾而落，淒然道：「今日你神志不清，才不害怕我的容顏，但日復一日對著這樣一張臉，終有一天……終有一天……我不想等到將來被你厭棄……」

徐知誥也是震驚萬分，心中不由得生出一股寒意，積累多年的怨憤猛地爆發出來，但他長期壓抑自己的性子，即使爆怒也不會大吼大叫，只雙拳緊握、全身顫抖：「為什麼？我對妳一片心意，妳卻寧可自毀容貌，還想殺了我？妳當真如此愛他，愛至不顧性命，也要殺了我？」

褚寒依恨聲道：「難道我不知道是你陷害馮郎入獄？我答應你婚事，只不過是想移開你的注意力，不讓你專注牢獄的動靜罷了！倘若他死了，成親之日我便刺殺你，他若順利逃了出去，我知道你沒騙我，卻也不能委身於你，只能自盡……」

馮道心中更是震驚：「原來妹妹根本沒想逃走，她以婚事為餌，是想掩護我去找趙匡凝，乘船離開，我今日若不來，她便要自盡了……」

徐知誥見褚寒依滿臉淚水、鮮血混濁交流，原本的盛世美顏變得猙獰可怖，不由得微微側首避開目光，褚寒依卻趁他轉頭之際，忽然手持匕首，連人帶刃地撲向他懷裏！

她以身子當做武器投向敵人，等徐知誥一劍刺入自己，稍稍停滯，便以左手緊握對方利劍，不讓徐知誥退離，右手腕一抖，寒江針當頭灑去，徐知誥武功再高，也難以躲避。

這一招「情牽三世」乃是徐溫精心設計的殺招，讓煙雨樓女子在任務失敗，無法全身而退時，為免洩露祕密而使用的絕招，名稱雖是恩愛情深，實則每一式都是與敵同亡的慘烈招式，煙雨樓女子武功其實不高，以此自絕的佳人不在少數，由此可見這名稱是多麼虛偽！

馮道穴道被封，無法站起，雙眼卻瞧得清清楚楚，徐知誥固然會傷在她的匕首之下，她自己也難逃對方毒手，驚駭之下，激動大叫：「不要！」倏然間，衝破被鎖住的氣穴，往前撲了過去，卻已來不及！

徐知誥對「情牽三世」的淩厲自是瞭然於胸，一時間心中驚駭、憤怒、嫉恨沖至極點：「我以為妳明白『寶器未被賞識』的真義，可妳竟然和他們一樣，無論我怎麼付出、多麼優秀，你們永遠也看不見，永遠只偏愛那幫蠢材！」怒喊道：「賤人！妳要死，便去死吧！」長劍猛力擊出，狠狠刺向她腹間！

褚寒依下腹劇痛難當，仍咬牙忍耐，左手去抓他長劍，右手將最後一把寒江針盡數灑出，偏偏徐知誥對這招式十分精熟，一劍刺中她下腹，不等她抓住自己的長劍，猛力一個拋甩，將她連人帶劍拋下懸崖，同時身如鐵板橋往後一仰，全然躲過銀針！

褚寒依捨命刺殺，沒想到徐知誥毫髮無傷，只丟失一把鐵劍扇，她墜崖瞬間，硬是抽出腹中長劍，向徐知誥猛力射去，作臨死前最後的反撲！

褚寒依知道自己的修為比徐知誥差了一大截，不可能同歸於盡，只是想以命換得徐知誥重創，讓馮道多幾分機會逃走，可惜她內力已虛，那長劍只飛到一半便墜落！

「啊——」不過瞬息之間，馮道眼睜睜看著愛妻撲敵、中劍、墜崖，一時有如被雷電狠狠劈中，頭暈目眩、心痛如絞，他悲慟大叫，直往徐知誥撲去！

徐知誥在下屬面前丟了武器、殺了新娘，實是丟盡臉面，憤怒之下，舉掌轟向馮道胸口，馮道摔跌在地，他知道自己怎麼也不可能殺了對方，眼看褚寒依身影落入崖下的揚子江，此處水勢湍急，再過不久就要流入大海，心中悲慟焦急，恨不能跳河相救，便反身衝向崖邊，徐知誥氣得大喝：「你們喜歡一起死，我偏不答應！給我剁了他！」群兵聽令，立刻圍住了馮道，不讓他跳崖，十多把利劍同時刺了過去。

徐知誥知道這死敵再也活不了，他不願再看這醜陋傷心的情景，又得趕回去婚宴善後，便憤憤然地轉身離去，留給士兵將馮道碎屍萬段，說什麼也不讓兩人相守。

馮道想要跳崖，卻被群兵攔住，他奮力掃開擋路士兵，卻被後方士兵刺中雙腿，一個踉蹌摔倒在地，遙望著斷崖深谷，不過幾步之距，卻怎麼也到不了，他心中萬分悲憤：「蒼天為何如此待我們？」但覺天地不公，不由得放聲大叫，那聲音迴蕩山谷，群山層層響應，淚眼模糊間，似看見深谷江水之中，褚寒依乘船而來，輕輕彈琴唱曲，柔聲呼喚：「馮郎，馮郎……」他心中湧起一股衝動：「妹妹如此為我，我怎能放她孤孤單單的一個人？我隨她去！我隨她去！這樣，我們就永不分離了。」再不管背後痛如割裂，只掙扎著爬向崖邊。

群兵十多把長劍一齊刺出，歡聲呼喝：「小子去死吧！」馮道知道自己萬難倖免，不由得閉目等死，心中微微苦笑：「妹妹，我來陪妳了……」

「嗤！」忽然間，一道七彩光芒衝出，離馮道最近的一眾士兵竟咽喉鮮血激噴，往後仰倒，後面的士兵大吃一驚，還來不及揮劍抵擋，已身首異處！

站在更後方的士兵不知發生何事，只見一道道血柱接連噴出、一顆顆人頭滾地、一個個無頭同伴接連倒落，都想馮道以詭異的武功連斃十多人，不由得駭然驚呼，四散奔逃。

徐知誥聽見慘呼聲，掉轉回頭，剎那間臉色驟變，因為他曾看過這種可怖景象，那是在遙遠的地方——玄幻島！

「難道……難道……」他驚疑未定，只聽得「嗤嗤」鳥聲從四面八方傳來，震得山谷鳴響，但那不是有很多鷴鳥，而是眼前這隻七彩鷴鳥速度太快了，比玄幻島上的任何鷴鳥都快，快到像有數十隻鷴鳥同時攻擊，又像根本沒有半隻，只有一道道血柱接連噴出，天灑紅雨！

若不是他近日功力大幅提升，也無法看見那道彩光，轉念瞬間，彩光已電射而至，他連忙縱身躍起，左手抓了旁邊一名士兵丟擲過去，右手順勢拔出那士兵的長劍，急舞成劍屏護住自己。

七彩神仙鳥動作快異無倫，左攻右啄，他根本來不及見招拆招，只憑著本能急舞長劍，鳥嘴連啄七十二下，他也連擋七十二招，到後來那劍光幾乎成了一團光影籠罩全身。

七彩神仙鳥見這人武功厲害，也不甘示弱，高傲地盤旋在馮道上空，昂首大叫。群兵這時才看清是一隻滿身彩羽、雙頭四腳、神情猙獰的異鳥，見它嘴上鮮血滴流，四隻腳爪也沾了不少血肉，一時嚇得拔腿就跑，四下奔散，但七彩神仙鳥像是要大展鳥威，並不容他們逃命，幾個倏然彎轉，

「嗤嗤——」急響，剩餘的士兵全數倒地，盡魂飛魄散，到最後，只剩徐知誥一人孤軍奮戰！

七彩神仙鳥攻勢如鬼如魅、緊逼不捨，徐知誥劍式再快，也無法招招擋得精準，時間稍長，身上已被劃了無數傷口，他原本已勝券在握，萬萬想不到會落入這等險境，心中又恨又急，卻無法可破，只得使出剛學會的「落霞飛鶩」第一式，全力擊殺過去，只盼一舉擊殺這怪鳥。

七彩神仙鳥感應甚快，一見不對勁，沖飛上天，避過殺氣，瞬間反轉而下，對準徐知誥頂心直直戳下！

馮道恍然明白七彩神仙鳥一旦感應到宿主將亡的威脅，便會掙扎出來，自己的後背才會疼痛欲裂，只要一片七彩神仙草就有治病療傷的神效，這隻七彩神仙鳥真可謂活仙丹，治病神效更是源源不絕，所以不管是中了周玄豹的毒、血菟絲，都被它吸食得乾乾淨淨，它甚至殺了要砍死自己的獄卒。

七彩神仙鳥忽然出現，逞凶殺人，救了自己，馮道雖感到驚奇，但想：「它為什麼不早些出來，妹妹就不會喪命了……」此刻他哀痛欲絕，心中只有相救褚寒依的念頭，見沒人阻攔，立刻轉過身子，雙足一蹬，躍入深谷之中！

「落霞飛鶩」雖厲害，一旦使出，便是丹田虛空，需少許片刻，才能恢復氣力，徐知誥眼看七彩神仙鳥對準頭頂直戳而下，已來不及回復內力，只能抱頭滾跌出去，但就算他避開一擊，也絕對避不過第二擊，下一剎那，七彩神仙鳥銳利的鳥嘴對準他頸項，狠狠劃去，就要割下他的腦袋，徐知誥不由得大是驚駭：「想不到我籌謀多年，才得到楊行密的神功，竟要死在這怪鳥手裡……」縱使萬般怨恨、萬分不甘，卻無法可想，生死瞬間，七彩神仙鳥驚見宿主跳崖，再顧不得擊殺徐知誥，連忙飛追而下。

徐知誥僥倖逃過一劫，不由得冒了一身冷汗，大大喘了口氣，用劍柄支撐著受傷的腿，一拐一拐地走近馬兒，心中想著回去的編詞：「逆賊劫持了新娘，意圖逃走，新娘寧死不屈，跳崖自盡，我率軍圍捕，在所有弟兄犧牲下，終於擊斃逆賊……幸好他們都死了，新娘悔婚的醜事再也不會有人知道，我也不用親自滅口！」

卻說當時褚寒依身子急速下墜，迷迷濛濛間，似看到馮道向自己撲來，她伸出手想抓住幻影，卻怎麼也觸不到，從前兩人的甜蜜時光一幕幕旋轉閃現，江畔初遇、宮殿猜謎、河東初吻……直到自己無意中害了鳳翔百姓：「鳳翔……鳳翔……」當時馮道為救鳳翔百姓，教她先給朱全忠送去一葉神仙草，使張惠有反應，以換取糧食，接著又教她送去其餘六葉神仙草，好救活張惠。

當時她陷入了兩難，如果將六葉神仙草全數送去，一旦救活了張惠，必會為淮南帶來無窮無盡的災禍，也違背了義父除去叛徒的心願；若不送去，失信於朱全忠，只怕他又會發大軍攻打鳳翔，最後她決定送去三葉神仙草，讓張惠苟延殘喘一段時日，鳳翔也有時間恢復生氣，至於張惠死活如何，便交由老天決定，後來張惠仍然身亡，便是神仙草藥量不夠，又過於勞心之故。

當時馮道入獄，她原本想攜帶剩餘的三葉神仙草進去，但探監前必須搜身，她只能作罷，後來便一直貼身放著，此時她自己性命不保，昏昏沉沉間，便取了草葉放入口中，「碰！」一聲，她身子急墜入江中，昏了過去，此後一路不斷隨浪漂流，四處亂撞，再也不醒人事。

冰冷的河水寒徹骨髓，馮道一跳入水中，更是著急：「這麼冰的河水，妹妹受傷甚重，失血太多，不到一刻就活不了……」他拼命追逐褚寒依的身影，心中不住許願：「老天爺，老天爺，求祢讓妹妹活轉回來，如果我逃出一命是換她喪命，我寧可再回到牢獄之中，受折磨而死，也不出來，老天爺，求求祢了……千萬要讓妹妹活著……」

一波又一波的浪頭打過來，馮道眼看煙波渺渺，褚寒依隨浪而去，載浮載沉，已看不見身影，心中焦急萬分，卻只能咬緊牙關，強迫自己鎮靜下來，拼命往前划游，只盼能追上褚寒依，但他自己全身傷痕累累，不斷滲出熱血，又不斷被封凍，到後來，他連動一根手指的力氣也沒有了，心識漸漸空蕩，又像一片天旋地轉，他知道自己失去摯愛了，頃刻間，彷彿全世間的痛苦悲傷都沖湧過來，淹沒了他，就像這寒冷無情的江浪，也像世道無盡的黑暗。

他孱弱的身體隨江河遠去，漸漸冰涼，在這生死一刻，一道彩光沖飛而下，重新附上他的背部，令他回復些許氣息，但哀莫大於心死，他只任自己不住地往下沉淪：「我救不回妹妹，也回不去河北，只能漂蕩在茫茫天地間，尋找她的魂魄，再一起返回家鄉……」

忽然間，一人破水而入，架住馮道的身子，將他往上托起，馮道一有知覺，不由得大叫：「妹妹！妹妹！」雙臂大張，用力抱了過去，那人也用力抓住他，他不由得驚喜交集，叫道：「妹妹，我終於抓住妳了！」一張眼，卻見到寬厚的男子身影，再仔細瞧去，才看清是趙匡凝，他不由得失望至極，既錯愕又尷尬，道：「趙……趙節帥，怎麼是你？你怎麼在這裡？」

趙匡凝拍拍他的背，嘆道：「我見你沒來瘦西湖水道，反而來了一批黑雲親軍，便知出事了！那黑雲親軍見只有我一人，並無逆賊同行，無法給我安罪名，只好任我離去。我一甩脫他們，立刻留意各方動靜，幸好趕得及時，才救回你一條小命！」

馮道想起自己救不回褚寒依，痛苦難當，但不想在趙匡凝面前失態，只能強忍住悲傷，他過分壓抑，不由得大大喘息，喘得說不出半句話，好半晌，才似哭似嗚咽：「晚生一時心亂如麻……滿腦子胡思亂想，請您多包涵……」

趙匡凝看他全身傷痕累累，長髮散亂，臉上血淚交織，情況實在不對勁，為他拍胸順氣，道：「馮小兄，我多謝你曾救我趙氏一族，在楊行密的毒殺案中，又一力承擔，沒有拖老夫下水……」嘆道：「你有什麼需要，儘管說出來，老夫雖是寄人籬下，還是有一點能力，定會盡力幫忙。」

馮道知道他出手相救，已是冒了大險，道：「前輩救命大恩，晚生萬分感激，爾後絕不能再拖累您了……」他用力抽了幾口氣，用衣袖抹去滿臉淚水，勉強自己鎮定下來，道：「對了！有一件事我得告訴你，楊行密是被徐溫、徐知誥害死的！」

趙匡凝大吃一驚，道：「你說什麼？」

馮道將徐溫怎麼利用朱全忠來襲的機會，勸說楊行密用「黑雲劍陣」殺敵而受創，最後被徐知誥以毒素害死，徐知誥不只嫁禍給自己，還學了「落霞飛鶩」神功等事一一說了。

趙匡凝雖不相信馮道會毒害楊行密，卻也想不到事情原來如此曲折，一時震驚得說不出話來，只臉上一片沉黑，雙拳緊握，身子微微顫抖，好半晌才咬牙道：「吳王對我趙氏一族有收留之恩，我不能任他白白枉死！」

馮道告訴他實情，是想勸他離去，想不到趙匡凝竟想替楊行密報仇，心中不禁有些後悔：「趙匡凝性子高傲，絕不肯屈附徐溫，恐怕三言兩語就會露出馬腳，一旦徐溫發現他知道真相，絕對會下狠手，以徐溫之奸詐，趙匡凝如何是對手？」勸道：「徐溫已掌握了大權，您留在這裏實在不安全，應該盡早離去，令弟不是投奔了王建，或許……」

趙匡凝伸手阻了他的話，道：「天下之大，盡在朱賊手中，我拖著趙氏一大家族能去哪裡？倘若吳王剛身亡，我轉身就去投奔王建，世人又會如何評價我？徐溫那對賊父子既有如此野心，必會加害楊渥，我應該力保楊渥坐穩王位，才算還報吳王的恩情。」

馮道心想楊渥實在不是好東西，忍不住又勸：「你縱有一片赤誠，楊渥也未必領情，只會白白搭上性命。」

趙匡凝道：「放心吧，朱瑾也在這裏，我二人聯手，再加上王茂章這些感念吳王而支持楊渥的老將，徐氏也未必得手！」

兩人談話間，船隻已行出半里，趙匡凝指著江邊一艘小船，道：「馮小兄，我不能隨你去，我幫你準備了一艘船，船上清水、食物、銀兩都不缺，足夠你支撐大半個月，你便順江而下，去杭州避難吧。」說著帶了馮道飛躍到那艘小船，自己又回到原本的船上，道：「我得盡快趕回去，免得惹人疑心，咱們就此別過了。」

馮道嚐過徐溫父子的厲害手段，心中沒有這麼樂觀，但也知道勸說無用，望著趙匡凝離去的背影，不禁想到了鄭元規、張承業的苦心孤詣，最後卻落得被君王犧牲的下場，一時悲從中來，頹然坐倒：「這世道難道只有忠義死、奸惡盛？再這樣下去，又有誰願當忠臣？我從前讀這許多聖賢書，又有何用！」

他生性雖豁達，但匆匆數年，生死奔波，卻一事無成，甚至連愛妻也失喪，當真是萬念俱灰，這世道的是非正邪早已混濁不堪，就像這黑白不分、灰濛一片的天地，「兵戈猶在眼，儒術豈謀身？」曾經他滿腹經文，只求致君堯舜、經世濟民，可蒼天不允，賊雄不允，一片丹心又向誰盡忠去？想到傷心處，只覺滿懷悲憤再難以抑制，全身怒血都膨湃洶湧，他忍不住放聲大哭，哭到力氣用盡、淚水乾涸，號泣聲成了低低抽噎，甚至連喘氣也無力，腦中只剩一片空白，才又沉沉睡去。

唐天祐二年冬，十國第一人楊行密因積戰成病，傷勞而亡，死時年僅五十四歲，長子楊渥在徐溫、張顥支持下，順利繼任淮南節度使、東南諸道行營都統、弘農郡王，並尊楊行密為武忠王。

楊渥驕奢淫逸、不肖之極，父喪期間，也不安份守孝，居然教僕人用一根根價值上萬錢的蠟燭布置整座球場，一到晚上便點燃燭火，夜夜打球玩樂，又派人去宣州跟王茂章討取珍寶，王茂章不願給出，反而自恃是楊渥的父輩，怒斥他糟蹋家業，楊渥氣極敗壞，遂派馬步都指揮使李簡率大軍去攻打宣州，王茂章自知不敵，一怒之下，索性率心腹百人投奔海龍王錢鏐。

趙匡凝一心想扶持楊渥，常疾言規勸，楊渥卻認為他是倚老賣老，心中暗恨，刻意將他調往海陵。兩年後，徐溫趁機害死趙匡凝，見支持楊渥的力量都已剷除，便與張顥聯手，有如殺豬屠狗般殺了昏主楊渥，扶持楊行密次子楊渭接位。

張顥與徐溫兩大權臣終起紛爭，徐溫聯合嚴可求設計除去張顥，待完全把持南吳朝政後，立刻將毒蛇般的義子徐知誥調往昇州擔任防遏使兼樓船副使。

楊渭年紀幼小，見楊家大勢已去，只隱忍求生，成年後，漸漸重用朱瑾，後來朱瑾為楊渭殺了徐知訓，心知難逃徐溫毒手，自殺而亡，不到二年，楊渭便抑鬱而逝，徐溫又扶持楊行密四子楊溥繼位，楊溥年少文弱，只任徐溫擺佈，這是後話。

（註❶：揚州位於長江下游東北岸，長江與京杭大運河的交接處，京杭運河的南段稱為江南運河，北接長江、南接錢塘江，北起江蘇鎮江、揚州，繞太湖東岸，南至浙江杭州。江南百姓俗稱江南運河為「官塘」。）

九〇六・三　明朝牽世務・揮淚各西東

馮道一直昏昏茫茫，任小船順江漂流，無論白天黑夜，他只蜷縮在船裡沉沉而睡，有時做了惡夢，有時卻是美夢，肚子餓時，隨手抓了食物塞進嘴裡，囫圇吞下，渴時便微微張口，讓天空落雨濕潤唇舌，日復一日，只如一具死屍癱在舟船上。

這一日他不知自己漂到了何方，只感到全身濕寒難耐，忽聽見有男子呼叫：「妹妹快跑！快跑！」女子不停哭喊：「救命啊救命！」他彷彿看見褚寒依就在前方，連忙張開雙臂抱了過去，但臂彎中虛空無物，驚惶之下他猛地清醒過來，只見四周一片黑沉沉的，原來是蒼天嚎哭，下起了傾盆大雨。

他臥船許久，身子長期挨餓，又不停搖晃，一醒來只覺得胸口煩惡，便趴到船邊大力嘔吐，吐了許久，頓時清醒幾分，他低頭瞧見水中倒影，竟是滿身落魄、滿面風霜，幾乎對面不識，不禁覺得自己真是可悲、可笑到了極點。

這段時間他醉生夢死，渾渾不知所終，乍聽到喊聲，還以為是做了惡夢，直到呼救聲越來越清晰、越來越淒厲，他才意識到那聲音是真實的。他抬眼望去，只見前方有一艘漁船經過，船上一群凶悍惡徒正在欺壓善良的漁民，呼救聲就是從那艘漁船傳出，被他的靈耳聽到了。

他胸中不覺爆發一股磅礴怒氣：「這世上總是惡欺善、強欺弱，大欺小、小還欺侮更小……這究竟是什麼世道！」他將小船奮力划近，大喝一聲，縱身躍向那艘漁船，將七、八名匪徒痛打一頓，丟入海裡，他終於出了口惡氣，直感到胸懷大暢，心力交瘁，再難以支撐，一時累得躺倒。

不知過了多久，馮道再度清醒，見一群漁民圍著自己，一張張純樸善良的臉龐，眼中滿是關懷感激，一口一聲：「恩公！恩公！」地圍繞呼叫，又是熱湯又是鮮魚地奉上，在寒涼的世道裡，為馮道送來幾許溫暖人情，他焦灼憤恨的心漸漸平靜下來，因為漁民的盛情挽留，他便暫時住在船上，與他們一起生活。

他身上的傷因七彩神仙鳥的功效，已逐漸恢復，但他並沒有前往杭州，相反的，他一直待在淮南境內的長江上，順江飄流，因為他心中總存著一個痴想，只要沒尋到褚寒依的屍身，她就一定還活著，只要沒有離開長江，便沒有遠離她。

大江東去，濁浪滔滔，馮道搭乘的那艘漁船一旦在大海捕了魚獲，便會順江進入內陸，每經一處熱鬧的城鎮，就停泊個一、二日，上岸販賣魚獲，等賣完所有魚獲，再回到大海裡捕魚。

馮道隨著他們遊行四方，每到一個城鎮，他也上岸四處晃蕩，在茫茫人海中尋找愛妻身影，只要聽見哪裡有臉上帶刀疤的年輕女子，便奔去尋找，就這麼日復一日地在長江兩岸來來往往、不停漂泊，一次次燃起希望，一次次失望落空，卻仍不死心。

從前他總以為農民是最底層、最辛苦的一群，這段期間，方知漁民生活也艱苦非常，不只要看蒼天臉色，與江浪博鬥，還常常遭遇海盜殺人劫貨、幫會高壓勒索。他武功雖不高，對付幾個盜賊還是有辦法，有時也幫忙化解鹽幫、漕幫的勒索，等上了岸，若遇小百姓遭受欺凌，也會出手相助，但無論他如何出手，貪官剝削錢財、墨吏壓榨勞役、土豪擄掠妻女、財主強奪田地，悲劇總是不斷發生，從來也不消停，更別說戰爭一起，壯丁徵做士兵，戰死沙場，孤兒寡婦流離失所，餓殍遍野。

這一日他坐在船上，仰望夜空，只見月光遮蔽、江水幽沉，天地一片黯淡隱晦，彷彿悲憫世人的天神早已掩了面，不願再看人間醜惡，也不願伸張正義，他心中萬分失落、萬分疲憊，總覺得人力有時而窮：「我在淮南遭受的冤屈痛苦，其實充斥在每個弱肉強食的角落裡，我滿腹學問，尚有幾許自保之力，可這些百姓就是任人魚肉，受盡苦難，卻無處伸冤！」漸漸地，他心中怒火恨火慢慢熄滅，取而代之的是一種悲天憫人的胸懷：「從前我把目光專注在皇帝和藩主身上，原希望輔佐他們安治百姓，到後來，卻將滿門心思都放在與他們周旋、爭鬥，幾乎忘了百姓哀哭的聲音……」

翌日漁船來到歙州，船上一位漁夫說要前往婺源考川買「聖子油」，馮道心中一動，決定結束江上漂泊的生活，便向大家告辭。這段時間，他與這幫漁民相處得和樂融融，漁民受他幫助不少，實是依依不捨，但也知道留不住人，都道：「恩公是個有本事的人，將來要當大官、做大事，總不能一輩子和咱們混在一起。」「日後恩公做了大官，定要為我們伸張冤屈。」

馮道心中輕嘆：「從前我住在鄉下，讀遍聖賢書，始終堅信只要遵循聖賢道理，便能安邦濟民，如今看了外面世界，才知寧為百夫長，勝作一書生！書生連性命都保不住，還談什麼大事？」在眾人歡送下，他離開漁船，與那漁夫偕伴前往考川，此時正當隆冬，江南也是遍地風雪，那漁夫買了「聖子油」便回去岸邊，等與漁船會合。

馮道卻身披蓑衣，頭戴斗笠，冒著薄薄風雪，踽踽獨行，前方雪莽蒼蒼、空山寂寂，彷彿從未有過人跡，他一顆心不自禁地怦怦而跳：「他們真的在這裡嚒？」

他翻過一座小山林，前方豁然開朗，成了一層層的大梯田，終於在滿山朦朧白雪的光影中，看見一片遼闊的山茶樹，樹林裡隱藏一座竹廬，屋外有幾個稚童純真快樂地嘻鬧玩笑，他心中不禁湧上一陣暖意：「當初我拼死救人，總算沒有做錯。」

他往竹廬走去，見道旁有三株大山茶樹，廣大的枝葉交錯成蓋蓬，蔽護著一座墳墓，殘花白雪將墓碑蓋得滿是淒涼。他顫抖著伸出衣袖，將碑上白雪輕輕拭去，雪花飛散，碑上露出刻字，他忍不住一陣惆悵感傷湧上心頭，紅了眼眶，雙膝一跪，重重叩首，哭道：「聖上，罪臣今日終能在你墳前一拜，罪臣有負聖命，今後……今後不再為大唐國祚而努力，只為天下百姓……」

原來碑上刻著一行字：「唐昭宗李曄之墓」，旁邊另刻一行小字：「罪臣胡三謹立」，那只是一座空墓，用來祭拜用的。

「你終於來了！」後方傳來一道熟悉的聲音。

馮道歷經生死，再見到胡三，彷彿見到親人老友般，兩人忍不住相擁而泣，馮道自責道：「大唐終是滅了……」胡三也悲從中來，哭道：「我們幾人無權無勢，沒有什麼高強武功，總算沒有辜負先帝託付，合力保住小皇子，為大唐留存一絲生息，先帝在天之靈，也會感到安慰，不會怪罪我們的……」

兩人對著墓碑叩首三拜，忍不住嚎啕大哭，哭了許久，才漸漸收了淚。

馮道悵然道：「可嘆的是我們百般周折，朱全忠仍然勢力強大，已經逼死太后，重新準備禪讓大典，小皇帝孤身一人，只怕命不久矣……」他說的太后即是原本的何皇后。

胡三握緊雙拳，沉痛道：「大唐曾是如此輝煌，是我們引以為傲的盛世，多少百姓盼望它中興再起……我如何能眼睜睜看著國家覆滅，淪入朱全忠的魔掌？待小皇子長大成人，我們便號召忠義之士蕩平偽朝，重振大唐，相信蒼天有眼，沉冤必能昭雪！」

馮道不禁想道：「徐溫曾說我們把小皇子的死亡做得太逼真，雖避過各方追殺，卻斷了大唐中興之路，再也不能以小皇子的名義出來號召義軍了……」他不知該如何回應胡三的滿腔赤忱，只道：「這事不急於一時，需等小皇子長大成人，再從長計議。」望了望四周，道：「這地方地處偏僻，人煙絕跡，外圍農村民情淳樸，確實是隱居的好地方，對了！哪個孩子是小皇子？」

胡三帶馮道繞過山茶樹林，走近竹廬前，對屋裡的人喚道：「你們快出來，看是誰來了？」

郭小燕、郭小雀、戚小順、王小序四人原本在屋裡忙碌，一聽到喊聲，連忙出來，見來客竟是馮道，不由得喜出望外：「原來是馮郎！」紛紛圍了上來，七嘴八舌、又哭又笑。

郭小燕拭淚道：「馮郎，我們擔心死你了，天幸你還活著！」

郭小雀哽咽道：「那日我們真以為胡大夫出賣了你和小皇子，嚇得半死！」

戚小順嘆道：「我們心中都怨怪胡大夫，又擔心你的安危，更不知以後該如何是好？」

王小序拍拍胸口，慶幸道：「幸好胡大夫不計前嫌地找到我們，又把我們帶回來這裡隱居，我們才知道真相。」

四小宦私下把那段期間的冒險，回味、討論過無數遍，此時有機會說起，自是滔滔不絕，郭小燕與沖沖道：「原來胡大夫先把小皇子安放在懸崖底下，馮郎則把一個死嬰改裝成小皇子的模樣，讓胡大夫刺掛在懸崖邊的樹梢上。」

郭小雀接口道：「胡大夫假裝向朱友珪出賣小皇子，接著抛下一個死嬰，跳崖自盡，其實他是用『飛天猿』的神功一路攀落崖底，把真正的小皇子帶走。」

戚小順也搶話道：「韓勍率領士兵沿著懸崖一路往下找，會先找到刺掛在樹梢的孩子，他以為是小皇子，便趕緊帶回去。」

王小序歡喜道：「朱全忠一旦去了心頭刺，就不會再追殺我們了！」

郭小燕得意道：「我在戲文裡看過趙氏孤兒的故事，我知道你們是使了程嬰計！」

戚小順不解道：「什麼是趙氏孤兒？」

王小序也問：「什麼是程嬰計？」

馮道把「趙氏孤兒」的故事稍稍解釋，又道：「當時程嬰和公孫杵臼兩人合力保護趙氏遺孤，但敵人搜查得緊，實在保不下去了，公孫杵臼問程嬰：『扶立遺孤和死，哪一件事較困難？』程嬰說：『死容易，扶立遺孤很難。』公孫杵臼便說：『趙氏先君待您不薄，您得做困難的事，容易的事讓我來做！』於是他抱著假嬰逃跑，程嬰假意出賣他們，世人看公孫杵臼和趙氏遺孤死了，都罵程嬰是賣友求榮，其實他苟且偷生，忍受千夫所指，只為保住真正的遺孤，扶養他長大。胡大哥假意投靠朱友珪，出賣小皇子，就好像程嬰一般。」

胡三對馮道歉然道：「當日你被朱友珪抓走，實是冒了生死大險，我心中一直過意不去。」

馮道微笑道：「胡大哥忍受眾人誤會，還要肩負起教養小皇子的重責大任，你是把容易的事給我做了！」

郭小燕笑道：「你們兩個別謙讓來、謙讓去！依我說，你們兩個都是忠義有為、本事厲害，大大的好人！」

戚小順道：「既然誤會解清了，馮郎便和我們一起住下吧，這地方地靈人傑，是風水寶地，盛產山茶樹，村民喜歡榨山茶樹油，說能延年益壽。」

王小序笑道：「胡大夫改進了榨油的方法，不但每個孩子吃了都身強體壯，養得白白胖胖，我們還拿去市鎮販賣，如今這『聖子油』已是遠近馳名，你住了下來，包管吃穿不愁！」

郭小燕道：「胡大夫教我們種菜榨油，我們已經可以自力更生，不是無用的閹人了！」

馮道微笑道：「誰說你們無用？你們拼死保住了幾個孩子，誰能比得上？」

戚小順歡喜道：「馮郎，你瞧瞧我們的孩子，你來評評，看誰養得好？」

王小序招呼道：「你們快過來，給叔叔行禮！」

五個小童奔了過來，排排站立，幾個宦官也分別站到他們身後，笑嘻嘻道：「你們給叔叔報名。」

五小童中氣十足地報上名字：「胡昌翼」、「郭從謙」、「郭雀兒」、「戚同文」、「王樸」。

馮道見第一個孩子相貌端正，五官有幾分李曄的模樣，神情機靈，深具天份，心中甚是寬慰：「胡大哥果然不負聖命，把孩子教養得極好，這『昌翼』二字便是『繁榮昌盛，大鵬展翼，輝煌騰達』之意了。」笑道：「每個孩子都養得好，不分上下！」

眾宦臉上盡是驕傲神情，只有郭小雀悶悶不樂，馮道問道：「小雀子怎麼了？」

郭小雀忍不住伸起袖子拭淚，卻一聲不吭，三小宦便你一言、我一語地替他回答，原來郭小雀撿到的孩子竟是順州刺史郭簡的兒子，當年郭簡被劉仁恭所殺，妻子王氏帶著襁褓中的孩子欲投奔潞州，卻不幸死在半途。郭小雀從瓦礫堆中撿到奄奄一息的嬰兒，極用心扶養，又取名「郭雀兒」，意思是這孩子就是他郭小雀的寶貝兒子。誰知王氏的姐妹得到惡耗，便派人四處尋找這個遺失的外甥，前幾日，郭小雀無意中得知這消息，心中掙扎要不要把孩子還回去。

馮道看了看郭雀兒的長相，不由得雙目發亮，讚嘆道：「這孩子方頭大耳，又有福相，將來必能建立一番功業，實是貴不可言。」

郭小雀嘆道：「我不過一個閹人，孩子還了回去，才有好前途。」他終於作了決定，心中卻實在不捨，忍不住抽抽噎噎哭了起來。

馮道安慰道：「小雀子，你放心吧，這孩子十分重情義，日後會念著你的恩情，好生孝敬你。」郭小雀聽了這話，心中寬慰，才破涕為笑。

三小宦一聽，紛紛問道：「我的從謙長大又如何？」「同文呢？」「樸兒呢？」

馮道原本只是抱著安慰眾宦之心，但看了眾孩子的面貌，心中大是驚詫，不只是郭雀兒形貌特異，幾個孩子能在亂世之中存活下來，都應驗了「大難不死，必有後福」之語，心中想道：「同文淡泊名利、胸懷悲憫，雖無高官厚祿，卻能成為一代名儒，教化人心。至於王樸更是前途無量，可至朝廷宰輔，開創盛世。只有從謙……這孩子雖然聰明機巧，文武皆能，卻是性情中人，若遇挫折，不免行事偏激，走上岔路，必須好好教養。」又想：「從謙雖無遠大前程，卻有極特別的命格，似乎能……隻手翻天！」

但他不把這些話告訴眾宦，免得他們起了比較、猜測之心，便道：「同文個性嚴謹、樸兒性情剛直，他們都是喜愛讀書，孝順的好孩子，至於從謙雖不愛讀書，卻很講義氣，將來說不定還能唱曲兒，逗你們開心！」

三小宦聽馮道對三個孩子點評一般，不似郭雀兒那般富貴，心中不免有些失落，馮道安慰道：「這戰爭亂世，有多少家破人亡，孩子能圍繞身邊，平平安安長大，已是難得！」

三小宦想到郭小雀要與郭雀兒分離，都想：「馮郎說得不錯，孩子圍繞膝下，就是最好的福氣！」

郭小燕笑道：「我最愛唱曲，以後我將一身本事都傳給謙兒。」

戚小順忽然叫道：「糟了！我的荷包紅鯉煮糊了！」連忙奔進廚房去，眾人不由得一陣哈哈大笑，馮道見到這群老友，喪妻的抑鬱終於得到一些舒緩。

接下來的日子，馮道便與胡三公等人一起待在考川林間，採摘山茶樹，榨成「聖子油」，過了一段安逸閒適的歲月，胡三看出馮道似有心事，見他不說，也沒有相問，心中卻知道，馮道絕不會一輩子埋沒在這裡。

陽春三月，婺源篁嶺山間，百花盛開，粉桃燦似彤霞、素梨勝似白雲，點綴在層層油菜花梯田裡，漫山遍野的梯田與白牆黛瓦的徽派樓閣交相輝映，儼然是一幅靈秀舒逸的田園山水畫卷。

馮道坐在山頂，俯瞰烟嵐雲霞下的萬畝花海梯田，春風吹過，金燦燦的花浪隨之搖曳，一片生意盎然，霎時之間，他心中湧起重回農家的感動：「少小離家老大回，鄉音無改鬢毛衰……八年前，我意外離家，原想博取一點功名，誰知直到今日仍是兩袖清風、滿身落魄，師父曾說隱龍年少時，多遇風波險惡，我若不知收斂，將活不過二十五歲，我雖保住一命，卻受盡苦難，甚至連愛妻也保不住……我這麼茫茫然地遊蕩，又能做什麼？我究竟該何去何從？」他苦苦思索，想得深了，便似石像般枯坐，直至太陽漸漸沉落，彎月緩緩勾上樹梢，仍一動也不動。

天空吹來一大片烏雲，遮蔽了新月，夜幕一下子變得暗昧沉重，北方的一顆星子卻緩緩亮了起來，馮道望著那顆星子，心中忽有所感：「天道極暗，星子方顯燦亮；世道極濁，英雄方成大事！」又想：「徐溫說天上每一顆星都代表地上一個人兒，這顆星又大又霸氣，肯定是朱全忠了！妹妹的星子又是哪一顆？她的星一定是最美最溫柔的那顆……」一念想及此，他那幾近蒼涼的心漸漸火熱了起來：「或許……或許……她的星還沒有黯淡？對了！只要我回去盧龍，找到《星象篇》，查出妹妹對應的星子，便能知道她流落何方！但她不是什麼英雄豪傑，或許那顆星會小到根本看不見……」他甩甩頭，將這頹喪的意念拋開，告訴自己無論用什麼法子，窮盡一生之力，也要找到那顆星子，找到她！

他原本對群雄爭鬥已心灰意冷，也不想再當什麼隱龍，可他忽然想找出褚寒依的星子，這一來，便聯想起朱全忠、李克用、李存勖……等世間豪傑與《星象篇》的對應，他以「明鑒」玄功極目望去，只見曠遠迷茫的夜空，星子一顆一顆亮了起來，越來越清晰，漸漸地，滿天盡是星華，構成一幅浩瀚玄奇的圖畫，他的心思全然被吸引進去，只覺得其中蘊藏無窮無盡的奧秘，不禁萬分震撼：「如果我知道天星奧祕，就能知道他們的命運……就可以尋到明主，早一日結束戰爭，拯救萬民於水火！」

他徹夜通想，不知不覺間已到了黎明時分，曙光將遼闊的油菜花梯田照耀得宛如流金沙浪一般，山坡下方，郭雀兒等一幫稚童在草地上玩耍，如此天真可愛，渾然不知外界險惡，他心中不禁生出一片溫暖憐憫：「我們這一世代的人，註定只能在戰火炮灰中煙滅，可是這些孩子還有希望，我不能讓戰火一直蔓延下去，我要為下一代、下下一代開創一個太平盛世，給所有孩子一個美好的未來……」

「你想通了？」不知何時，胡三已來到他身邊，問道：「打算去哪裡？」

馮道站起身，迎向前方東昇的旭日，看著滿天陰雲終被黎明之光破開，彷彿看見一片光明希望，不禁微微一笑：「回家！」

《十朝・隱龍卷　完》

二〇一八・一〇・二十九　後記——我的志願

小時候，最常寫到的作文題目是「我的志願」，為了讓老師高興，拿到基本分數，每一次我都會寫「我的志願是當一名作育英才的老師」，可是我心裡從來不想當老師，更不曾仔細想過將來要做什麼，直到後來發現同學的志願都很偉大，例如科學家、總統之類的，我終於認真想了一回，唯一閃過的念頭是將來唸中文系，當一個「作家」，但這想法也只是一閃而逝，下一次寫作文，我的答案依然是「老師」。

中學之後，因為家裡經濟的關係，我知道必須選擇一個很實際、能賺高薪的工作，所以一路唸了電資、企管，接著在高科技公司待了十年，這段時間不是忙著準備升學考試，就是閱讀工作相關的工具書，生活是緊迫而蒼白的，文學對於我來說，是絕緣而奢侈的，我壓根沒想當一名作家，甚至是一名武俠小說作家，那種風花雪月的事，從來不是我的考慮。

很多書友在閱讀我的作品時，都以為我看了很多武俠小說，其實剛好相反，我生長的環境是不容許看課外書的，所以我只在中學時期，向圖書館借了金庸大師的全套作品，和古龍大師的「絕代雙驕」，一直到寫「殘天闋」時，才在總編的推薦下，看了黃易大師的「大唐雙龍傳」。有時候，有些書友想和我討論其他武俠作品，不是我不願回答，而是對於沒有看過的東西，實在不能妄加評論，這一點，要請大家多包涵。

我會開始認真寫作，到後來變成一直趕稿的作者，其實是緣於上帝的帶領，祂用了一個很有趣的方式逼我回去面對本心，那時候正值金融風暴，我手邊的工作全停擺，有一位男性友人在我耳邊不停唸叨，說現在都沒有好看的武俠小說，他要自己寫，我期待了兩年，卻沒見他寫出半個字，到後來，竟被喚起小時候的感動，心想不如我來寫一段，看能不能勾引那位朋友願意寫出作品。

沒想到，我寫了殘天闋二十萬字，拿給那位朋友看，他竟然宣佈封筆(雖然從來也沒提筆寫過)，還「逼迫」我繼續寫作，從此我孤身踏上這條不歸路，有點受人誘騙、誤上賊船的感覺！

關於「寫作」這件事，我是由衷喜歡的，可是它從來不是我的人生規劃，這些年來，我常常掙扎想放棄，總覺得應該去從事別的工作，但在一次次禱告中，上帝讓我明白一件事，小時候的我心中懷有小小的願望，但因為環境不允許，不敢奢望，就刻意把它遺忘、埋葬了，只有上帝是那麼在乎、那麼看重，在人生的道路上祂一步步帶領、慢慢地成全，在我灰心失意時，給我極大的安慰和鼓勵，在我煎熬折磨、筋疲力盡時，賜我靈思泉湧，並帶來許多天使的幫忙和支持，如果我能一直寫下去，如果這本書讓人有一點喜歡，願將所有閱讀的喜樂送給天使般的你們，將榮耀歸給祂！

國家圖書館出版品預行編目(CIP)資料

十朝. 首部曲；隱龍 / 高容著. -- 二版. -- 臺中市；白象文化事業有限公司, 2023.01
冊； 公分. --
ISBN 978-626-7253-50-2 (全套；平裝)
863.57　　112000289

高容作品集 15　十朝：隱龍．卷三，群龍無首

作　者：高容
作者 fb：www.facebook.com/kaojung.dass
策劃團隊：大斯文創
聯絡電子信箱：dassbook@hotmail.com
總　編　輯：奕峰
責任編輯：李秀琴
文字校對：李秀琴　鄭鉅翰　高容
封面設計：陳芳芳工作室
發　行　人：張輝潭
出版發行：白象文化事業有限公司
地　址：412 台中市大里區科技路 1 號 8 樓之 2（台中軟體園區）
出版專線：（04）2496-5995　傳真：（04）2496-9901
經銷地址：401 台中市東區和平街 228 巷 44 號（經銷部）
購書專線：（04）2220-8589　傳真：（04）2220-8505
印　刷：漢斯國際印刷有限公司
地　址：新北市新莊區化成路 63 巷 6 號 4 樓之 3
電　話：（02）2998-2117
ISBN：978-626-7253-50-2
訂　價：全套三卷 1200 元
2019 年 1 月　初版
2023 年 1 月　二版

DASS C&C.
www.facebook.com/kaojung.dass